珍惜脚下每一步

Cherish the Present.

谨以此卷一字一墨献给我人生中最感谢的

大馅儿饼，

那年初夏稳稳地幸运地砸在我的头上

——谢谢您，H先生

在这喧嚣的世界里

我们不过是一粒尘埃

来去都要由风决定

都来不及看清彼此

就匆匆擦肩而过

所以——

如果相遇就微笑吧

如果相识就真诚吧

如果相爱就珍惜吧

小熊

知识产权出版社

全国百佳图书出版单位

图书在版编目（CIP）数据

珍惜脚下每一步/小熊著. —北京：知识产权出版社，2016.6
ISBN 978-7-5130-4198-0

Ⅰ.①珍…　Ⅱ.①小…　Ⅲ.①长篇小说—中国—当代　Ⅳ.①I247.5

中国版本图书馆 CIP 数据核字（2016）第 109920 号

内容提要

这是一部女人之间的关于工作的职场奋斗史，从初入职场的青涩稚嫩到独当一面的
果敢自信，其间不是一步之遥；这是一本品牌管理专业全面的红宝书锦囊；这还是一幅
真实职场精英"白骨精"的绝伦画卷，呈现了职业白领金领男女的生活状态，难以卸下
的品质需求，与无法停滞的追逐脚步……

责任编辑：刘晓庆　于晓菲　　　　　　　责任出版：孙婷婷

珍惜脚下每一步

小　熊　著

出版发行：**知识产权出版社** 有限责任公司	网　　址：http：//www.ipph.cn
电　　话：010-82004826	http：//www.laichushu.com
社　　址：北京市海淀区西外太平庄 55 号	邮　　编：100081
责编电话：010-82000860 转 8363	责编邮箱：yuxiaofei@cnipr.com
发行电话：010-82000860 转 8101/8029	发行传真：010-82000893/82003279
印　　刷：北京科信印刷有限公司	经　　销：各大网上书店、新华书店及相关专业书店
开　　本：720mm×1000mm　1/16	印　　张：21
版　　次：2016 年 6 月第 1 版	印　　次：2016 年 6 月第 1 次印刷
字　　数：284 千字	定　　价：39.00 元

ISBN 978-7-5130-4198-0

序

有一种人，他羡慕平凡

"这世界上有一种鸟是没有脚的，
它只能够一直飞，
飞累了就睡在风里，
这种鸟一辈子只能下地一次，
那一次就是死亡的时候。"

这是《阿飞正传》里一句有名的台词，在看到这本书里的人物的时候，我想到了它。

我的职业是编剧，一直觉得描绘在浮世里翻滚的人们是件特别有趣又困难的事，特别是生活里每天都在发生"编剧都不敢这么写"的惊心动魄的时候。

翻开小说，最先令我记住的是关于公共汽车的那段描述。

——挤满下班族的各色大公共，歪歪扭扭地挤在一起，等待进站和出站，慢慢驶向已经被红色和黄色车灯堆满的京通快速，一眼望不到尽头，今天和明天周而复始，不曾停止。它们承载着多少表情麻木，期盼着可以某天熬出头，却又永远没有把握迎接那天到来的彷徨的人们。

这令我想起那些生活里总是被遗落的片段。在那些格子间里一张张相似的表情，在地铁门口像争夺奥运冠军一般挤进车门的最后一秒，还有那些对年轻和朝气发出的嗤笑，以及那些撞了南墙才回头和撞了南墙也不回头的人，都好可爱，对不对？

我一直想写这样的一群人，却被小熊抢了先。

然而，许慕凡才是我们真正的主角啊，果敢而有决断力，是我们所有在城市生活的人所向往的那样。然而他呢？他的名字告诉我们，羡慕平凡。做一个羡慕平凡的人，这大概就是尘世给我们的神性。就像希腊神话里的阿德墨托斯国王所说：我是一个如此平凡的人，但那充溢在我心中的爱，因为从他而来，绝不是平凡的爱。

—— 知名编剧　岳小焜

目 录

第一章

1A. 我回来了

无论层出再多抨击北京的言论，无论屡现再多压抑北京的辞藻，北京，仍然是那个全世界万众瞩目的焦点，仍然是那个每时每刻滋生梦想的乐土。

每秒都有新的面孔，怀揣着新的梦想，暗藏着新的野心，高昂着新的斗志，坚定地站在叫做北京的这片土地上，怒放着新的呐喊，笃定着新的信念，执著着新的梦想。

2009 年 7 月 27 日，周一凌晨 4 点，迎着朝阳的光芒，在云朵中优雅地穿梭着一架从美国波士顿飞来的红眼航班。商务舱里靠窗的位置，一双无尘的黑色皮鞋，一条灰色垂感很好的西裤，修长的手指轻握着一条名叫"莫比乌斯环"的珍珠吊坠，清晰的唇线配以完美的脸部轮廓，深邃的眼睛伴着脉脉的充满故事的神情，好像在悠悠地诉说："我，回来了；你，在哪儿？"

"各位亲爱的旅客，本架飞机大约还有 30 分钟就要降落北京首都国际机场，您将在 T3 航站楼办理入境手续。请将安全带系好，并且从现在开始到飞机到达之前关闭所有电子物品。同时，请收起您的小桌板，调直座椅靠背，打开遮光板……谢谢！"随着空姐倒背如流的广播，客舱开始打破原有的沉静。

机长的技术不错，稳稳地落地、减速、驶入即停位置，停稳。机舱里短信进来的声音此起彼伏，好像一切与自己都无关似的，他缓缓站起身，从包里掏出护照打开，将入境卡夹在里面。护照上的照片，那是一张自信满满摄人心魄的笑脸。旁边排列着三个柔软而超然的字——许慕凡——许你一生一世之诺，慕眷平凡淡泊之心。许慕凡从容却迅速地走向候机楼等待行李提取，隐约听到后面节奏感十足、铿锵有致的高跟鞋击地的声音。闻音识人，许慕凡知道这一定是一个自信又严谨的女人。

　　"这位旅客，您好！飞机已经到达，请您醒一醒……"空姐用温柔的声音轻唤着一位靠窗酣睡得流着口水的姑娘，终于在多次唤醒无效之后，不得不从用手轻轻拍肩，再到后来越来越剧烈地摇晃。惊恐的大眼睛瞬间睁开，里面的红血丝确实多得有点吓人。姑娘揉揉眼睛，不好意思左右张望，才发现偌大的飞机里只剩下她一个人了。她慌忙地把掉在地上的电脑收入小小的登机箱，一边打开手机，一边匆匆冲下了飞机。

　　一阵急切的手机震动，她接起来还没来得及开口，就听电话那头蹦出语速快到无需标点符号的催促，"艾姗，你怎么才开机？我用航旅纵横查到你已经准时落地了。给你打电话想告诉你，我凌晨就已经开你的车来机场停车场候着你了！这车太霸气了！一会的会议还等着你Present（演讲）呢！你赶紧通关。"任凭对方一串连珠炮一样，这个叫艾姗的姑娘只淡淡地回了句"是！维一，我都准备好了！谢谢你来接我。"然后不等对方说些什么，立刻挂断，用飞一样的百米冲刺的速度奔向入境口。

　　行李提取处。

　　一个身影站定在许慕凡的斜对面偏左侧，一起等着行李一件件从传送带中被吐出来，一个个挂着橘色priority（优先）牌子的行李箱们，就像受表彰的军官一样透着唯我先行的骄傲劲儿。

许慕凡微垂着眼睛，从他浓密的睫毛缝隙感知着对面的气场——StellaLuna黑色细高跟鱼嘴鞋，配着黑色超薄丝袜，与黑色连衣裙融为一体，一头垂顺的齐肩中发，炫耀着修长的脖颈线条，而那点睛之笔则为小巧玲珑的橘色嘴唇上架的那副气势逼人的黑超墨镜。黑超迅速单手抄起一个 28 寸的银色 RIMOWA 复古行李箱，熟练地提起手柄，单手推着走向海关。许慕凡看着这女人的背影，又疑惑地看了看她手中推着的熟悉的箱子。也许是因为黑超太自信与肯定，许慕凡只好乖乖地还算淡定地等着传送带继续输送行李。还好，又一个 28 寸的银色 RIMOWA 复古行李箱向他缓缓驶来，他也很快出来了。

许慕凡推着箱子向前看了看走在前面的背影，心中微笑地赞叹很少有人在经历了十几个小时长途红眼航班之后，依然保持着这般气势，每一步像钉入地板中稳健。黑超与许慕凡一前一后，就像是两颗交相辉映的珍珠与钻石，散发着引人嫉妒的光辉，停在两队入境口的队尾。一大早到达北京的国际航班真的不算少。

海关入境排队处。海关大姐接过护照，打开抬眼看了一下刚摘掉黑超的女人，"你叫……"海关大姐瞟了一眼护照上的名字。

"殷音。"熟练地展开标准弧度的微笑，与护照上的照片的微笑一模一样。殷音伸手接过护照，流畅地戴上黑超，推着箱子继续优雅前行。许慕凡一直注视着这个身影，有点说不清的似曾相识。他默默地跟在她后面，向同一方向走着。

老远，一个致潮致 in 满头小波浪的男子，高高地举着一块大牌子，毫不吝啬地露出自己那一口整齐的皓齿，挥动着上面写着"Welcome, My Man"（欢迎，哥们）的牌子，那般腻歪的架势，像极了 Gay（同性恋）们小别胜新婚一样苦苦思念多时自己的男友归来。

殷音看了看他，摘下黑超，原地打量了他，没有想过，如今的北京，也如此开放了。不料，in 男居然把眼睛贴在殷音身上，上下打量了一番，突然扔掉手中的大牌子，张开双臂，眯着眼睛坏笑着说："Come on, Baby！"（来吧，宝贝）说完还微微撅起嘴做亲吻状。殷音突然一阵消化不良地作呕，雷得她立刻戴上黑超，绕道前行。而潮男的眼睛一直贴着殷音，直到一只手重重地落在他的肩头。

"吴永豪大色狼，风采依旧，本色难易啊！"许慕凡一张英气有魅力的脸挡在了潮男的面前，生生地将他贴在殷音身上的目光斩断。

"Hey, My man！"吴永豪满脸喜悦故作娇滴滴羞涩的样子，像是找到呵护着自己青涩时期懵懂记忆中珍藏多年的色情杂志一样，眼中闪着激动的光。他把张开的双臂紧紧地环抱住了极其不适应如此热烈的欢迎仪式的许慕凡。

"叫了你那么多年，就是不来看我，我一句她在北京，你就立刻出现。有没有考虑过我们多年的友谊，已经在你丝毫不想掩饰立刻决定回来的时候经历了最脆弱的时刻？见色忘友，虽远必诛！"变脸王吴永豪突然投入愤懑的感慨，伸手钩住许慕凡的肩膀，"不过我对你情谊，可不会因为第三个人而改变，这就叫忠贞！"接下来瞬间变 Gay 的语气，让许慕凡在云里雾里感到越发恶心。

他无奈地摇摇头，"别演了，好多人看着呢！"说完就用力推开黏黏糊糊的吴永豪。

两人一起走向去停车场的电梯，此时的许慕凡还张望了四周，但已经看不到殷音的身影了。突然一个疯跑的姑娘因为跑得太急来不及停下，重重地撞了一下许慕凡的右肩，"万分抱歉！"她头也不回地丢下一句话，跑进了马上要关闭的电梯门内。电梯门关上了，她消失在了许慕凡的眼前。许慕凡有点恍惚，刚踏入北京，就看到两个让他可以感受到她的气息的姑娘。一定是自己对她太过思念了，怎么看谁都有她的影子……许慕凡摇摇头，强迫自己淡定冷静。

艾姗一刻不停地一口气跑到停车场，找到在车里等她的维一。耳朵自动屏蔽了旁边一直在叨叨的维一，开着车一脚油就上了机场高速，准备早点回公司准备一大早的重要会议。

一路上，艾姗的手机邮箱不停地发出进入新邮件和新信息的声音提醒。

"维一，你帮我看看邮件。十几个小时来了多少邮件？"

维一拿起手机，随意念了几封邮件，突然停下："哇！都传从美国回来的市场总监帅到没朋友，看公告上的照片，原来真是如此啊！"

"不要犯花痴！看重点邮件，给我念！"

"职场重点难道让资历尚浅的我来教你吗？永远要知道你的老板是谁，了解他们的所喜所好"，说着，维一念起了市场总监任命公告，"FTL 中国市场总监任命公告——任命许慕凡先生担任 FTL 大中华区市场——啊！！！"维一还没念完邮件题目，夹杂着巨大的一、二、三、四、五声接四连五地猛烈撞击的声响，坐在副驾驶上维一的脸已经重重地贴在了前挡风玻璃上，变了形。艾姗把脸埋在双手和方向盘之间，喘了几口粗气，情绪激动地迅速夺过维一手中的手机，激动到颤抖地看到了"许慕凡"这三个字，仿佛那张神采奕奕永远挂着迷人微笑充满温暖的脸正在温柔地看着她。

"咣、咣、咣"——一阵不太友善的急促的敲车窗的声音——原来是被追尾的前车司机急赤白脸地开口让艾姗下车，但是艾姗毫无反应，直勾勾地盯着手机上的照片，一种在人伤心难过或惊诧不已或过于激动高兴时，从眼睛中流出的味道略咸的液体，叫眼泪，搅拌着悲伤与惊讶从艾姗的美丽如仙境般的眸子中垂落，粉身碎骨地重重地摔在手机屏幕上。好像她的世界顿时被抽成真空，无论是维一的惨叫还是车窗的敲打声都被静音，她的世界安静得只能听见她眼泪的叹息。

艾姗直着眼睛从嘴里挤出几个字，"维一，帮我请一周年假。"然后就蓦然呆滞地下了车，留下不知所措的维一与壮观的追尾现场。她一个人低着头疾步在机场高速公路上，毫不理会背后维一不明所以地大喊和看起来并不好解决的烂摊子——六车连续追尾……

"嘀嘀——"，吴永豪不耐烦地狂按喇叭。"怎么回事，一大早机场高速还堵车？！"

　　他转脸看看轻靠在副驾驶座位上的许慕凡，"想什么呢？她？"有点小邪恶地明知故问。许慕凡并没有理会，只是舒缓地看着窗外，手中依然轻握着那枚莫比乌斯环。他脑子里正在设想无数个版本的重逢时刻，心里层出不穷地反复发出一连串的问题：四年了，你还好么？幸福么？胖点了么？我，回来了。我，很想你。

　　龟速前行了一段时间，终于路过了那一段壮观的六车亲密接触现场。"天啊！真是够热闹的了！你看看这阵仗，北京机场高速六车列队，热烈欢迎世界级第二大帅哥许慕凡先生的到来！"

　　许慕凡墨镜后的眼神没有变化，他无心听吴永豪自语。

　　"你怎么不问世界第一大帅哥是谁？"有点无趣的吴永豪不甘心，希望他可以问出这个问题，但无奈无人应答，他只好继续自言自语："难道这车上只有我吗？拜托，世界第一大帅哥正在为你驾车啊，你不要继续一副鳏夫的表情好不啦？现在不是马上就可以见到心心念念的她了吗？我可是得知她在 FTL 中国就第一时间通知你了啊！但我也是真的服了你，以为你会第一时间飞过来。没想到你居然淡定到自降身价，不管自己用命赌来的事业，过了一个月淡定地空降到 FTL 中国做 MD（市场总监）！"

　　依然一个人继续……自言自语。

　　"见色忘友真是说得有道理，我在北京这么多年了，叫你来，你都不回应我。我一句她在这里，你居然做出这么疯的事！"

　　许慕凡的右手搭在车窗上，任风吹着自己。7 月的北京一大清晨就已经热浪袭人，远处一个背着双肩背，穿着短裤的女孩双腿像是开足了马达，在不停地交错前行，飘逸的长发在她身后肆意地婀娜。

　　吴永豪还在继续上演单口相声，一脚油门倏地超过女孩。许慕凡没有回头，只是不舍地从后视镜里看了看那个戴着墨镜，眉头微蹙的面孔，迅速小去，直至消失在后视镜里。有种心疼的熟悉感，他摇摇头，微微一笑，怎么可能？此情此景，无法想象，一定是自己对她太过思念了。相逢也好，偶遇也罢，邂逅亦可，到底会是如何，他现在充满期待。

"喂？"吴永豪接起电话，"是啊，我接到了，和我在一起，品牌策略会议在哪里开？好，好，知道了。"

"我最亲爱的许先生，按照您的吩咐，我们先去 RED 广告公司参加品牌策略提案会议。我作为 FTL 的财务总监，很荣幸第一个代表 FTL 欢迎你的到来！你的下属们很紧张哦，不知道你也会参加今天的会议。不过，她也会在今天 Present 哦！"吴永豪故意拉长了声音，阴险地坏笑。"对了，给你办好了中国的手机号码，还有你的名片。手机里面的第一个号码是我的哦，第二个是她的，哎！我好贴心 my man！"吴永豪单手把手机和名片塞给许慕凡，无奈地叹口气。

是啊，许慕凡心想，我们的再次相见，看来要发生在会议室里了。

"你为什么不提前联系她啊？"

为什么？许慕凡不知道。是有愧而不敢，还是担心她知道了会离开？他不敢想，也许只有这种方法才可以掩饰他的担忧与紧张。

"她……还是一个人吗？"许慕凡最终没忍住，还是问出了那个憋在心里的久久没能发声的问题。

"你可算问出来了，不是做兄弟的我难为你非要等你自己问出来，我可是刚刚到 FTL 中国发现她就立刻告诉你了。有没有男朋友我不好说，反正入职材料里面写的是未婚。不过据我的观察，她每天都很早来上班，很晚才下班，典型的工作狂人。她在公司三年多休假没超过三天，虽然年轻，但已经是公司最年轻的品牌经理，而且还是公司重点培养的 TOP3——高潜力高绩效高能力的人才。"

许慕凡听得认真，他有点吃惊于艾姗的成绩。相比四年前的她，真的成熟成长了很多。他好期待再次与她相见，他也有很多变化和成绩想要告诉她。

1B. *加油，别紧张*

　　北京金宝街 4A 广告公司 RED 楼下的星巴克，殷音带着行李坐在角落，正在查看即将开始的 VETO 新款手机的上市促销方案的 meeting presentation（会议演讲文件），这算是一个工作习惯吧，提前进入自己的新角色。7 月的阳光洒在殷音的身上，勾勒出了美好宁谧的轮廓。

　　"Double espresso, take away（双倍特浓，带走），谢谢。"

　　这时，一个磁性温暖的男中音引起了殷音的关注。某些人看重美貌，某些人看重才华，某些人看重感觉，而殷音对好听的男声是完全没有免疫力的，瞬间就被他迷人的声音吸引住。但她没有抬起头来，眼睛也没有离开电脑屏幕，高傲的她似乎不想被发现自己已经不自然地迷恋起眼前的这个身影。她的头发从耳际滑落，遮挡在眼前，而她全身的神经都竖了起来，右手无名指轻轻摩挲着右眉——殷音紧张时的标准动作，虽然紧张，但依然用力地感知着不远处的动态，隐约看见一个衣着整齐，步伐稳健的男人。

　　"谢谢你！"听他的谦谦有礼的口音，是台湾人。

　　殷音慢慢地抬起头，后背轻轻靠向沙发，默默地注视着他，望着他的背影慢慢变模糊……

　　"尊敬的客户大人，我——就——知——道——你肯定到了。"一个甜甜的娇嗔的台湾腔。

　　殷音没有抬头，只是抿嘴笑了下，继续干着手中的工作。

　　一双纤细的手慢慢爬上殷音的肩头，温柔地摩挲在她的好看的下颌的流线上。桔粉色的晶莹嘴唇嘟起来慢慢向殷音的脸颊上袭来。

　　"好啦！闹够了没有？虽然我们很多年未见，但今天的提案要是不过，罚你给我全身按摩一个月。"殷音抖抖肩膀，好像掉落了一地鸡皮疙瘩似的抖着激灵，微蹙着说。

"遵命！尊敬的客户大人，By the way（顺便说下），有完美的提案也会提供亲身每寸肌肤的香精按摩服务哦！"

随着声音，一张俏皮可爱的皮肤白皙如婴儿般水嫩的面庞映入眼帘，在小于绝对安全距离的3厘米处对着殷音。

殷音下意识一抬眼，长长的睫毛碰到了她的鼻子，两人随即互呕了一下。

"好啦，阿喵，我们为了多年后的相聚，抱抱吧。"殷音眼泛泪花，张开双臂，重重地与同样泪吟吟的阿喵相拥在一起。

这位是4A Agency RED（4A广告公司）负责VETO公司的Senior Account Director（资深客户总监）Annabel。人如其名，名叫Anna的女子，大多拥有温婉的气质，而Bell却有可爱的一面，但又是非常Sharp（机灵且犀利）的那种台湾女孩。但她喜欢别人叫她"阿喵"，因为爱猫如命吧。她喜欢猫咪的气质，慵懒的样子，高高在上的神情，以及对世俗不屑一顾的洒脱。

殷音对她的第一印象非常特别，总觉得台湾女孩都天生带有一种嗲嗲的"气质"，但阿喵又有着神秘的气息。

她第一次与殷音见面，始于殷音高二的暑假，北京后海一个独特情调的酒吧。殷音是新来的驻唱，而阿喵已经是那里的台柱。两个女孩儿，年龄相近，爱好相仿。外表快乐的阿喵，唱起歌来，总是荡着丝丝的忧伤，听着让人心疼，让人想去给她暖暖的拥抱。殷音的嗓音与阿喵有着独特的默契，或高昂、或温暖、或沧桑、或飘摇，都那么动人。两人的笑容都很安静，但似乎在这安静的背后，又模糊地埋葬着猛烈的凄凉。两人的默契恰到好处，每每她俩在和声的时候，都是这家静吧最细腻的时刻。

而在一年之后，殷音出了国。在她度过孤独和脆弱的每个夜晚，只有给阿喵写邮件，成为她唯一的慰藉。慢慢地，虽然两个人不能见面，却更加亲密与相惜。多年后，当殷音把自己即将回中国加入VETO的消息告诉阿喵时，两人的世界再度戏剧性十足地交织在一起——阿喵所在的4A广告公司RED，正是世界顶级VETO公司Go-to-Market（市场）部的策略和创意广告代理商。

　　"希望我们可以培养出更深刻的工作友谊与默契。"殷音对待工作友谊一直都很谨慎，因为她认为工作中有师长、伙伴、对手和敌人，但却不可轻易付出真情，大家都是建立在共同的利益前提下的。所谓的工作友谊，更多的是一种基于能力上的信任，一种合作上的默契，然而认同则是在共同经历了一些不可能完成的任务后，建立起来的。

　　"尊敬的客户大人，我是 Annabel，但你可以叫我阿喵，请您多多指正，合作快乐噢。"阿喵也正儿八经地重新介绍了自己。

　　"好啦，阿喵，快走吧！一会江心就来了，自从美国一别，我也有一个多月没见到她了，先上楼准备 meeting（会议）了。我们一定不能让她失望。"殷音催促着。

　　阿喵扬起手中一个双杯托，已经买好的 2 杯 Tall(中杯)星巴克美式和拿铁，自信地说，"everything is on track.（万事 OK）"。

　　殷音合上电脑，微笑着起身，满意她如此细心。

　　阿喵半弓着身子，礼貌地让殷音走在前面，按照她的话说是充分体现客户大人身份的尊贵。殷音摇摇头无奈笑笑，拉着阿喵一起走到电梯间。

　　电梯间。

　　"听说了吗？"一个细细的尖声在高高地叫着。

　　阿喵皱了皱眉，反感无奈地摇了摇头。殷音淡定地好似什么也没有听到，继续等电梯。

　　"赶紧说，少得瑟！"一个发型与打扮明显与年龄不符、圆眼睛的中年女人，一边翻着白眼不耐烦地催说，一边拿着苹果手机的自拍功能照着镜子。

　　"最新可靠消息，许先生昨天晚上乘红眼航班今早 5 点刚刚落地，就要 Sit in（出席）今天的新品提案了。我刚刚给财务总监吴永豪确认了会议地点，估计一会儿就到了！"一个脚踩"恨天高"的短发女孩夸张地说。

　　"啊，真的啊？完了，我真是悲喜交加啊！你看 Intranet Announcement（公司内网公告）了么？照片是不是很帅，我真的好想看到他，可是我的 Brand Source of Growth（品牌增长点分析）现在可不想见他！"圆眼睛撇着嘴皱着眉头矛盾地说道。

"没关系，他刚来，什么都不知道呢。等他明白了，你怎么也差不多 ok 了。"恨天高宽慰她。

圆眼睛叹了叹气，摇摇头，把头靠向旁边沉默不语的男人的肩头，面无表情地心底思索着什么。

殷音不露声色地低着头好奇地听着，跟着他们一起上了电梯。

三人站在殷音和阿喵前面，阿喵刚要侧身伸手按 10 层，"恨天高"已经按下了。阿喵微笑着转头意味深长地看着殷音，她一个灵活的眼神，把殷音的眼睛带到了"恨天高"手里提着的电脑包，上面 3 个字母让殷音一下有了答案——FTL——世界 500 强最牛的消费保健品美资公司，拥有很多世界知名的品牌和产品，然而因为内部架构不停调整，近几年的中国市场占有率却呈下滑趋势。看到 FTL 的 LOGO（公司标识），殷音对她们更加倍感好奇，把这三个人默默记在心里。

这三位，就是 FTL 市场部的成员。圆眼睛叫 Lisa 林琅，是 FTL 第二大品类的市场经理。沉默男人叫 Eric 任子健，是 FTL 资深市场经理，掌管着 FTL 最大的品类的最大的品牌。"恨天高"叫 Nina 陈妮娜，是 FTL 市场总监助理。

10 层到了，殷音跟着他们走出电梯，一起踏进 WPP 集团下知名的 4A 公司 RED 北京分公司。

RED 不愧为灵感创意永动机，每年斩获创意奖无数，奖杯都整齐屹立在一进门的形状各异的展示柜中。展示柜旁边是一个巨大的显示器，里面播放着为各类客户创意的作品，不仅创意可以获奖，更重要的是，RED 懂得如何将创意和商业价值结合起来，既可以让客户从中既达成商业目的，又可以让客户的品牌资产增值。

10 层是 RED 的客户接待层、会议室和画展艺廊展厅，11~14 层是

Account（客户服务）们的工作间，15 层是灵感激荡的创意室讨论室和休息室。16~18 层则是 Creative（创意）们的天地，外人一律谢绝进入，以免客户资料和创意机密外泄。

　　阿喵带殷音进入一间会议室，等待会议的开始。

　　殷音放好电脑，准备去洗手间整理一下。走出去路过画展艺廊的时候，她看到一个现代雕像前站立着一个刚刚熟悉的背影，是他！殷音的心颤了一下，站定；看不出他的西装是什么牌子，但浅灰色的西装颜色让人感受到那份成熟与稳重，看不清他的眼里在看什么，只知道眼中必定闪着那份淡然与谦和；猜不到他的心里在想什么，只感到心中那份自信与笃定。

　　"Hi, Morning, 慕凡，你还保留着开会早到的习惯"，这熟悉的声音打断了殷音的遐想。这时，RED 大中华区总裁 Isabella 已经出现在他的身旁，阿喵的大老板，经常出现在各个创意广告杂志的封面和各大广告颁奖礼上。两人互相熟络地拥抱，微笑着表示问候。

　　此时许慕凡回身正好与殷音四目相撞，殷音赶紧收回目光，下意识地用右手缭一下耳前的头发，低头走进了 Lady's room（女卫生间）。

　　RED 的创意激情体现在每个细节，Lady's room 中有一个节约用水的海报，居然是 RED CFO（财务总监）面目狰狞大喊的样子，上面写着 "Save water or go to prison（节约用水，否则进监狱）"。殷音洗洗手，淡淡地笑着看镜子里的自己，掩饰不住自己的紧张。

　　"是他，是他！真的好帅！"这时刚才的"恨天高"跳着进来，一边打电话一边说："你快来！许先生已经到 RED meeting room（会议室）了！"

　　殷音慢慢走出去，隐约听着她兴奋地喊着。通过断断续续的线索拼凑在一起，已经可以判断出他必定是 FTL 的大人物，RED 的大客户，否则 Isabella 不会亲自来欢迎他。殷音使劲摇摇头，外表看似淡定坚强的她面对自己新的开始，有些不自然。她没有回会议室，而是去了楼梯间，上下看看，没有人，殷音特意往上走了一层，开始自己演练："嗨，大家好，我叫殷音，刚刚从美国回来，非常高兴今天可以正式加入 VETO 中国大家庭。我毕业于……"她顿了顿，"也不用介绍这么清楚吧？对，简单点，维持些神秘感……"殷音自说自话了很久，终于在来不及的情况下，草草下楼。没想到，她看到了他——许慕凡正彬彬有礼地站在 10 层楼梯间，微笑地看着她。这下殷音看清了他的眼睛和他的嘴角，坐实了刚才"恨天高"的话，的确是个帅到爆的优雅男人。殷音感到万分尴尬，刚要开口解释些什么，没想到对方先开了口。

"加油！别紧张。"短短五个字，不仅化解了当时的尴尬，更是给了殷音力量、理解、温暖和宽慰。

殷音紧了紧嗓子，快速地眨了眨眼，尴尬地一笑，侧身赶紧前往会议室。当时的她真的希望可以拥有哆啦 A 梦的遗忘相机，对着他拍张照片，让他忘记刚才听到和看到的一切。

目送走了殷音的许慕凡，站在原地，想起刚才那句"刚从美国回来"，他感到殷音有些许眼熟，来不及多想，他长舒一口气。那五个字"加油！别紧张"不仅仅是许慕凡对殷音说的，更是他对自己说的。"是啊，艾姗，我们终于真的要见面了。"

1C. 很荣幸认识你

阿喵和创意们一如既往精彩的提案让殷音参与的会议进展非常顺利。

"辛苦你了阿喵，整体的大方向非常清楚。"江心满意地说道，"殷音，你的合作伙伴是一个理解 Brief（简要说明）非常到位的优秀广告人才。我现在就能感受到你们合作的默契，非常好！无论今后我可以投入的精力有多少，我都希望你们可以尽快 run timetable（列出时间表），Kick-off project（开展项目）。殷音，Do remember（记住），跟 Trainer TTT（给培训师的培训）之后，要他们定期给你他们收集的销售团队关于这款机型的 Feedback（反馈）"。

"Okay（好的），老板。"殷音进入角色相当之快。

　　江心是典型的新加坡老板，对下属总是可以做到及时肯定，并给予最大化的尊重，让人感到很舒服。

　　"对了，江心，明天就是殷音的生日了，我们要不要趁今天提早完成提案，中午给殷音一起庆祝下？"阿喵瞪着大大的眼睛提议到。

　　"Honey, you are so sweet（你太好了），不过你怎么知道的？我也给她准备了礼物呢。欢迎加入，殷音！"说着，江心从她的包包中拿出了一个精致的小盒子。

　　"谢谢你江心！"殷音惊喜甜笑着接过盒子，看了一眼旁边的阿喵，没想到这么些年，她依然记得这个日子。"等等再打开，我们就去楼下的荷塘月色吧"，伴着江心的建议，一行人等收拾好了走出会议室。

　　"维一回来！"随着一声大喊和猛烈的关门声，看到一个二十三四岁左右的女孩子夺门而出，眼睛红红的，眼中滑落了一滴倔强的眼泪。这时"恨天高"随后追了出来，一边追着流泪的女孩一边叫："你疯啦，控制一下，不要 take emotional（情绪化），新来的 Marketing Director（市场总监）还在里面呢！"

　　"妮娜不用理她，会议已经结束了，我们要为许总监接风，在荷塘月色订了位，你快回来收拾下楼！"林琅冲出来叫道，"恨天高"停住瞥了一眼，冷笑了一下，转过身，正好与刚走出来的殷音目光交接。殷音下意识地收起目光，低头前行。

　　"可是还有个品牌的怎么办？"陈妮娜回到会议室，有点看笑话告状的意思，"艾姗我一直联系不上，早上维一说她要请一周年假。这会耽误品牌策略会议的，9 月可是要跟 CEO 演讲的……"

　　许慕凡没有回应，站起身，露出一个心中有数和不须担忧的微笑。陈妮娜好没趣地收了声。

　　荷塘月色，一家古香古色但又充满文艺气息的创意菜餐厅，是适合宴请客户和公司雅餐的地点。所谓雅餐，相对应的就是一群人又喝又唱闹哄哄的聚餐。

雅餐在于需要注重用餐礼节，需要适合用餐环境和参与的人。因此，这里非常适合外企员工和艺术类人士，他们最喜欢在这种地方谈谈事情、联络联络感情。

阿喵、江心和殷音三人坐在一个屏风后面。这里的装潢非常雅致，从屏风到桌椅，再到瓷质餐具都非常精细。荷花是最不可或缺的标志，勾勒在精致的胎质上显得栩栩如生。

阿喵拿起餐单研究着，江心柔柔地说："殷音，打开盒子看看吧，看看喜欢么？"

殷音这才把眼睛从桌上的盘子移回江心的脸上，笑着点点头，两只手缓缓将盒子放在桌子上，用一只手小心地扶着盒子，生怕盒子掉在地上，另一只手轻轻拆开孔雀绿的丝带。当把盒子打开的瞬间，她的脸都被照亮了。

"江心！"殷音吃惊地看着她，手心里小心地握着一个精致的水晶吉他，这是在美国时，一次殷音和江心逛商场时殷音中意的，当时还跟江心讲述了她之前在高中期间写曲子在酒吧驻唱的经历。

阿喵用菜单遮挡住半张脸，只露出大大的眼睛，忽闪忽闪着长睫毛，直直地盯着这精致的礼物。

"殷音，Come on（加油）！继续唱歌、继续学你爱的音乐吧，不要忘记你最初的至爱。工作只是生活的一部分，Better work for better life, better life for better work, right（更好的工作为了更好的生活，更好的生活为了更好的工作，不是么）？这是一个正向循环，谁也无法离开谁！"

殷音非常感动，用力地点点头，能遇到江心这样的老板是她八辈子修来的福分。

"还有，有件事情"，江心顿了顿，"我想该让你们知道了。"

"殷音，你是我在美国发现的奇才。作为你的职场伯乐，你是我职场中最心疼的下属，也作为你的朋友……"江心停顿后，转向阿喵，接着说："阿喵，你是我合作过最有灵性的 Agency Partner（广告公司合作伙伴），这让我对你们俩有着不一样的情感……本来以为我们三人可以更好地在一起合作，所以我才从美国将殷音挖回国内，但是……我想亲自告诉你们关于我的决定，而不是想你们从公司其他途径听到。"

阿喵放下了手中的餐单，表情紧张起来，微微皱起眉头，转头和殷音不安的眼神四目相对，气氛顿时严肃了起来，不一般的凝重。

"我要……离开VETO了。"江心没有看着她们的眼睛，继续说："我的 last day（最后工作日）在 7 月底。"殷音刚听到，就只感觉自己耳鸣，紧接着一阵眩晕，眼前的景象刷刷反白，就像闪光灯强闪一样刺眼。她握着盒子的手抖了一下，嘴微微地张了张，不知道自己是不是听错了，也不知道要说什么好，真希望是听错了！

"Why（为什么）？江心，你想回新加坡？"阿喵着急地问。

"不是，是公司 Global（全球）策略的问题，需要重新调整……一下……"江心若有隐情地哽了下。

殷音看着江心的嘴在动，但是耳朵完全听不到她在讲什么。

"殷音，are you OK（你还好么）？"江心抓着殷音的胳膊，焦急地问。

殷音的情绪就像是洪水决堤一般，惊讶、不知所措，一个字也说不出来。殷音在美国的工作中展现出的非凡的市场策略能力，让江心眼前一亮，决定要将殷音挖来加入 VETO 中国。阔别中国已久的殷音，看到了自己未来的方向。她也认为是时候回归了。

"别难过，我不想你这样。我们还是朋友，我们还会保持联系，我们会更亲密，我们……"江心说着说着也哽咽了，泪水在她精致的眼睛里打转。

阿喵递来纸巾，问道："江心，那殷音怎么办？"

江心微笑地看着殷音，悠悠地说："Global（全球）高层的战略失误，影响了中国公司正常的经营，董事会决定更换管理层，我们不得不面临一场变革。这变革会影响利益漩涡中的每一个人，虽然你不在核心利益漩涡中，但是很可能会被牺牲掉。殷音你很优秀，我不想看到你失望，没有方向，我希望你好好想想，我会尽量给你争取时间和机会。"

"我想跟着你！"殷音想都没想脱口而出。

江心摇摇头，"我想暂时回新加坡一段时间，我会在那里开始新的事业。"

听完这些，殷音就像丢了魂一样，感觉自己掉到了一个黑暗的洞穴，没有人可以拉她一把。没有人发现她正在慢慢坠落、慢慢消失。她好想大喊救命，但是却怎么也发不出声音，那仅有的光亮在慢慢缩小，直到黑暗全部压在眼上。

阿喵突然大叫"God（天）！我最好的客户，我头脑最清晰的客户要离开我了！我不要跟别人合作。"阿喵逃向洗手间，去整理自己的情绪。

看着跑开的阿喵，殷音突然想起来，前阵美国听到股市小道消息，听到有人说过 VETO 公司全球要有大变动。没想到，会跟自己有关，没想到，会来得这么猛烈和迅速！

"殷音，别担心，我已经给你写好了推荐信。我非常愿意为你的新公司做关于你的 reference check（背景调查）。你要相信自己，你能拿到全球著名的 VETO 的 Offer（录用通知书），不仅仅是你有 Marketing（市场）的工作能力，更重要的是你之前积累的 Marketing 的经验和世界 500 强的 Marketing practice（市场操作）。这些是你的财富，什么人也抢不走的，这就是你的能量和武器，是你为之生存奋斗的基础！"江心看着愣愣的殷音，着急地说。

殷音只是呆呆地点着头，一个字也没有说。

一阵笑声从门口传来，殷音超强的声音识别能力告诉她，这是刚才的"恨天高"的笑声，还有 Isabella 一行七八个人坐在了殷音她们斜前方的圆桌。殷音下意识地收了收眼泪，虽然背对着他们，但直觉告诉她许慕凡就坐在她左后方 7 点钟的位置。

这时，坐在殷音对面的江心突然礼貌地笑起来，直起身靠在座椅上，向殷音左后方 7 点钟的位置招着手。

"Hi，江心，it's you（是你）！"

殷音的心一颤，天啊，迷人的男中音，来不及擦干泪水，就感到他的脚步越来越近。一个熟悉的美式的拥抱，"江心真的是你！你一点都没变，还是那么优雅、干练。"许慕凡笑着说。

这时他似乎注意到了旁边坐着的含着泪水的殷音，"你不方便？我们等等再聊？"许慕凡跟江心说道。

殷音赶紧紧张地站起来，没敢抬眼看许慕凡的眼睛，微微点头示意，快步走向餐厅门口。

"没事的，是我可爱的同事和工作伙伴"，江心示意慕凡不必担心。

殷音站在门口，从远处交织的植物和屏风之间注视着许慕凡和江心在交谈着什么，许慕凡时不时将目光投向殷音这边。

殷音一心只想赶紧整理好情绪，回去正式打个招呼。她深吸口气，默念道："殷音，be mature, be professional（成熟些，专业些）。"她迈开步子，走向了他们，更准确地说是走向许慕凡。

"您好，我是殷音 Charlene。江心是我的老板，刚才……抱歉，很高兴认识您。"殷音没有对刚刚做出解释，简单问好后，露出专业的笑容，望着他。

许慕凡的眼睛非常有神，但很谦和，好像能望穿殷音的心，嘴角带着浅浅的微笑，让人有种暖暖的感觉。注视着面前的殷音，他断定这就是那位气场强大、自信非凡的黑超女，不过现在看起来却像一只受了惊吓的小刺猬，红着眼圈半蜷缩着。他笑着伸出手，从容地说道："你好殷音，你有个特别的名字，认识你很荣幸。"

殷音注视着他的手，他的手非常修长、非常美。这似乎不是一个男人该有的手，整洁的指甲修护得非常完美，没有一丝瑕疵。殷音正看得出神，旁边突然有人碰了她一下，是江心，她赶紧回过神来伸出有些许汗的手握向他的手，他的手非常柔软温暖，但又充满自信的力量。

1D. 缘 . 三擦肩

傍晚，殷音的酒店里，暖暖的台灯吹出柔和的希望。殷音坐在电脑前，眼睛空洞地随意落在屏幕的一个角落，她喝下一口水，任由水从嘴角湿漉漉地流到下巴，滴在她白皙的大腿上，顺势沿着腿流了下去。

殷音眼睛直直的，嘴角羞涩地弯弯着，脑子里飞快地回想着今天突如其来发生的一切。她想着下午江心跟她的谈话，她感到迷茫。她想到许慕凡，她感到激动。

她从包里拿出 VETO 的工作卡，看着上面开心的自己，觉得世界变化好快，思绪又回到了下午和江心单独在一起的时间……

阿喵直接哭肿了眼睛，都没有回到荷塘月色，直接回了家。

从荷塘月色出来，江心和殷音也没有回公司，江心开着车送她回酒店换衣服。一路上两人像姐妹一样聊着心绪。

"殷音，好些了么？"江心开着车轻轻地问，副驾驶坐着的、依然魂不守舍情绪低落的殷音。

殷音双手紧紧地握着生日礼物，慢慢转过头，看着她："江心，是你教会了我什么是专业，是你给我承担责任的机会。我对你的感情是非常特别的，我在心里非常依赖你，我真的舍不得你。我害怕……"

殷音沉默了，"我不知道我离开你还能否工作得好……"，吐出这句话的时候，殷音心里抖了一下，感觉自己更多的是害怕这么信任自己、喜欢自己、支持自己的老板离开后，自己将会迎来什么，会有多少不知所措和无所适从。毕竟殷音是空降到了 VETO 中国，跟着江心——大中华区 Go-To-Market Senior VP（市场部高级副总裁）一起工作。有她的信任和支持，殷音在公司的地位也不一般。公司的人看江心的面子也会对她另眼相看，很多江心的直接下属都会酸酸地笑称殷音是她们的"二老板"。而如今，老板的位子说没有就没有了，这让殷音一个在职场刚满三年正处于事业上升期的新人感到恐惧，不知道等待她的将会是什么。

"不要担心。"看到殷音的安静，江心看穿了她的心，"其实我一直想跟你聊聊你对自己的职业生涯是怎么规划的。你知道最幸福的就是能把你的事业和你的兴趣结合起来，最理想的状态是每天都有激情地工作。

"我，其实我想……"

江心打断殷音，"你还记得一个月前在美国，你拿到 VETO 的 Offer 前，我问过你的，还记得你怎么回答的么？"

殷音点点头，"Be a professional and omni-directional Brand Management Expert in my future.（在今后，成为专业且全方位的品牌管理专家）"

江心微笑点点头，"其实我们都知道，在 VETO 这类通信行业中，我们的（Go-To-Market）部门就是 Channel Marketing（渠道市场部）。由于行业的问题，VETO 无法提供一个 Brand Management（品牌管理）的平台给你。而所谓的 Brand Management 是作为一个 Brand 的 General Manager（总经理），需要了解一个品牌的前世、今生和未来，需要了解你的品牌所在的品类、市场特点、竞争环境和竞争对手。同时，还要清楚地洞察到你的消费者的内心和需求。这是一个非常复杂而全面的过程，能给你锻炼的是一个真正的消费品公司。"

"其实，在 VETO 我们做得最多的工作就是将美国总部的核心策略做 Localization（本地化）工作，相对于中国的消费者的研究不是很深入，因此也直接导致自从 2003 年和 2006 年两大全球最卖座机型销售高潮之后，中国市场的萎缩，竞争对手的日益强大，严重残食了 VETO 的市场份额。加之次贷危机的严重影响，美国公司受挫严重。VETO 中国内忧外患。"

殷音明白江心的意思，之前也对全球的变化有所耳闻，只是没有想到一切来得这么快。她不由地担心起自己的未来，担心自己在职场上的价值还不足以找到一个像 VETO 一样的平台继续发展。

"不要担心，殷音，还记得许慕凡么？今天在荷塘月色跟我打招呼的 Leo Hsu。"江心就是如此地善解人意。

殷音听到许慕凡的名字，顿时一怔，抬眼看着笑眯眯的江心。

"他是我在美国的 MBA 同学，非常 Smart（聪明），Sharp（灵敏且犀利），很有 Business Sense（商业敏感）的一个人"，殷音认真地听着关于许慕凡的点点滴滴，"今天他刚刚到北京，他告诉我他刚从美国加入 FTL 中国，任职大中华区的 Marketing Director（市场总监）。你现在也认识他了，要不要考虑一下去 FTL，这是一个不错的平台哦。"

人的际遇就是这么奇妙，今早踌躇满志踏入中国北京，希望自己可以大展拳脚地开启一番事业，紧接着连 Offer 都没攥热，就又收到了 Layoff（解聘通知书）通知。刚才还沉浸在"我要怎么办"的慌乱迷茫中，就像漂泊在茫茫大海上马上要度过一个黑暗的夜晚，突然眼前就出现了一座灯塔，灯光还不偏不倚地打在殷音的身上，有位帅气的船长正伸出手来准备救她……

玩云霄飞车最可怕的不是从波峰到波谷那可怕的失重速度，而是从波谷那不知道何时慢慢爬上波峰的未知的等待。

"FTL？全球最大的健康保健消费品公司？"殷音吃惊地瞪大眼睛看着江心，眼睛中充满了渴望。

江心笑了笑说："对啊，殷音，你看这不是很好的机会么？你一定可以的！所以，你今晚一定要来参加我的 Farewell Party（告别聚会）。许慕凡也会来哦，到时候我想向他推荐你！不过在此之前，我建议你先做一下自我推荐。这样能更显你的诚意和信心。你觉得呢？"

"什么？我？他要找什么样的人呢？我能行么？会不会有行业差异？"殷音惊讶得只剩下惊讶，连珠一样问了很多问题，但心里是喜悦的、兴奋的。

"当然是品牌管理的相关职位了！如果不适合你的发展，我怎么会推荐你呢？要知道你就像当年的我一样，非常努力、非常踏实。我感觉自己跟你在一起工作非常默契，所以我相信你一定可以在慕凡那里工作顺利的。拿好他的卡片，抓住机会！"江心边说边把许慕凡的名片塞在殷音的手里，抿了一口摩卡，背靠在软软的靠椅上，舒了口气，心安了。

小黑熟悉的旋律响起，把殷音从沉浸在下午的思绪中拉了回来，拿起小黑，一条短信：

From 江心（来自江心）："殷音，抓住机会，相信自己！你可以的！北京亮，今晚等着你哦！"

殷音对着小黑会心地笑笑，真心地感到可以有江心做她的老板是她职业生涯甚至是人生中非常幸运的事情。江心虽然与她认识时间不长，但非常了解她，非常为她着想，并给了殷音勇气与希望。

"Yes, I CAN! Thanks(是的！我可以！谢谢)"她回给江心一个坚定的笑脸。

殷音拿起许慕凡的名片，舒了一口气，开始按照名片上的手机输入号码，139102……刚输了一半，突然停住了。殷音觉得直接打电话有点冒失了，她停下来，打开短信，开始写：

"尊敬的许慕凡总监，您好！今天中午很高兴认识您，是江心给我您的联系方式，我写这个短信是想请您提供给我一个工作机会，谢谢。"

看着写完的短信，殷音心里默念着，觉得没头没脑很是别扭，可又不知道从何改起。

她站起来，双手捧着小黑，慢慢地踱着步，在房间里来回溜达，想得很是头大，好恨自己此时文采丧失，指点别人时的口若悬河也荡然无存。特别是她的心里充满了尴尬，让她想死的尴尬。

殷音郁闷地把自己抛向柔软舒服的床，举着手机，正捉摸着修辞，突然手一滑，小黑呈自由落体重重地砸在她的脸上，"啊！"伴着她的一声惨叫，眼泪已经酸酸地挤了出来，嘴里也充满了怪怪的腥味——殷音用自己的手机把自己的嘴唇砸破了，真的好疼！

殷音坐起身来，左手一边在床上划来划去找小黑，右手捂着嘴。当她拿起小黑的时候，更惨的一幕发生了！她身体的某个叫嘴唇的部位似乎碰到了小黑的"发送"键，这条短信已然显示"已发送"的状态！！！殷音立刻顾不上嘴疼，恨不得把自己锤死，心想许慕凡收到这么一条怪怪的短信，会怎么想啊？

等等，看着小黑的屏幕，突然觉得心情放松了点点，因为还没来得及署名，太好了，也许他不记得自己。对，他很忙碌，又刚到北京，刚到新的工作环境，有太多的人需要他见、需要他认识、需要他交谈，他不会记得的！嗯嗯，殷音这样安慰自己，抱着侥幸的心理在房间里摸索纸巾。这时，Adimus（阿根廷曲目）那熟悉的旋律轻轻地响起，殷音条件反射般慌手慌脚地抓起小黑，上面显示的是"139102……来电"。殷音赶紧抓起江心给的名片，"139102……"当读到第8位的时候，她感到自己的瞳孔都放大了，是许慕凡Leo！

殷音的心Totally（完全）慌乱了，这种慌乱有不知自己命运何去何从的不安全感，还有种面对自己有好感要感激却又不好意思尴尬至极的恐慌感，更有夹杂着小鹿乱撞的怦怦心跳的紧张感。正在犹犹豫豫要不要接听电话的时候，小黑安静了。霎时，殷音感到她的世界都安静了。有点低落，举起小黑，黯然地看着屏幕中自己的倒影，经历长途飞机，加上一上午的会议，以及让她措手不及的下午，她的确显得有点憔悴，嘴唇的红色却是很醒目。突然，小黑又响了一下，是短信。

"你好殷音，抱歉打给你，已经收到你的简讯。我想告诉你：第一，我很高兴认识你；第二，我想问你可以打开自己的旅行箱吗？许慕凡Leo"。

些许惊讶、些许兴奋、些许害羞、些许欣喜、些许若狂、些许激动，些许些许，好多些许，殷音都不知该如何回复，手指抖抖地在小黑上回了一个莫名的"好的，谢谢"。殷音坐在电脑前，兴奋得不知道该干什么，邮件看不进去，工作想不清楚地合上电脑，趴在床上，脑子里面一遍一遍过今天发生的一切。一把抓起来小黑，看看是否还有新的回复。闹心极了，又好像云霄飞车一般，从谷底到云端，又再次被推向新的更高的云端。

许慕凡接到了"无厘头"般的回复"好的，谢谢"，一边无奈地扒拉着旅行箱，一边看着旅行箱里面陌生的女人的东西。因为许慕凡的洁癖，手欠的吴永豪已经把箱子上贴的托运贴纸都撕掉了，没想到让许慕凡如此狼狈……都看不到箱子主人的名字。

正当他万般无奈的时候，感谢殷音的短信，让他记起来殷音正是推走了和他一模一样的箱子，他赶紧去问殷音，结果回答却让他摸不着头脑，只好尴尬地拨回去。

殷音看到电话，惊慌了一下，立刻淡定地接起来，"喂，您好。"

"你好，殷音，我是许慕凡。抱歉打扰你。我只想问下，你的旅行箱……打得开吗？"他试探着问着，心焦地等待着对方的回应。

"旅行箱？"殷音下意识地重复，她一直处于高度兴奋状态，还没来得及打开，也忽略了短信的后半部分重要的问题，所以说把重要的事情先说，的确是沟通的准则。

"我马上确认。"殷音光着脚快快走到旅行箱前，拨着自己熟悉的密码"111"，"啪"的一声，打开了。

"我打开了，怎么？"殷音的回答让许慕凡更加无语。

他尴尬地说："密码莫非也是111？"殷音听到吃了一惊，"您怎么知道？"殷音脱口而出……

"实在抱歉，我因为也打开了，发现不是我的东西，我记得我看见你也推着银色的RIMOWA，所以想问问你。嗯，你在哪？我过去我们换一下？"

"啊？那那……您怎么断定是我的？"殷音有点紧张地支支吾吾。

"我看见里面有张和你长得很像的小时候的照片……"许慕凡很尴尬地回答，"抱歉，我不是故意看的，请原谅。"

"没事没事。"殷音不知道该说些什么了，她突然想到什么，"您是不是也会参加江心的Farewell Party？"

"是的，所以我开箱子换衣服，才发现……哈哈哈哈哈"许慕凡不好意思地笑了。声音真的好好听。

殷音和许慕凡约好带着各自拿错的箱子，前往北京亮。一路上，殷音在笑着，这是多么尴尬而又难得呀，同一班飞机，一模一样的旅行箱，甚至连密码都一模一样。短短的一天之中，三次见面，这就是缘分吧。她心里美美地想着。

1E. 好久不见

两人在银泰交换了行李箱。

各自在洗手间换着衣服，许慕凡换了帅气的黑色西装，殷音挂上了黑色小晚礼。

北京亮在顶层 66 楼，拥有 360 度视角，将古城北京的韵致和现代化大都市的风情尽收眼底。殷音穿着高跟鞋，右手轻轻提起黑色小晚礼服长裙，小心翼翼地踩在深色的木质地板搭配镶嵌的鹅卵石上。她环顾这里，北京胡同设计的砖墙，低调朴素的中式庭院入口，10 米高的玻璃金字塔天花板，让坐在餐厅的每个角落都可以欣赏到北京不同的景色。环绕在水景、竹林和中国榕树之中，让喧闹的夜北京上空呈现出了一个安静的空中花园。

安静的星光夜空下，殷音看见了许慕凡在远处优雅地举着一杯香槟，与江心熟稔地谈笑着。

江心招呼殷音过来，殷音挂上自己标准的微笑稳重地走过去。

"殷音！"殷音突然回头，高高的高跟鞋不听话地向右崴了一下，马上要摔倒的时候，一个有力的臂膀，迅速敏捷地一把抄起她的腰。殷音吓得花容失色，等她定睛一看，正是许慕凡让她免于一次受伤和尴尬的发生。

"没事吧？"许慕凡扶起殷音，温柔地问道。

"没事，我没事，谢谢。"殷音感激地谢谢他，看着旁边满脸无辜的阿喵在抱歉地吐着舌头。"你吓死我了！"她小声埋怨道。

"对哦，看着帅哥长得不错，作为你的蜜，我自然要多帮你，不谢！"可爱的阿喵直白地让殷音一阵尴尬。

"等一下，听你说话，你也是台湾人吗？"阿喵不能理解如此的巧合，"那你和你是什么关系？"她用手指指江心和许慕凡，张大嘴做惊讶状。

"我们是美国 MBA 同学，在美国认识的，很多年了。"许慕凡得意地解释道，"江心可是我们同学中的优秀生哦。"

　　江心微闭眼睛蹙了蹙眉，示意许慕凡太过夸张，"说起优秀，殷音可是我从美国带回来的宝，我在她身上看到了无限的能量与潜力。慕凡，她还是我们的小师妹哦！也以优异的成绩毕业于波士顿大学商学院。我的眼光不会错的！"江心得意地举了举杯，微笑地看着有些不自然的殷音。

　　原来有缘的人之间是会相互吸引的。眼前的几个人，突然感到更加熟悉了。

　　"为了缘分！"江心举杯。

　　"为了缘分！"所有人碰杯。

　　殷音在心里酝酿了很久，不知道该如何跟许慕凡提起工作机会的事情，还是江心善解人意。她搂着殷音的肩膀，骄傲地说："慕凡，殷音是我在美国认识的，非常有才华，有能力。我的事情你也知道了，现在我就把她交给你了！你要帮我把她带得更好，她今后的表现会让你感谢今天我的推荐！"

　　殷音只喝了一小口，听到江心对自己的肯定与赞扬，脸红得就像是喝了一瓶。她微微笑笑，"许总监，请您相信我，相信江心的判断。我一定会努力做好！谢谢您！"

　　许慕凡回应地点点头，喝了一口香槟，"我已经把面试地点和时间发给殷音了。"说完，他摇摇手里的手机，微笑地看着她们。

　　殷音感激地点点头，赶紧掏出手机看，"殷音你好，如果方便，请明天与我共进午餐。12点，华贸万豪酒店2层西餐厅。谢谢。许慕凡"

　　殷音激动地看了看许慕凡和江心，回过头看着一直在看手机似乎处于神游的阿喵。

　　"阿喵，我有新的机会了，我太开心了！你怎么想的？"殷音来问阿喵的打算。

　　阿喵撇撇嘴，"你好棒啊，我就说你可以的！我嘛，我也不知道耶。我做这行太久了，6年了，也不能跟你们一起合作了，所以我要好好想一想。也许会开一家艺吧，白天是艺廊咖啡厅，晚上是心情酒吧，如何？到时候你们都要来捧场啊！办卡办卡！"阿喵坏坏地笑笑，好像已经开始觊觎在场每一位的钱包，"台湾亲朋打折哦。"殷音赶紧示意淘气的阿喵不要开玩笑了。

许慕凡微笑地同意。这时，他的手机在频繁地催他接听电话。是吴永豪。

"我现在在银泰楼下车里，你快点下来。"还没等许慕凡那声"喂"发出，对方就匆匆地开口了。

"你怎么知道我在哪儿？"许慕凡不解。

"你别问了，我刚在北京亮看见你了，快找个借口下来！艾姗的事，你快点下来！"吴永豪不容分说地催促着，还借用了艾姗这个强有力的杀手锏。

许慕凡听到艾姗两个字，就像被设定了程序的机器人一样，他立刻放下酒杯，跟江心耳语了句，周全礼貌地向在场的所有人打了招呼，匆匆带着大箱子下楼去找吴永豪。

放好箱子，进入副驾驶。

"难道你没去酒店吗？"吴永豪看着大箱子惊讶地问。

"艾姗……她怎么了？你快说！"许慕凡根本不理他的问题，直奔主题的速度都让人有点寒心了。

吴永豪撇撇嘴，"哦，那个，听说她请了一周年假。今天没见到她吧？"

"我以为你可以跟我说点你知道的将来的事情，或者知道些我不知道的信息。"许慕凡有点失落地提不起精神了，"还有，你刚才在北京亮？那里今天包场了，一个朋友的Farewell。你去那里干什么？"许慕凡才反应过来。

"哦，哦，没事，我赴约，记错日期了。"明显心虚地糊弄，聪明的许慕凡看着他，明显不信的样子。

"对了，我让行政部联系你助理给你找公寓，你想住公司附近吗？我开车带你转转？"吴永豪故意岔开话题。

"你知道吗？你在有诡异怕被别人识破的时候就会看自己的鼻子尖。"许慕凡不依不饶。

"拜托！我哪有？看来我不出杀手锏你是不会转换话题的！"吴永豪看来早就有所准备，"艾姗的住处，你想不想知道？"

许慕凡立刻系上安全带。示意还在废话的吴永豪只许踩油门，可他还在叨叨，"枉我一个财务总监，还要跑到人力资源部色诱妹妹给你找她入职档案里的家庭地址。"

许慕凡用手将侃侃而谈的吴永豪的头掰正，让他直视前方，立刻出发。白色路虎飞一般地上了四环，向着正北方向疾驰而去。一路上，许慕凡的心狂跳着，他不知道自己是不是马上就要见到她了，终于要见到了。

朝阳公园泛海国际居住区。

"艾姗不愧是富二代人家的女儿，看看这小区，太霸气了！听说 CEO 就住在这小区。"吴永豪把车停在了小区门口，"都说没有花冤枉的钱，这个小区的保安也是出名的严格……"

还没等吴永豪嘚吧完，许慕凡就已经下车，快速走到门口想要进去。当他熟练地背出艾姗家的地址的时候，保安客气地说："好的，请稍等。我们需要跟业主通话。"说着，使用门禁通信设备开始呼叫，许慕凡被吓到了，他以为可以直接进到楼下，他慌乱紧张到不行，老实地等待着艾姗那一声宣判。

"抱歉，业主不在家。请您改日再来或者联系业主吧，谢谢理解。"保安几句就把许慕凡紧张的小心脏弄成了失望。

"快进来"吴永豪在车里大喊，"艾姗！"

许慕凡赶紧跑进车里，他顺着吴永豪的手指方向定睛一看，一个女孩子刚从出租车里出来。虽然天已经黑了，但是依然戴着墨镜，看不清面部，长发在晚间的微风中飘摇在身后。

是她！许慕凡认出来了，是今早在机场高速公路上快步向前走的女孩。"你确定是她？"许慕凡有点激动地不敢相信。

"你怎么连心爱的女人都认不出来了，艾姗现在可是变得特别美丽了。特别是严肃工作的时候，你会觉得是一种视觉欣赏，全公司的销售都最喜欢她的品牌，不仅仅是因为她头脑清楚、人美，更重要的是，她人好，肯承担责任！

这不是你的艾姗吗？这几点有哪些变了？过来了，过来了！要不要出去？"吴永豪转身看向许慕凡。

却只见许慕凡，把头垂得低低的。吴永豪不说话了，微微皱着眉，看着自己的死党，那么自信满满风度翩翩的优秀精致男人，在日思夜想的女人面前，把头低得如此。静静的车厢内，吴永豪听到了许慕凡落泪的声音，那是久久的压抑了四年的情感的宣泄，那是遥遥的沉寂了四年的愧疚的决堤，那是远远的痛苦了四年的悔恨的释放。

吴永豪替许慕凡静静地目送艾姗走进小区，无声地发动了汽车。

万豪酒店的豪华套房。

许慕凡愣愣地坐在沙发上，手机进入一条短信，是殷音的。"谢谢您，明天我会准时出席午餐。"

他看了殷音回复的短信，放下手机，慢慢地拿起桌上的红酒，品了一口，眼睛落在了写字台上摆放的一张照片上——照片中是一对绽放着幸福笑脸的人，许慕凡与艾姗。

旁边的电脑屏幕上，是FTL市场部的组织结构图，想着下午市场经理们在跟许慕凡介绍着部门中的成员，唯独艾姗没有在场。

许慕凡淡淡地微笑着看着电脑屏幕中的Winnie艾姗面带职业微笑的照片，"姗姗你成熟了很多"，许慕凡悠悠地自语。

许慕凡的思绪不受控制地回到7年前……

事业蒸蒸日上的黄金时代，33岁的许慕凡毅然决定进入美国海军陆战队服2年兵役。在他退伍的第一天，他一边戴着耳机听着hipp hop，一边嚼着口香糖，刚上一辆出租车后座，这时一个中国女孩大声叫着："师傅，等一下！"

老外司机莫名其妙地看着她一把拉开副驾驶的门，迅速灵敏地一钻，笑嘻嘻地对着老外用流利的英文说："New York Art Gellary Avenue, pls.（纽约艺术馆大道）。"她似乎没有任何不好意思，还补充了一句"谢谢您啊，师傅"，典型的北京小姐的京片子。这是刚刚到美国插班就读高三的姗姗，由于家庭变故，跟着妈妈来到了美国。

老外司机无奈地示意后面还坐着乘客，姗姗转身看到，立刻用抱歉的眼神望着许慕凡，"Would you pls do me the favor, I really need to rush there.（请帮帮忙，我真的需要赶过去）"

"Yes, take your time.（可以，去吧）"许慕凡看着姗姗充满央求的眼神，正常人都会对这个女孩完全没有免疫力，绅士地对司机说："We go to that destination.（我们去那个目的地）"

姗姗见许慕凡丝毫没有下车的意思，收起了笑容，若有所思地转过身，难道这个人也去艺术馆大道吗？还是……在等我感谢他？

电话又响了，姗姗下意识地接起："妈，你别担心，我去去就回。不过……出租车上还有个人……赖着也没下车，我把出租车牌照念给你吧，万一是坏人呢，小心为上。"姗姗的安全意识还是很强的，这点深深地谨记了她姥爷的教诲。

刚放下电话，突然猛烈地来了个急刹车，安全带还是很有用的，姗姗只是往前仰了下，但是坐在后面的许慕凡却狠狠地撞在了姗姗的头上……捂着鼻子和嘴的许慕凡疼得直咧嘴，姗姗下意识地摸自己的后脑勺。

"啊呀！这是啥啊？"姗姗叫了出来，左手食指和中指拉着黏黏的口香糖。许慕凡亲眼看着从他嘴里喷出来的口香糖正在跟姗姗垂顺的长头发爱恨纠葛，好一个相爱相杀……姗姗猛地转身！皱着眉头，瞪着许慕凡，"You！（你！）"

"对不起！小姐。"许慕凡捂着嘴很尴尬地脱口而出。

"对不起就完啦？"姗姗声音高昂着突然降下来了，"你是中国人？！"大眼睛瞪得圆圆的，突然脑子里闪过刚才跟妈妈讲电话的内容。不好意思地嘴巴也变成 O 型了……就像一个倒立的三元牛奶的 LOGO。

"是的，我是中国人。"许慕凡解释道："对不起，我帮你弄下来。"说着就要伸手摘姗姗头发上的口香糖，姗姗下意识地往后躲，"不用了！我刚才也说了你……咱俩……扯平了。"

"要不我带你去造型沙龙，我知道这附近就有一个……"

"不必了，我要去纽约艺术馆大道。"姗姗一边揪着头发，一边回绝。顺手将头发扎起，看得到那形态扭曲成抽象艺术派的口香糖在那里起着特别的装饰作用。

到了目的地。

许慕凡抢着付车费，姗姗下车后把美元硬塞给他，好像着急与他划清界限一样。

许慕凡一直远远地、默默地跟着姗姗，进了一家画廊。姗姗似乎突然安静下来，沉静得像一座精美的雕塑，矗立在一幅画前，良久。许慕凡深沉的眼神，落在她的背影，重重地好像要把她刻在眼睛里。

有人说，目光也是具有力量的。

姗姗感到了这份力量，回头、皱眉，径直走向许慕凡，"走吧！成全你，带我去剪头发吧！完了不许跟着我了啊！"

许慕凡笑了，被这十几岁的女孩严肃的神情配合这搞怪的声音逗笑了。

姗姗来到美国第一次剪发，是一个身穿迷彩，背着背包的成熟帅哥结的账。

"可以给我留个联系方式吗？"处女座的许慕凡鼓了鼓勇气。

"不！可！以！您走好！"姗姗斩钉截铁，光速钻进了一辆出租车。

这是许慕凡和艾姗第一次见面。

泛海国际居住区。黎明6点。

艾姗蜷缩着身体靠在浴缸里，整整一天半，不吃不喝不睡。回来就蜷在浴缸里，一动不动。

手机在旁边嗡嗡作响，她却无心接起，响毕，满满全是未接来电。

姗姗坐起身，解开手机密码，快速地拨出一个电话。"嘀嘀 …… 嘀嘀……"国际长途的电话声音，她魂不守舍地用食指点着大理石台面，无人接听。她完全不气馁，看了一眼手机的时间，较真般地再拨，再拨，再再拨！

"喂——"冰冷的声音从话筒穿出，好像可以把炎热的北京都急速冻住。

"妈，是我。"姗姗非常慌张，这已经是时隔四年第一次跟自己的母亲说话了。

对方没有回复。冷静的气息可以杀死一个嗨翻的酒吧。

"我想问……"姗姗紧了紧嗓子。

"嘟——"恒定频率的忙音，无情地划破了寂静，击碎了紧张，完结了亲情。

姗姗压抑的情绪此刻决堤，双手抓着自己的头发，十指指甲用力过度一个个反着白，但是听不到哭声，就像一部静音的悲情片。妈，你太狠了，怎么可以这么对你的亲生女儿。

安静地流泪也会流累，姗姗眩晕着爬出浴缸。她打开淋浴，可怜巴巴地蹲在地上，任即使是盛夏也会感到冰冷的淋浴水滴重重打在自己的头上，顺着往下流。它们和眼泪混在一起，就看不出在哭泣了，好像心脏伤心的碎片也会被冲走掩盖修补起来，多少年自己挺过来的决绝也可以忘记一样。

第二章

2A. 狼狈混乱的生日

7月28日，殷音加入VETO第二天，中午11点半，殷音早早向江心请了假，提前出现在华贸写字楼楼下的餐厅。

虽然殷音表面故作镇定，但因为紧张，手心里全是汗，手却是冰凉的。她起身走向洗手间，想再一次整理一下自己的装束，对着镜子照照自己职业的笑容。殷音深吸一口气，对着镜子里的自己说："殷音，be mature, be professional, You are the Best（成熟，专业，你是最棒的）！"然后，将一大口气全部呼出。

当她走出去的时候，殷音的眼睛一扫，便注意到了那昨天才见却好似早已熟悉的身影。

许慕凡已经坐在了一张靠窗的餐桌前，正微笑地看着从洗手间走出来的殷音。

殷音下意识地停住脚步，脑子里飞快地回想，他来了多久了？不可能没有注意到的。她赶紧迈开脚步，由慢加快走到许慕凡面前。

许慕凡不仅外表谈吐非常绅士，连他的行为举止都非常绅士。他站起身，帮殷音往外挪了挪椅子，示意她坐下。殷音的小鹿啊，在那一刻，绝对驱赶了她所有的忐忑，只剩下了紧张的悸动。对感情一向冷淡的她似乎在预感期待着什么。

许慕凡在殷音面前坐下，嘴角的弧度精准地咧在那个好看的位置，微笑地看着她。殷音使劲眨了眨眼，想把一切胡思乱想都赶走，想让自己赶紧进入工作面试的专业状态。

"谢谢你能来，殷音。"许慕凡先开口微笑道，温柔的眼光落在了殷音破了的嘴角上。

天啊，这声音的杀伤力太强大了，让殷音有种飘然的感觉。殷音抿了抿嘴角，为了掩饰紧张，也为了转移他的视线从殷音的嘴角移开。她赶紧喝了口水，尴尬地笑着说："也谢谢您能抽时间见我。"

许慕凡帮殷音细心地点了菜，然后突然举起盛水的高脚杯，"Happy Birthday（生日快乐），殷音！"上扬的嘴角勾画出一道完美的风景线，吸引着殷音的眼睛和心。

晕！惊喜错愕的感觉让殷音觉得如此不真实。"你怎么知道的？"殷音那该死的好奇心，居然脱口而出了这么一句不合时宜的问话。

许慕凡拿着高脚杯主动碰向殷音手里握着的杯子，说道："昨天我看到江心给你的精美的礼物，我猜是你生日。看了你的简历之后，更加证实我猜对了。"说完，许慕凡自信地抿了一小口杯里的水，"而且你和一个对我很重要的人是同一天生日……"许慕凡淡淡地笑笑，真好看。

殷音就像个小哑巴一样，闪动着眼睛，好像眼前这个完美男人把她周围的环境都点亮了。她狠狠地眨了眨眼，吞了一口口水，"谢谢，谢谢您的祝福。"她不好意思地抬眼看看许慕凡的眼睛，这真是一双很有杀伤力的眼睛，让人紧张到不敢呼吸，这么有 Insight（洞察力）的男人是她从来没有遇见过的。许慕凡有强于女人的洞察力，更有胜于男人的睿智，有种让殷音难以抗拒的吸引力，让她招架不住，怕看又想看，不想去想，却一直在想。

而接下来发生的一切，除了惊喜，还是惊喜，只有惊喜。

"殷音，江心昨天跟我谈了谈你，她的情况我也了解了些……其实，你昨天不 Sent（发送）给我简讯，我也会联系你的。"沉默，谈到江心，殷音似乎又回到了低落，这个给了她希望又让她失措的老板。

许慕凡读懂了殷音的沉默，身体前倾，轻柔地说道："殷音，人生是这样的，有离别、有欣喜，但你知道为什么人的眼睛是长在前面的么？"这个问题让殷音突然有点摸不着头脑，"是因为你要前进，眼睛就需要向前看，眼睛看到的就是你的方向。"许慕凡说话时候好有感染力，眼睛好亮，照进了殷音的心里，就像是有种强力的磁极一样，吸引着殷音，让她心甘情愿地向着他走去。

告别前，许慕凡说会尽快安排 HR 与殷音沟通。殷音不记得是怎样迷迷糊糊，飘飘然地结束了那天中午的午餐，只记得没有打车，而是慢慢走回了酒店。一路上，殷音没来由地娇羞地微笑着。

许慕凡转身往公司楼走去。一袭黑色西装革履的精英打扮的帅气男人，右手随性地插在兜里，快步走到他的身旁。两人身高身材一模一样，步履一致默契十足地向前有节奏地并进，像是走在川流不息的华贸楼下 T 台秀场，此人正是 FTL 财务总监吴永豪。这两个人的加入，极大地提升了 FTL 整体高管的颜值水平，乃至整个华贸的颜值水平。

"今晚要不要我帮你准备？那绝对是让她记忆深刻，永难忘怀的惊喜之夜，以身相许……"还没等吴永豪色迷迷地说完他替许慕凡设计的计划，就被无情打断。的确，此类肉麻腻歪的计划不适合许慕凡，或者说，许慕凡也没有十足的把握能否见到艾姗。

"你那些完美计划，还是留着给你的各路女友吧，我就不劳烦您费心了。"

"天大的浪费啊！我已经想到一个绝妙的计划，而且我已经了解到每逢艾姗生日必去的地方了！"说完故作深沉，用左手握着下巴等着许慕凡问他。没想到，许慕凡毫无反应。吴永豪有点无趣，悻悻地耸耸肩，"好吧，既然我已经预定好了，那我也不能浪费。今晚我就去了！"嬉笑着跟着许慕凡走进了电梯。

傍晚，艾姗独自来到 Touch 马术俱乐部，换上骑士服的她像一只充满魔力的精灵。黑色的头盔盖住盘起来的头发，精致的下巴紧贴着头盔的扣带，合身的骑士服将她的腰身勾勒得完美无缺，率性的骑马靴光洁得没有一丝尘土，紧实地包裹着她纤长的小腿。

艾姗漫步在马厩的长廊中，微笑而平静地看着每一位老朋友。她走到一批黑色的英国温血马旁边，伸出手轻轻地抚着她的脸，"嗨，流星，你好吗？我来看你了，跟姐姐跑一圈吧！"说着，艾姗打开马厩，流星心领神会地眨眨黝黝、炯炯有神的大眼睛，长长的睫毛不知道要被多少姑娘羡慕得要死要活。艾姗微笑着牵出流星，美丽的背影迎着夕阳余晖，金色的光芒揽着她们，让人想起了画圣拉斐尔的柔美、典雅、和谐的感受。

流星是艾姗亲生父亲在艾姗 15 岁那年送给她的礼物。作为国内顶级的兽医，艾姗的爸爸救活了难产的流星妈妈，并亲自接生了小马。那晚在小马出世的时候，有一缕流星划过天际，因此这匹新生小母马就取名为流星。听说那晚，艾姗的爸爸许了个心愿，希望艾姗可以拥有忠贞的爱情和幸福的人生。

艾姗与流星在马场里欢快地奔跑着，流星已经 11 岁，身体状况自然不如以前那么好，也从比赛的最巅峰状态慢慢回落，牙齿也有些问题了。艾姗心疼地看着快乐腾跃的流星，流下了眼泪。在流星最好的岁月，她没能与她在一起，现在让她慢慢为她做些什么吧。与她一起参加比赛，与她一起快乐地奔跑，也算是一种对爸爸的怀念和对以前生活的感恩。

"艾姗，你的手机已经响过好几次了，你要不要下来接一下？"一位马术教练挥着艾姗的手机，对远处正在练习障碍的艾姗喊道。

艾姗驾着流星来到休息区，一看，满满的未接来电，有公司里打进来的，有陌生的。她刚想回给公司，一个打过好几次的陌生电话再一次地、不屈不挠地打进来，"您好，是艾小姐吗？"年轻的男生听得出来有点急躁，但依然保持良好的服务态度。

"是的，您是？"

"我们是奔驰 AMG 4S 店,您的车已经进入维修环节,需要您来确认下保险条款,并来签字,您看您何时方便?"

"谢谢,麻烦了,我明天就去吧。实在抱歉无法现在跟您确认具体时间。"

"没关系的,谢谢您!如果您需要备用车,请您随时与客户关爱部门沟通。"

艾姗挂了电话,静静地坐在马场的一角,旁边的流星懂事地驻足在主人的身边,什么也不用说,就那么安静地陪伴就是最好的。她的脑袋不受控制地想起了许慕凡的脸……

许慕凡坐在办公室里,望着透明玻璃外不远处艾姗的座位发呆。突然,手机闹铃响了,只见他马上关上闹铃,合上电脑连贯地装进包里,起身走出办公室直接走进电梯下楼。所有人看着新上任总监如此准时下班,心里都不免一阵喜悦,这意味着这位老板不是那种死命加班的工作狂。而事实的真相往往是残酷的,今天真的是个特例,许慕凡一直期待着的今天,平时的他绝对是比工作狂都狂的人。

他开着公司为吴永豪租的白色路虎,穿梭在拥挤的晚高峰中,急躁地按着喇叭,疯狂地交替踩着刹车和油门。谦谦有礼的许慕凡的眉头拧得紧紧的,看来他还没来得及适应这北京的晚高峰。

四环辅路不远处,许慕凡突然看到一个年轻的男人在拦车,旁边一个女人半躺在地上,没有一辆车停下,疯狂的晚高峰也没有空驶的出租车。许慕凡路过瞥了一眼,天!是个面目狰狞的孕妇半躺在地上。小伙子大喊着停车,救人,没有车愿意停下来施援手。已经开过了的许慕凡有点挣扎,他真的好想赶去找艾姗,毕竟这是他们分别四年后的艾姗的生日,而且自己就是为了这天,才赶在昨天回到中国。现在时差还没倒好,都是为了今晚要对她说那句"生日快乐"。而这边又是生命攸关的事情,许慕凡犹豫了,怎么办?他忽然想到,如果艾姗在他旁边坐着,以她的性格,肯定还没等许慕凡停稳车,就已经开门跳下去帮助救人了。想到这儿,许慕凡一扳方向盘,重重踩下刹车,跳下车,跑过来。

"太好了!终于有人来了!"年轻男人和许慕凡一起抱起孕妇,将其小心翼翼地放在车后。许慕凡一下钻进驾驶位，年轻男人刚想关后门离开，孕妇大喊：
"我怕，我怕，你可以在后座陪我吗？"年轻男人一愣，不知道要说什么。

　　"马上要当爸爸了，还发什么呆，赶紧上车握住她的手啊！"许慕凡有点着急。

　　"我不是孩子爸爸，我不认识她，就是路过看见她要生了，帮忙拦车送到医院。"年轻男人赶紧解释道，"论生孩子，我肯定比你有经验，大叔！"

　　这一声大叔叫得许慕凡一个激灵。转过身，有点不睦地对着他说："好啊，既然你这么有爱心又有经验，那赶紧在后面照顾她。我们各司其职，你负责她，我负责开车！"

　　"我有急事，不能一起去医院了。"年轻男人也着急了，"真的是我的人生大事！"

　　孕妇急得哭着哀求着："老公，不要把我一个人丢在这儿！你行行好，我害怕，我疼……疼死了！"

　　年轻男人一听急了，"饭可以随便吃，老公可不能随便认啊，我好心帮你，你怎么……"

　　"好了！你快点上车握住她的手，尽量给她鼓励和安慰，我们快点走了！再耽误，孩子就要生在车上了！"许慕凡习惯性地，如给下属布置工作一样对年轻男人说。

　　"好！我可以照顾她到医院，但是我真的——"

　　"真的不是她老公，不是孩子爸爸对吗？"许慕凡抢过话，"不要解释了，没时间了！上车！"

　　年轻男人叹着气，上了车，照顾着孕妇。

　　路上堵得不行，孕妇一次次地呼喊，催促着许慕凡左右开弓，见缝就钻。他们把车窗摇下来，两个大男人，伸出头来，对着外面的车大声喊着："请让路！车里有待产孕妇，马上要生了！"

　　说完，年轻男人还不忘跟孕妇说"深呼吸，不要紧张。你还没破水儿呢，还早呢，省点劲儿，别喊了！"

许慕凡从后视镜里看着他，看来有经验是真的。

终于历尽艰辛到了妇产医院，两个大帅哥把孕妇送进待产室。所有的小护士都不由得多看他们几眼，耳语猜想着谁才是孩子爸爸。这时，后面一个眼镜男人大哭大喊着从许慕凡和年轻男人之间挤进来，"我老婆呢？我老婆呢？"顿时打破了这美好的画面。

"好了，多谢你！看来你的经验真的很丰富！"许慕凡伸出手，微笑着说。

"不必客气，貌似最该跟我们客气的在那呢。"年轻男人用嘴向着里面哭天抹泪的眼镜男努了努。"我叫立伟伦，刚下从美国回来的飞机不久，"他停下看了看手表，"确切地说，刚踏上中国的土地不到 3 小时。还有，我的经验来自于美国。"说完得意地握住许慕凡的手。

许慕凡刚想介绍自己，立伟伦的电话响起来，"抱歉，我先接一下。"

"什么？！你没开玩笑？"立伟伦的脸严肃到不行，"好的！我马上过来！"说着一边接着电话，一边疯狂全速向外跑去，早已忘记了站在原地的许慕凡。

许慕凡摇摇头，也快步走出去，他心里在说："姗姗，等着我，我来了。"

刚刚发动了汽车，就看见一群医护人员疯狂地推着一个急救床往外狂奔，许慕凡毫无缘由地回头看着，突然映入眼帘的是满头是血的刚刚与他分开，跑出去的那个年轻人——"立伟伦"。许慕凡下意识地拉开车门，一只脚踏在地上，他皱眉犹豫了一下，我要去找艾姗，可是如果是艾姗，她也会立刻下车跑去看看是否可以帮到他。"砰"的一声，关上车门，他健步如飞跑进医院。

拉起一个往急救室方向跑的护士询问，得知立伟伦被车撞飞，目前在大出血，颅内也存在出血症状，他焦急地跟到急救手术室门外。

"你是患者亲友吗？现在他有生命危险，急需手术单签字和押金，你快点去办理！"许慕凡被拉着去办手续，他想都没想，立刻去办理，一心只想把人救活。

"病人急需输血，我们血库没有 AB 型血，现在要去调血，病人可能会有休克危险。"护士跑出来通知许慕凡，刚要离开，许慕凡一把拉住护士，"我是！

AB 型，抽我的！"

护士立刻带许慕凡去验血、抽血。看着自己的血被抽，输入另一生命体内，有一种踏实安详的感觉，一定要好起来！善良好心的小子！

当许慕凡终于借助导航驱车来到 Touch 马术俱乐部的时候，天已经渐渐黑了。他解开了胸前衬衫的扣子，单手拎着西装，无奈地看着马场里面的马儿。

"找人吗？"马术教练问。

"是，不过我看她已经走了。"许慕凡遗憾地苦笑，眼睛瞥到了墙上挂的一张照片，是艾姗骑着流星在跨越障碍的照片，许慕凡慢慢走近，"请问可以把这张照片送给我吗？"

"这是马主参加比赛的照片，不可以送给你。"

许慕凡得到如此生硬的回答实为不爽，"我想，买一匹纯血。"

对方立刻喜笑颜开地接待了他。临走的时候，许慕凡趁没人的时候，悄悄摘下了艾姗的那张照片，用西装包好，小心护在怀中，满意地离开了。

晚上江心恭喜殷音已经通过了许慕凡的面试。其实哪里是什么面试，无非是紧张地与一位有着摄人心魄双眸的市场总监共进了一顿午餐。这是殷音从没感受过的，恍惚的一天，让她来不及判断。

"Cherish the Present（一语双关：珍惜礼物，也译为珍惜现在），这是许慕凡送给你的生日礼物，也是我要跟你说的。珍惜现在，跟着你的好运走，让你的能力证明我们看人才的眼光。"这是江心挂电话前跟殷音说的最后一句话。"Cherish the Present"一语双关，Present 既是"礼物"，也是"现在"。殷音深深感谢职业生涯中的伯乐们，给予她的不仅仅是一个 Offer（录用通知书），一份礼物，更是一份肯定，一份开启精彩人生的信念，一份坚持理想的笃定。殷音感怀她的幸运，记录着自己的每天，抒发着自己的心情——多年来，这是她的一个习惯。

"生日快乐，Cherish the Present！"殷音合上日记，对自己悠悠地说。

不知过了多久，殷音不知不觉地睡着了，左手紧紧抓着小黑，被砸破得嘴唇微微向上翘着……

医院里。

艾姗独自伏在一个插满呼吸辅助设备和生命体征监控器的男人的床边出神，一条短信滑进了她的手机，一个陌生的号码："姗姗，你还好吗？今天是你的生日，祝你生日快乐。"艾姗微微一笑，她一下就认出来这个短信的口吻是他。她有点颤抖地手不停地摩挲着手机屏幕，眼泪滴落在手机屏幕上。四年，很多都已经改变了，你我之间还剩下什么呢？为什么还会流泪？四年了，为什么还会伤心？

"爸，我是姗姗，您听得见吗？今天是我和殷音的生日。我很想您，我很想小时候的时光。我们不能阻止时间的流逝，我们不能改变命运的轨迹，所以我只有独自面对现在的一切，认真地过每一天。我也很想殷音，我不知道她现在在哪里，不知道她是否过得好，但我相信我们一定会重聚。到时候我们会一起来看您，您也要努力，赶紧醒过来，看看我们，好不好？"艾姗的声音带着哭腔，在爸爸的面前，她卸下包裹着自己的铠甲，摘掉掩饰着自己的面具。她是个悲情的姑娘，在努力向着太阳微笑，在拼命顶着逆风飞翔。

护士进来查房，轻轻地拍了拍伤感的艾姗，"你爸爸都听得到的，你要开开心心地过日子，他能感觉得到。这么顽强的求生意愿，是多么不容易。"

艾姗抬起头，笑了笑，以示谢意。

"对了，昨晚我接早班，夜班小刘跟我说，有个英俊有礼的男人来看过你爸爸。但他待的时间很短，就在门外站了一会儿，所以都不敢确认是不是来看望你爸爸的，你知道吗？"护士的一句话，让艾姗紧张起来，"会不会是之前一直悄悄暗地资助你爸爸治疗的人？"

"不管是谁，每个月他打过来的钱，我都记好单独存好了，这个人的债我欠不起。"艾姗若有所思。

"这个人真是不错，我听之前的护士长说，都 10 年了啊，这情分真不可多得。"

一阵急促的震动吓了艾姗一跳，是维一。

"艾姗，你在哪呢？你可接电话了。你知道吗？昨天我要被气死了……"艾姗慢慢走出安静的病房，一言不发，静静地听着维一的连珠炮。

"你不在，你的品牌就没人管了。新来的市场总监许先生也没听我解释，就说一切等品牌负责人回来再说。结果林琅就一直说些风凉话，说什么你的品牌预算高，但投资回报差，我帮着你解释了几句，她差点吃了我，我委屈得不得了。所以说啊，你快点把我弄到你的品牌组里啊，林琅天天说我吃里扒外……"

"维一，谢谢你，昨天我真的太抱歉了。"艾姗很不好意思地有气无力地回复着，"我请假的事情没给你带来什么麻烦吧？"

"这倒没有，不过你的车……哎，涉及一堆车和它们的保险公司……我已经帮你处理了。你别着急，你好好休息啊，但是别不接电话了，我有点担心你。"

"啊，车已经联系上我了。好的，谢谢你了，维一。"

"明天你可以给 4S 店电话，你先去提一辆备用车用。"维一嘱咐道。

匆匆收了线。艾姗又看到那个陌生号码发来的生日祝福，冷笑了一下。是啊，我的人生，你可以随意进入，又可以瞬间离开，而痕迹却深深地烙印在那里。无论用再有效的祛疤贴，还是用纹身的方法修饰，都无济于事。它就在那，深深地、重重地、反反复复地刻在那里，就像"许慕凡到此一游"一样让人心寒心碎。

艾姗疲惫地走出医院，夜深了，好难打车。她一个人不知疲倦地向前走着，像一个可怜的突然恢复悲伤记忆的孤魂，回忆起的所有伤心往事，压得她支离破碎。

在艾姗背后，安静的许慕凡开着车慢慢地跟着她，生怕被她发现。看着艾姗一步一步地往前走着，他有千万次的冲动想一脚油门开到她的身旁，让她上车，送她回家休息。她看起来太疲惫了，让人心酸、心疼。

许慕凡最终还是没有勇气去见她，他相信艾姗没有做好见他的准备。知道自己空降 FTL 中国任职市场总监，她一定非常吃惊。一个三年多来只请了三天假的人，临时请了一周年假，她在躲避、在思考、在调整，她需要时间，是的。他只有把车停在一旁，下车在路边焦急地打车，一辆辆车疾驰而过，没有空驶的出租车。远远看着一辆出租车，他想都不想地冲到马路中间，双手张开，拦在车前。一个急刹车，刺耳的声音划破静谧的夜空，出租车司机还没回过神儿，也没来得及探出头来骂许慕凡，他就已经打开后座的车门，着急地说："小姐，我知道这很让人难以理解，但是我很需要这辆出租车，可不可以请您下车，我来送您，让这辆车去前面载我的朋友？谢谢！"优雅的许先生一口气说完，让本来惊魂未定的女乘客听得一愣一愣，还没听懂，就被许慕凡伸手扶了出来。许慕凡迅速地递给司机 500 块，"请您不要让那位小姐知道，请用空车去前面载她，也要正常打表计费收她钱，否则会被她发现，明白了吗？多谢你！"他伸手指指远方的艾姗，司机接过 500 块，虽然不明所以，但是非常开心地按照指示去做了。

许慕凡不放心地目送出租车去接上艾姗，看到艾姗进了出租车，他才放心。

回过头，才想起来刚才被强行温柔扶下来的小姐。

"啊，抱歉！我，我刚才太抱歉了。我，我现在可以送您去您的目的地吗？不过我才来到北京，还需要导航和您帮忙指路……"

"许大总监真是贵人多忘事，您不是昨天晚上才见过我，"说着她看了看手表，"现在才刚刚 25 小时，您就把我忘了啊？"许慕凡一愣，仔细一看，原来是昨晚认识的台湾女孩，阿喵。

阿喵双手插兜，歪着头，看着许慕凡，一副"刚才你那紧张样儿，我早就看穿了，老实交代和人家那姑娘啥关系"的样子。

许慕凡一脸茫然，没想到刚到北京不足 48 小时，偌大的北京，又是深夜，居然也能碰见"熟人"。他尴尬地吞了下口水，一抿嘴，不好意思地微笑着，一副"你就放过我吧"的表情，让人看了真是欲罢不能，想抱着他狂亲。

"好了，我赶时间，而且我真的没带钱包。刚才是你欠我的，现在帮我还债吧！我现在需要借你一用！"阿喵说着已经绕到副驾驶，拉开门钻进车，"上车啊！快！"

许慕凡赶紧回过神儿，上车系好安全带，"去哪？"

阿喵掏出手机，看到位置检索软件上的地址，"三里屯——夜夜夜店！"咬牙切齿地让人不寒而栗。

许慕凡愣了一下，显然他没有弄明白"夜夜夜店"是个夜店的名字，还是阿喵小姐气得有些口吃。阿喵不耐烦地白了一眼许慕凡，自己自助设定车内导航，"正在为您计算路线，目的地夜夜夜夜店"。随着高德导航传出的声音，许慕凡才反应过来，赶紧开足马力，向夜夜夜冲去！

"这是去干什么？"许慕凡不忘小声试探地问着。

一片安静也算一种答案。许慕凡深感不妙在渐渐向他袭来。

夜夜夜，一家看起来非常暗黑系的夜店。一家非常省电的夜店。一家眼神儿不好千万别进的夜店。

阿喵一边解开安全带，一边跟许慕凡冷冷地说："下车！"

还不等许慕凡反应，"既然都是台湾老乡，总要帮帮我啊！我一个弱女子，深夜独自伤心欲绝地斗胆坐上陌生男人的车，就是为了——生擒欺负我的奸夫！我跟江心可是多年的朋友！否则我就把你刚才的壮举去问江心，相信她总知道那个神秘女孩的事情吧！"阿喵节约时间连停顿都懒得停，直接客套套瓷，博同情完了，立刻加上威胁。

"这招……好管用……"许慕凡无奈地下了车，跟着阿喵走进夜夜夜。

里面非常夜夜夜，黑乎乎的，各路俊男美女捣饬得再美，也看不清谁是谁。

许慕凡皱着眉头，瞪着眼睛，在摸索着前行。突然，一个女人的手放在了他的胸肌上，吓了许慕凡一跳。他刚想甩开女人的手，只听耳边的低语："是我！

阿喵！你快点，搂着我！腰！腰！"许慕凡木讷了，他不知道这是在干什么。阿喵这个急性子一把抓住他的双手，霸气地放在自己柔软的腰肢上。

"现在你需要低头，跟我亲热！"

"啊？"

"假装的啊！你想什么呢！你干我还不干呢！"

"小姐，可以告知下我，你的目的吗？我实在无法配合下去了！"许慕凡已经有点到了极限，要知道他这个处女座，非常介意身体接触……

"来不及了！借个位！"阿喵不容分说，快速地踮起脚，扭着身体，瞪起眼睛，嘟起嘴，从嘴里挤出几个字："你敢亲我，你就死定了！只是借位啦！"

许慕凡摸不着头脑，还没入戏，突然，"嘣"的一声！一个科洛娜的啤酒瓶子砸在了他的头上。阿喵大叫了一声："啊！"

许慕凡被砸蒙了，晕乎乎地倒在地上，居然……流血了……

许慕凡渐渐睁开眼睛，看着焦急的阿喵正睁着大大的眼睛忽闪忽闪地眨着大长眼睫毛看着他，旁边是另外一张焦急的脸——吴永豪。

许慕凡起身用手扶了扶头，皱着眉头摇摇脑袋，傍晚输了好多血，现在又被砸，可怜的，有点晕。

"My Man，怎么是你？你怎么在这？你怎么和她在一起？"吴永豪上来就来一个排比递进问，问得本来还不算清醒的许慕凡更迷糊。

"你还好意思问别人，你刚才跟谁搂搂抱抱呢？"阿喵开始发难吴永豪，"你以为这里黑灯瞎火的，我就找不到你了？"

"我，我应酬一下而已，谁像你，跟别的人要亲亲！"吴永豪急于转移话题，"幸好这个是我死党，要是别人呢？真的占你便宜了怎么办？"

阿喵一听十分惊讶，转头看着委屈的许慕凡，"这都是什么恶缘啦？你和他？死党？"又转向吴永豪，"等一下，那你干吗拿酒瓶打人家啦？"阿喵伸出手指指向可怜的许慕凡，责备地说。

"这么黑我以为是哪个男的要占你便宜啊！没看清……"吴永豪支支吾吾，低头偷瞄许慕凡。

"好了，看来我是最该检讨的，肯定是我跟你们结下了恶缘，所以这么狼狈，这么倒霉。"许慕凡开腔了，"我来帮她抓奸夫，却被当成奸夫打破了头，吴永豪啊吴永豪，我是不是欠了你的？"

"所以说呢，你为什么要跟着她出现在你永远都不会出现的地方呢？我活了这么久，认识你几十年，怎么也不会联想到你和夜店有什么关系，我当然下手就砸了！"吴永豪还来劲了。

"许大总监欠我一次，所以……"

"所以我现在完成任务，我们两清了，可以走了吗？"

许慕凡自知与此人无法辩驳，自认倒霉干脆站起身就要走。

"好了啦，我来正式给你们做个介绍，这位是我的死党——许慕凡，这位是……"阿喵立起眼睛瞪着吴永豪，吓得他赶紧承认："这位是我的女朋友，阿喵。不过你们怎么认识的？"细心的吴永豪还不忘装傻。

许慕凡没好气儿地瞪了他一眼。

"我们？是昨天晚上一个客户Farewell Party上认识的啊！"

"对了，刚刚，我怕你有生命危险，所以擅自做主打电话给了你手机中的另一个号码……"许慕凡听到这，将迈出去的脚又落了回来，转身吃惊地看着吴永豪，"什么？"他紧张又侥幸地期待着什么。

"不过，她听了什么都没说，就挂断了。"吴永豪耸耸肩。

许慕凡失落低下头，阿喵给他贴上创可贴。

三个人走出夜夜夜，各自上车。许慕凡有些意料之中的失落，绝尘而去。

远处的出租车内，闪着泪光的瞳孔里倒映着许慕凡熟悉而又陌生的身影，艾姗努力抑制着自己激动又复杂的心情——四年了，还是那么无所顾忌地擅自进入离开再进入艾姗的世界……让她永远处于措手不及的患得患失中。

2B. 执拗的芳邻

又是一个无眠夜。

艾姗蜷缩着躺在沙发上，看着阳光从窗帘缝中偷偷钻进她的房间，轻柔地唤着她，像是一只发着金光的手，向她挥动。她坐起身，左手挡在眯着的眼前，顺势伸展了一个大大的懒腰，像是一个世纪都没有舒展过。她抓起旁边的手机，已经快中午 12 点了，看到一堆短信来自维一和 4S 店的提醒，今天要去取车签保险。

她爬下床看着床头的日历，不知不觉一周又要这么不留情地匆匆而逝了。生活不会等待你舔舐伤口，恢复元气，只会无声地告诉你，新的一天开始了。

艾姗迅速洗漱完毕，出门了。

4S 店里永远都不缺有钱人与激情澎湃的销售顾问，看着他们热火朝天、手舞足蹈地在形容车的性能，不禁让人有无限的冲动想要立刻刷卡交钱发动引擎。

艾姗很快办理完保险事宜，在售后服务区等待客服拿备用车钥匙。激情销售的声音终于给人以喘息的机会，却被一个更加无厘头的问题替代，"今天能开走吗？我实在忍受不了这个家伙老霸占我的车了！"

艾姗侧歪头转向声音来源，吴永豪正在远处喋喋不休地声讨着在他旁边安静站立的许慕凡。是的，又是许慕凡！短短几天，许慕凡像是施了魔咒一般不停地挤进她的生活，她甚至连拒绝逃避的机会都难以得到。艾姗猛地转回头，谈不上紧张，谈不上厌烦，就是觉得有些不能理解俩人之间的玄妙关系，强烈地纠缠在一起，让她有点应接不暇。她腾地站起来，毫无留恋地再度逃离这还没准备好的情景，留下刚拿着车钥匙呆在原地的售后客服。"艾小姐，艾小姐，请稍等！"

许慕凡和吴永豪被传来的声音吸引，无意回头看见了夺门而出的艾姗。

"追啊！My Man！"吴永豪伸手拍了下许慕凡的后背，"愣着干什么呢？这叫什么？这说明什么？缘分啊！"

许慕凡犹豫了一下，好像被吴永豪的几句话醍醐灌顶，不过他追出去的时候，艾姗已经钻进了一辆出租车。他站在路边原地注视着远去的出租车，心里有点涩，但是他自己知道，不能急，需要给彼此时间，给双方机会。慢慢地，慢慢地，一切都会好的，一切都会回到以前的时光，他要帮助他们彼此忘记四年没有对方的痛苦，将回放衔接到最幸福的一刻。

艾姗一口气回到家，想着自己与许慕凡的偶遇，她不知道这是不是缘分使然，然而她又无法忘记四年前自己的悲痛欲绝。对许慕凡的爱和怨，让她不能理性地判断该如何去做，有的时候需要借助点外力的帮助。艾姗打开电脑，找到那个迟迟想问却一直没有问的星象占卜网站。她终于问出了自己与许慕凡的情感纠葛。

也许是心中早就盼望着一样的答案，当对方将星盘上的情感解析出来的时候，艾姗有点迷茫的心悦，也许这是真的命中注定吧。"你和他的缘分是不解之缘，意味你们的情感虽然历经艰辛，但是最终会走到一起，再多的摇摆与阻力最终都将败给你们坚不可摧的缘分。"艾姗轻轻合上电脑，蜷在地毯上双手抱着双膝，把下巴埋在怀里。这是她想要的答案吗？这是她的动力吗？她该信吗？

许慕凡没有吃午饭，冷静了自己的胃，就像冷静了自己的情感一样。他独自回到办公室，坐下想着艾姗。他任职FTL大中华区市场总监已经有一周之久了，这一周来，他强烈把自己放在一个忙碌不停歇的状态下，人都没有出现在市场部的办公区域，像是百乐门里的交际花，在总裁办公室和各个部门总监的会议中忙碌地度过。他怕，他怕自己一停歇，怕自己一喘息，怕自己一分心，就彻底地无法自拔地想着她，无法继续正常的工作。

一周中，他拒绝了数个助理给他的公寓租赁提案——公园大道、星城国际、金地国际花园。最应该选择的其实是距离华贸最近的金地国际花园，步行也就

10分钟左右；星城国际在国贸后身，社区很大、很完善，管家式服务也非常贴心；公园大道，距离华贸写字楼虽然也谈不上太远，美国公寓设计理念，最完备的配套设施，对着亚洲最大的朝阳公园，平时换换心情也不错。这是行政部给许慕凡总结的各公寓的优劣势，其实许慕凡都不是太感冒，因为这些地方都不是姗姗住的小区。虽然黄金地段奢华又方便，但他连看都不看就——拒绝，搞得陈妮娜跟行政部苦不堪言，"老板你到底要怎样？"

周五傍晚，他盯着手机，沉思着，突然手机震动。毫不夸张地说，也就不到半秒钟，许慕凡就接听了起来，兴奋的声音传来"喂？"

"您好，请问是许先生吗？"

"是，是，请讲。"许慕凡的迫不及待太过明显。

"您上次说看上的那套房子，业主说已经租给了朋友，实在不能卖给您。"

"我出了比市场价高那么多的钱都不可以接受吗？"他有点失望。

"许先生，您别着急，我之前已经跟业主沟通协调了好几天。您也知道，自从您周三跟我说起来，我就一直在联系这个事情，好不容易联系上了移民国外的业主，他直接就说不可以，我赶紧表明您的诚意，但他一句他不缺钱，就是不想卖，把我噎得没给我任何机会。"

许慕凡沉默了，他没想到自己想要接近艾姗，也是困难重重，连老天都不帮他。

"您别着急，我们也再给您看看楼上楼下的……"

许慕凡有点低落，但是他不想放弃，"你说现在是业主的朋友在住？"

"对，业主的朋友，所以业主很难把朋友轰出去，这小区的业主都不是太差钱，所以……"

"好的我知道了，谢谢你。"许慕凡迅速收了线，下车库开车。排在了堵车大军的停车场上，一步一步往前蹭。他不甘心，较起真的许慕凡有股韧劲，像极了职场中的他，不达目的誓不罢休。

好不容易到了泛海国际居住区，他让保安接通了艾姗对门的房间。一个腻腻歪歪的女人的声音慵懒地传出来，"找谁？"

"哦，您好！我是，我是房主的朋友，刚从美国回来，我想找您聊点事情。"许慕凡生平都没有撒过什么谎，有点紧张在所难免。关键还有些羞涩，说完还莞尔一笑，那表情想必世界上的女人都招架不住的。

"请进吧。"果不其然，分分钟搞定，胜利了第一步。

许慕凡左顾右盼地走在园区内，想遇到艾姗又怕遇到艾姗。特别是在敲门的刹那，好怕艾姗突然从背后开开门。那种不安的情绪让许慕凡难以控制自己的脸，脸部肌肉一直在紧张性抽搐。

门很快打开了。一个娇艳而性感的美女站定在门内，半依着大门，嘴角微微一翘，带着嘴角上的那颗痣也扬了起来，微微低下头提起肩膀，"你，认识我们家老杨？我怎么对你一点印象都没有？"

许慕凡看到眼前的"美女"着实被惊了一下，他绝对拥有合格的情场高手的姿色气质和约会浪子的言谈举止。是女人的话，都应该爱上他，至少是被他迷住。连雌性动物都抵挡不住，要在他的脚下留下气味，以标示宣布领地被占有；反之，则是外星人等非地球物种。

看着尴尬冒了汗的许慕凡，美女露出了神秘的媚笑，"进来吧。"许慕凡回头看了看对门，还好，好像没有在家，赶紧溜了进去。他的头脑里已经没有"初次见面，就踏进一个陌生女人的家"实为不妥的概念，而是被"不要让艾姗看见就好"所代替。转身快快地关门那一刻，他的心顿时踏实了一半。

没想到的是，刚转过身美女就来个盘身熊抱，红唇迎上来，就要霸王硬上弓……许慕凡哪里见过这种阵仗，吓得花容失色，不知道手脚该放在哪里。

"小姐，不好意思，你不要这样。我可以坐下来跟你聊……聊吗？我的确需要你……的帮忙。"许慕凡已经被美女逼迫地向后弯着自己的身体，马上就要呈现下腰的弧度了。那腰身，不知道的以为舞蹈学院毕业的。手机在裤兜里振动了起来，许慕凡像是抓到了救命稻草一样，不得不将手放在她的肩膀上，用了些力量向外推开她，她措手不及地坐在了玄关的地上。

"喂？"

"你怎么舍得这样对我？"美女开始哭哭啼啼地矫情造作起来。夸张的哭腔刺耳地钻进电话听筒。

"喂，喂？你好。"许慕凡见没有应答，把手机从耳边拿开，看了一下——瞳孔即刻以光速的速度放大到极致——"艾姗"两个字让他右眼皮狂跳不已。

显然艾姗已经听得清清楚楚，许慕凡貌似处于不方便接听的时刻。艾姗顿了几秒，一串忙音冰冷地传出来。许慕凡呆在原地，看着已经黑屏的手机茫然一片，好像调入真空世界，除了忙音什么也听不到。

许慕凡转身就要夺门而出，一双白皙的胳膊又爬了上来，钩住许慕凡的脖子。

"放手！"许慕凡冷冷地说。

"怎么？给你惹麻烦了？"她好像更加得意了，故意挑逗地轻轻问："你还没说什么事情呢？如果是我佟菲能做到，一定帮你，我说到做到。"

许慕凡转过身，甩开她的胳膊，严肃地说："好，简单来说，我想买你住的这套房子，但是业主不同意，说朋友在住，所以我想来碰碰运气。可以把这套房子租给我吗？"简明扼要，谦谦有礼。

佟菲听后，嘴角上扬："那你用什么方式来报答我？"

"高于市场价格的租金。"许慕凡淡然而自信。

"这个，远远不够。不过，我可以答应你，等以后我想到什么，你再来还这情分吧。这样留有悬念的感觉我最爱。"佟菲转身走到餐厅，拿起笔在一张餐巾上写下了自己的电话，"明天就跟你签合同。"还不忘印上了自己的红唇。

许慕凡没想到会这么容易就答应了。刚才那一幕到底是福还是祸，他有点不懂，不过还是接过了餐巾，转身离开。当他开门的瞬间，手还犹豫了一下，他好害怕一开门外面站定的就是艾姗，对着他的是艾姗满眼泪水加失望至极的脸庞。

许慕凡自己也不记得是怎样走出泛海国际社区，发动汽车回到酒店的。他只想赶紧结束这充满误解的一天。

第二天，许慕凡把佟菲的电话给了经验丰富、处事老道灵活的吴永豪。他本来也不是跟佟菲一个量级的人才，主动让贤，吴永豪自然事半功倍。本以为佟菲会纠缠一下，没想到，顺利得让他有点不敢相信，那么就姑且感叹吴永豪能力非凡吧。

吴永豪主动帮佟菲收拾了房子搬了家，当许慕凡彻底确认佟菲已经消失之后，赞叹吴永豪能力的同时，麻利儿地退了万豪酒店，开心地推着自己的大箱子搬进了泛海国际居住区。就这样，麻利儿的他戏剧般地成为了与她们对门的芳邻。

吴永豪欣赏着许慕凡的新家，拍着他的大腿感叹："没想到你的行动力依然强劲，想到说到做到，小的佩服得五体投地。不过，接下来你要做什么感动我可爱的姗姗呢，My Man？"

许慕凡没有回答，他也没有想好，现在坐在客厅的沙发上，他都充满了不真实感。是不是自己有点太过冒失了，会不会让艾姗反感？会不会吓到她？一连串的问题涌上来，让他的脑子乱乱的。不过他的内心的声音依然是，想见到她，无论是反感还是厌恶，是愤恨还是绝情，他都想可以经常见到她，这让他感到踏实。4 年 1460 个日日夜夜，没有她的一切的日子，他再也不想忍受了。人生短暂到来不及去后悔，就已经要完结，所以即使是痛苦的，也要跟心爱心念的人在一起痛苦。许慕凡手里攥着"莫比乌斯环"，坚定地点点头。

两道门之后，艾姗的家。

艾姗侧躺在 King Size 的大床上，蜷缩着抱着自己的膝盖，头发散开在床上形成一个好看的扇面，大大却空洞的眼睛里溢满了伤心。在收到许慕凡周二发来的生日祝福，再到医院里护士的话，以及那天得知他受伤后对他的关心，再到 4S 店的偶遇，最重要的是占卜星盘的结论，坚不可摧——慢慢地给了艾姗主动联系许慕凡的勇气，然而这勇气来得太过轻松，也许有点太过不真实。当艾姗终于酝酿好自己的情绪，调理好自己的状态，按下许慕凡的电话的时候，故意捣乱且看似残忍的现实又给了她重重一击，太过讽刺的感觉让她有点看不起自己。

许慕凡的突然回归，注定是残忍的一周。艾姗在短短一周之内，过得错乱、混沌和崩溃。

2C. 若即若离

许慕凡回归的第二周没有因为艾姗的惊讶而推迟到来，准时得有点残忍。

周一晨间，刚刚在跑步机上大汗淋漓的许慕凡，在洗手间赤裸着上身对着镜子，好看的曲线、紧实的肌肉。他认真地刮着胡子，低头微蹙着眉摇摇头笑笑，尽量释放一些比见大老板还要紧张的紧张。换上白色的衬衫、黑色的西装和皮鞋，戴上款式经典的手表，站在穿衣镜前，看着自己。他抬起头看看挂钟，才7点，昨夜的兴奋让他彻夜未眠，却依然精神矍铄。想着两个小时后终于可以看到职场中的艾姗，他激动得像个初次约会的青涩少年。他按下门口监控，看了看外面，又把耳朵贴在自己的门上听了听，对门安安静静。他轻轻地打开大门，谨慎而迅速地关上，看到电梯还要等上一会才会到，他果断地跑进楼梯间，一口气跑到了 B2 层停车场。

忙碌的第一周之后，他终于有时间召开部门会议，计划与他的团队互相认识熟悉。

市场部会议室。

许慕凡第一个早早进去坐定。面挂微笑，外表平静却内心忐忑地注视着会议室的门。

9点。

众生态陆续都进来坐好，唯独不见艾姗。一丝失落黯淡落入他的眼眸。

"Morning，我是许慕凡 Leo，终于可以跟各位面对面坐下来做自我介绍，请对我多多关照。"典型的台式问候。

"老板您好！"任子健刚开口就被许慕凡打断了，"叫我 Leo 就好，不必称呼老板，谢谢。"

"哦，Leo，那我来介绍下部门的同事。"说毕，任子健依照组织结构图，开始介绍市场部同事，许慕凡礼貌性向每一位示意点头。

"嗯，负责新品牌的 BM（品牌经理）艾姗 Winnie 为什么没到？"他实在是忍不住了，问道。

"哦，她身体不舒服，又请了一周年假，我一会给她电话再问下。"市场经理何奕解释道。

许慕凡若有所思地点点头，即刻调整到专业频道，"嗯，我们将在本周迎接一位新同事，我希望她将来在任子健团队负责 Swipe 品牌。"听到这里，大家面面相觑，圆眼睛林琅看向任子健，很明显他无辜的表情表示自己也是刚刚得知。大家对这位市场总监刚到任就钦点的新人都充满好奇，或者说是对这位新人和新任市场总监的关系颇感好奇。

紧接着，许慕凡安排了紧凑的神秘访客（所谓神秘访客就是不通知当地销售团队，带上第三方调研机构，一起察看真实的终端销售情况，并且与消费者做最直接的实地访谈沟通）进行市场走访。FTL 的生意真的可谓深入中国，市场走访计划从北上广一线城市开始，直到五六线城市，从经销商到零售终端、再到媒体环境，许慕凡都要做到心中有数。

三周，应该够了，他心想，那会儿你应该调整好了。原来他想的不是市场走访三周够了……

殷音心里美滋滋地整理着自己刚入职就离职的工位，满脸收都收不住的欣喜，大嘴咧到脚后跟的乐不唧唧的样子。之前一副不知所措任人宰割的受气小媳妇样儿，现在像极了翻身农奴把歌唱，双腰间系着大红丝带动作幅度超大的大妈们在广场上跳舞一样，那个喜呀那个乐，连江心都看不下去了，一个劲吃醋地无奈感叹："也不记得是谁说过自己就要跟着我来的！"

殷音也觉得自己太过了，不好意思笑笑，但看起来更像是要嫁给金城武似的乐得要晕过去。江心只得赶紧拿着咖啡无奈翻着白眼快速走开……

"尊敬的客户大人——"殷音刚听到，就猛地转身，飞起来环抱着阿喵的肩膀，歪靠在阿喵肩头，像是变了性格一样娇滴滴地说："阿喵，你怎么来了？"

阿喵粉嘟嘟的小嘴顿时歪成了八万，嫌弃地用中指和大拇指拎起殷音犹如千斤顶一样的脑袋，吓得花容失色。"你变态了啦！认识你这么久，你这是要吓死我啊！"

"我——"殷音刚吐出一个字。

阿喵就伸出右手并拢食指和中指，闭着眼睛摇摇头，示意她不要说话。

"我先来宣布一个好消息：鉴于你和江心对我无情的抛弃，我绝不是开玩笑地做出了重大决定——我——真的——辞职啦！"

殷音听到这个消息，这才恢复了些正常，"为什么？那你要去干什么？"紧接着张大嘴，"难道你真要开艺吧？"

"对！连主题我都想好了，就开我的以猫咪为主题的艺吧啊。"一个明知你还故问的口气回答着，说完还忽闪了两下那贼啦长的俏睫毛。

"走啦，跟我去看看我选的地点。"还没等殷音反应，阿喵就一条胳膊耷拉在殷音的肩头，重重地垂下来。远处看着，像是一只甜美性感的长臂猿，挂在一棵热带雨林里的某种树上——殷音穿了件蓝绿色的套裙。

一路上，殷音不放过每一个跟阿喵描述许慕凡的机会，眼睛闪闪发光，手舞足蹈，绘声绘色，像是要把一顿秀色可餐的美食迅猛地吞下，一点渣儿都不给外人留一样。阿喵想起了那天许慕凡的奇怪之举加之倒霉窘态，几次想打断，都被殷音的手强行捂住了嘴。

阿喵干脆什么也不说，就抿着嘴欣赏神采奕奕，突然变态的殷音表演单口。

手机不合时宜地打断了殷音的表演，"喂，您好！"

"是殷音吗？我是 FTL 中国人力资源部，收到你交来的材料，都没问题了，请于明天 9 点来公司报到。"

"好的，好的，谢谢您。"殷音抿着嘴，心花怒放。终于，要跟许慕凡一起工作了！

艾姗休满了魂不守舍的一周假，整个人都瘦了一大圈。期间工作繁多，每天都被老板和广告公司各种电话骚扰。维一告诉艾姗，新来的市场总监非常职业，本来何奕想让艾姗提前回来，但却被许慕凡阻止。

艾姗带着复杂的心情，毫无工作状态地回到办公室。市场总监助理恨天高陈妮娜一看到她，就立刻飘过来，遗憾地告诉姗姗，帅气的老板有多像张东健，刚决定自己去走访市场，深入一线销售，要长达三周之久。

艾姗看着空荡的市场总监办公室，默诵着门上的名字——"许慕凡 Leo Hsu"。多么诗情飘逸的名字，她心里顿时松了口气，但又伴随着小失落的无奈，歪歪头回到座位上。

一上午就只听到恨天高陈妮娜不停在和维一耳语，主要内容全是关于许慕凡的颜值、背景和绅士风度，以及他各种隐私八卦。恨天高的脸上洒满了爱慕与崇拜，一副志在必得的样子。

艾姗望着许慕凡的办公室透明玻璃墙出神儿，在她的印象中，已经忘记了口香糖带来的尴尬初遇，也许那时的许慕凡的形象太跳戏了。在她的记忆里，第一次见到他是六年前，姗姗已经在纽约开始读大学，年轻有为的许慕凡一边就职于 FTL 美国总部，一边被公司重点培养进行 MBA 课程。艾姗的继父是该公司的大股东，许慕凡是艾姗爸爸的得力干将，是全球重点培养的 future leader（未来领袖）。

一个周末，许慕凡应邀到艾姗家参加总部中高层的聚会。当时姗姗无心陪继父应酬，自己在院子里画画，背后悄悄有人说了句"你……头发长长了"。

沉寂在画作中的姗姗被即使是这么低的声音都惊到了，一转身油彩蹭在了脸上，面前的许慕凡隐忍住笑，静静地注视着她。显然，姗姗被这个年轻有为、长得好像张东健的男人吸引住了。许慕凡也很吃惊在这里又再次见到了她，但他一下就认出了她的背影，或者说是她的后脑勺。

"你好，我叫许慕凡 Leo，正式认识你非常高兴。"好看的手再次伸向姗姗。

艾姗直直地盯着他："你，你是？"

"是的，是我，口香糖。"许慕凡闭了闭眼，回忆着印象深刻的初次尴尬，不好意思地笑笑，把手又向前伸了伸。

艾姗刚要伸手，又缩了回来，"我的手都是油彩，太脏……"

话音未闭，温暖柔软的手已经紧紧地握住了花花的有点凉的手。艾姗抬眼，近近地与许慕凡那双表面故作镇静的双眸对视着，内心早已关不住那头小鹿在猛烈地四处乱撞。紧接着，温软的手指触碰姗姗的脸，情不自已地帮她擦着油彩，绝对是一派世界只有我俩闲人速速回避的任性的幸福。这算二见钟情吗？算吧。

许慕凡是艾姗的初恋。

"艾姗，该开会了。"何奕走到她身旁拍了拍肩膀。

艾姗咧嘴应付地笑笑，是啊，快回到现实吧姗姗，现实是——他是你的老板的老板——仅此而已。抱起电脑，紧追上何奕，艾姗强行命令自己不胡思乱想，正常做自己。

2D. 命运交集

殷音离开了她职业生涯中的最短暂的公司，拥有无数专利技术，曾经全球范围通信行业内翘楚顶尖的 VETO，告别了望京美丽的 VETO 园区，告别了她的精致炫丽的工作间，告别了 VETO 的好老板、好朋友。

江心特意送她，让她着实感动。这种情谊已经完全超越了老板与下属的关系，更像是一种友情与亲情的混合情，殷音是幸福的。

当天晚上，殷音在家中试了各式衣服，对着镜子练习各种微笑。畅想着各种与许慕凡一起工作的画面，她反复几次拿起手机，反复推敲措辞将短信发给许慕凡，得到了一个欢迎你和一个笑脸回复，殷音抱着手机幸福满满地美美睡去。

8月初的北京清晨，天空湛蓝，阳光灿烂。殷音来FTL的第一天，她早早起来，不到8点就来到了FTL在华贸的写字楼。高高的华贸楼下就是北京非常有名的新光天地，这里是北京第二个国贸，拥有国际很多知名奢侈品牌，来来往往的上班族，熙熙攘攘的潮人类，川流不息，车水马龙。在这里，会经常看到宾利、劳斯莱斯等顶级豪车。这里比望京的商业氛围要更浓郁一些，节奏也会稍显紧张。

到一个新环境上班的第一天，对于一个新人来说，也许是紧张，而对于殷音来说，反而是期待，期待看到许慕凡的出现。因此殷音很早就到了公司，前台还没有人，只有在那里静静地等着，心里幻想着与他相遇各种可能的场景。

"我现在已经到公司了，我们居然用了一路的时间来 Brief（简要说明）这件小事。不可以这样没有效率，立刻按照我说的处理。没有时间了，我不接受任何理由的 Delay（延迟）！嗯，就这样，最好在你承诺的时间之前 Send（发送）给我。"

旋转门还没转到大堂的方位，殷音已经听到了一个干练明亮的声音传来。

门打开了，一阵高跟鞋自信有力的击地声，随后靓丽精致的艾姗出现在殷音的面前。

殷音不由得往斜后方撤了一小步，她从声音一下就认出了艾姗，惊恐的神情让她有点无所适从。偷偷地观察着她，她停下从自己帅气的限量版 Channel LeBoy 里摸索着什么。拿出门卡的瞬间，她瞟到了站在角落里的殷音，浅橘色的小嘴微微上扬，手同步在刷卡。通往电梯间的自动门开了，刚走进去，就突然转过头来，歪着头好奇地看着殷音。

"你——找人？"

"哦，是的。你好，其实，我今天第一天来上班。"殷音紧张激动地抖动着嘴唇，赶紧回答。

这时，门已经在自动关闭中。艾姗不知道怎么了，突然用双手撑着门，用力阻止门的关闭，费劲地说："你你你，快进来，愣着干什么呢！"一听到这儿，殷音怔了一下，来不及想，慌忙地赶紧从她的手臂下钻了进去。

殷音背对着她，有点紧张地担心她叫出自己的名字。突然殷音的双手被紧紧抓住，"是我呀，殷音！我是艾姗！"大眼睛里溢满思念的泪滴，"殷音，这些年，你在哪？"

"啊——"殷音的心脏急速跳动着，但她依旧保持镇定自若，她假装故意大吃一惊，"艾姗？真的是你？你是艾姗？"

"是我，是我！"艾姗高兴得像是一个小女孩，刚刚找到自己多年失而复得的洋娃娃。

"自从那年……我们就……再也没见过了。"艾姗默默地低下头，深深地拥抱着殷音。"这么多年，你为什么不联系我？我那会儿每天苦苦等待你的回信。"艾姗感慨地咽下泪水。

殷音听到这里眼神渐渐变了，充满了怨恨的神情，手紧紧地攥成拳头，手上的关节一个个反着白。

"不说以前了，你现在呢？怎么样？过得好吗？"艾姗顿了下，仰起头把眼泪顺流回去，"你刚才说你第一天来上班，来 FTL 了？"

殷音撇嘴点了点头，看着对面的艾姗，衣着靓丽，焕如新生，这般神奇地出现在她的面前，真是又惊又复杂，但却没有喜！

"我今天第一天加入 FTL 市场部的品牌组。"殷音补充着，心里期盼着对方崇拜的赞许。

"是吗？真是太好了！我们居然分别 10 年后，又再度相聚在一起，还成为了同公司的同事，还是一个部门！"殷音微张着嘴，恨不得有人在她旁边揪揪她的耳朵。"我是市场部做新全球策略品牌的品牌经理，负责在中国的

Launch（上市工作），公司的同事都叫我 Winnie 或者姗姗。"艾姗的眼中透着真心的重逢的喜悦。

她还是像以前一样热情和具有亲和力，眼睛里闪着五彩绚丽的光芒。

"我的英文名字还叫 Charlene。"殷音听到艾姗已经是品牌经理，心里顿时像被拳王猛击了一下似的颤抖。许慕凡并没有跟她谈职位和具体的工作内容，"我应该也是 Brand Team（品牌组）的。"明显说得有些底气不足，"是许慕凡把我招进来的。"强弩着补充了一句看似还有点分量的话。

"应该？哪有自己都不确认自己是哪个部门的，拜托，你真的是被 Offer 了么？"艾姗半开玩笑地打趣道，不过她听到了许慕凡的名字，明白了殷音就是之前恨天高她们在讨论的那个神秘的新人。

艾姗瞪着大大的眼睛，心直口快，"Anyway（无论如何），欢迎你来 FTL，也预祝你顺利度过 Probation（试用期）。最重要的是，我们又在一起了！"说完，她把左手伸向殷音，殷音立刻看到她左手无名指明晃晃的大钻戒，好闪好闪。殷音不自然地笑笑，慢慢伸出手，微笑地看着姗姗，点头谢意。

艾姗笑眯眯地说："不管你有什么问题，就找我，包在我身上。"看着她真诚的笑容，殷音自问自己到底是否幸运。在新的公司遇到第一个人竟然是自己昔日的同窗，同时也是自己毫无血缘关系的姐姐。此等缘分，上天对自己是薄还是厚呢？

艾姗已经成为 FTL 的品牌经理，而且独立负责全球品牌在中国的上市。殷音在唏嘘人生变化斗转星移、莫测万变的同时，又不禁回想起了年少时代与艾姗的依赖与纠葛。

艾姗与殷音，同年同月同日生。在两人刚上小学的时候，有一天放学，作为同班同学的两人并排在学校门口等着父母来接。她们俩同时对着前方微笑招手，同时喊出"爸爸""妈妈"。两人转头互相望了望，咯咯笑了起来。站在她们面前的爸爸和妈妈微笑地看着两个女孩，手拉着手，艾姗和殷音不太明白为什么她们的爸爸妈妈要一起来接她们放学。不过很开心的是，当天爸爸妈妈带着她俩吃了一直想吃的麦当劳，两个女孩子还收到了同样的裙子和发卡，各种开心的笑声回荡在记忆的空间中。

艾姗的爸爸与殷音的妈妈结婚了。面对家庭新的成员，艾姗和殷音的幼小心灵在不理解中努力适应着。她们俩甚至开心地认为，自己之前的爸爸妈妈终于可以分开，不再争吵，各自过上幸福的生活了；而最爱自己的那一方依然对自己呵护备至，不离不弃。很快，重新组合的四口之家幸福和谐地生活在了一起。两个女孩子也相互在各自的世界中扮演着最要好的姐妹、朋友和同窗。

同年同月同日生的二人都有着一副好嗓音，同为学校艺术团的小台柱，而艾姗生性阳光飘逸，殷音稍显阴郁神秘。不一样的性情，让二人越大越变得不同。艾姗大大咧咧的性格让她广受欢迎，而且总有无限透支也耗不尽的好运气眷顾着她；而殷音却略微辛苦些，艾姗轻而易举地做到的事情，殷音可能费劲全力也无法企及，不论学业、才艺，还是感情。

那时，殷音疯狂地羡慕姗姗的幸运，有爱她的爸爸，远嫁国外的妈妈，拥有显赫的家境的继父，不用如何努力就可以获得好成绩的头脑，各类兴趣爱好让她在各种舞台上闪着光彩……不得不承认，在学生时代，殷音想跟艾姗情同姐妹，一部分原因是这样会让她也看起来和艾姗一样高高在上，但只有她自己的心底才清楚地知道，她对艾姗拥有的一切，真的嫉妒得发狂。

而如今，正当殷音觉得自己可以踏上新的起点，迎接新的高度的时候，她发现了残忍的事实依然没有改变，这就是所谓的命中注定吗？

不！殷音不信！殷音不服！殷音不许！

就在两人等电梯的功夫，忙碌的艾姗又接起了电话。

殷音在旁边听着艾姗自如熟练地交流着品牌相关的话题，看到她作决定的缜密与果断，一阵阵不舒服的感受涌了上来。殷音转身快步离开，艾姗在背后传来："殷音，你去哪？殷音，我想带你去看看爸爸！你别走！"殷音听到"爸爸"这个陌生的词怔了一下，但立刻加快脚步逃跑一般地迅速远离艾姗的阴影。

殷音漫无目的地游走于车水马龙之间，越来越多的上班族从地铁站蜂窝般地大批挤出来，向四处散去，一簇簇地钻进各个写字楼。一天就这样开始了。

殷音随意坐进了一辆出租车，她疯狂地想逃进夜店里，将自己彻底地灌醉，只有醉了才可以抹去艾姗的光环，才可以睡在只属于自己的世界。而这一大早，她能去哪儿？连夜店都不愿在此时收留她。她突然想到高中时期驻唱的酒吧，是一家 24 小时的店，不打烊的店。因为店主就是希望可以随时给心情不佳的朋友一个发泄倾诉的地方，心情不好难道只有在晚上吗？真是一家善解人意的店。

殷音苦笑着说："去荷花市场。"

殷音走到一家叫"共度"的店门口，老板娘是一个加拿大海归，叫菁菁。一直没有结婚的她已经在这里经营了 12 年，共度的墙上贴满了全球各地的过客的立拍得照片，以及各种祝福也好宣泄也好发誓也好诅咒也好，等等等等各种各样的心情变化。站在这里，好熟悉的感觉，让殷音好像一下回到 10 年前。她在墙上也找到了当年自己留下的痕迹，还有一个对她痴心不变的他——"故事不怕平淡，只怕没有你"。殷音用手摩挲着墙上已经不清晰的文字，露出了一丝丝回忆的温暖笑意。

"殷音？"菁菁张着圆形口从后面转到殷音面前，殷音娇羞地笑着："菁姐，你好！"

"天啊！真的是你！快快坐下。你去哪儿了？当年不辞而别，我连最后一个月的工钱都没结给你啊！"

殷音看着菁菁，轻轻摇摇头，"姐，这里一点都没变，还保持着十年前的样子，真好！"她伸出手，拉着她，"让我给自己调杯'幽兰之吻'吧。"

说着，殷音站起来，绕到吧台后，熟练地拿起调酒器和各色的酒开始调制。她一口气娴熟地调制了"幽兰之吻""曾经的爱人""喝醉那所有的恶魔""若仍有情义""昂贵的邂逅""随海洋去流浪"一系列酒，满满当当摆了一片，花花绿绿，朦朦胧胧，好看但醉人。殷音看着面前的作品，还有旁边看呆的菁菁，大笑了起来："哈哈，我还没有忘记，每一杯的名字都是我起的，真的太怀念了。"说着，她一杯一杯举起来，一口气把所有的酒一饮而尽。每一次仰头，那辛辣的酒精顺着咽喉滚落进胃里，都有种说不出来的压抑。明明是想用酒精冲刷一切想要逃避的过去，然而除了胃里的翻江倒海，反而脑海中越发清晰地痛苦。殷音回忆着自己如锦缎般本该最珍贵最美好的十年青春，却成了她人生中最不愿意掀起的伤疤。想到这，她的妒火熊熊燃烧，抄起一瓶烈酒痛饮而尽。

菁菁没有拦着她，只是淡淡地说："回家就好，释放出来吧！"

借着酒劲，她打开短信，编辑了一条她最不情愿发出的内容："慕凡，您好，很抱歉我无法加入FTL，请相信我做出这个决定也非常艰难。给您带来的不便，还请您原谅，谢谢，殷音。"殷音颤抖着点击了发送，同时她留下了晶莹的泪。"哐啷"一声巨响，殷音倒在吧台上不省人事，泪痕划过她的鼻翼。

"慕凡"的名字在殷音的手机上不知疲惫地深沉地闪烁着。

菁菁有感于他的执著，接起了电话，许慕凡了解了殷音的情况，问了详细的地址，准备过来找她。

菁菁挂断电话，又拿起了自己的手机，拨通了一个电话。"喂，她回来了。嗯，现在在共度不省人事了。不过……"还没来得及说完有人要来接她的话，对方传来一片忙音。菁菁无奈地摇摇头。

半个多小时。在盛夏的晨光中，共度迎来了一个沐浴着金色阳光的俊朗男人。菁菁猜到是刚才询问地址的"慕凡"，她低着头摇头笑笑，喃喃自语道："这回你真的输了。"

许慕凡稳健地走进来，向着菁菁微笑致意，走到殷音身边，用手轻轻拍着她的肩，毫无反应。"殷音，殷音。"他温柔的声音真的会让所有女人丧失抵抗力。殷音依然纹丝不动。

许慕凡转过身来，对菁菁说："您好，我是许慕凡，殷音的同事。我先把殷音带走了。我来照顾她，还请您放心。"菁菁被这羽毛般柔软的声音彻底打败，立刻心甘情愿地将殷音拱手相送，只为博得慕凡的微微一笑。许慕凡有点不好意思，感谢地抱起殷音，把她放进了车内，开车离开。

　　菁菁站在共度门口目送着好似清晨雨露般的美男子绝尘而去，羡慕殷音的同时，还在喃喃自语着："你小子，输了，彻底输了。"

　　远处传来一阵阵鸣笛，驰骋在狭窄的小道上。一辆白色敞篷 mini-cooper 左扭右扭地挤了进来。还没停稳，车门倏地好像被踹一样弹开，一个身着白色裤子，一只脚光脚穿着一只红色 Tods 休闲皮鞋，另一只脚穿着一只荧光绿色人字拖的大长腿抢镜般地跨了出来，还没站稳，就站在菁菁的后面，大喊："她在哪？殷音在哪？"菁菁转过身，噗嗤一声爆笑起来，她一手捂着嘴，一手叉着弯弯的腰，笑得直不起来。

　　"到底在哪啊，殷音？"大长腿急赤白脸地开始跺脚，一个箭步跨进了共度，里里外外上上下下搜查个遍，也没有看到殷音的影子。菁菁拿出手机把他焦急万分的邋遢形象拍了下来，然后拿给他看。手机里面一个衬衣没系扣，戴着雷朋墨镜，腮帮子上还涂着剃须泡沫的纨绔子弟的形象，颠覆着来回路过的人群。

　　"殷音刚被一个朋友接走了，你晚了一步，海洋。"菁菁收起肆意的笑，恢复正常频道跟他解释。

　　"为什么不拦着殷音？你知道我有多么想她！"这个叫海洋的男人激动得好像要飘起来。菁菁没有回答他的问题，只是说出了刚才殷音调制的酒名。"隋海洋！你冷静点！别着急，给她点时间，也给你自己点时间，整理整理你的仪容仪表！"菁菁嫌弃地摇摇头，笑着走开了，留着衣着不整心急如焚的隋海洋在原地发呆。他定了定神，走进记录无数情绪的墙上，找到那行"故事不怕平淡，只怕没有你"。他摘下墨镜，露出忧郁深邃的眼眸，微笑着拿起笔，在"故事不怕平淡，只怕没有你"下面写上"只怕等不到你"……

2E. 嗅到疼痛

也许是酒劲儿太猛了，也许是殷音太不胜酒力，等她迷迷噔噔睁开眼的时候，天已经蒙蒙黑了。

她直起自己的身体，头还是剧烈地疼痛着。她用手支撑着沉沉的头，揉揉迷离的双眼，整个喉咙和口腔都干渴难耐。"咳咳"，她忍不住咳嗽了几声，慢慢爬下床，光着脚尖站在光滑洁净的木地板上，蹑手蹑脚地摸索前行。一不小心撞破了脚趾，她捂着嘴噙着泪忍着疼没有喊出来。打开门，一扭一扭地走了出来。大大的客厅连着另一头的餐厅，整洁的西厨后面站定一个熟悉的背影，白色的T挂上可爱的围裙，忙前忙后在准备晚餐。

殷音看着温暖的许慕凡的背影微笑着出神，突然背后传来熟悉的声音："醒了？"

殷音一激灵，惊诧转身，看到了许慕凡温暖的笑容。她没来得及回答，立刻转过身看着西厨餐台后面的男人。没看错，的确在继续忙着做晚饭，她又皱着眉头转过身，看着许慕凡，"这是？"

许慕凡看向她伸手指向的方向，还没开口，挂着围裙的男人举着调羹华丽地转身，眯眯眼看着殷音笑。原来是在机场对殷音张开双臂的Gay，难道？殷音猛地转回身惊呆地看着许慕凡，"莫非你们……真的是……在……一起了？"

许慕凡满脸黑线，翻着白眼看着远处的吴永豪，"拜托你正常一点好不好？吓到人家了！"

"哈哈哈，美女好幽默啊，我最深的秘密都被你戳穿了呢！"吴永豪越发来劲，演得很开心。

"殷音，你别理他，他叫吴永豪，是FTL的财务总监。我们都是同事哦，不过这个家伙是我认识几十年的死党了，平时就喜欢乱开玩笑，但是人很nice（友善）哦。"说着走到吴永豪的身边，帮着一起端晚餐到餐桌上，"特别是他的手艺，还是非常称赞的！我看你睡得太熟，不知道你什么时候会醒，就把他叫来在家里吃晚饭了。你一定也饿了，快来尝尝。"许慕凡招手招呼她过来坐下。

　　殷音这才反应过来，自己原来是喝大了。"所以说，这里是……"殷音伸手指了一圈房间。

　　"这里是许大总监的府邸，没错！"吴永豪一边摘下围裙一边接话。

　　"你是怎么找到我的？"殷音有点紧张，她沉重的大脑有点断片儿，昏昏沉沉想起来自己一大早遇到艾姗，逃离FTL，回到共度，调酒喝酒，晕倒之前——是的！发了一条拒绝加入FTL的短信，给了许慕凡！天啊！她突然都想起来了，紧张尴尬地看着面前正在倒酒的许慕凡。"我想，你今天上午喝了足够的酒了，那么晚上的红酒就不要品了。"熟练的倒酒的动作，优雅而专业。

　　吴永豪拿起一个高脚红酒杯，举在空中等着倒酒。许慕凡放下酒抱歉地看着他，"你不要喝了，今晚你要负责将殷音送回去。"吴永豪这个表情帝，刚听说不给喝立刻变发怒状，转而听到送殷音，又立刻变了脸，满脸堆笑："还是死党你对我最好了！美酒时时有，美女不常见啊！保证完成任务！"

　　殷音听了后，有点默默地失落，许慕凡让吴永豪送自己，然而没有提及短信的任何话题……该怎么办？她心里有点打鼓，慢慢走过去，坐了下来。眼前的牛排就像是米其林三星里的一模一样，看得她肚子突然也有点饿了。

　　"殷音，"拿起刀叉绅士般切着牛排的许慕凡突然开口，"我改了行程，明天去做市场走访，你跟我一起去吧。你在访市场的时候，也可以更好地了解品牌的生意以及竞争对手的行动，还有多多观察客户的反馈。这对你来说是最生动有用的入职介绍了。为期三周，走访完毕全国区域，如何？"说完，叉起一块牛肉轻巧地放入口中，捻起红酒杯，轻轻晃动，抿了一口。

　　殷音没想到，许慕凡都没有提短信的事情，而给了她如此顺畅的台阶，她装傻与否许慕凡都是心里清楚的，但是既然老板给出了这么个优厚的条件，单独与老板一起出差，三周！并且可以加入FTL这么棒的公司，何必为难自己呢？难道要因为艾姗的原因而放弃自己的努力搏来的现在和眼前这么完美的男人吗？殷音的人生中有一半时间是在赌，是在博弈，这让她充满斗志与紧张，但是也充满期待与憧憬。是啊，人生的玄妙不就在于此吗？实在没有能力可以拒绝眼前的一切，特别是他也在其中的一切。

"好的，谢谢您的安排，我一定会努力的！"

吴永豪送殷音回酒店的路上，殷音抑制不住好奇，向吴永豪打听了很多许慕凡的点滴。聪明的吴永豪当然明白殷音的用意，毕竟没有什么能逃过他灵敏的小眼睛，他故意生动地说了好多许慕凡的糗事，以此来掩饰真正想要被探寻的问题。

毕竟作为死党，他知道许慕凡几十年来，有且仅有爱过一个女人，那就是艾姗。这种感情没有因为时间的流逝和地点的分离而改变，反而验证了他的忠贞。他的世界就是她，只有她——倔强得让人无法理喻，持久得让人目瞪口呆，绝没有其他人的位置，哪怕一个缝隙都别想。

吴永豪不想让死党为难，他深知他最大的弱点就是善良到不会拒绝汹涌扑来的爱。从小到大，他不知道有多少次都是求助吴永豪的帮助而明哲保身。同样，他也不想殷音受到伤害，明明知道结局，还要浪费生命，这样的代价是最没必要付出的，吴永豪想让殷音自己明白，知难而退。

很快开到了酒店，殷音礼貌地示意感谢。步入大堂，还沉浸在回忆中的殷音低头甜笑着。

"殷音。"一个微弱的连自己都很难听到的声音唤着她的名字。

殷音转头一看，是艾姗。

艾姗笑着跑到殷音的身边，"我找人力资源部问了你的住址和电话，她们告诉我你还在酒店住着。我就……"

"你有什么事吗？"殷音打断她，决绝而生硬，"时间不早了，我要休息了，明天我还要跟着新任市场总监去走访市场。"

艾姗被殷音不太亲和甚至有些冷淡的一句话噎得毫无继续开口的能力，特别是听到新任市场总监之后，她下意识往后撤了一步。

殷音没等她再开口，就转身走向电梯。

"殷音，有时间，我们一起去看看爸爸吧！他一直在等你！"艾姗的声音从背后传来，殷音怔住停顿了一下，眼神变得绝情恐怖，头也没回，大步离开。

留下孤独的艾姗站在原地，殷音啊，爸爸一定在想着你，惦着你。

殷音关上房门。背靠在门上，仰起头，努力不让眼泪留下来。"爸爸"，她轻轻地唤着几乎十年没有叫过的陌生的两个字。

十年，依然无法摆脱烙在身上的印记。殷音褪下裙子，裸体站在浴室的镜子前，任凭眼泪滚滚而落，滴在她的胸口，顺势滑落胸前凸起的曲线，呈自由落体垂直摔碎在地面上。殷音双手撑在洗手台上，垂下头，瞪大眼睛，尽情地看着眼泪流着砸在池子中。好看的锁骨微微抖动，头发从肩头掉落，玉颈后突出的颈椎骨清晰可见，顺势往下一片严重烧伤的伤疤趴满后腰的位置，破坏着美丽胴体的完美。

殷音与艾姗在小学时期组成了新的家庭成为了姐妹，她们共同度过了小学、初中的学生时代。她觉得自己的人生一直被艾姗的一切笼罩着，这种感觉让她喘不过气来。那种每天早上一睁眼，连天花板都看不到，只能看到艾姗的床板的感觉，让她对自己的未来充满忧伤——艾姗比殷音早出生两个小时；艾姗的学习排名永远在殷音之上；艾姗参加合唱团演出领唱的次数永远都多过殷音；艾姗的受欢迎程度永远都高于殷音；永远有人追求艾姗为她打群架吃飞醋；老师总是偏爱艾姗，连座位都比殷音靠前……殷音觉得自己可怜得就像一个复刻版，不对！连复刻版都不如，是一个不折不扣的艾姗的 plan B。如果有艾姗在，所有的光芒都笼罩在艾姗的头顶，而她永远都在光晕后面的黑暗角落，等待着艾姗偶尔时不时的短暂眷顾。艾姗成了殷音少年时代的魔咒，挥之不去，抛之不开。没有艾姗在身旁，她会变得没有自信；有艾姗在身旁，她又会变得无比嫉妒。这让殷音每天每时每刻都有种说不出来的抑郁与痛苦，而这种感觉只有深深地埋藏在她小小的心里，不敢对人道之。因为她怕，她怕一旦被人知道，她连 Plan B 的资格都失去了，她连"艾姗的妹妹"的称谓都遗失了。她不敢想，她承受不了这样的后果，无人瞩目的后果。

十年前的 7 月 28 日，殷音和艾姗即将步入高中生活前的那个生日，艾姗拿到学校嘉奖的参与夏令营的机会，只留下略显孤单的殷音在家等着爸爸妈妈回来给她过生日。

下午，她在家里无聊懑懑地看着书，门铃响了，她不情愿地走去开门。原来是殷音一直暗恋着对方，而对方苦苦追求艾姗的学长——立伟伦。殷音开心而羞涩地看着站在门外的立伟伦，刚想请他进来，立伟伦就直接递给她一个大大的生日蛋糕和美美的鲜花。

"请问，艾姗在吗？"殷音没有回答。

"哦，今天是艾姗的生日，我想把蛋糕和鲜花送给她！那你可以帮我吗？一定一定要让她收到，让她亲自打开卡片，谢谢！"他使劲强调"亲自"，说完还帅气地挤了挤眼，以掩饰自己的紧张。

殷音抱着大大的蛋糕和鲜花呆呆地站在门口，她无表情地打开立伟伦插在鲜花上的卡片：

"姗姗，作为男人，我毫不掩饰自己对你的感情。今天是你的生日，也许你不会觉得有何特别，但对于我来说，是我憧憬了很久的日子。我想在此时此刻，给你一个承诺——我爱你！我要娶你为我的老婆！给你一生一世的幸福！我在学校旁的麦当劳等你！不见不散！爱你的老公伟伦！"

殷音拿卡片的手，不能自已地抖动着。在那个懵懵懂懂的年代，勇敢的示爱让示爱者热血沸腾！让被爱者激情澎湃！让嫉妒者发疯发狂！

殷音狠狠地攥紧拳头，把那张有着满满小桃心和 LOVE 的粉红色卡片攥成一个团儿。她觉得不够解气，猛地摔在地上，用脚狠狠地跺着，撵着。那张卡片顽强地抵抗着，好像宁死也要挺住帮立伟伦传递他的真心给艾姗一样。殷音生气地把花和蛋糕摔在地上，她双手捂住耳朵大喊，想极力盖过立伟伦的声音在脑海里盘旋。她突然放下手，拿起了餐桌上的打火机——气狠狠地抓起那张卡片，激动地点了好几次，终于露出了得以解气的笑容，看着那火光渐渐变大，差一点就烧到自己的手。她吓坏了，猛地用力一甩，将燃烧着的卡片甩到了窗帘上。噗的一下，火焰吞噬了窗帘，愤怒地咆哮着。

　　殷音被眼前的一切吓坏了，她没想到会演变成如此后果。她害怕到不行，拿起水杯想去弥补，没想到火势迅猛，把她吓得连连后退，直至蹲在一个角落里。小小火苗顷刻间演变成熊熊大火，不留任何机会。

　　殷音回忆着十年前的一切，用手摸了摸自己的伤疤，泪水决堤，情绪失控。她大喊："妈妈，我错了，我好想你！叔叔，原谅我吧！啊啊啊——"殷音抱着自己大哭大喊，把浴室的一切摔在地上，畅快地发泄着自己。

　　不知是被烟熏倒，还是被眼前的一切吓晕倒，殷音当时倒在一片火海中。醒来的她得知，她的叔叔，艾姗的爸爸，为了救她，严重烧伤，截肢之后昏迷不醒，成了植物人。而她的妈妈却为了保护她，主动向警方承认自己因为与艾姗父亲感情不和，故意纵火致使小区损失严重而被判入狱。殷音身后留下了难以修复的伤疤，而艾姗在美国已经再婚的亲生妈妈，得知此事将她接到了美国。艾姗临走前留给了殷音一个地址，她说不管殷音的妈妈做了什么，她都会保证一定来接她的妹妹殷音。此后，殷音被带往她妈妈做院长的那家福利院抚养，通过一封一封信，殷音寄出她的害怕与无助，但却始终石沉大海。她一直没有收到艾姗的回信和任何消息。十年前的离别让她们从此失去了彼此……殷音对艾姗从无助、害怕，到绝望、痛苦，再到愤懑、仇恨，所有的负面情绪笼罩着她。但她知道，自己要改变这一切，只有自己可以将自己从这般境地救出去！

　　赤裸着的殷音从回忆走出来，坚强地抹去脸上的泪痕，看着镜子中赤裸裸的自己，殷音发誓要赢过艾姗，赢得她所有的所有，超越她一切的一切！

第三章

3A. 遥远的咫尺

殷音在入职的第一天没有出现，反而跟随许慕凡进行为期长达三周的市场走访，这让全部门的人都沸腾了，特别是艾姗的心在突如其来的变化中倍感不安……

殷音在这三周，跟着许慕凡走南闯北，看着许慕凡处于专业的工作状态，她越发感到这个男人的魅力，总是超越她的所有期望。他的体贴、他的缜密、他的雷厉风行、他的完美严谨，都令她着迷。这段不想割舍不想结束的日子，殷音只希望过得慢一点，再慢一点。

而对许慕凡而言，他正在全力照顾着艾姗四年前极力寻找的十分在乎的姐妹。刚下飞机的似曾相识，拿错行李箱里面的年幼的合影，让许慕凡可以断定——殷音就是艾姗苦寻多年的姐妹。

这三周对于艾姗来说，是充满煎熬的。十年中，殷音在她的梦里出现过无数次，在她的幻觉里闪现过无数次。十年后殷音终于在她的现实生活中出现了，但却换来了冷漠的回应。四年中，许慕凡在她的记忆里进进出出，在她的意识里时有时无，她重遇许慕凡，却被千万种复杂的心情肆虐地压抑到喘不过气。艾姗没有什么工作的心情与状态，她的脑子里总是不合时宜地钻出无数殷音与许慕凡在一起的场景。她努力甩甩头，就这样，心不在焉昏昏沉沉地度过了漫长如年的三周。

又逢周一的清晨。

殷音和艾姗，就像殷音第一天入职一样相遇在同样的时间和同样的地点。两人静静地对视着，彼此都不知该说什么。

同样的，艾姗的电话突然响起，她同样娴熟地处理着她的品牌的相关事宜。然而，恰巧在此刻，许慕凡出现了。

其实，许慕凡一大早洗漱完毕整理妥当，把耳朵贴在门上关注着对门艾姗的动静。听到艾姗走出门之后，他等了一小会儿，也慢慢地走到地库，开车跟了出去，跟着艾姗的车，他倍感幸福。这么看来，"恰巧"也是人为的。

然而，当见到许慕凡那个此刻，艾姗还是没能像千百次设计好的那样，控制好自己，怔怔地不知所措地看着他愣在那里。她下嘴唇微微抖动，鼻子返着酸，与刚才打电话的伶牙俐齿形成鲜明对比。要知道任凭殷音疑惑的眼神，还有电话中传来的各种呼唤艾姗的声音，她都全然听不见，就像进入了异次元的时空，阻断了一切与外界的联系。她什么也看不到，什么也听不到，就这样愣愣地看着他——这毕竟是艾姗和许慕凡两人分别了四年之久后，无法闪躲无法逃避的第一次，你看着我，我望着你的面对面。

三个人。

许慕凡柔软地注视着艾姗，眼里那团热简直像熔岩一样要把她融化，有多少话想要向她倾诉，却卡在喉咙无法发声。艾姗把眼睛紧紧地盯在了许慕凡的脸上，脑子倒带般回想着和这个男人的轰轰烈烈，点点滴滴，好似跨越了千年的爱恋。

殷音感受着这奇怪的气场和化学氛围，聪明如她，顿时感受到了千丝万缕的线索。

　　她赶紧转身甜笑地看着许慕凡，而他却依然从容温柔、微笑地点头示意艾姗。

　　艾姗不顾电话那头的千呼万唤，直接挂断了电话。看着许慕凡主动慢慢走到她面前，开口介绍自己"你好，艾姗，我是新来不久的市场总监许慕凡。"随即伸出好看性感的手。

　　艾姗不自然地苦笑了一下，仰起头："初次见面，Welcome（欢迎）。"径直走过去按下电梯按钮，留下孤单的那只等待被握的手。

　　殷音惊讶于艾姗居然以如此酷酷耍大牌般的方式跟市场总监说话，她赶紧对许慕凡说："Morning Leo，我来了。"

　　尴尬的许慕凡在脑海中快速地搜索着话题，有救了！他随即请艾姗做殷音的 Buddy（伙伴计划：当新员工入职时，为了更快地帮助他们适应工作环境，会设置一个伙伴为新人解答公司问题）。艾姗木讷地点了点头，转头向殷音笑笑。

　　只见许慕凡迅速褪下自己的灰色西装，白色的衬衣露出坚挺起伏的胸肌。殷音和艾姗正不明所以，只见许慕凡已经挪步到艾姗的身后，俯下身，绅士地将西装搭裹在艾姗的腰间。艾姗整个人都呆住了，许慕凡的脸距离艾姗的脸仅仅几厘米。她紧张到不能呼吸，僵硬地像一尊雕塑，而脸却红到几乎要爆炸。她感受着许慕凡的气息，淡淡的清香，依然是他们在一起时他那特别的味道。

　　殷音在旁边看在眼里，一阵揪心的痛感袭满全身每寸肌肤、每个毛孔。

　　艾姗傻傻僵在那里等着结束，她甚至不知道为什么，许慕凡会做出如此举动。

　　"你……"还没等艾姗说完，许慕凡伸出手指放在自己的嘴唇上"嘘"地示意不要多说。

　　然后优雅地用右手挡在电梯门旁，微笑着让艾姗和殷音先进入电梯，随后走了进去。

　　三人一起站进了电梯，电梯的镜子映着三人的眼神，好像可以洞穿三人各自的心思。

　　殷音站在艾姗身后，好奇地拉开许慕凡的西装，更加让她难以忍受的妒忌沉重地袭来。原来是艾姗的淡蓝色裙子上洇湿了斑斑血迹。

　　17层好像好高好高，电梯走了好久好久。

　　艾姗到了17层，好像觉察出了什么，糊里糊涂地赶紧去卫生间确认。当她拿下许慕凡的西装的时候，觉得自己的脸简直丢到了外太空。她赶紧将许慕凡的西装拿下来，生怕有一点点染上。一边紧急处理，一边心里这个骂她大姨妈这个不靠谱的亲戚，早不来晚不来，偏偏要在这么尴尬的时刻来，偏偏要被一个男人看到，偏偏要被这么帅气而优雅的男人解围，偏偏这个男人还是她自己朝思暮想苦苦等待了四年之久的男人，偏偏偏偏偏偏！艾姗懊悔羞涩到把自己生平所听的脏话骂了一个来回，都不能原谅自己，相信她的大姨妈一直在狂打着喷嚏。

　　这时，一条裙子甩在艾姗肩膀上，殷音走了进来。"从小到大，你一直这么幸运，连大姨妈都如此眷顾你。这都可以得到老板的照顾，我真是自叹不如！"醋意伴着嫉妒的气压让整个卫生间的空气变得稀薄，好像要让艾姗随时窒息一样。她什么也说不出来，真想把自己的头塞进马桶里，只有静静地看着讽刺她的殷音解了恨撒了气之后扬长而去。

　　艾姗整理好自己的情绪，镇定地走出来，她感谢殷音给她裙子解救她于窘迫之中，有点略带祈求跟殷音说："殷音，作为你的入职Buddy（伙伴），我带你熟悉一下公司的环境吧。"殷音低垂着眼皮，站起来向前走着，艾姗赶紧小跑着跟了上去。

　　艾姗把殷音带到2层的Pantry（茶水间）。FTL可爱的LOGO（标识）演绎充满了Pantry，让你能够感受到这家公司几十载的变迁。公司品牌色是清透的沁人心脾的水蓝色和草绿色，让你似乎感受到置身于自然的怀抱。整齐的微波炉在玻璃柜里码了一排，还特别在外面印上了双语的提示，"微波加热时，请关上隔离防辐射柜"，真的很细心，很人性化。旁边是一个流线型的吧台，一边摆着各式各样的咖啡机，另一边则是一排清水马蹄莲。殷音很满意公司的品位。

"吃早餐了么？"站在落地窗边沐浴着朝阳的艾姗，有点讨好地笑着关心殷音。

殷音看着她，阳光把她的身形勾勒得非常美妙。艾姗指指身旁的餐柜，里面全是公司旗下品牌的食品、保健品。殷音有点兴奋地走过去，手放在餐柜上，餐柜的玻璃倒映出她神采奕奕的眼睛。艾姗拿出一条纤体保健饼干递给殷音，"给你我的品牌，餐柜里面是没有的。这是国外的 Flavor（口味）哦，尝尝，顺便帮我做 Product Test（产品测试）吧。"

殷音接过她手中的产品，强压着羡慕的神情笑了笑，没有说话。

艾姗拉起殷音的手，殷音没有反抗，只是低头看了看被握住的手，默默走出 Pantry。

"整个华贸写字楼 1 座全是 FTL，1 层是前台和产品展示体验区，2 层、3 层是健身中心和咖啡厅休息会客区，4 层、5 层是会议室层，6 层是 HR（人力资源管理部）、Finance（财务部）、Procurement（采购部）、Government Affairs（政府事务部）等 supporting（支持）部门，7 层到 14 层是 R&D（研发部），也是 innovation center（创新中心），跟做新产品的人合作特别紧密，那里不是一般人都有权限进去的，15 层到 18 层是咱们 Wellness BU（健康保健品事业部）的地盘儿。对外，我们是 FTL 在华全资子公司。Brand Marketing（品牌市场部）就在 17 层，18 层是 Channel Marketing（渠道营销部）和销售总部，16 层是北京销售办的，再往上就是其他业务部门了，以后需要再跟你说。"

艾姗一口气讲了好多，殷音努力地记着。这时手机响了，是 HR（人力资源），叫殷音去办理入职手续。艾姗拿过殷音的手机，热情地把她的电话输入到手机里。"这是我的电话，殷音，不管怎么说，我们都是姐妹！有需要随时联系我。"然后带她到 6 层，她转身跳进电梯，做了一个打电话的手势给殷音。

"你好，殷音。我是 FTL 的 Staffing Manager（招聘与安置经理）

Maggie，首先欢迎你加入 FTL。许总监已经将你的简历发给我了，这里是你需要填写的一些人事和财务表格。由于你没有按时来办理入职手续，因此你第一个月的工资将合并到第二个月一起发放。同时，公司会在每个月的月底给全国的新员工进行 Orientation（入职培训）。这是你的门卡，至于你办公所使用的电脑等办公用品，你需要去找你们的部门助理领取。"

Maggie 说完，就将一大堆东西推向殷音的面前。殷音敏感的小神经立刻感觉出了一丝她的不爽。当然，肯定会有不爽。因为殷音的确不是以正常的面试途径进到公司里的，而且她还没有正常入职就单独跟着许总监走访全国市场长达三周时间！许慕凡的好意与照顾给了她些许压力。

"请问我的 Offer Letter 在……"

"哦，在这里。"她从最下面的文件夹中抽出了一个信封，递给她。"许总监跟我说，不用给你做 Reference Check（背景调查）了。我是前几天从许总监的邮件里面看到你的简历的。你的 Title（职位）和 Pay（薪资），他都做了建议，HR 薪酬组也就 Buy in（同意）了。你看看，还满意吗？" Maggie 的话充斥点点火药味，也许还有点酸味儿。

殷音低头接过信封，打开看到：

"Dear Ms. Charlene Yin Yin, Congratulations and welcome you to join FTL big family. Your department is Wellness BU Brand Marketing, as an Associate Brand Manager, report to Senior Marketing Manager Ren Zijian. Your base pay is RMB 12,000 (with tax)*13 months guaranteed. Bonus is 2~5 months base pay according to company and your performance results. Allowance is RMB 2,000 per month, including telephone, transportation and meal……"

（"亲爱的 Charlene 殷音，恭喜你并热烈欢迎你加入 FTL 大家庭。你的部门是健康保健品事业部品牌市场部，职位是助理品牌经理，汇报给资深市场经理任子健。税前月薪 12000，13 个月薪水，每年 2~5 个月奖金根据公司和个人绩效结果，每月 2000 补贴，含通信补贴、交通和餐补……"）

殷音抬眼看了看Maggie，她正举着她的右手看新做的指甲。殷音张了张嘴，还是咽下了想问的话，心里想还是不要惹这个姐姐了。

"说啊，还满意吗？"这时，Maggie却发问了，但她的眼睛却自始至终没有离开她的指甲，殷音微微笑笑，说："我都听老板的安排，谢谢你！我会尽快将资料填好交给BBHR（业务支持人力资源部）。"殷音站起身又继续说："请问，我的BBHR在哪里？"Maggie抬头瞥了她一眼，拨下分机，说了一声："Simon，你们BU（事业部）的人！"

殷音不知道自己的不卑不亢是不是用对了地方，但说完就有点后悔，毕竟她还不是太了解对方的套路和后台。唉，后悔晚了点。不过，看着自己的Offer，殷音还是很满意的，不仅仅是薪水，还有Title（职位）——Manager（经理），虽然前面有个Associate（助理级），但是整体来说已经是经理级别了，殷音再次感到自己的幸运。突然又想到了艾姗的title，殷音抿了抿嘴，低头等着Simon。

3B. 初来乍到

殷音跟着Simon到了17层最靠窗边任子健的工位，艾姗正在一边举着电话一边向殷音微笑着扬扬眉毛。殷音看着她，内心复杂地回想着：学生时代她们的姐妹情谊与友谊都是建立在竞争上的。同年同月同日生，性格相似又相远的她们，学习都还不错，混个全班前五名so easy（很容易）。但殷音是用非常刻苦的每一天换来的，而艾姗擅长临时抱佛脚，且每次抱的都很顺利还比殷音名次高。她们都是合唱团的，殷音训练从不缺勤，而艾姗几乎不怎么出现，但音乐老师却总是让艾姗领唱。她们都有男生缘儿，殷音不敢和男生多接触，而艾姗却和男同学交谈甚欢，称兄道弟，还发生过外校生与本校生为她而群殴的事件，震惊了整个西城区……诸如此类，让殷音既为她担心又有些小嫉妒。艾姗是个非常单纯善良，阳光乐观，而且仗义的人，而殷音总有些谨小慎微的局促和微微的自卑感围绕着她，还有成长环境的差异性。那场火，让殷音和艾珊的距离越来越大，可能这些就是她们的不同之处的根本所在。

"任子健，这是新来的 ABM（助理品牌经理）殷音。"Simon 的介绍把殷音的精神集中起来，她瞟了一眼座位上的工牌，"任子健 Eric Ren"。殷音怯怯地观察着她的新老板，正常情况下，她应该最熟悉自己的直线老板，而由于特殊的面试流程，这是第一次见……殷音咽了口唾沫，定了定神，一看正是他，那个一个月前在 RED 见过的男人。

"您好，老板，我是殷音 Charlene。非常高兴来到 FTL 您的团队，我会努力工作……"

殷音说了半天，也不见任子健把视线从笔记本电脑屏幕前移开。他似乎就像是另一个世界的人一样，如此自然地视而不见……这让殷音有点尴尬。Simon 轻轻拍了拍殷音，撇了撇嘴先走了。

"殷音，手续都办好了么？"熟悉的声音从殷音身后响起，毫无疑问，是许慕凡。

"啊！殷音，你好！欢迎欢迎！以后就叫我任子健，不要'老板，老板'的。咱们大 Team 只有一个大老板，那就是许慕凡 Leo 总监。"殷音还没来得及回应许慕凡，只见任子健满脸堆笑地站起身来，拍着殷音的肩膀说了以上一番话。这几下肩膀拍得真的很有深意。

"来来来，殷音！你过来，我给大家介绍你。"说着，许慕凡将右手轻揽在殷音肩头，殷音的小心脏怦怦地跳，走到部门的中心区域，许慕凡的透明办公室前。一群貌美如花、时尚干练的女孩子们围了过来，殷音从人群中一眼看到了 1 个月前在 RED 遇见的恨天高。

许慕凡向大家简单介绍了殷音的背景，各位美女都客气地表示欢迎。之前遇到的和恨天高在一起的圆眼睛凌人姐林琅，原来是与任子健平级的市场经理，负责另一个大品类。还有一个市场经理叫何奕，主要负责新品类的引进，是艾珊的老板，他看起来很 nice、很平易近人，怪不得艾珊看起来很开心地工作着。

不过艾姗在哪儿？好像她还在工位上坐着，并没有被许慕凡的魅力召唤过来欢迎她。

FTL 是个高效的公司，市场部更是一个高效的部门。简单的欢迎仪式结束后，大家就各自散去忙自己的事情了。

"这是你的办公用品、电脑和固定资产卡，过些天还有别的东西陆续到，到了我就给你。"一个声音从后面传来，殷音赶紧回头接过来，微笑着感谢，"谢谢你。"

"我是陈妮娜 Nina，MD Assistant（市场总监助理）。"殷音深知这类角色的重要性，助理那是宁可得罪高级经理和总监，都不能得罪的人，赶紧礼貌地点头示意。

"Do remember：I'm not team assistant.（记住：我不是部门助理。）"恨天高翻着白眼特意重重地强调了"not"这个词，说完转身就美美地走了。

殷音怔在那里，感到一阵莫名其妙。她觉得陈妮娜是多么的自卑，还要那么严肃地强调。

"殷音"艾姗的声音低声传来，"没事的，不用在意她。有什么不清楚的，尽管来找我，我也会把我应该告诉你的整理好，并以两种方式分享给你：一、电子邮件；二、口头 brief（简述）。"艾姗说着一、二两点，还习惯性地伸出右手大拇指和食指，并且微笑着。艾姗简明扼要地介绍加上亲切真诚的笑容，让殷音感到温暖的对比。

"中午一起吃饭吧？"艾姗建议。

"好啊！加上我哦！"路过的维一耳朵尖，高兴地搂着艾姗，附和道。

"你们改明天吧！忘了老板的新规矩？"是恨天高陈妮娜，"许先生已经让我订好位子了，欢迎殷音加入 FTL。中午 12 点，丽滋 1 层餐厅。"原来这是许慕凡带来的规矩，部门里有新人加入，有人过生日、升职，当然还有离职，都要部门一起出去聚餐。这既算一个美式（或者台式）的风格，更多的是一个很有人情味的传统，而且还是一个很有助于加强 Team Building（团队建设），增进团队沟通的机会。

"哇哦！新老板不赖嘛！"维一笑笑，接着说："那我们改时间！老板中午请客越多越好，能省一顿是一顿。"殷音笑着点点头，看着满脸小阴险的维一。其实她心里很开心的是，她觉得许慕凡对她真的很好、很特别。

一个上午任子健都没有再理过殷音，她就像一只刚刚被领养回新家的小猫，坐在自己的开放式格子间里，小心翼翼地用各种感官观察着周围的情况。这里的工作间都是流线型的，所以是 270 度开放。殷音的座位离许慕凡的办公室不远，她稍稍往左看，就可以看到坐在蓝绿 LOGO 装饰的半透明办公墙后面的许慕凡的身影。这种随时能够感知到他的感觉真的不错。

艾姗坐在殷音的斜对面，殷音紧挨着任子健的座位。任子健的冷漠是下马威吗？

整个上午，只有艾姗的真诚让她感到踏实。艾姗用了很短的时间将公司的相关信息、部门组织结构、各事业部品牌类别和主营业务，都一一列了出来，并且跟她约好，第二天开始一有时间就开始给她讲解。

殷音快速地、紧张地吸收着大量的信息，恨不能用光速将所有内容都记下来。一个上午在大家忙忙碌碌中很快就过去了。殷音看着艾姗带着大队广告公司的人马，拿着电脑高效地往返于座位和会议室之间，看着其他同事电脑上各种 excel 和 ppt 文件不停切换，看到许慕凡办公室门口熙熙攘攘的同事们……看来，同样的美资公司，不同行业在中国的节奏和工作效率也大不一样。殷音的眼睛眨得像照相机的快门，她认真用心记录下每个片段。

中午，丽滋最大的包间。

艾姗带着殷音很早出发，从公司到丽滋的路上，殷音本想跟艾姗打听些什么，但是艾姗跟公关公司的电话就一直在打着。殷音一直仔细听着艾姗的谈话内容，她想偷偷地学些什么，不仅仅是工作，更多的是谈话的方式方法、逻辑，以及气场。

快到餐厅，艾姗才长吁一口气，终于挂了电话。这时，艾姗对殷音说的第一句话是："殷音，有没有注意到我刚才电话交谈的语气？在 FTL，特别是咱们部门，是非常讲求质量和效率并存的。如果你没有驾驭质量和效率的能力，将会十分被动，工作起来也很吃力。刚才我是在跟公关公司沟通年底 digital communication（网络沟通）的提案。我已经做完了 brief 和 debrief（简要说明和简短汇报），他们希望可以更多时间讨论之后，再来跟我做 brain storming workshop（头脑风暴座谈会）和 draft proposal（草拟提案），但按照我的时间，我没有理由因为他们的原因而更改时间，这是我不可以接受的。"殷音点着头，心里感受到了艾姗的风格和原则。但殷音很不爽地想，为什么把她当成没有工作经验的人来讲，是 Buddy（伙伴）而已，又不是 Mentor（导师）或者老板。

许慕凡很守时，虽然他还在接着电话，但是人已经坐在餐厅里了。他看到艾姗和殷音，点着头示意她们坐在他的旁边，艾姗很不自然地立刻佯装打电话，转身就出去了。她还有些早上尴尬的记忆吧，只留下看出端倪的殷音，微笑着坐在了许慕凡的身旁。

部门的同事们，陆陆续续地来了，艾姗跟着何奕和维一进来坐在边位。

维一一屁股坐在了殷音的旁边，高兴得打着招呼。殷音偷偷关注着还在讲电话的许慕凡，而许慕凡的眼睛一直落在刚进来落座喝着茶掩饰尴尬的艾姗的脸上。

"你这位艾姗 buddy 呢，"维一俏皮地跟殷音耳语，"84 年 7 月 28 日生人，跟我一样，都是狮子座，现任 FTL 市场部 BM 品牌经理职务。之前跟我一个组的，一起汇报给何奕，负责一个年过 20 亿的健康保健品品牌。后来我变换品牌直接汇报给 Lisa 就是林琅。"维一边说还瞪起圆眼睛表明林琅的特点。"这里有点小故事，我以后单给你讲啊。姗姗为了我，跟你老板任子健呢，有过过节，但她不看级别，只为真理，随时会为自己的意见唇枪舌剑。"经维一这么一介绍，殷音才突然想起来第一次在 RED 见到维一哭着跑出会议室的情景。

"咦，你们好像姐妹一样相处得很好哦？"许慕凡挂了电话，笑着问。

"老板不愧是老板啊，很有 insight（洞察力）啊！"恨天高陈妮娜突然钻出来，笑着接道。

"噢，我跟艾姗很投缘。"殷音赶紧向许慕凡解释道。她也害怕自己和艾姗的关系被别人发现，说完还下意识地看了一眼艾姗。

"噢？是吗？"许慕凡好奇地脱口而出，目光转向艾姗。所有人也都注视着艾姗。

艾姗觉得自己突然变成焦点，"是啊。"

"那太好了，艾姗，那请你一定要多多关照殷音啊！"许慕凡微笑地看着艾姗。

有的时候男人真的很不擅长看人脸色，许慕凡啊，你明明想多跟艾姗说话，多跟她接触，却总是表达出一些容易让人误会的意思。显然，艾姗和殷音和在座的每一位都有点误会了……开始朝着复杂的方向进展。

殷音觉得脸上烫烫的，心跳小快，感受到了来自许慕凡的关心，她很快乐。

艾姗则面无表情，低头看着手机躲避各路目光，缓解各种尴尬。

还有两个人没到，是任子健和林琅，许慕凡让众人继续等等。大家一边聊天，一边等他们。

恨天高妮娜总夸奖艾姗的衣服和鞋子，妮娜似乎对时尚和名品非常感兴趣。艾姗礼貌地回答着，打趣地说她入错了行，应该去时尚界混饭吃。维一跟何奕讨论着代言人的最新的娱乐新闻。恨天高陈妮娜还时不时打趣自己老板许慕凡的造型太完美，像是贵族一般。这里要提一句，大家的穿着打扮都很随意，很符合美国公司的特点，比较 casual（休闲）、时尚。只有许慕凡，周一到周四永远都是一席西装，好像不是在 marketing 工作，而是在咨询行业或者法律行业工作，而且每一个细节都那么完美。维一小声嘀咕一句："追求完美，挑剔细节。"这话让殷音留意了，转头问："你莫非是处女座……AB 型？"维一瞪大眼睛惊讶于殷音在星座和血型上的造诣。

任子健和林琅终于姗姗来迟。任子健在许慕凡面前，对殷音关心的态度，实在是 360 度大转变，甚至让她一时反应不过来。不过殷音却更加开心，因为她在冥冥之中感到许慕凡对她的偏爱，所以才导致任子健态度有了明显的不同。任子健和殷音两人的座位正对着，他这才仔细地打量着新下属，色迷迷地微笑着，看得殷音浑身起鸡皮疙瘩。林琅看着这一切，心里的那团妒火从火苗变成火焰开始蔓延……

开始点菜了。林琅拿起菜单，还没打开就点了道"鸡丝凉皮"。殷音无意识地"扑哧"一声笑了出来。大家看着殷音，殷音想放松些更加亲近大家，说了句："林琅真会开玩笑，怎么在丽滋点这个？"没想到殷音这无心的一句，竟招致了后面的冷场。

维一赶紧接过来，解围道："是啊是啊，本来是没有的呢，可是咱们美国归来的绅士老板就好这口，恨不得顿顿都要点这道菜呢。"

许慕凡也帮殷音解围，他微笑着说："是啊，怪我怪我。"

殷音这才意识到自己祸从口出，刚来就彻底得罪了林琅，貌似是在大家面前嘲讽她拍老板马屁，同时又暗讽了许慕凡的口味着实与五星级酒店的环境大相径庭，显得俗气了。

殷音恨不得自己抽自己大嘴巴，让自己的嘴这么没有把门的！

林琅表情尴尬，眼神幽怨又有些愤恨，好像被戳穿就是在拍马屁一样。

恨天高陈妮娜翻着眼睛，嘴角看热闹般地咧着笑，好像在说："活该！"一副唯恐天下不乱的表情。

唯有艾姗看着殷音轻轻摇摇头，示意没事的，放轻松。

殷音真是把肠子都悔青了。她可怜兮兮地看着这陌生环境中唯一熟悉的艾姗，这时菜还没上，她就在心里祈盼着赶紧结束这顿欢迎宴。

席间，陈妮娜有意无意地表达出对殷音还没入职，就跟着许总监一起走访市场长达三周之久的羡慕。"哎，我这个市场总监助理都没轮上跟老板出差呢，殷音啊，真是有劳你了！"

许慕凡偷偷留意艾姗的表情，发现艾姗并没有什么变化，他的心里有点小紧张。

吃完饭，一行人回到公司。很快，殷音的工作邮箱就收到了第一封与公司业务相关的邮件。这封邮件不是来自她的老板任子健，而是艾姗群发给市场部和销售部经理级别的同事，是一封关于新品上市后跟踪销量等指标的邮件。艾姗的邮件中只有几张斜向右上的曲线图，落款仅仅是 Cheers and Thanks。曲线图上那陡峭的斜率，表明了艾姗是多么耀眼的自信与霸气。

殷音看着这封邮件心里很羡慕，她发现艾姗的工作能力非常强。殷音更加暗暗下定决心一定要超越她。当然她也明白，一个新人想要快速表现自己且拥有让人可以看得到的立足的资本，是需要时间和机会的。

许慕凡在办公室看着艾姗的邮件，舒缓地靠在椅背上，浅浅地笑着。是的，她一点都没有变，还是那么优秀和自信。

3C. 人生何处无孽缘

殷音开始了为期两天的 New Hire Orientation（新员工培训），培训内容从公司历史到行业地位，从企业文化到公司政策。FTL 属于典型的传统美资公司，尊崇以人为本，任何地方都不逊于之前殷音就职的 VETO，都属于本行业的翘楚，这让殷音心里的踏实感和荣誉感倍增。

FTL 的组织结构属于欧美大公司的设置，分为 Business BU & Non-Business BU（业务部门和非业务部门）。非业务部门包括人力资源部、财务部、采购部、法务部、研发中心等部门。

殷音所在的属于业务部门，且为 FTL 中国最大的业务部门，Wellness BU（健康保健品事业部），承载着 FTL 中国近 70% 的生意，每年的 Growth Rate（增长率）超过两位数，一直引领整个行业的增长。殷音所在品牌是该品类里最大的品牌，每年 Gross sales(销售额)高达 30 个亿，是公司乃至全球最重视的品牌。可以说，这个品牌的兴衰直接关系到整个公司的地位。

感谢慕凡，是的，殷音心里已经这般称呼他了，貌似比称呼英文名字还来的自然亲切、暧昧默契。是他让她进入 FTL，还赋予她如此重任，一定要对得起慕凡的信任。

"好，让我们来了解下健康保健品事业部的组织结构图。" HR Maggie 的声音吸引了殷音注意。因为她知道，许慕凡的自信满满、风采卓绝的工作照要出场了。

"各位，请记住，健康保健品事业部最重要的两个人，也是你们在座的绝大多数人的大老板，就是市场部的许慕凡 Leo 总监和销售部的隋海洋 Jeff 副总监。"

什么？殷音的笑突然僵住了……她收回了贴在许慕凡脸上的眼神，转向旁边的另一张工作照，她的美丽、黑亮的眸子中倒映着一个年轻俊杰的沉稳英气的脸——隋！海！洋！殷音高频地眨眼，毫不夸张地说，一秒之内就眨了七八次，这是殷音极度惊讶的神态。

眼前的隋海洋是那般沉着冷静，如果说许慕凡永远荡漾着张东健式的暖心而有吸引力的笑容，那么隋海洋就是有着苏志燮般冷峻而忧郁不羁的面容。对的，没有笑容，他的脸与他飘逸洒脱的名字就不太相配。不知道他是如何面对他的尊敬的客户大人们的。此时，殷音的脑子居然还有工夫穿越闪出阿喵的脸和声音。

刹那间，殷音被回忆拽回高中。火灾之后，为了生计刚刚结识阿喵不久。那个在盛夏难得清爽而静静的夜，与之和音顺子的《回家》的时刻，第一次见到了气质与那个夜极为相衬的隋海洋。隋海洋在静吧门外驻足，像一个迷路想要回家的孩子。看到熟悉的街道门牌，被干净到没有一微杂质的声音吸引，充满淡淡忧伤的眼睛闪着泪光，散发着想要冲过来亲吻殷音的炙热。

那晚，发生了该发生的事情，酒精伴着惆怅的情殇，伴着压抑的负担，伴着迷失的理想。

　　这一只融化了那一只尘封了千年的冽忱峰，那一只温柔了这一只掩藏了许久的傲怯湖。一个如沐春风，一个泛起涟漪。一位脉脉，一位稚真。美美的，在那一刻，两人这般恰如其分地交织在一起；眼神、微笑、手势，统统不必有。弥漫在空气中的暖暖的化学气息，就将他她拉近，她给了他她第一次亲自调配的幽蓝之吻，他给了她他第一次诺定永恒的一世界。

　　隋海洋有段奇幻但短暂到来不及去感受疼痛就消逝的爱情。女孩是与他同样出身于贫苦家庭的大学同学。那时，俩人共同在北京艰辛地上学，打工，打工，打工，维持着生计，编织着梦想。每每俩人躺在与人合租的半地下仓库的木板"床"上看着半个小窗口的夜空时，是最温馨的时刻。他最爱听她清唱《回家》，也许这看起来最简单的需求，对那时的他来说，实在是遥不可及。作为一名凤凰男，他有很多沉重的心事，为了辛苦到觉得辛苦是命该如此的父母，为了想永远摆脱这难以忘却如梦魇的过去，所以那歌声变成了一种触不可及的幻想。终于，在他们大步奔跑在逃脱梦魇的时刻，她重重地摔倒了，像是永远不想起来一样沉重，不是起不来，而是真的不想起来了。她得了免疫系统的绝症，别说治疗，光是诊断出来这个病症的花费就已经让他和她承受到绝望。她一个人痛苦而痛快地作出了最自私、最不可理喻、同时也是最无私、最真爱奉献的决定——自杀。女孩用最快的方法给了他一个冷酷而又温暖的解决方案。

　　而他却一直带着她的阴影，沉痛地过着每一天。直到遇到了殷音。

　　而殷音，也在最脆弱和需要倾诉的时刻遇到了隋海洋。她不傻，很显然她分得清这不是爱，然而她知道，她需要他，她快被孤独、自卑、自责压得失去生活的勇气。当他那对旁人永远吝啬的微笑，只属于她时，她觉得很安全。

　　隋海洋伴着殷音度过了最艰难的时光，这样两个孤僻的人看起来叠加了孤僻，孤僻也终于成了复数。那时的隋海洋在一家小外企做销售，由于他真的吃得苦中苦，因此他飞速成长，对殷音更是百依百顺，呵护备至。殷音一开始有些心理负担，但后来也慢慢习惯了。直到有一天，她突然不辞而别，像很多剧情里的故事一样，她绝情地刺伤隋海洋，切断一切与他的联系，心急如焚地前往美好的新生活，寻找最梦想的王子。

而如今，这真是一个极大的讽刺，人生何处无孽缘！

殷音看着这熟悉的脸庞，她手心冒了很多汗，不由得紧张和慌乱。她担心隋海洋对她的愤恨会把她的家庭背景和恋情暴露在外，让众人，特别是让许慕凡得知她可怜的家庭变故和沉重的负担，以及那一段为了开始而开始，又为了结束而结束的充满残忍的利用的恋情。

殷音也不知道自己是如何魂不守舍地度过剩下的新员工培训时间的，她只记得，她必须靠自己无论用何方法，迅速站稳脚，得到许慕凡的信任与青睐。

聪明如狐狸的殷音深谙摸清部门所有人的性情、实力、靠山是何等重要，这才可以杜绝之前"鸡丝凉皮"惨案的再度上演。下班前，她用 OC（online communicator 公司内部的即时通信系统）主动邀请维一和陈妮娜吃晚饭。她想要了解这里的一切，年纪最小而涉世未深的维一和一毕业就在这里做市场总监助理的陈妮娜将是最合适的消息来源。同样，殷音深信"小人物绝不可得罪"的道理。

陈妮娜本来不知什么原因还对新来的殷音带有敌意，一听她要请客，即刻把之前各种侧目式的礼遇都抛到了脑后，她麻利儿地答应了。可爱的维一还幼稚地问要不要叫艾姗，殷音赶紧糊弄过去，说是专门请她俩的。

殷音根据陈妮娜的特征，特意在大众点评上找了一家小资情调的西餐厅，估算了一下花费，心里盘算着一定要挖出来些什么才不枉费这价格。

傍晚，三里屯 Village Flamme 西餐厅。

陈妮娜和维一坐在殷音对面。

"看来你品味还不错，殷音，这地方环境和菜品都是我的菜！"陈妮娜满意地点点头，评论着餐厅。

"真不好意思，让你破费了。等发工资了，我请你。"小维一感谢地笑笑。

"太客气了你们，只要咱们能开心聊天，这比什么都重要。"殷音赶紧强调"咱们"而拉近距离，套辞最重要之称谓的重要性。"要知道，我其实也没什么朋友，所以特别珍惜、感激身边出现的新朋友们。"

你好我好地客套了一番后，殷音迅速就嗅到两个女孩的性格特点。不过明显陈妮娜要更多一些心思，女人就是这样，闺蜜都不一定跟对方掏心掏肺，更何况是不算太熟悉且让人生妒的新同事。两个女孩子都是北漂，都梦想着在北京站住脚，陈妮娜满脑子都在想一夜飞上枝头变凤凰，而维一则更脚踏实地，更加珍惜机会。毕竟一个是做了 5 年的助理，要是想有什么发展，早就在这个部门抓住机会，华丽转身了；而另一个则是通过 FTL 校园招聘层层严格筛选的 Management Trainee（管理培训生），现在按照职业发展规划，升到市场专员。两个女孩都不想浪费美好的青春，毕竟这里是北京，充满了享受的魅惑与突变的机遇。

陈妮娜精于各种计算，她伸出手来，跟殷音比划着每年的花销。"旅行，这是必须的呀，没见过世面可不行，我每年都要有一次说走就走的旅行。再说了世界那么大，我要走出去多看看，这才是人生啊！"

殷音边微笑着切着盘子中的牛排，边附和着点头。

"还有，我都 27 岁了，每年美容、纤体、美甲、造型、衣服鞋包……哎呀！我都不想算了，但是也要花啊，万一我的 Mr. Right 突然驾到而我却没有准备好，这可是一辈子的大事，这钱不能省！哎，上周末我刚做了睫毛和指甲，又花了 800 元！"说着，她伸出自己的手，苦涩地欣赏着。

"咦，你们知道吗？据可靠小道消息，咱们部门最年轻的品牌经理艾姗，是 FTL 美国总部一个大股东的女儿！啧啧啧，人家是少东家在这微服私访呢！"陈妮娜跟殷音熟悉了点，就开始博眼球展示她超强的八卦挖掘机的能耐了。

殷音有点恍惚，她是知道艾姗的亲生妈妈很早就改嫁国外，继父很有实力，但没想到居然能嫁得这么好，不禁感叹命运的不公。

"哎呀！维一你别吃了，再吃，还要花钱减肥！"陈妮娜瞪起眼睛，像蜘蛛腿儿一样的长睫毛向四面八方支棱着，即使戴着美瞳也还是挡不住大面积眼白，她时刻不忘管教对面吃得很开心的小维一。

"干嘛不吃啊？我中午没怎么吃，殷音这么破费，咱不能浪费啊！"维一一边鼓着腮帮子一边嚼得很起劲地说："我租的房子要到期了，又该出力搬家了，我要多吃点！"

"哎呀，你不说我都要忘了，我的房子没到期，可是房东非要卖房，这我能同意吗？后来她说赔我2个月房租还让我多住半个月，我才罢休。哎，我也要搬家了。"

殷音听到这里，突然发觉了一个绝佳的机会，她也要租房子，如果跟她们一起住，不仅可以从她们那里得到即时、通畅、秘密的信息，还能为自己带来些经济补贴。

"嗯……"殷音顿了顿，"我其实有个提议，我现在一个人，也准备租房，现在看上个三居室，如果你们不嫌弃，咱们可以一起来住。一起住的好处是会让大家省下不少钱，各种资源都可以share（分享），比如水电煤气，甚至加班交通费，你们看怎么样？"

"好啊！去看看！"陈妮娜一听，立刻表示同意。她眼睛一转，眯起来，在她那大脑袋里飞速计算着。殷音看着她表现得与她心里预判的一模一样。

"太好了，我们以后加班还有个伴儿！"维一也表示赞同。

与陈妮娜和维一吃完饭，殷音没有回家，而是打车回到了FTL写字楼下。

华贸旁新光天地的玻璃幕墙体，围簇着奢侈华丽绚烂的世界级奢侈品旗舰店，那光彩炫目的橱窗show，层层深意熠熠生辉的灯体造型，还有天使脸蛋和魔鬼身材完美配合的奢侈品营销美女和帅哥，让这里成了很多人趋之若鹜的享乐天堂。越来越多的人都戏称华贸为"小国贸"，其奢侈之风，真是有过之而无不及。在这里，琳琅满目的曲奇蛋糕冰淇淋，各国各色美食美酒的佳肴醇香，交织在一起；伴随着行色匆匆、衣着光鲜、自信十足的精英男女，就连明星在此出现都不会有多么凸显。没有那股能力与定力，是无法驾驭这里的。

而一桥之隔的对面，是市里最大的公交枢纽。通往通州的各个9字头的公交车，将本来就已经不够用的道路都挤得水泄不通。这里永远都不缺面无表情、神态麻木、奋勇挤车的人群，无论严寒酷暑。这好像是世界上最邻近但又最遥远的距离。

殷音深知，她现在正处于这两者之间的灰色地带，想要向着光明、温暖、奢侈一边奔去，是要用代价来换取的。她自信，她可以！因为即使看起来像极了两个世界的人，但是殷音深信，只要他们在同一片天地里，呼吸同样的空气，晒着同一个太阳，淋着同一片云下的雨，那么她就有机会得到属于她自己的那片光明。

她站在长安街通往通州的华贸过街天桥上，时间已经过了22点。看着南侧的焦急等车的人群，殷音转过头，再看看灯火通明的华贸写字楼和新光天地，她感慨颇深，是啊，夏天就要过去了，这意味着这一年就要结束了。

第四章

4A. 试探？示威！

殷音加入 FTL 的时节，正是作为市场部最最忙碌的时节，也是最最能够吸取知识、经验和能量的时节——Annual Brand Plan（年度品牌计划）的制定。作为一个品牌管理的专业人士，这是最最考验历练的时刻。当然，与之相伴的不会是像电视剧里演的那样样的，满桌子都是文件夹和纸张，加一个通宵的故作忙碌，而是真实的、残酷的、惨绝人寰的、昏天黑地的、没完没了的加班——目标分解假设、消费者调研、workshop（研讨会）、找 SOGA（增长机会点）、讨论未来的沟通策略、渠道策略、新品的品牌定位，等等。为期至少两个月，才算是可以初具雏形，还要继续经得起各路大神儿们的挑战，经典的 War Game（公司内部相互挑战的会议名称），反反复复，好像几个生死轮回般的涅槃重生。

在此期间，记住善意的提醒，那就是——千万不要惹任何一个市场部的人。他们忙碌到几近崩盘的边缘，非常容易情绪失控。如果问专业性体现在哪里？情绪控制为何做得如此之差？他们一定会用"如果没有点个性，没有点不同之处，还想做好 brand marketing 吗？"这句话来噎死发问的人。

下午，林琅和维一的品牌正在会议室里激烈地讨论。维一再一次和她的直线老板林琅吵了起来。殷音隐约听见貌似是关于一个给 4A RED 的 Brief 的事情。

小维一虽然年纪不大，但是她是个眼睛里不揉沙子的姑娘。东北姑娘的耿直与率性，让她不想看老板脸色，只想为真理行事。

"砰"的一声，维一夺门而出，重重摔上门，她还是太年轻，情绪容易激动，满眼热泪地跑出会议室，做出在职场中的大忌——越级。

"您好 Leo，不好意思打扰您了。我要跟您谈谈，现在！"维一径直冲到许慕凡的办公室，看来真的是委屈到情绪失控而口无遮拦地对如此 high level（高级别）老板以命令的口吻说出了好像通知般的话语。

许慕凡并没有将注视着电脑屏幕的眼睛移开，像是没有听见维一说话一样继续着手头的工作。

维一下意识地补充了一句："可以吗？"但她的声音和气势都明显弱了很多。

又过了十几秒钟，许慕凡慢慢坐直，靠在椅背上，双手合十放在办公桌边，淡淡地微笑着看着还在抽泣的小泪人维一。

"维一，擦擦眼泪，我请你到楼下喝杯咖啡。"许慕凡淡定地跟维一说，眼睛落在他办公桌一角的纸巾盒上。

楼下星巴克。维一声情并茂地讲述着自己的种种委屈，极力地表现出自己受到了多么天大的不公平待遇。整体意思是，自己的直线老板林琅不仅没有教会她什么，反而非常不负责地将黑锅扣在了她的身上。她作为管理培训生，非常担忧自己未来的发展，希望许慕凡给她换个老板，换个品牌组。

整个谈话，许慕凡都一言不发。他目不转睛地将恒定的目光定在维一的脸上，看着这个狮子座小姑娘的表情18连拍的变化，心里列数着维一列举的事实，然后加上自己从别的渠道得到的消息，再加上自己的判断，从另一方面了解着自己的"左膀右臂"。

待维一统统发泄完毕，许慕凡收收目光，微微一笑，拿起面前的拿铁，轻抿一口，好看的喉结律动地将咖啡咽下。"维一，我认真地听完了你想表达的。首先，作为市场总监，我很难从你的单方面陈述去 comment（评论）什么，请你理解我的立场。其次，我来到这里的时间不长，你第一次就给我了一个很深的印象。还记得吗？你从 RED 会议室哭着跑出去，我能感受到你是个热情的同事。因为你新，所以你才更加执著。这些是一个 Marketer（市场专业人员）最重要的素质，我需要你激情满满地投入工作。最后，我看得到你的努力和付出，这让我倍加感谢和珍惜你在部门的发展。因为作为年轻的一代，具有你这种拼搏吃苦精神的人是非常少见，且一定需要被保护的。经验可以积累，能力可以培养，唯独态度与精神，求之不得。这些是我对你的肯定。"

维一听得很认真，眼睛里闪着粼粼的金光，看得出她对许慕凡对她的评价很感激，这是莫大的荣幸。被一个能力超群、成绩斐然的市场总监加以肯定，对于维一来说，万分受用。

"然而，作为你的前辈，"许慕凡顿了顿，话锋一转，"出于对你的保护与关心，一定要记住，切忌职场中的情绪化、个人化，这会给你带来很负面的评价。小而言之，你的老板会觉得你不好管理，从而不再相信你可以承担更多，你必定会少了很多成长的新机遇；大而言之，你的一举一动都会影响整个部门，甚至其他部门对于你们品牌组和市场部的看法。记住，这里是职场，一切都是需要遵照规矩来进行的。如果说，今天你来找我，你觉得委屈需要换老板，那么，你想过你给我、林琅还有你的新老板带来的压力吗？还有你给其他同事们带来的新说辞，会让我很难 balance（平衡）对其他人的管理。"

许慕凡特意停下来，他注意到小维很惊讶地望着他，眼角下的皮肤在微微抖动。他侧身无意识地喝了口咖啡，瞥见了躲在远处张望的陈妮娜。许慕凡闭了闭眼，抬眼看了看星巴克收银台，艾姗的侧影隐现出来。艾姗的侧影逆着西晒的余光，像极了美丽而精致的圣女雕像，直到艾姗转身与许慕凡撞目，他才微笑地点头示意转过身来。其实，由于逆光，许慕凡根本看不清姗姗的表情，这似乎更让他显得不自然。

维一慢慢开口，向许慕凡表达了歉意，说自己要回去好好调整，要和自己的老板好好合作，做好品牌计划。看得出，维一说这番话的时候，强忍着莫大的委屈与痛苦。许慕凡点点头，作为老板，他的确做得是正确的；作为男人，他心里还是心疼维一这样的努力而直爽的小女生的。然而，团队中的价值理论与团队的稳定的重要性，他深谙其中。小朋友的牺牲，也不见得是坏事，谁人不是从年少摔打过来的呢？一万个人给她讲述真理，不如她自己亲身经历一次。那种记忆不是存在脑子里的，而是刻在心里的。是啊，这就是职场，任何人的光环，是需要自己去争取的，世界上岂有无缘无故的爱？

"好了，维一，上去吧。我相信你可以做得更好！"老板着急收尾了。

"Leo，那么等到 year-end performance review（年终绩效回顾）之后，明年我可以换组换老板吗？"维一还没完全死心。

许慕凡略微有点面露不悦。

"艾姗……"维一谨慎地抬头刺探下大老板的脸色，抱着最后的希望，闭眼说："她愿意带我……"

姗姗么？许慕凡听到"艾姗"这个名字，顿时免疫力全无。这就是他的死穴，他的命门。倘若眼前的维一换成姗姗，哪还管什么专业、职场，全都迅速闪开。只要是她的想法，他都会答应。

姗姗现在是品牌经理，是整个部门的 top potential talent（顶级潜力人才），是应该将她培养成一个好 leader（领导）。要知道，领导力是发展的重要基石。许慕凡心里盘算着。

"维一，作为你们的 leader，团队成员每个人的工作热情、工作态度是我最看重的。正如我刚才所说，我要把你们每个人的能量发挥到极致，帮助你们展现最完美的状态。这样，你先回去，什么都不要讲，我会好好考虑的。"

维一听到这番话，顿时像被注射了无限鸡血一般，腾地站起来，将杯中的咖啡一饮而尽，要知道那可是一大杯。许慕凡看着这个兴奋的小姑娘，心想，如果双方都有意愿，那么何乐而不为呢？

第二天，全部门的同事都收到了一封题为 "Mentor Program（导师计划）" 的 email。这封 email 就像是给艾姗量身定制的一样，其 objective（目的）是为了给高潜力的品牌经理积累带团队的经验，更好地领导品牌发展，也为了给予 junior（初级）职位的员工以更多学习成长的机会，特设置该项目。艾姗作为表现卓越且担当新品上市重任的品牌经理，将作为第一任导师来辅导市场专员维一。市场总监将直接对导师计划进行监管，生效日期下周一。

整个部门每人的解读都各异，看似合情合理，但却太过突兀。昨天陈妮娜给林琅八卦在咖啡厅见到的一幕，让她心里又恨又气。殷音更确定她之前的揣测，看到"高潜力品牌经理"这几个字，她表面平静心里却着急。而艾姗一点都不惊讶，昨晚维一就跟她描述了谈话过程，她心里非常清楚许慕凡的意思。

许慕凡决定给市场部的每个成员包括 4A 广告公司、媒体公司、digital 互联网营销公司、调研公司等所有 agency 开一个关于 SOGA（Source Of Growth Analysis 生意增长源泉分析）和 brief 的 workshop（研讨会）。他亲自给所有人做 trainer & coach（培训师和教练），并且再次强调了 way of working and SOP（工作方式和标准化流程）。

"Please do remember, Brief is not briefing."（请记住，简述工作并非简捷简单）许慕凡站在偌大的会议室最前方的屏幕下，精神矍铄地给所有人讲述着他最初作为品牌经理时的经历和累积的经验。

殷音着实认真地聆听着，还时不时在自己的《工作手册》上记录着，时不时又用手托着自己的下巴，微蹙眉头仔细琢磨着许慕凡所讲述的一切。其实，殷音也是个不错的才女加美女。至于殷音看人嘛，说好听的叫眼光高，说直接的那就是非常挑剔，所以说能够吸引殷音的人，必须是优点显著，并且在很多方面都风采卓绝的。

许凡正是如此。比如，敬业，他总是第一个到办公室，甭管昨晚加班到几时，他也总是最后一个离开办公室。很多人因此都戏称"老板好像从未离开过办公室一样。"敬业对于一个职场人来说，是不可多得的品质，但作为一个如此高级别的大中华区市场总监，许慕凡真的很让人钦佩。再比如睿智，很多人都觉得销售也可以做好市场和品牌。其实不然，市场部的品牌经理们，其实就是一个品牌的总经理，他需要熟悉与品牌相关的所有一切。需要能上能下、能文能武，需要通晓品类竞品，并掌控现在和未来，更需要懂消费者、懂客户心理。然而每个品牌都有自己的定位和调性，那么可想而知，作为市场总监，特别是在急速发展中且如此庞大复杂的中国市场，管理这么多个品牌，这不仅需要能力、经验，更需要天赋，智者才可以拥有的天赋，那是多么不易。还比如精力，市场部加班可谓家常便饭，或者说是比吃饭还平常的事。大家经常在一起开会到凌晨四五点，所有人的头脑都已经无法运转，而他还可以理清思路，抓住精髓，提出解决方案。如果说这些都是一个能力超强的职场牛人所应具备的优点，那么作为已经拥有了这些资本，且同时位居高位的许慕凡来说，更加吸引人的地方还在于他对人的尊重。当每次遇到物业清洁的人员，茶水间负责楼层餐饮、复印间负责整理的阿姨，他都会点头微笑，真诚与人致以谢意，对他人的工作表示尊重。也许这就是他的魅力所在，这就是他可以卓尔不群的资本。

　　通过这次研讨会，殷音了解了更多作为品牌经理的职责，这与她之前所在的通信行业有着本质不同。她之前的工作更加偏向渠道市场管理，更多是以独立项目为工作内容的。而她现在作为统管全品牌的品牌经理，首先需要的就是站在高处的策略性思维，这是殷音最为需要的，也是她跨入职场中即将面临的最大挑战。然而，殷音已经入职快一个月了，但是任子健居然都没有给过她任何工作，也没有任何关于品牌、生意上的 Orientation（介绍）。看着艾姗天天忙前忙后与时间赛跑，殷音着实按捺不住了。无助的殷音向艾姗求助，也表达了自己的疑惑，为什么这么大的品牌只有她一个人和任子健。但她得知虽然是最大的品牌，但是手下一直留不住人，很多人都因为各种原因一个个地离开了公司，实在爱莫能助。殷音意识到自己现在的处境，心急如焚的她决定鼓足勇气主动出击，邀约任子健谈论对她的工作安排。但任子健头都没有抬，他面无表情地让殷音晚上留下。

"什么？隋海洋，你知道品牌组在这次的线上沟通上投了多少钱？我们是经过严格的 link test（广告测试）得到 Dark Green（深绿色即为非常好，广告测试的结果有九宫格，按照颜色深浅排列，深绿色为成绩最好的测试结果）的结果才全线投放的！你一句我们的策略问题，就想甩开销售执行的责任？"任子健一下午都在电话会议上，只见他沉默好久，终于飙起来。他腾地站起来，戴着耳机，在座位旁边气愤地走来走去，时而抱臂，时而叉腰。看来电话那边隋海洋的话把他气得不行，任子健认真想着如何还击。

殷音紧张地感知这背后的动静，"隋海洋"这三个字让她一惊。她屏着呼吸，耳朵恨不得听到电话那端的动静。

"哈，你看，咱们又跟销售干起架来了！"屏幕右下角弹出来个 Lync（微软的内部沟通软件）对话框。殷音下意识赶紧点开，一看是陈妮娜。

"我们会如此激烈吗……跟销售部门沟通的时候……"殷音小心翼翼地敲着键盘。

"当然了！要知道，天底下哪有不掐的 sales and marketing（销售和市场）。肯定是生意结果不理想，又在掰扯谁的责任呢！常有！"

殷音没有回复，看着键盘，听着背后，她觉得隋海洋不可得罪。她紧了紧嗓子，吞了一大口水。

"加上这个隋海洋刚升入销售副总监，人年轻气盛。之前没升职就跟你老板掐得不亦乐乎，这回升职了，就更加耀武扬威了！"陈妮娜继续激动得意地显示着自己的八卦能力。

任子健挂了电话，他猛地踢了一脚旁边的纸篓，愤愤地向许慕凡的办公室冲去。殷音侧过身，用眼睛的余光观察着那透明房间里的一举一动。

说到谁谁自然立马就到。隋海洋一边挂了任子健的电话，一边开着白色的

Mini-Cooper 一个漂移转弯，干净利落地停在停车位。一副黑色蛤蟆镜盖在他忧郁深邃的眼眸上。他走进办公区，特意绕路来到市场部区域。上周他出差前，看到了助理发来的更新版的市场部通讯录的邮件，上面不仅仅多了"许慕凡"的名字，更多了让他激动不已心潮澎湃的两个字——"殷音"。隋海洋第一时间把殷音的手机号输入到手机中，并设立 1 快捷键拨通殷音的号码。他看着手机中的名字一次次黑下来，他又用手点击，让手机一次次亮起来，隋海洋眼睛看着殷音的名字都要流出泪来。

隋海洋走过殷音的座位，并没有看殷音，墨镜下的余光在感知着殷音的举动。他插着兜，潇洒地经过许慕凡的玻璃办公室外，还故意盯着里面气急败坏的任子健示威似地微笑。

"你好！许慕凡总监，久仰大名，今天一见，果然非凡。"隋海洋走进许慕凡办公室，左手单手摘下墨镜，右手随即伸出来与许慕凡握手。

许慕凡微微一笑，向隋海洋伸过手去。但让他没想到的是，隋海洋却突然捂住嘴巴咳嗽了几下，然后略显尴尬地说："不好意思，我没忍住。哎呀，看来没法握手了。"说完，得意地挥挥墨镜，刚要走。

而许慕凡却开了口："没事，没事。"说着，许慕凡站起身绕过桌子，张开双臂，把隋海洋拥入怀中，激情而有力地拍了拍他的背，"以后我们要合作愉快！"许慕凡自信的微笑没有一丝变化，永远那么让女人痴狂，让男人愤恨。

隋海洋显然没想到许慕凡对他会有如此礼遇，他咧着僵硬的嘴，正了正身子，"一定！"转身便走出了许慕凡的办公室。

只见他一出门，任子健随手关上办公室的门，开始奋力地比划着。她的面部表情极为狰狞，像是对隋海洋的种种行径进行控诉。而许慕凡的脸上什么表情也没有，静静地挂在脸上的是淡淡的职业微笑，他并未作出任何评价与回应。但此时，"隋海洋"这个名字，在许慕凡心中却留下了深深的印象。他开始对这个史上最年轻的销售副总监的背景颇感兴趣了。

天越来越短了，是啊，夏天就要过去了。从华贸写字楼向下俯瞰，就像上演着一部永不完结的默片——挤满下班族的各色大公共歪歪扭扭地挤在一起，等待进站或出站，慢慢地驶向已经被红色和黄色车灯堆满的京通快速路，一眼望不到尽头。今天、明天……周而复始，永远不曾停止……公交车上承载着多少表情麻木，期盼着可以某天熬出头，却又永远没有把握迎接那天的到来的彷徨的人们。

殷音一直坐在自己的座位上忐忑地等着被召见。她知道，她运气不好，任子健似乎还没有消气，那个方向安静得可怕，殷音感到似乎有千斤重的力量在向自己这个方向压过来——的确，那是来自任子健的目光的重量。

任子健故意让殷音等着。艾姗和维一离开的时候已经快9点半了。走之前，维一还关心地在Lync上问要不要等她，殷音示意她先走。艾姗皱着眉头努努嘴，让殷音不要再等赶紧主动找任子健，并做了个打电话的手势，也先离开了。

殷音还没准备好怎么开口，任子健那冷冷的声音便传入耳际："跟我去会议室。"

殷音慌忙拿着笔和工作手册就跟了过去。

会议室里，任子健没有讲丝毫跟工作相关的内容，而是讲了很多部门关键人物的喜好，还有人与人的相处之道。殷音不解地努力听着。任子健露出一脸内涵丰富的表情，这让本来一头雾水的殷音更加小心翼翼。突然，她感到一只手慢慢爬上她的肩头，殷音转脸迎来任子健笑眯眯的脸。"在这里，一定要记住：跟你的老板一条心，方是成功的捷径。"殷音强挤出一抹笑，紧张地往后撤了撤自己的肩膀。

这一切，让在昏暗的办公室角落的林琅都看在了眼里。

殷音疲惫地回到自家楼下，这是殷音和陈妮娜与维一一起租下来的三居室。她抬头看看亮着的窗户，依稀闪现的身影，维一和陈妮娜已经陆续搬来了。以后的她看起来再不是一个人那么孤单，但这似乎也没有让她感到温暖。一个人，在公司要把自己套起来，紧张地工作；回到家，还要把自己伪装起来，迎合地生活，真的好累。殷音紧紧地闭了闭眼，然后迈开脚步上了楼。

远处车里坐着一个男人，在默默地护送她回家，看着她，上楼。是隋海洋。他手里握着手机，反复摩挲着殷音的名字。

与此同时，艾姗也刚刚停好车，近些天一直忙碌，她一直在发低烧还伴有咳嗽。她没有时间去看医生，随意吃着药坚持着。

在她身后不远处，许慕凡的头轻倚车座头枕，凝望着姗姗的背影，疲惫的心一下放松起来……回想着姗姗与他的过去。

姗姗是个有着画画儿天赋的姑娘。在他们刚刚恋爱不久，就赶上许慕凡的生日，姗姗连着几晚没睡，用心为许慕凡画了一幅肖像。画中的许慕凡阳光自信、充满激情斗志。姗姗告诉他，这就是她眼中的他，眼眸中总是闪着一种叫做理想的光芒，她爱这样的他。

这时，手机响起，把许慕凡从美丽的回忆中叫醒。他低头一看，是吴永豪的来电。

"喂？喂？"响了好几声，许慕凡才接起来。

"慕凡，你在哪儿？"电话那头传来吴永豪有气无力的声音。

"嗯？怎么？"许慕凡略显尴尬，却没有直接回答。

"快来屯子里，我在 The Secret（隐舍酒吧）。"他们都戏称三里屯为"屯子"。按照吴永豪的话说："亲切，只有亲切的环境才可以敞开心扉，畅所欲言。"许慕凡却没好气地加上一句："为所欲为。"吴永豪却满脸"干嘛拆穿人家"的诡笑扭捏。

"好的，在路上了，马上到。"许慕凡挂了电话，发动新车，一脚油门，绝尘而去。

隐舍。两人小聚。

"你太不够意思了，如果我今天不叫你，也不打算跟我在公司以外的地方见面了？"一见面就被吴永豪埋怨，许慕凡拍拍他的背，看得出吴永豪已经来了有一阵了，餐桌上已一片狼藉状。

　　"你怎么不说话？跟小可爱姗姗聊了吗？你有没有跟她解释……"吴永豪有点语无伦次。

　　许慕凡叫了杯无酒精的轻饮，跟吴永豪讲述现在还对姗姗深深的感情和他自己的担忧。一转眼，吴永豪趴在吧台上，已经醉了。"喂喂，你叫我来，不光是为了问我和姗姗的进展吧？"许慕凡扒拉着烂醉的吴永豪。

　　吴永豪费劲地撑起自己的上半身，沉沉的脑袋耷拉着，抬手拍着许慕凡的肩膀，"太聪明了！My Man！我跟你说，阿喵她，她……她怀孕了。"

　　说完，哐啷！他的脸重重地拍在桌面上，打翻了盛小吃的盘子，散落了一地坚果……只剩下许慕凡惊呆了表情。

4B. 麻烦的英雄救美

　　阿喵的咖啡艺吧开业了，殷音带着一捧花去庆祝，江心也来恭贺。三个人好久没见，脱下客户和老板的光环，江心更加亲切柔和，就像良师益友，和她们二人欢欣交流着。

　　阿喵时不时看看电话，拨着一个一直无人接听的号码，越来越急躁。

　　殷音看着心不在焉的阿喵，打趣道："难道是神秘的男朋友？"

　　阿喵眨眨眼，默默地笑笑。

　　"好啊！什么时候的事？都没告诉我们！"江心埋怨道。

　　"我要专业好么？作为广告公司的客户总监，我一定要懂得客户和我们之间的关系。现在我们没有了工作关系，我自然会告诉你。奇怪，他答应要来的，而且我还跟他说好，要介绍你们认识呢。"阿喵伸着脖子四处望望，有点扫兴，坐在门口发呆。

　　远处，她的神秘男朋友正在看着艺吧热闹的开业场景，未敢上前。没错，那人正是吴永豪。

"我没迟到吧？"许慕凡风度翩翩地出现在阿喵、殷音和江心眼前。

殷音喜于言表地像看着外星人一样看着一身休闲装扮的许慕凡。

"怎么？难道我的穿着吓到你了？"许慕凡摊开双手，低头看看自己。

"您怎么来了？"殷音难以掩饰内心的激动，把头转向江心，江心微笑着摇摇头。

"嘿呦喂，好久不见了！"阿喵跳着过来双手环抱着许慕凡的胳膊，喜笑颜开兴奋地叫着。"有个帅哥陪也好，他爱来不来！"阿喵把头靠在许慕凡肩头，看起来非常亲密。

殷音赶紧拉开阿喵，"你怎么没告诉我你们认识？"嗔怪她为什么隐瞒，阿喵甜笑地看着许慕凡说："你知道么？殷音一直在 Leo 啊，许慕凡啊，许总监啊许先生啊，翻来覆去、没完没了、停不了闸地讲你的魅力。一直亢奋地沉浸在自己对你无比崇拜的小世界中。"阿喵回忆起殷音刚拿到 FTL Offer 时激动得都没有给她机会说话，一直兴奋地沉浸在自己对许慕凡的崇拜中，她说完还跟江心相视坏坏地一笑。

殷音心里美翻，脸上飘起两朵红云。

江心也打趣道："我也表示非常吃醋，这才过了多久啊，你就代替了我原来'最好老板'的地位。"

几人在艺吧开心地喝咖啡聊天，许慕凡细心地看了看阿喵的杯子，小声问她："没喝咖啡吧？"阿喵不解地摇摇头。显然不理解许慕凡在关心一个孕妇的饮食禁忌。

因为阿喵爱猫如命，也把自己的爱宠带来。一只咪咪有点淘气，跑到柜子顶上，阿喵赶紧搬来椅子，想上去抱它。许慕凡突然意识到阿喵是孕妇了，他赶紧起身一把抓住阿喵的胳膊，让她慢慢下来，自己去替她抱猫。他细心地照顾着阿喵，还嘱咐她要小心行动，但却没有挑明自己已经知道阿喵已有身孕的事情。阿喵皱着眉头，糊里糊涂地应付点点头，不知他所云。

"江心，真的很感谢你，为我推荐了能干的殷音。"许慕凡举起好看的画着猫咪的马克杯，感谢地向江心扬了扬，轻轻抿了一小口。

"殷音可是我最心爱的下属，你一定要多多用心带她，她可是个很用心的女孩。"江心毫不吝惜地称赞着殷音。

弄得殷音不敢抬眼看许慕凡的眼睛，害羞地赶紧岔开话题："阿喵，给我们描述下你的神秘男朋友吧。"

许慕凡听到这儿，尴尬地喝着咖啡，低头不语。

"他……是我的初恋，也是大我很多届的台大的学长，校游泳队的主力队员。他总喜欢把自己的头发弄得直直的向上，非常精神，喜欢穿紧身的体恤，包裹他古铜色的肌肉，伴着他的喘息，结实的胸肌上下起伏……"

"好了好了！"江心赶紧打断阿喵："实在听不下去了，还是自己心里回味那种感受吧。"

"是啊！谁让你说那些"少儿不宜"的画面了，我只是想了解他是做什么的而已。"殷音也不好意思地捂起耳朵。

"总而言之，又高又帅又疼我！"阿喵得意地笑弯了眼睛。

"那跟我们老板比呢？"殷音刚说完，就不好意思地笑了，偷偷看了眼许慕凡。

"虽然客观来说不如许大总监，但是主观来说，还是我自己的最帅啦！不是我的，我不会爱！"阿喵说完嘿嘿嘿地傻乐。

"不要拿我比较哦，顾及一下他的自尊心。"许慕凡打趣道，心里却想着吴永豪这个家伙跑去哪里了，"只要少些上次夜夜夜的事情就好了！"

阿喵一听，赶紧解释，"那是特殊情况，不算不算！"殷音好奇地看着阿喵，又看看许慕凡，俩人之间也有什么共同的秘密？

"如果我没记错的话，你的生日快到了吧，这可是你来北京过的第一个生日啊！打算怎么庆祝呀？"阿喵淘气地凑上前换了话题。

"你怎么知道？"殷音更疑惑了。

"哦，是这样啦，看来不给你解释下，你是不会罢休的。我的男朋友是许大帅哥的'死党'。我之前总听他提起，只是我家那位比较神秘，许大帅哥又太过低调，所以我提起来，想大家一起聚聚啦！"阿喵赶紧解释。

"请你吃顿饭啦！"许慕凡随口一说。

"一言为定哦！"阿喵嗨起来。

"是不是听者有份儿啊！"江心也跟着起哄，"我要回新加坡一段时间，也算给我饯行吧！"

说者无意，听者有心，殷音低头微笑着暗自盘算：没错，许慕凡果然是处女座。她决心要利用这个生日好好感谢一番许慕凡。

晚上。许慕凡在家拿着艾姗为他画的画像端详。他将画儿摆在好多地方，都觉得位置不是最满意的，刚刚放在床头，这时有力的手机振动打断了他。

"嗯，慕凡，原谅我这么称呼你啦，不能总叫'许大总监''许大帅哥'啊，太远。嗯，我想问你，你平时穿多大尺码的衬衫哈？"原来是阿喵，"那么……那么你喜欢袖扣的哦，嗯嗯……"

"你想问什么，想送我礼物啊？"许慕凡打断她，"这么有心，是有什么事情又——要——求我吗？"他特意强调了"又"，心里有点发慌，不知道这两人又出了什么幺蛾子。

"你看啦！我就给你这种印象了！有什么事要求你啊？就是随便问问啦。"阿喵心虚得好透明。

"好好，我用的，但不是所有衬衫都用。好了，没什么事，我挂了，还在工作。"说完，许慕凡就匆匆挂断了电话。许慕凡一则不想被打扰，他在思考与艾姗下一步的进展；二则他担心阿喵问他有关吴永豪的事情，不擅长撒谎的他不知如何作答。

"喂喂？"阿喵对着挂线的忙音喂了两声，撅着橘色的小嘴，翻着白眼看着旁边紧张的殷音，无奈地摇摇头。

许慕凡看着手机上"姗姗"的电话号码许久许久。打吧，他心想。他狠闭上眼睛按下通话键，电话在拨通的那刻，他觉得像是过了一个世纪一样，才听到那个久违的"滴——"。

响了良久，就在几乎要无人接听自然挂断的时刻，一个平静得有点遥远的声音传了出来——"喂，您好。"姗姗接了。

"姗姗，我是……许慕凡。"有点紧张，对方没有回答，"嗯，我想问你明天有没有空？一起吃个便饭。"

等了好几秒，许慕凡紧张地切断了自己的呼吸，好像在真空中等待考试成绩的小学生一样紧张。

"抱歉，明天我有约了。谢谢您，老板。再见。"姗姗客气地像是跟许慕凡隔着太平洋，毫不给任何翻盘的机会，就这样"礼貌"而决绝地挂断了。

许慕凡有点没反应过来。听着手机发出"嘟嘟"的忙音，心里有点委屈。

艾姗一个人正在公司楼下的新光天地奢侈品区闲逛。她漫无目的地逛到一男装品牌，抬眼一看正是许慕凡最喜欢的品牌，因为艾姗送他的第一份礼物就是这个牌子的男装，所以许慕凡说他最爱这个牌子。

艾姗边回忆着边不自觉地走进那家男装品牌店。她不由自主地抚摸着一件手工衬衣，熟练地报上了尺码，结账，买完走出店。她进入旁边的星巴克坐下，突然快速地眨着眼睛，好像如梦初醒般地看着这件衣服，艾姗流泪了。她不知道自己为什么会买下许慕凡的尺码的衬衣，她不确定自己在刚才那一刻是否是意识清醒的，她不理解自己为什么过了这么多年还在习惯性地被他左右着自己的情绪。

这一幕，恰巧被陈妮娜看见。晚上回家八卦的本性让她迫不及待地告诉舍友殷音，还报以自己的推测和加工。

殷音若有所思。她回到房间，从抽屉里拿出下午刚刚和阿喵一起为许慕凡挑选的生日礼物，是一对万宝龙的贝壳袖扣，这花了殷音半个月的工资。殷音轻轻地摩挲着，淡淡地畅想送出礼物的时刻。

这时手机小黑响起，这是特别为任子健设计的铃声。这让殷音吓了一跳，她紧张地走近小黑，谨慎地接起来。

"喂，殷音，现在到办公室来一趟。开会！"还没等殷音说话，对方就把电话挂断了。或者说，对方根本不想给殷音拒绝的机会。

殷音放下电话，看着手机屏幕上显示的时间是 21:40，殷音颤抖着长叹一口气，整个人都不好了。殷音心里一千万次地回荡着标准京骂问候任子健他妈妈，她实在无法理解什么重要的会议要在周六晚上快十点开，况且她赶过去还需要半个多小时的时间。殷音感觉自己的命运都捏在任子健的手中，可是她没时间绝望，没时间生气，没时间过细致地整理自己刚刚卸完的妆容。她只是胡乱地洗了把脸，匆匆戴上隐形眼镜，简单上了高冷的眼妆，就这样有点无奈、有点委屈地抱起电脑包，没有任何解释地夺门而出，空留着恨天高八卦地追问："这么晚了哪疯去呀？"和维一呆呆的神情。这个时候，室友等人真是再多余不过了。

殷音到了 17 层，因为是非工作时间，她还要在刷卡的同时输入每个员工的唯一密码，方可进入公司。公司的市场部区域空无一人，黑漆漆的。FTL 虽然是一家跨国大公司，但是它非常注重环保节能，办公区域的灯都是自动关闭的。如果员工加班，需要自主开启延时功能。殷音摸索着开关，慢慢怯怯地走向任子健的办公位。这个时候，她满脑子都是各种办公室被欺凌的加班鬼，以及永远轮不到升迁的嫉妒鬼。那种怨气弥散在空空荡荡的办公区，此时轻轻一声异响都能把她吓得魂飞魄散。殷音看着没有任何加班痕迹的任子健的办公桌，越发觉得后背冷飕飕的。空调也停了，显得整层都安静得可怕。她慢慢摸索着自己的口袋，瞪着眼睛警惕地掏出手机，使劲眨眨眼，确认刚才任子健给她拨通了来电。她将电话拨回去，周围静得好像殷音在用免提一样。殷音挪着步子，走向会议室。这时有人从她背后轻轻地拍了一下，她吓得惨叫一声。那声音惨绝人寰到简直堪比在狭窄悠长没有尽头的小巷，突然被变态杀人狂魔肆意追赶，先奸后杀、杀完再奸的现场一样。殷音拔腿就逃，还好她记得怀里抱的是她吃饭家伙公司财产——笔记本电脑，手里拿着她才换不久、奇贵无比的新手机，她奔跑的速度好像回到了自己初中跑 4×100 米接力的运动会一样……黑暗里留下了呆若木鸡的、都没来得及喊出她名字的隋海洋。

电梯还停在 17 层，一按就开了，殷音用尽力量猛按关门键。好像在关门的瞬间，如果没有一只血淋淋的手伸进来阻止门关上，就好像对不起殷音的演技一样。

刚到一层，任子健的电话就进来了。殷音想，就算你明天要开除我，我也不会再回 17 层了。

"到了吗？你不用上楼，来楼下的雪茄吧找我。"

不容分说，任子键的电话又挂断了。难道老板都要起这范儿？殷音心里在颠覆自己不爽但要忍的极限。不怪殷音，她毕业后遇到的就是无比 nice 的江心，怎可能适应得了这种风格。

当殷音莫名其妙地赶到大厦楼下的雪茄吧的时候，任子健在一个靠窗的角落里坐着。伴着云雾缭绕的烟圈儿时隐时现，红色的火星一闪一闪。殷音第一次来这家雪茄咖啡吧，来不及看清环境，就被紧张的氛围压抑得堵心，加之刚才的惊魂，她的内心不由得有一种不好的预感。

果不其然。所以人们常说女人的第六感真的很灵，不仅仅对自己的男人是否偷腥出轨感觉精准，更多时是对自己命运的预判。

"来了？"任子健眯着眼睛，吐了一口烟儿，"你这么聪明，该知道我为什么叫你来吧？"

殷音微微皱眉，还没想好如何接这话，就感觉自己的腿被毛茸茸的东西蹭来蹭去。她狠狠地咽了一口唾沫，不用质疑，那毛茸茸的正是任子健的腿毛，她下意识地无助地往后撤着自己的身子，心里一万次地捶胸顿足地责骂自己为什么不穿长裤子？为什么不穿长裤子？为什么不穿长裤子？重要的事情责怪三遍！殷音这边还没责怪完自己，她的手又被潮乎乎的东西覆盖上，进而被紧紧地抓住，天啊！任子健手脚并用可谓贼心之肥毫不掩饰径直可见！殷音委屈地有点要憋哭了。虽然 27 岁的她实在没有经验处理这棘手的骚扰，但是殷音毕竟也是经历过风浪的，淡定如她，不做反应，仅仅微笑着。

"殷音，在市场部混，你是知道的，想要晋升得快，一定要多劳多得。"任子键一副只可意会不可言传、你必须懂得的样子。他拍拍殷音的手，暧昧地摩挲着。一看就知道这是个老手。殷音满心厌恶，脸上却人格分裂地挤出笑容，微微耸着肩，整个身体都在向后撤，唯独那只手她试探性地轻轻地往回抽。这反而有些欲擒故纵的味道，想也不用想，任子健那只咸猪手就像涂了 502 一样黏黏糊糊地趴在殷音光滑的手背上。即使手背平滑到摩擦系数为零，也招架不住那 N 等于百万数量级牛顿的力，和那死乞白赖也要揩油的决心。

"啊！你！"

殷音紧闭的双眼被任子健的惊叫吓得瞪大到极限，瞬间压在她手上的千金重移开了。殷音真是用赛光速的速度抽回了自己的右手，而面前的任子健则被一杯黑咖啡淋得内外通透，狼狈不堪，他手里那支被淋灭的雪茄冒着的青烟向上腾起。

殷音猛侧头，红色与黄色交汇的柔光将她的"黑骑士"衬托得高大俊逸。光从后面照射过来，像是教堂正中心圣洁美好的耶稣像。跟着光明就能拥有希望，让人忍不住想向他靠近。"黑骑士"拉起殷音的手，也许是太过迅猛，殷音被拽到他的侧怀，另一只手顺势环住她的肩头。殷音闻见了好闻的薰衣草洗衣液与淡淡体香混合在一起的清香，来不及照顾任子健的窘态，抬眼充满崇拜与羞涩地看着黑骑士的侧脸——

隋海洋。棱角分明，好帅。

殷音看清了是隋海洋之后，却突然吓了一跳，弹开身体，甩开揽着她肩膀的手，像是发现才躲过狼窝又入虎穴的惊慌，保持着一定距离，不知所措地站定。显然，殷音的举动着实让隋海洋摸不到头脑，尴尬而疑问地望着她。

"这么晚了隋副总监还没回去，真可谓对公司殚精竭虑。"任子健或尴尬或嘲讽或不解地夸张地试探着开口。他拿起纸巾抹抹自己湿哒哒的脸庞。

"彼此彼此，任子健，您不又在悉心辅导下属吗？"隋海洋毫不示弱地一针见血地回击着对手。

任子健瞪了一眼面前的隋海洋和殷音，洞悉了俩人之间必有"奸情"的内涵，那眼神像极了"老子今天就饶过你们这对狗男女"，一副将原配和小白脸捉奸在床的咬牙切齿状，狠狠将手里用过的纸巾丢在地上，识相地、灰溜溜地走了。

殷音见状，生怕任子健误会什么似的，也想跟着出去解释一番，然而她却一把被隋海洋抓住。他将她的手放在他的心口，柔光闪闪心疼地说，"我有话要对你说殷音。"

殷音极力想把手抽回去，左顾右盼，她太害怕被别人看见，被别人发现她和隋海洋的过去，发现她的过去。

"你——放手！"殷音一边挣脱一边压抑着声音费劲地从嗓子眼里钻出来。

"殷音，我想你！你知道我找了你多久？"隋海洋有点激动。

殷音突然停止了挣脱，面色铁青地对隋海洋说："你放手！否则我还会让你继续找不到我。还有，我很后悔认识你。"说完，殷音猛地甩开了隋海洋的那只大手。

咔嚓，咔嚓。

一个女人阴阴地看着手机刚刚偷拍到的照片，冷冷地歪了歪嘴角，是林琅。

4C. 醉心的患得患失

许慕凡刚刚结束了越洋 Global（全球总部）电话会议，又想起了刚才艾姗专业而冷漠的拒绝，她那句"老板"的杀伤力真的是要让许慕凡缓上好久。

他品着红酒，轻轻晃动 RIEDEL 水晶高脚杯限量版黑绅士。透过酒杯中红酒留下的浅浅的痕迹，他幽幽地望着照片里的姗姗。过去的四年，是一直见不到的思念，而今终于觉得离得好近，但却依然感知不到她的回应。是啊，四年了，这四年的 1460 天中会发生多少事情，许慕凡不敢想，他只知道他要做点什么，他必须做点什么。

他打开 outlook 新建一封邮件：

"Dear Yi, I plan to set up a special project team for Malaysia MA case ASAP. This is TOP confidential, pls only keep you and the project leader know the details. I will nominate Winnie Ai as the special project leader and direct report to me for this case. Best, Leo"

"亲爱的何奕，我计划为了马来西亚新产品并购案，即刻成立一个特殊项目组。这是顶级机密项目，所有细节请仅保密于你和项目负责人之间。我将任命艾姗作为此特殊项目的负责人，且关于此项目她将直接向我汇报。祝好，许慕凡"

许慕凡行云流水般地敲击着键盘，他略微思索了一下，在邮件的 cc（抄送）栏中输入了 Winnie Ai（艾姗的邮箱）。如果说许慕凡是个成熟稳重、思维缜密的成功商界精英，深谙外企管理的规则禁忌，那么当他的职场蹦出了"艾姗"这个名字的时候，他将成为不成熟、不稳重、不逻辑、不缜密的新新"菜鸟"。但凡在职场中生存过的人都应该看得出来，许慕凡太心急了。在正常情况下，他是绝对不会犯这类低级幼稚的错误的，他怔怔地盯着邮箱中的已发送，也觉得自己略有唐突了些。不管了，许慕凡合上笔记本电脑，他实在没有多余的心思去思考这些了，只想有机会跟姗姗单独接触。

"叮"许慕凡手边的 blackberry（黑莓）响了一下，随即看到一封电子邮件划了进来，只看到"来自 Winnie's blackberry email box"（艾姗的黑莓邮箱）的回复，只有简单的两个词——Well received.（收到）。艾姗这些年一直是以工作狂的状态度过她的每一天的，她想把多年的思念，用繁多的工作来消磨寻觅与等待的辛苦。毫不夸张地讲，她的四年也许做了别人两个人五年的事情。可是姗姗啊，哪有那么容易，仅因为忙碌的工作节奏而忘记那莫大的伤痛！

许慕凡看着这两个词，思绪复杂，久久不能平静。他走出房门，想去小区里散步。

出门看看对面的姗姗家，紧闭的大门，就像姗姗的心一样，关得紧紧的。他走到电梯间，按下电梯，红色的数字伴着向上的箭头，电梯停在了他的那层，向上的箭头消失，变成向下，电梯门打开了。

许慕凡抬头刚要迈步，艾姗沉静的眼睛映入他的视野，他吓得收住脚往旁边一闪，心跳骤升到每分钟 150 次，紧张惊恐得不敢呼吸，等待着艾姗的宣判。

艾姗没有走出来，也许也被眼前的人吓住了。

电梯门关上了，要往下行。许慕凡想要伸手拦住即将关闭的电梯门，伸到半空却停住了。电梯门关上，开始下行。

许慕凡的眼睛紧紧盯着红色的数字递减变化，心跳得有点超过极限，看着红字变成了 1，又开始上行，1，2，3，4，5……11，箭头消失了，门马上打开的瞬间，许慕凡屏住了呼吸。

电梯里的艾姗低着头，许慕凡眼睛直勾勾地盯着艾姗，有点紧张，有点激动。

"慕凡！慕凡！我来了！SOS，快跟我走啦。"一个很不和谐的有点嗲的声音打破了原本没有第三者出场的画面，跨出电梯拉许慕凡。

艾姗顿了一下，眼睛往声音的方向动了一下，没有抬头，往电梯外走，擦过许慕凡的身旁。

许慕凡的眼睛里哪里还容得下别人，抓住艾姗的手臂，皱着眉、眼睛里闪着光温柔地说："我们聊聊好吗？"

艾姗丝毫没有停下来的意思，她用力挣脱许慕凡的手，说："老板，您的邮件已经收到，我会认真准备。"艾姗说完，继续走到她的家门口，许慕凡跟了过来，艾姗将手停在半空中，他有点欣喜，以为终有机会与姗姗聊聊，奈何……"请您回避一下，我要按密码锁了。有什么问题，回公司说吧，谢谢。"

可怜的许慕凡怔在原地，看着姗姗走进去头都没回地关上了紧紧的大门。

"慕凡，江湖救急啦！快！永豪出事啦，你快来帮我！"原来是阿喵来搬"救兵"追捕"逃犯"。

许慕凡一动也不动，任凭阿喵对他实施各种拉、拽、扯、拔、推，许慕凡在艾姗的门口不甘心地盼望着那扇门可以重新打开。

此时此刻，门后的艾姗酸涩地流着泪。她突然觉得自己很可笑，看样子许慕凡是早已知道自己住在这里的，他什么时候知道我的住处的？又是什么时候搬来的？上次电话中的女人是她吗？这次又是谁？一连串的问题让艾姗头疼。她承认自己一直被他左右着，想不承认，还真的不行。

许慕凡被阿喵拉扯着走到电梯间，但他的头依然舍不得转回来。在电梯刚刚要关上的瞬间，他突然变敏锐的耳朵听到艾姗家的门打开了，他疯了一般地用双手向两侧撑开电梯门，费劲地钻出电梯，压抑着自己的兴奋与激动，看着艾姗衣着光鲜踩着高跟鞋，手里不合时宜地拿着一袋垃圾，站在门外。她停住看着许慕凡。

"哈，这是什么最新的时尚风潮？垃圾袋也变成了最新款手袋了吗？"阿喵看着有点不屑……"快走啦！吴永豪快被打成'猪头'啦！"

许慕凡刚要开口，"吴永豪又出什么事了？"艾姗突然发问。

"他跟我正在打台球，然后……"阿喵才反应过来，问："你谁啊你？怎么认识吴永豪？"

艾姗快步走过去把垃圾袋扔了，冷静地说："快走吧！一起去看看！"其实，她心里很开心地找到这个有点牵强的理由——关心吴永豪。

许慕凡露出笑容，这样的惊喜简直让他喜极而泣！看来吴永豪还是有些用的。

三人在车上，艾姗开着车。熟练的驾驶技术生猛非凡，让坐在副驾驶的许慕凡都不禁紧抓着扶手。阿喵在后座被颠得花容失色，手舞足蹈地描述刚才的种种经过。简而言之，就是吴永豪跟对方比赛台球，对方赢了要占阿喵便宜，吴永豪护花未果反被修理。"我们的手机被对方又摔又跺的，都碎啦，根本不记得你的手机号，永豪奄奄一息，闭眼最后一句话告诉了我你的地址。"

"你住这儿？"艾姗扬了扬声音，坐实了心中的疑问，还有点明知故问老娘倒要看你怎么编的意思。

"哦哦，我我，看来我没法瞒你，说这是我朋友家了。是，我住在你对面。"

许慕凡声音越来越小。

"你突然这么坦诚，让我反而有些不知如何是好。"艾姗故意刻薄了下。

酒吧。

三人赶到，只见可怜的吴永豪在一边趴着，阿喵赶紧冲过去，心疼得直流眼泪。

"谁打你的？"阿喵大叫。

许慕凡维持着仅有的冷静，"哪里疼？这里？先去医院。"转身刚要去抓正在得意的那小子的衣领，艾姗却拦住了他。

"是你们刚才打了我朋友吗？"艾姗冷静地问。

"怎么？不服？愿赌服输，他自己不服活该找抽！"一个纹身男叼着烟吊儿郎当地走出来。

"好！愿赌服输可是你说的！现在我就来挑战你！"许慕凡有点不冷静了，回身抄起一根球杆儿。

"呦，怎么？我们赌的可是情侣球。"一个小太妹打扮的姑娘把手搭在许慕凡肩头，挑逗地媚笑道。

艾姗用球杆支起她的手，痛快地解开自己的外衣，扔在一旁，露出的姣好身材，玲珑有致。"不管什么赌法，记住你们自己说的，愿赌服输！开始吧！"

码球。对方开杆。看得出来，对方打得不错。许慕凡和艾姗的脸沉静得能杀死所有喧嚣的喘着气儿的活物。

"你们——死定了！"趴在旁边的吴永豪清醒了点儿，看到面前的场景，他费劲地、开心地说。

对方还在取笑他，这回轮到许慕凡了。白色的T恤紧贴着胸前，肌肉的曲线美到窒息。伏案、瞄准、屏气、推杆，"啪"，杆杆进洞，毫无悬念。艾姗看在眼里，回想着以前在美国的时候许慕凡就像一个无所不能的英雄，教她各种运动。轮到艾姗，聪明又有灵性的她，永远都有着无限的幸运，无论是学习、工作，甚至是台球。一杆之后，就像是给球注入了魔力，只见母球上下乱撞让人眼花缭乱，一杆之后就使所有球应声入袋！

全场人都傻了眼。

"刚才说好的！愿赌服输！"阿喵来了劲儿，她不管吴永豪冲上前大喊。

艾姗举起手拦下阿喵，帅气而淡淡地说："让我来吧。你们都站在原地不要动。"说完，她拿出几个球，摆在案子上，轻松一磕球，只见母球弹起高速碰撞一个球，那球飞起重重地打在了纹身男的右眼上，纹身男应声倒地，苦不堪言。艾姗优美转身，走到吴永豪身边，三人一起架走了他。

把吴永豪送到医院，艾姗带着许慕凡往家开。路上，俩人一言不发。车里安静得吓人。许慕凡紧张地手心冒了汗。"姗姗……"许慕凡开口，"什么都别说。"就被艾姗生硬地拒绝了。就这样零交流，许慕凡依依不舍地看着艾姗关上了那道紧闭的门。

9 月 19 日——许慕凡的生日很快就到了。恨天高陈妮娜早早就惦记着今天这个绝佳的机会，她想好好巴结一下自己的帅老板。一大早，陈妮娜就在卫生间美来美去，换了不下 20 套衣服，看得殷音和维一两眼互相穿越。

维一打趣地略带讽刺地说："不知道的，还以为你是市场总监夫人呢！"

没想到对方具有一颗强大的心，听到这些话自动过滤掉不该听到的语音语调，反而兴奋地问："是吗？是吗？哪儿像？哪儿像？"反而成了维一自找没趣。

陈妮娜最后终于选定了要穿的衣服，她特意踩上那双几乎让脚尖垂直于地的高跟鞋，"恨天高"这个名字真是名副其实。陈妮娜手里拿上特意准备的一张大大的贺卡，像女主人一般在部门内传给每个人，让他们亲笔写下对许老板的生日祝福。

几近中午，提前好几天就吩咐维一定好的 12 磅的"廿一客蛋糕"如期而至。

陈妮娜心花怒放地带着维一和殷音，前往丽姿酒店的餐厅，提前指挥酒店人员布置会场。走到一半，维一突然想起来，问要不要叫艾姗一起来布置？殷音听到后自然地接过话："我来联系她吧。"说完，殷音便佯装拨电话，"姗姗，我们中午去丽姿给老板布置晚上聚餐的会场，你要不要一起来？哦？嗯嗯，好好。"殷音说完挂了电话，转身遗憾地摊摊双手，示意她不会过来了。

会场上，殷音仔细地注意着每个角落，维一开着玩笑："殷音，不知道的人还以为这是你的婚礼呢，哈哈哈。"殷音坏笑着瞥了一眼维一，美美地忽略旁人继续专注地布置。

许慕凡一整天都没有在公司出现，下午陈妮娜再三夺命追魂call，千叮咛万嘱咐许慕凡晚上一定要在丽姿出现，有重要的活动。

精明如许慕凡，他早就猜到会有这么个戏码，能有机会跟姗姗在同一张桌子上用餐也是好的，他想。于是他抓紧结束外部会议，回到公司。此时的办公室已经空空如也。陈妮娜早早就把部门同事都叫到了酒店餐厅，公司里只剩了许慕凡一个人。

艾姗走在路上接到了一个紧急电话，恰巧她没带着电脑出来，只得快速折返公司。

艾姗刚走进办公区，就见到许慕凡还在办公室埋头工作。

她犹豫了。但艾姗还是轻轻地从自己座位底下拿出锁在抽屉的礼物——那件价值不菲的精致手工衬衣，悄悄放在了许慕凡办公室门口，然后匆匆离开，她怕自己再犹豫一下就会拿回她的心意。

许慕凡被轮番的电话催促着，准备赶紧出发。当他打开门的那一瞬间，静静地躺在地上的那个礼盒照亮了他的脸庞。许慕凡迅速地拿起来那个礼盒，一眼就认出这必定是姗姗送的。不知为何，许慕凡开心地立刻宽衣解带，脱掉西装和衬衣，露出健硕紧致的肌肉，好看的人鱼线若隐若现勾人心魄，让人有种想迅速扑倒趴在上面的冲动（谁说正剧不需要餐巾纸，看看你们，少了都不行，擦不完……哈喇子）。没错，你们没看错，他真的有些激动地当场脱衣，打开盒子，立刻换上了这件叫做"美丽心情"的手工衬衣，连走向丽姿的脚步都上演着难以掩饰、喜形于色的内心戏。

一进餐厅，许慕凡就被眼前的各路惊喜围绕着，艾姗一眼认出了许慕凡身上穿着的那件衬衣。画面中就像所有一切都进入了升格拍摄处理一样，只有许慕凡的眼眸是灵动的，绵绵地望着她，心里的甜笑挂到嘴角。

当陈妮娜捧着蛋糕像是女主人一般煞有介事地走上来时，跳动的火苗左右摇摆，殷音下意识地往后退着自己的脚步，有力的双手紧紧从背后扶住她的双臂，是艾姗。她心疼地看着殷音，向她示意：有我在，不要怕。殷音挣开她的双手，高频地眨眼加不太自然地挺了挺胸。这小细节被许慕凡看在眼里，他深深懂得艾姗对殷音的在意与感情。

愉快的一餐，当然必须有许慕凡最爱的鸡丝凉皮。在生日宴会几近结束时，殷音把礼物悄悄放进许慕凡的包中，那副万宝龙袖扣，花了她半个月的工资。她依依不舍地目送许慕凡，被维一和陈妮娜一起叫走回家。许慕凡转身回到了公司地库，驾驶着自己的爱车，跟着艾姗的车，21点的北京一路畅通飞速地开到了家，熟练地默默看着她从地库下车锁车，进了单元门。许慕凡拿出手机发了一个短信给姗姗。"姗姗，谢谢你的生日礼物，我很喜欢。"许慕凡不安地等待着她的回复，仅仅看到"生日快乐"这四个字，许慕凡摇摇头笑了笑，自己这把年纪居然会有小伙子初恋的感觉。是啊，的确，许慕凡这一生中有且仅有的女人，她的名字叫艾姗，看来年纪代表不了什么，那种心动是在任何时间、任何人都无法取代的。

许慕凡也下车回到家，打开包，发现了包中有一个包装精美的黑色小盒子，他猜到这可能是殷音为之。

"殷音，收到礼物，非常感谢，心意已领。但日后切忌不要再让此类事件发生。许慕凡"

没想到等了这么久，却等到了这般的回复，殷音垂着头瞪着手机，心情难免有些低落。她慢慢走到窗边，看着外面的夜空，觉得自己离大大的明亮的月亮好远好远，她其实期望自己只是一颗恒星，可以永远陪伴在月亮旁边。她忧虑的脸再次想起了今天在许慕凡生日宴上任子健和林琅不怀好意颇有内容的脸，心里紧紧的。她下意识低头，一辆敞篷 mini-cooper 扎眼地停在楼下，里面的男人一动不动像塑像一样沉静地注视着她。右手点的烟冒着青烟，搭在车窗外，满地烟蒂。

殷音披上一件衣服轻手轻脚走出去，看见陈妮娜和维一房间的灯还亮着。她打开大门，缓缓地关上，生怕被发现，关上门的瞬间，用全力冲下楼，一口气跑到 mini-cooper 前，喘着气，看着车里的男人，一把拉开副驾驶的门，钻了进去。

"先开车，别在这停着。"殷音上车就低声说，生怕被楼上的人看到。

车行到小区外一个安静的拐角，还没停稳，隋海洋迫不及待地说："殷音，你这些年都去哪了？我一直在找你。"

殷音告诉隋海洋，自己在高中毕业之前，接到了美国的一个海外资助项目，被海外领养，完成了学业。她说，她怕告诉了隋海洋，会舍不得离开他，因此断然不辞而别。

"海洋，你听我说，现在的我已经和几年前不同了，我现在是全新的殷音。我得到了一个机会，被海外资助完成学业的机会。你知道，我的机会并不多，我太需要机会了。所以，对不起，对不起……"

隋海洋还没等她说完，一把把殷音抱入怀中，抚摸着殷音的头发，沉静的脸上荡起涟漪，凛忧峰的眸子泛满晶莹。"回来就好，我只是太想你了，虽然我也曾恨你的绝情，但是我一见到你……只要你一切都好就好，我只是太想你了……"

殷音的下巴在隋海洋的肩上感受着丝毫没有变化的温度。她心里默默地说："对不起，海洋，你一定要原谅我。"

虽然隋海洋从事销售行业已经很久，应该是阅人无数，察言观色，背后的声音都应该听得非常清晰，但殷音，就是他的死穴。对殷音他从不怀疑，从不为难，从不反抗，什么都听，什么都信，什么都爱。他曾经无数次烂醉在共度，愤恨殷音的冷酷决绝，怨她的时候咬牙切齿、声色俱厉，而之后他又不能原谅自己如此对待殷音，他甚至用刀在手腕上留下"恨自己如此对待心爱的人"的悔恨。这么多年，隋海洋变成了为殷音守身如玉的异性"绝缘体"，从不让自己有任何机会有可能背叛殷音。这种执著甚至偏执的爱，让隋海洋压抑，也让殷音害怕。

殷音请求隋海洋对自己的家庭背景和与他的关系绝口不提，美其名曰是"为了可以更好地拼搏向上"，没有裙带关系和依附背景，更加依靠的是自己的能力和实力，实际自然是为了避免不必要的麻烦。然而，为了所谓的不知何时可以兑现的在一起，听起来就不像真话的承诺，单纯的隋海洋无条件地信了。

这时，殷音的电话突然响起，隋海洋看了一眼那电话号码，是艾姗。"这么晚了还有工作上的事？"他心疼地微蹙眉头看着殷音。殷音略有紧张地按下拒绝接听电话。"没事，我晚点回她。"

"殷音，你还记得吗？你说你喜欢这车，觉得很小巧可爱，我一直都记得。你看我买了一直自己在开，就是想哪天在街上遇到你，可以拉着你去任何地方，我们现在再也不用担心自己的未来……"隋海洋显然有点激动。

"你不用送我回去了，我会好好的。还有，我现在和咱们公司的同事合租住，你不要老来这里找我。"说完，殷音就打开门，然而她的另一只手臂却被隋海洋死死抓住，"我们还是……我们吧？"没有缘由的担心，没有自信的忧愁，为了只是一句彼此都不敢诺定的敷衍。殷音回过头来说："从没改变，只是尚未做决定。"浅笑，下车——挥手。

看着殷音远去的背影，隋海洋感到有些陌生。这么些年的分别，陌生也是应该的。不过，好在，你回来了。他心里踏实了很多。

殷音看着再次响起的手机，接起了艾姗的电话。

"说。"简单而孤冷。

"殷音，有点晚，你睡了吗？"艾姗被殷音的那个"说"字惊吓住了。对方没有回答，只是安静地等着。

"我，我是想跟你一起去看看爸爸。"

嘟——对方传来了冷漠的已经挂断的忙音。艾姗重重地闭下眼睛，绝望的泪垂落在手机上。

4D. 适得其反

许慕凡的生日过完，马上就是中秋节和"十一"长假了，全公司上下都洋溢着过节放假能认真偷懒绝不好好负责、无心工作的气氛中。放眼办公区望去，几层几层的不见鬼影儿。能来照个面，晃悠一圈儿的，那绝对是胆小怕事唯唯诺诺的，混不吝的早就已经在享受阳光、海滩、美食和美酒了。世界500强的外企怎会如此清闲？其实，在很多外企，越不是核心业务部门，越是大爷（读二声）。品牌组有时想批个什么项目，一定要看人家脸色行事，要懂得在关键时机下手，还要采用各种见风使舵、油嘴滑舌、取悦于人的手段。特别是，"亲爱的"这个词，99%透着一种假意的迎合和露骨的厌烦。

在公司很多人都无心工作的时节，唯独公司品牌组的所有人都没什么心思过节。他们在经过一晚上又一晚上地加班通宵，一次又一次内部沟通讨论、一轮又一轮的 Wargame（内部挑战）之后，终于愉悦地度过了整个"十一"假期。因为一个十全十美的 BP（品牌计划）终于尘埃落定了。就这样，终于在这年的十月中旬，要给全公司的管理层做年度品牌策略的 Presentation（演讲）了。

像 FTL 这类消费品公司，市场部的每个人都深不可测，才华横溢。他们上不仅仅要能正装应对外国总部访客，一口气不结巴、不能打一下嗑呗儿地用比母语还流利的英文与他们对答如流，而且对下他们还能亲民着便装深入市场销售一线，更能文武兼备，动静结合，好像站在国贸三期楼顶拿着一根绳儿猛烈地在空中疯狂抽着流动的空气，简称"抽疯"般地调动全体人的神经。但凡有人好像反射弧长了点，那都不是他们个体差异的错，而是作为品牌经理不够创新，不够激情，没能调动好他们的责任心。在正式品牌策略沟通会议的前一晚，各个品牌组在酒店会议中心各种彩排演练进行没完没了，欲罢不能彰显其无尽的强迫症。

艾姗连续加班熬夜，这使得她自己本来就透支的身体状况更加糟糕。她咳嗽不断，但她还是硬撑着和自己的新下属维——一直坚持到最后。林琅一直在故意拖延时间，为了不让维一和她再有矛盾，艾姗一直忍让再三。

殷音小心翼翼地站在 AV 控制台，为她的老板任子健在各个 PPT 和视频中切换着，同时配合灯光和舞台效果，站到她的小腿抽筋。"要知道，这不仅仅是个 Presentation，而且是最大品牌的门面，是市场部的尊严。"任子健的声音一直不合时宜地传进殷音的耳朵。而殷音却不想为了这些而紧张，她的眼睛一直在坐在第一排的许慕凡的身上游走，在她心里，所有的一切都是为了许慕凡的脸面。

许慕凡的脸在各种灯光变幻的光影中时隐时现，为他英俊而从容的面孔增添了些许神秘气质。他是处女座 AB 血型，殷音深知他有多么追求完美和挑剔细节。

有一种人，他天生就应该成为老板，因为他天生就有一种气质，一种魔力，一种力量，不可多得，不可衍生，不可效仿。他的团队会不由自主地用他的标准去要求自己，去鞭策自己，去超越自己。不为别的，只为博他满意的一次点头，一朵笑容，一抹会意。

这种老板叫许慕凡。

几大品牌都令人满意地完成了彩排，这时已经是快凌晨三点了。终于轮到艾姗，艾姗和维一设计了一个非常有趣的主题来贯穿整场品牌策略的机会点分析和沟通计划，一次 Very Well Done。许慕凡看出了艾姗的倦意，于是他拿起手机给她发了个短信，而正巧被坐在艾姗座位旁边的殷音看到。"做得非常好，辛苦了，一起用点宵夜？"殷音心里很不是滋味地慢慢地伸出攥紧的手指，一点点爬到艾姗的手机上，将手机悄悄扔在了会场的地上，用脚踢到了隐蔽的角落。

大家一起收拾东西，准备回去眯一觉，准备迎接几个小时即将出现的精彩展现。而此时的艾姗却执意要留下来确认相应的道具和设施，为了展现最后的完美做好充足的准备。维一和何亦一起离开，许慕凡看着依然忙碌的姗姗，心疼地转过身去。殷音跟着许慕凡默默地有点心虚地走着。

"嗯……您要不要用点夜宵？"

"哦？"许慕凡转过身，"谢谢你殷音，我正要去，一起来吧。"望了望殷音身后会场的方向，那里并没有姗姗的影子。

殷音心虚地有点僵硬地笑笑，跟着走了过去。

过了将近一个小时，许慕凡一直时不时地瞄瞄手机，但手机上没有任何动静。他心里正盘算着姗姗就是不来也不至于不回复一下，貌似他已经习惯了姗姗的拒绝，貌似收到的是拒绝，也会是一种心里慰藉一样。这时，维一疯狂的声音从殷音的电话里已经冲了出来："殷音，看到艾姗了吗？都这么久了，她还没有回到房间！"

维一的声音又大又急，在旁边的许慕凡听得一清二楚！他立刻抓起早就想抓起的手机，按下1的快捷键，"嘟嘟，嘟嘟……您拨叫的电话暂时无人接听，请您稍后再拨……"

再拨，许慕凡一边拨着一边往会场方向跑。殷音也有点慌了，她跟着许慕凡一起跑。"艾姗啊，你别闹，不要吓我！"她心里默默地念叨着，不由得担心起来。

"嗡嗡——嗡嗡"安静的会场，已经空荡荡了，许慕凡还在契而不舍地拨着电话，镇定的脸上略微有些急促。他走近刚才姗姗的座位，听到了振动的声音，原来是刚才被殷音丢在座位角落的手机，许慕凡捡起来，那上面显示23个未接来电。许慕凡冷静的脸上也浮现出了掩饰不住的紧张。殷音更慌了，她在怪自己为什么要做这样的傻事，这下反而会让许慕凡对艾姗倍加怜惜和关心。同时，她的心也在担心艾姗，毕竟在这个部门艾姗真的是对她好，无数次任子健对她的折磨，艾姗都悄悄帮助她。虽然殷音表面上不领情，但心里还是知道谁对她好的。但她看着许慕凡那么发疯地寻找她，仅有的自责又慢慢地消逝。

马上要凌晨六点了。会务公司的人和酒店的保安也开始一起寻找姗姗。

许慕凡有点失去耐心，他说："维一，我等不了明早八点再看录像了，立刻联系酒店相关人员，查看监控录像！"

"好的！"

许慕凡手心里全是汗，他眉头紧锁，让人看起来有点不知所措的心疼。

"找到了！"有人从后台探出身来，使劲挥着手，"在后台道具间找到了！"

还没等其他人反应过来，许慕凡已经拔腿冲了过去。

"姗姗，姗姗！"许慕凡跪在地上，一只手环抱着姗姗，另一只手轻抚着她的头发。跟过来的殷音心里就像被刺了一下，感觉好像其他所有人都是多余的，只有他们俩在同一个世界里。她看着晕厥的艾姗，看着焦急如焚的许慕凡，更是一点悔意都没有了。

艾姗醒后坚决不去医院，她执意要回房间休息一下，马上准备一早的重要会议。原来她为了会议的效果，又去后台道具间一次一次地练习。当她想回去的时候，道具间已经被锁了。她大声地呼喊，但没有人回应她的呼喊，也找不到手机，没日没夜地加班加上之前的病羔终将她累垮，不知不觉地晕倒在地。

2010 年 FTL 年度品牌策略汇报在两个多小时后准时召开。品牌经理们在台上各显其能，堪比演出。艾姗发着高烧将整个品牌策略与未来这个概念呼应在一起，用变魔术的方式诠释着每一个品牌策略，引出一个品牌落地计划。殷音和任子健则选择了新闻联播的方式，抛出了明年的最重要策略和生意增长机会点。还有品牌引用宇宙太空来表达新品高科技引领未来……这些让台下大老板和各销售团队都看得如痴如醉。许慕凡却没有什么心思关注 CEO 的面部表情，而是一直揪心地看着姗姗。

艾姗虽然带病，但她严谨认真的汇报演讲得到了大老板们的认可与关注。会议一结束，许慕凡就不顾姗姗拒绝，强行抱起已经走不顺畅的姗姗，将众人惊讶的目光留在现场，亲自开车将她送进了医院。

车上。

许慕凡总想说点什么，他刚想好要说什么，还没来得及开口，转头便看到姗姗又昏睡过去。就像有警车开道的救护车一般，他加大油门向医院疾驰，彰显自己的优秀车技。

整个下午，许慕凡都守在姗姗的病床前直到她醒来。他心疼地禁不住伸手轻抚着她的额头，那额头滚烫得好像可以烤熟白薯。他握着她那只插着输液针的手，轻轻地放在自己的唇上。姗姗睡了四个多小时，才慢慢醒来。看见在床边已睡着的许慕凡，她没有抽出被他握着的那只手，只是静静地被他握着，只是静静地等他醒来。

可是，这时许慕凡却忽然被手机的振动吵醒了。他没有第一时间理会手机，而是抓起姗姗的手，闪闪地注视着她蜡黄的小脸。姗姗尴尬地撤回了手，转过头，一滴泪从眼睑翻越鼻翼垂落在枕头上，安静地如下属一样说了句："谢谢老板，我没事了，请您回去吧。"许慕凡有点诧异、有点难过、有点尴尬、有点失望，有点委屈，各种"有点"碰撞在心里。他想趁机会解释什么，然而他现在只是想让她好好休息，顿了顿，故作轻松地说："Very Well Done，谢谢你的努力付出，好好休息。"许慕凡有点心灰意冷，缓缓地走出了医院。艾姗转头看着他孤单的离开的背影，自己倒难过得不行，连她自己都不知道为什么还要如此别扭着。但是她不能释怀，她不能忘记。

看着许慕凡从开始找艾姗到抱起她送往医院，可以说，许慕凡脸上的一切细微变化，殷音都记忆犹新。她心里的酸楚让她对艾姗没有丝毫歉意，只有嫉妒与怨恨。不知道他们还在一起么？她将双手放在头两侧，醋意迫使她想要把这些画面从大脑中用力挤走，而根本无暇享受酒店的自助餐。这时电话响起来，吓了她一跳，是一个殷音最熟悉却又最陌生、也是最害怕的号码。经过了这么多年，自己又出国，她惊讶他怎么会知道她的新电话号码……她来不及多想，匆忙挂断了电话，深深吐了一口气。紧接着手机又响了一下，殷音下意识一紧张把手机掉在了地上，是来自隋海洋的短信："殷音，刚才你非常棒！"

远处的隋海洋沉稳，但却正八面玲珑地跟各位大老板们交流沟通。他时而大笑到前仰后合，时而低语拍打对方，时而真卖萌假严肃，还时不时往殷音方向看来。

殷音非常敏感地紧张尴尬起来。

医院里。许慕凡深情地环抱着姗姗，斜靠在病床上，时不时俯面轻柔地一寸寸地吻着姗姗的发际。他还慢慢抬起手，将姗姗的小脸扣在手心里。另一手轻点她的尖下巴，小心翼翼地扬起个小角度。姗姗紧张地微微闭着眼，就像是第一次心动的感觉，许慕凡优雅温柔地从姗姗颈部一路吻来……他们被彩虹萦绕着，朦胧而真实。

"不可以！"殷音大汗淋漓腾地坐起身，急促地喘息让她心跳加速。她看看自己握紧拳头的双手，刚才她在使劲敲击病房的玻璃，在疯狂地大喊，但对方好像什么也听不到，而她好像怎么也喊不出声。

梦，"百度"中对其的解释是：睡眠时，身体内外各种刺激或残留在大脑里的外界刺激引起的景象活动——这段话深刻地明示了殷音的潜意识。

周末一大早殷音就拉着维一一起去医院探望艾姗。她心里现在想让艾姗赶紧好起来，只是原因比较不单纯，她实在无法在脑子里想象各种许慕凡单独来看望艾姗的情景。从昨天一整晚到现在，当她现在来到医院的时候，都假想着一会儿在病房看见许慕凡悉心照顾艾姗喝粥、吃水果、闲聊的情景，她的小心脏一直持续着一个节奏的疯狂。她真的后悔——她不想因为自己的愚蠢，将事情变成从仅仅为了阻止他们吃夜宵，变成两人你侬我侬。

推开病房的门，好在那里只有憔悴的艾姗独自躺在病床上。殷音轻松了些。

一阵寒暄问候之中，艾姗手机响了几次，她都没有接听。殷音想试探着问却不得机会，维一怕影响姗姗恢复，拉着殷音要离开。

就在她们走出病房门的那一刻，艾姗接起了手机。

"嗯嗯，怎么样……"艾姗紧张的口气，激起了殷音的好奇。

殷音恨不得把耳朵留在病床上。她找了借口甩开维一，回到病房门口偷听着，隐约听见艾姗在伤心地说着什么孩子。什么？难道艾姗已经有了孩子？不可能吧，实在是太匪夷所思了。殷音以为自己听错了，她满脸充满疑惑，有点恍惚地、呆呆地离开了医院。

第五章

5A. 女人最大的敌人还是女人

外企的年会，台湾一般叫尾牙，是一年一度最重要的盛事。各个公司的风格不同，其实主要看大老板的风格了。FTL的风格那必须是堪比奥斯卡颁奖盛典，每人都要盛装出席，精心打扮、争奇斗艳、百花齐放、袒胸露背、花枝招展。特别是市场部，那绝对是红毯主力闪耀之星。今年的主题是复古，主题一出，陈妮娜和维一就在纠结穿什么礼服，殷音也在打探大家的着装，此话题会一直长效盛行到年会结束。

一般外企年会分为五天，第一天和第二天，是 leadership forum（管理层论坛）。其实就是管理层和核心人才早到点开个会，传达一些公司发展上的大计和机密；第三天和第四天白天，公司全体成员听业务汇报和第二年的品牌策略以及执行计划；第四天晚上，开始 Gala Dinner（晚宴），就是一派美女各种争奇斗艳，堪称奥斯卡红毯盛典的盛事。

殷音通过陈妮娜打听了一番，又看了之前几年年会的照片和视频，从上到下彻底地了解了老板历年的风格，开始犯起了愁。因为殷音的确没有那么多预算去根据主题量身定制一套昂贵的礼服，但又不想在许慕凡和众多竞争对手面前丢脸，比如艾姗。她决定下班后去陈妮娜告诉她的一家长期定礼服的地方看看，也许还有什么好办法。殷音真的想在许慕凡面前精致亮相，不能输给艾姗。她暗自下定决心，无论如何一定要一鸣惊人。

陈妮娜一整天都没什么动静，殷音一直想跟她打听打听其他人在"传说"中的年会是什么风格，自己好心中有数。

"妮娜，中午一起吃饭？"殷音用办公通信软件 Lync 问她。

没有回复。

又过了好久，还是没有回复。

殷音转身看看陈妮娜的座位，她在埋头看手机发呆。陈妮娜从前几天晚上就有点没招没落地魂不守舍，问她什么，她都说没什么。

"叮！"一条新 email 进来的声音。殷音回头转向电脑屏幕，慢慢地面无表情的脸上露出似乎看到惊悚片的一幕。办公室开始压抑得安静，一封从扫描复印打印一体机发出的 pdf 扫描件发给了全体 FTL 中国！而内容正是大中华区新任市场总监许慕凡的个人缴税税单。也就是说，全中国公司的员工都看到了许慕凡的工资结构！殷音无法控制自己数着屏幕上的0，她闭上眼使劲摇摇头，觉得自己在做一件对不起许慕凡的事情，便赶紧扣上电脑。

"啊！"陈妮娜迟钝地大叫了一声，立刻跑到复印间，拿回了她的工卡还有静静躺在一体机下还热乎乎的许慕凡的缴税单。她吓得不敢出来，税单在忽忽悠悠地颤抖着，她全身都吓得发抖！原来她在给许慕凡办理个人税务相关事宜，心不在焉的她，忘记把扫描好的高度机密文件和工卡拿回座位放好。要知道，工资等个人信息在外企那是绝密文件，任何人都不可以谈论甚至是自己的薪资结构，这是天大的忌讳，更是公司的政策。

当玻璃墙后面的许慕凡看到这封邮件的时候也吓了一跳。没错，他再次定睛确认收件人是中国所有员工，发件人是 17 层的复印间的那台一体机。需要使用员工工卡刷卡才可以使用，外企的办公设备真是先进。为了方便员工在各楼层开会，FTL 这类有钱的大公司都是使用网络打印复印扫描一体机。也就是说，无论员工在哪层开会，想要打印都可以去本层，刷卡即可识别该员工刚刚在网络中输入的命令。

许慕凡突然展开皱着的眉头，靠在椅背上笑了。看来，他所在的这个环境的确暗藏各种玄机。他看到小心翼翼就像穿着紧紧的和服加上三寸金莲一般寸步难行的陈妮娜，泪盈盈地出现在玻璃墙的一个角落。他微笑地向她招招手，示意她进来。陈妮娜抖动着双唇，眼泪啪嗒啪嗒地往下滴，慢慢挪着脚步。所有人都屏着呼吸，观察着玻璃房里的一举一动。

"对不起，老板……"没想到她还没说完，里面便传来了许慕凡爽朗的笑声。"看来你都知道我叫你的原因了。"陈妮娜挂着泪的脸呆住了，她觉得她的老板不是被气傻了，就是这笑声里暗含着什么杀机，她静静地等待着被宣判死刑的时刻。

许慕凡深知事已至此，多说无益，而且那双眼睛也在注视着他的一举一动。加上他本身也是个善良宽容的好老板，实在不想因为这件事情就断送了一个下属的职场生涯。自然在警告陈妮娜之后，不会再有什么举动。因为他要低调度过这把他推到风口浪尖上的风波。

此时，艾姗也正看着电脑里的邮件，她想起了许慕凡在几年前对自己说过的话："姗姗，给我些时间，等我足够可以撑起你的幸福的时候……"

艾姗走进卫生间，靠着硬邦邦的墙，苦笑着回忆着过去，好像那声音从未远去……多少个 0 可以撑起我的幸福？现在够了吗？

今年冬天的雪飘得特别早，下班之后的夜色在雪花纷飞中显得格外朦胧。远处的喷泉结了一层淡淡的冰花，覆盖着一层晶莹的雪。鹅黄色的路灯下，看得到潇潇而落的雪伴着下班族们急匆匆的脚步。殷音驻足、仰头、闭眼，感受着雪花落在脸上即刻化开的凉意，深深地往空中吐了一口气，马上就在空中结成了水雾。国贸对面，潘石屹的建外 soho 群，人潮正在大幅退着，殷音逆潮而上，来到 V2 高档礼服私家设计定制馆。像是水晶金发晶一样的纹路布满了整扇大门，橱窗有两个造型别致的模特，骄傲地展示着自己完美的身材和修身的剪裁。每个配饰上的水钻在橱窗的灯光下更加熠熠生辉，宛如倾泻于山涧的春泉，充满着明艳动人的活力。

殷音小心翼翼地走进去，带着雪水的靴子踩在了柔软的地毯上。她下意识地赶紧抬起脚，看看周围有没有人注意到她，好在没有。于是她又在门口等着靴子上的水干一干。

"什么啊这是？"一个尖声有些刻薄，"我要的是vintage plus classical（复古加经典），而非仅仅的 classical（经典）！ understand（明白吗）？"

殷音的耳朵不愧是在学生时代练过声乐的，对于音色音品的辨识能力相当敏锐。当她听到这个声音的时候，她就像立刻被冰封了一般，怔在了原地。

"你们设计师 echo 呢？让她来给我设计，别人的设计我不满意。你再看看这白坯，都没有把我的身材凸显好。还有这里的剪裁，跟之前我特意 Brief 的设计稿给我的感觉有很大出入啊！"这位顾客越发不耐烦地皱着眉头嗔怪着一个设计师。

看得出来这位顾客一定是个 VIP，一个设计师、两个裁缝、两个助理都围着她在镜子前进行着量体调试，但显然还是不能让这位挑剔的客户满意。

她不开心地进了更衣室，两个助理进去拉上了两边的孔雀绿金丝绒对开帘，服侍她脱下白坯。这位 VIP 的美貌，让人一看就会联想到不是哪个小明星，就是谁的干闺女，反正是个金主。也难怪设计师连声陪笑脸，外加各种恭维地伺候着了。

一身圣罗兰经典紫罗兰羊绒大衣，一条古琦裸粉色羊绒围巾，围裹着她那只有拳头大小的精致白皙的脸，迪奥的戴妃五格漆皮黑色手袋，挎在左手臂肘处，高雅稳健地踏着 12 厘米的 Stellaluna 高跟鞋，真是让人各种仰视加距离感倍增。

殷音看她要转身走出来，赶紧跑向电梯，听到高跟鞋击地的声音，急切地狂按电梯。门还没有完全打开的时候，殷音就已经挤了进去，她转身就按关门按键，门好不容易关上了，殷音释然地仰头叹了一口气。

突然间，电梯门再次打开了，原来殷音紧张到没有按下 1 层的键。当她意识到赶紧按下的时候，门已经不听使唤不给她第二次机会，无情地打开了。一个冷笑着看着她的女人站在外面，直勾勾地盯着殷音的脸，气势逼人地冲着她走了进来。

"你以为我没有看到你吗？殷——音——"当她从牙缝中挤出"殷音"的名字的时候，殷音的心跳突破了每分钟 150 下。殷音一动不动地看着眼前的女人，她开启最强命令让自己立刻冷静强大起来。她双腿站直，挺胸抬头，挂上了冷峻的面容和蔑笑，同样气势非凡地不能输给她。在殷音多年自己拼搏奋斗的日子里，她深知没人能帮助自己，唯有自己可以救自己。直面突然袭来的危机，是她唯一的选择与武器。

"好久不见，佟菲。"

殷音简短的回复，一下激起了对方的斗志，只见她仰起左眉，冷笑变为微笑，笑道："哼，真的是好久好久，我们应该好好叙叙旧才是。"说完，佟菲逼近殷音盯着她的眼睛。

殷音和佟菲对坐在一间咖啡厅内。许久，只是相视对坐，没有动作，没有言语。双方的脑子里都在迅速地过着好与不好的回忆。

佟菲是殷音进入福利院之后认识的姐姐，佟菲非常喜欢从小抚养她的福利院院长，也就是殷音的妈妈。院长是个非常善良的人，整个福利院的人都很尊敬她。大家都不相信是殷音的妈妈纵火，认为她是冤枉的。但事已至此，福利院的人都对她的亲生女儿殷音照顾有加，因此佟菲也非常疼惜刚从火灾中慢慢恢复的殷音。殷音在火灾之后，非常消极，除了上学就是打工，总是一个人呆着。那时候，能给她慰藉的只有在酒吧与阿喵唱歌的时候，台下的隋海洋也在静静地关注着她。没有人了解她的过去，只有这样才最让她感到平静。而把殷音当作亲姐妹的佟菲的秘密很快就被殷音发现。佟菲在福利院上学的时候就被包养，有很多的男人纠缠她，但她都很好地掩饰过去了，直到有一次被殷音撞破。有人说，可以拥有彼此的秘密才会更加亲密。一开始，俩人的关系更加紧密，像是一对相互舔舐、相互安慰的姐妹。殷音在佟菲身上找到很多艾姗照顾她的影子，因而更加思念艾姗。但无数次的退信让她绝望和愤恨，发誓一定要改变自己的现状，最终赢得光明的前途和美好的未来。佟菲经常给殷音带回来物质上的满足，却在黑夜里抱着殷音偷偷地哭泣。殷音对艾姗的恨慢慢扩大，为了实现自己的目的，她的变化让佟菲感到刺骨的寒冷。她冷酷而无情地将佟菲与各个男人的照片和佟菲堕胎的照片摔在她的脸上，威胁她，给她足够的钱让她远走高飞，否则就把她的一切告诉院长。佟菲不想让亲如再生父母般的院长知道自己的真实面目，对殷音百般苦求，却毫无回天之力，只得费劲地偷取了一个老男人的钱给了殷音她要的数目。然而，却被发现，自己为此差点丧了命。

"你恨我吗？"殷音忍不住先开了口。

"恨你？不，你已经不值得我去恨。"佟菲淡淡地说，"你让我更加明白生存的法则，我应该感谢你。"

殷音听了反而感到有点冷。

"你觉得我们今天的相遇，是偶遇吗？"佟菲轻蔑而嘲笑地看着殷音。

殷音听了突感一阵不寒而栗，紧张感让她什么也说不出口。

"你的钱我尽快还给你，不要再来纠缠我。"殷音说得也有些害怕。

佟菲起身，露出诡异的笑，"欢迎你回来，殷音。"便转身离去。

殷音无法掩饰自己的紧张，不知不觉地呆呆地目送着佟菲。她看到一辆黑色奔驰 S500 停在外面，一个穿正装的司机小跑着过来给她开门。佟菲上车前还转身对着殷音笑，像是一种赤裸裸的示威与危险来临之前的警告，然后她便灵活地钻进了车厢内。

殷音走出来驻足了好一会儿，直到一阵冷风吹过，她突然觉得冷了，来不及想佟菲了。她赶紧返回 V2，高雅地走了进去。一个设计助理正在那里收拾衣服，殷音微微低着头，抬着眼，看着各式礼服琳琅满目，光彩照人。她的眼睛一直在镇定而舒缓地端详着各种礼服，而心里却一直想扫描到礼服上面的价格，可是没有标价……

"请问，这一套礼服是多少钱？"殷音声音有些压不住，有点微弱，有点迟缓地佯装自信。

对方礼貌地回复。

什么？殷音尴尬地咽了咽口水，狠狠地闭了闭眼，顿了顿，强装镇定说："这是定制的价格嘛？"

对方的回答简直可以判殷音这位顾客死刑了……但是殷音不气馁。"请问，这里有租赁服务吗？"有点乞求，有点伤感，有点窘迫，让人想去怜爱、去帮助。

"我付给你租金，就穿三个小时而已，"殷音冲着小助理眨眨眼，伸手拽了拽她的衣角。

事情是这样解决的，殷音私下付给这个小助理1000块钱，租了一件全新的礼服。这是一件非常适合殷音的小晚礼，但是要把衣服的吊牌保留好，藏在衣服后面的拉锁内侧，绝对不可以摘掉，否则就要赔偿整件衣服的钱了，那可是件要命的事。

殷音对这件小晚礼满意极了，小助理还特意友情赞助借了她一双银色的高跟鞋，配在一起非常合适。可是，复古的主题，如何满足呢？殷音有点犯难，但很快就在万能的某宝上解决了——一个复古头饰加上一个复古手拿包。

躺在床上，殷音想着今天见到的佟菲，非常不安。直觉告诉她，这次佟菲出现在她的面前，势必不会轻易放过她。必须立刻把钱还给她，防止后患。

她拿起手机，拨通了电话。

"喂？殷音。"

她沉默了。有点难以启齿，但是解决掉最棘手的麻烦是她唯一的出路。

"海洋，我……"挂了电话，殷音觉得好疲惫。

隋海洋很清楚殷音的解释不足以信服，但是他并不想多问殷音。为了她，他心甘情愿做任何事。

第二天，殷音心神不宁地盯着邮箱发呆，维一站在远处叫殷音去开会。殷音才发现自己居然忘了今天的例会，赶紧抱起电脑和笔记本冲向会议室。当她走进会议室的时候，所有人都看着她。殷音从他们或内容深刻或兴灾乐祸，恨不得马上把她从 17 层踢下去的各种充满快感的眼神中，读出了万劫不复的不祥感。难道是佟菲？不可能！怎么会这么快？

陈妮娜呲牙咧嘴地拿着一张纸递给殷音，殷音接过来瞬间瞪大眼睛，心跳加速，血压上升。手抖加上眩晕，让她无法控制自己的情绪。面前的那张纸扭曲地写着殷音具体欠钱的时间、地点和金额，好像在说："出来混早晚都要还的，此刻就是你偿命之时！"殷音慢慢放下挡着脸的那张纸，脸部肌肉有点不合时宜地抽搐着，会议室里静得可以听见她的绝望碎了一地。

"殷音，坐下开会吧。"一个声音平静地传来。殷音甚至没听清这话是谁说的。好像是艾姗。

殷音不记得自己是如何坐下，又是如何开完整场会的，只是觉得自己耳鸣不断，哒哒啦啦一片杂音充斥在她的耳朵里。该怎么办？该怎么办？她不停地在脑海中设计各种可行的解释，但都发现难以自圆其说。

会后，她木讷地低头走出会议室，跟在许慕凡的身后，进了许慕凡的办公室。转身关上门，她低着头，对许慕凡说："对不起，我要辞职。"然后便转身离开，身后没有期盼的、许慕凡挽留的声音传出，殷音闭上眼睛泪流满面地在众目之下收拾东西，准备离开。

陈妮娜小跑着跟在殷音的身后，说："你怎么了？就因为这个小事吗？没事的，你别怪艾姗，她也是不小心复印了这张奇怪的传真，然后发给了在座的所有人。她不是故意的，你别走啊！"殷音没有停下脚步，但是陈妮娜所说的一字一句她都听得非常清楚。难道是艾姗故意而为之？是发觉了什么？还是故意针对我？远处传来了艾姗呼唤殷音的声音。她来不及多想，仅仅加快了脚步，将这一切都甩到了九霄云外。

正在开会的隋海洋看见会议室玻璃门外抱着箱子匆匆走过的殷音，便草草结束了会议。当他跑出公司时，却已不见殷音的踪影。他疯狂地打着电话，突然想到殷音拜托自己借钱的事情。按照殷音的嘱托，隋海洋飞奔到银行，赶紧将 50 万元现金取了出来，然后在各处寻找着殷音。

许慕凡走近急哭了的艾姗身后，把手轻放在她的肩头。"不要担心，我会帮你劝她回来。"艾姗像是看到救世主一般猛烈地点着头。

许慕凡发动汽车，信心十足地开往目的地——共度。还没走进，就已经看到喝得伤心欲绝、泣不成声的殷音。"难道我的人生就是这样一部狗血剧吗？从不给我正常的空气和喘息的机会，我不要千万次地重复悲情剧目，我要的是幸福，哪怕是哭着的幸福也要幸福！"殷音哭着说、哭着喝，好像可以让伤痛悲哀减少一样，每每苦不堪言就要去将自己灌醉。

许慕凡站定看着殷音，驻足良久。他看着殷音一杯杯地灌下，他真心不喜欢这样的场面。因为他并不擅长摆平眼前的棘手情况，面前的殷音让他有那么点失望，如果这不是艾姗关心的人，他是不想管太多的。"殷音，跟我走！"许慕凡实在看不下去了，在她拿起第 N 杯的时候，便伸手抓住她，阻止了殷音。

也许是他用力太大，殷音被吓了一跳，一下倒在他的怀里。她抬眼迷蒙地看着柔情似水的许慕凡，不知是不是酒精作祟，她痛快地抽泣起来，肆意地趴在他的胸膛前，释放自己憋闷很久的伤心欲绝、小心翼翼和自怨自艾。许慕凡虽然感到有些措手不及，但他没有推开看起来楚楚可怜的殷音。他伸手抚摸着她的头发，有那么一刻，这种感觉真的好熟悉，他想起了记忆深处的姗姗……

"回来上班吧，没有人要你离开，我会帮你的。"许慕凡柔柔地说。看着抬起脸泪盈盈望着他的殷音，他对姗姗的多年思念，有那么一刻让他错乱。

突然一只手抓住许慕凡的肩膀，巨大的拉力将他的身体往后拽，紧接着就是一记重拳贴在许慕凡右脸上，速度之快让身经百战的他都猝不及防。殷音被甩坐在地上，顿时清醒了，看到眼前两个男人拉扯着，许慕凡并没有还手之意，一直在抵挡各种方向快速的充满妒意的击拳，好像也在优雅地给对方时间发泄一样。

"隋海洋！"殷音可算看清了眼前的一切，大喊着正在气急败坏的隋大总监。

　　隋海洋毫无收手之意，他死死地抓着许慕凡的衣领，扬起右拳又狠狠地砸下去……这时一只手快得让人来不及反应，已经将隋海洋在空中挥舞的拳头攥得牢牢的，使他动弹不得。只见许慕凡起身，用另一只手掠下抓住他衣领的手，"可以了，海洋，你先冷静。"气定神闲，瞬间读懂了眼前发生的一切及其背后的故事。

　　殷音跨过去拉扯隋海洋，抱歉地看着许慕凡，苦苦摇头陷入难以解释的境地。"今天好好回去休息，明天不要来得太晚。"许慕凡说完便离开了共度。

　　看着他的背影，殷音沉默地流泪，"殷音，你记住，你遇到的任何事，一定要先来找我。我会保护你，我会帮助你！"隋海洋至情地激动地边说边把装满现金的包交给了殷音。

　　殷音拿着隋海洋给的现金，试着拨通几年前佟菲的电话，居然没变。

　　"这么快就想到联系我？"佟菲一开口又让殷音为之一惊。没想到她居然掌握着自己回国刚申请的电话号码。

　　按照约好的地点，俩人再次见面。殷音上来就狠狠地给了佟菲一个巴掌，强撑着脆弱不堪的自己开门见山拿出了50万元人民币。"这是我欠你的，多余的钱是利息。我们以后不要见面了，你被我从我的生活里彻底删除了！那个巴掌是你欠我的，现在我们两清！"

　　佟菲用手摸摸脸颊，拿起钱，什么也没说，但那富有深意的一笑，让人感到不是这么可以愉快地结束的。

　　"看在我们曾经的情谊上，各自好好珍惜现在的生活吧。"殷音有些示弱地补充。

　　看着佟菲转身离开，她的心中升腾起一股悲凉的绝望。

5B. 绝不消停

　　第二天，殷音像是没事人一样第一个早早出现在办公室。大家窃窃私语，然而她都置若罔闻。艾姗轻轻走到她的身边，表示对她的关心，却唤起了殷音对艾姗可怕不可逆转的仇恨，以及一种凌驾于嫉妒之上的恨。她闭了闭眼，沉了沉气，冷静而微笑着抬起头，好像情真意切地摸着艾姗的手，慢慢地说："谢谢你，姗姗。我好多了，昨天我……"

"殷音，你不用说了。昨天下午，老板回来就跟大家说明了你的情况。他说你是因为之前得罪了恶人而遭到陷害。我们都知道这不是你的问题，你是被冤枉的。"艾姗安抚地看着殷音，示意她不要担心。

殷音听着这一切狗血般的反转，淡淡一笑，心里对许慕凡更加感激。"谢谢你，慕凡。"

"妮娜，我要的订书钉定了吗？"许慕凡探出半个身子，安静的办公间传来了他有些局促的声音。

"哦，老板，我马上查一下什么进展。"陈妮娜边忙着应答，边胡乱在自己的工位找寻订书钉的踪影。哪里找得到呢？自从上次被许慕凡原谅，没过多久，陈妮娜就回到总是心不在焉不在工作状态的样子。她根本没有给许慕凡定文具，可怜的是她自己也没有存货了。陈妮娜冲着殷音问询有没有富余的存货，殷音轻轻摇摇头。

这已经是殷音印象中第 N 次听到许慕凡问一个小小的订书钉的预订进展了。她慢慢打开抽屉，拿出自己早就摆在那里的订书钉，拿出一张巧克力礼包上的一条小缎带在订书钉上打了个小蝴蝶结。等中午大家都陆续走出去吃饭后，殷音便小心翼翼拿起提前的"圣诞礼物"，缓缓走近许慕凡的办公间，伸出握紧拳头的手，放在他办公桌的一角，低声地说了句："Christmas present and Merry Christmas（圣诞礼物 圣诞快乐）。"

许慕凡看着殷音，没有说"谢谢"，殷音就低头微笑着默默转身离开了。

许慕凡拿起圣诞礼物拆开蝴蝶结，几秒之后，突然间，许慕凡突然"哈哈哈"地肆无忌惮地大笑起来。殷音没有回头看向许慕凡的办公间，只是顿了一下脚步，然后偷偷地笑得更加惬意，她觉得许慕凡的声音好爽朗、好性感。

殷音心花怒放，她觉得这个礼物让许慕凡觉得她有自己的心智，有自己表达情感的方式，再也不像"鸡丝凉皮"事件那般愚蠢，再也不像"生日礼物"事件那般失礼，更加化解了昨天的欠债传真的"百口莫辩"。她有了与许慕凡之间独特的沟通方式，只属于他们俩的默契。殷音满意地笑着。

她脸上洋溢着发自真心的笑容，而对殷音关心备至的隋海洋却在另一间办公室的透明玻璃背后，冷眼看着这一切。他看得懂那表情，所以他的心在颤抖、在抽搐地疼。

"咚咚"，许慕凡抬头看到吴永豪斜倚在他办公室的门，双手交叉在胸前，坏笑地看着他。许慕凡继续低头工作。

"许大帅哥，今天我们好默契啊，居然穿了情侣元素。"许慕凡没理他，"表面看起来是没有，但是我穿了浅条纹淡蓝色的内裤，跟你的衬衫一样哦。哈哈哈，今晚平安夜你是我的，不要约人啊。"吴永豪转身刚要离开，又急忙补充道："约了也赶紧推了啊！不然你会后悔的。"说完，他还做了撅嘴亲亲状。

许慕凡翻了个白眼，不知道他又在搞什么花样，距上次吴永豪在台球厅被打也没过多久的事，他现在又开始折腾了。

自从上次在医院里不冷不热、不咸不淡的对话之后，许慕凡有点害怕艾姗。他实在难以再次鼓起勇气开口，也实在忐忑不安，怕再次听到艾姗那冷漠而遥远的声音，看到她麻木无感的表情。这种折磨、这种打击是对人精神层面的摧毁，腐蚀力超强，从内而外的崩溃。对于一个处女座 AB 型血的完美主义者，真的需要被鼓励，哪怕一个微笑，或一个眼神。许慕凡也有些彷徨，他穿着姗姗送给他的生日礼物——那件手工制作的衬衫，感受着姗姗的温暖。他觉得是自己不够努力，不够明确，他决定要制造一些让姗姗无法回避的机会，袒露他的心声。可是这么些年过去了，他有好多好多话要跟姗姗讲明，有好多事要跟姗姗列举，有好多感受要跟姗姗倾诉。因为过去的每一天，他都不曾忘记当时自己拒绝身披亲手设计制作的婚纱，幸福羞涩、笑意盈盈的姗姗时，她脸上浮现出来的痛苦、崩溃的表情——那表情好像在一切完美幸福到不可名状的让人窒息的那一刻，一切只能更加完美幸福的那一刻。他冷峻、不寒而栗地从背后捂住姗姗的嘴，静静地用锋利的匕首插进了姗姗如太阳一样火热单纯的心脏，迅速得让她怎么也喊不出来，残忍得让她悲歌绝寰地惊悚，重重得让她没有一点还击之力……但她却用尽生命最后一丝力气转头看着他冷酷残忍的表情，他知道，那一刻她的心被他杀死了，但他不知道，她的心被他刺杀得如此七零八落，连想找回那些碎片补救起来的可能都微乎其微。更何况那难以拼回的碎片又落满了灰尘，冰封了很久。

许慕凡点击开 outlook，开始写 email 给姗姗。

"Dear Winnie, Good day. In view of the Malaysia project is confidential and urgent, we need to go to the candidate factory to do Marketing Due Diligence at very beginning phase. Pls kindly prepare the related documentations and feasibility research materials by the end of this Dec., esp. project milestones plus timetable. We are going to Malaysia next early Jan. Best, Leo"

（"亲爱的姗姗，你好。鉴于马来西亚项目的机密性和紧急性，我们需要就关于市场方向在非常早期阶段开始对候选工厂的尽职调查，请在今年 12 月底前准备好相关文件和项目可行性调研材料，特别是项目里程碑以及时间表。我们将在明年 1 月初前往马来西亚。祝好，许慕凡"）

他写完之后，又通读了两遍，似乎给他的老板和公司董事会发邮件都没有过如此地过分谨慎。在确保没有任何逻辑问题和措辞问题之后，许慕凡严谨地点击了"发送"。之后，他还抬头看了看姗姗座位的方向——虽然看不到坐在座位上的姗姗，但是还是想看看。

艾姗收到 email 一般习惯性地在最短时间内杀光所有 inbox（收件箱）里的未读邮件。不管是否可以及时处理完毕，但一定会在 20 分钟之内先给予回复，这是她多年工作积累下来的"职业病"，见不得未读邮件的数字出现在收件箱里。而这次，她似乎没有急于将这封 email 杀死，而是久久没有点击开。她望着电脑上发件人的名字"Leo Hsu 许慕凡"发呆，她知道这个项目对于许慕凡的重要意义，也明白许慕凡单单叫她加入这个项目作为项目负责人的心思。她除了专业地完成这个项目，她发现自己还需要费很大的力气重复地克制自己，告诉自己要如何处理老板和下属的关系，否则一不小心，就会让她土崩瓦解。

"Yes, Boss."（"是的，老板。"）艾姗过了将近一个小时，才在邮件中删了又写，写了又删。最后剩下了两个单词，简单得不能再简单地回复了老板的邮件。是的，姗姗时刻强化"老板"这两个字，以提醒自己这里是职场，这里是办公室，现在是几年后。

许慕凡惴惴地点开回复，看到两个简单至极的单词。他注视电脑良久，苦笑地咧了咧左嘴角，长吁一口气。他暗自说道："许慕凡啊许慕凡，你要继续加油才行！不能放弃，要前进！"他暗暗给自己打气，他相信他所了解的姗姗本质还是那个姗姗。

虽然 email 回复中只有"Yes, Boss."这两个单词，但这也是姗姗对许慕凡的承诺。姗姗定会非常敬业地天天加班，她阅读、整理、提炼项目前期调研报告，排方案和时间表，百分之二百地忙着这个项目。一旦可以签定并购合约，这将为 FTL 生意带来巨大数量上的增长，许慕凡一定会交给全球总部漂亮的一页。

冬天天黑得很早，很快夜幕降临，许慕凡依然在办公室工作。吴永豪的未接来电已经有三通了，看来他是没有什么心思接听了。这时，手机再次响起，他下意识地瞥了一眼。"艾姗"，许慕凡赶紧弹起身子，抓起电话："喂——"小心脏怦怦跳着，欣喜激动地接听了。

"话说你小子也太不像话了！作为你几十年的死党，我打电话不接，要是我出什么生命危险呢？你也这么不闻不问吗？换了你女人的电话，你第一时间就接听了！你知道我有多伤心吗？"吴永豪的责骂传出电话听筒，好像他的唾沫星子都要飞溅到许慕凡的脸上，"你听听，听到了吗？是我们的友谊粉碎一地的声音啊！"

许慕凡有点不耐烦地把电话离远了些，说："你想干嘛？我很忙。还有，艾姗的手机怎么在你手里？"

"我不是让你把今晚的时间留出来吗？你却这么践踏我的苦心。艾姗也在呢。你还记不记得我们在美国的时候，雪豹队把咱们台翔队打得一败涂地。刚才我接到后辈的电话，说今年的友谊赛今天在北京举办，他们有人来不了，缺人啊！缺人！没时间了，你快点来现场补上！"吴永豪说得上气不接下气，看来比赛很激烈。"艾姗来现场了，在给我加油！在给我加油！在给我加油！重要的事情我要说三遍！来不来随你……"

许慕凡立刻合上电脑，没等吴永豪叨叨完，他就立刻挂断了电话，收拾东西准备赶往比赛现场。当他关上办公室的门，转身看到站在那里的殷音。

"听艾姗说今晚去看比赛，我工作一忙忘了时间，您是要过去吗？能带上我一起去吗？"殷音甜笑地看着许慕凡。

"好啊，我们快走吧。"许慕凡笑着答应。

到了赛场，"啊，是冰球！"殷音兴奋地说。

老远就看见吴永豪叉着腿、弯着背站在赛场外气喘吁吁的，看见许慕凡过来，使劲招手，示意他赶紧上场。许慕凡边跑过去边脱衣服，殷音紧跟在后面帮他拿衣服，艾姗在看台上静静地看着。许慕凡来不及做准备活动，换好冰球装备，穿上球刀，戴好头盔，拿起球杆，自然优雅地滑入场内。

吴永豪穿着冰球服，摘下头盔，坐在艾姗和殷音的中间，吃着薯片，开心地看着许慕凡的敏捷身手。许慕凡在场上挥杆自如，控球稳健，连连进了两球。这时，他转身朝着三人坐的方向，确切地说是朝着艾姗的方向，挥了挥杆。看着艾姗在看自己比赛，他非常开心，好像回到了在美国的时候。突然，他被对方一名身材高大的队员猛烈地撞倒了，他重重地摔倒在地。许慕凡躺在地上很痛苦地扭动着身体，看来撞得不轻。吴永豪和殷音俩人同时站了起来，赶紧从看台上跑下来。而艾姗心里焦急地看着，却没有起身。她双手紧紧地攥着，紧张地看着台下场内的动态。

对方撞倒许慕凡的那个人则优雅地向着艾姗滑过来，他脱掉球刀，走上看台，坐在了艾姗的身边。艾姗疑惑地看着他，什么也没说。对方却突然摘下头盔，笑着看着她，大喊："亲爱的老婆大人，我好想你！"

艾姗惊讶的神情变成了惊恐，"你怎么在这……"她几乎不敢相信自己的眼睛和耳朵，以为自己太累了而出现了幻视。

场内的许慕凡也看到了这一幕，他立刻忘却了疼痛，挣扎地站了起来。殷音也转过头，表情变得和艾姗一样惊恐。

接下来的一幕，让许慕凡的绅士风度一扫无余。艾姗被那个称呼她为"老婆大人"的男人紧紧地抱住，一动不能动。许慕凡发疯了一般冲上看台，他来不及换球刀，七扭八拐地、不顾形象地爬上看台。他还没站稳，一把抓起他的球服，举起拳头刚要打下去，拳头却停在了半空中。

"是你？"许慕凡愣住了。

艾姗赶紧拉开许慕凡，回头问道："你们俩也认识？"

吴永豪也跑过来，学着北京的京片子拉着长音儿问道："这位您到底是谁啊您？"

只见那人用一只手挣脱开许慕凡，微笑着说："当时你救了我，难道就为了现在打我吗？"

"姗姗，我来晚了。"众人听到一个沉静的声音对艾姗轻柔地说，唯有许慕凡听到的是一个刺耳至极的、找抽的声音不和谐地响着。更让许慕凡气到血管爆裂的是，艾姗对着那个"眼中钉"却笑颜如花。

所有人看着突然从天而降的惊喜（艾姗）、惊讶（殷音）、惊悚（许慕凡），傻了眼……

5C. 不速之客

泛海国际。许慕凡的家中。

许慕凡像拖死狗一样地架着一个高高瘦瘦的帅哥，相信许慕凡，虽然脱掉了冰球服，看起来一下就单薄了，但这个帅哥看起来绝对比实际要沉得多。许慕凡使出浑身力气，才和男保安一起才将他从地库弄到公寓的床上。艾姗有点不放心的眼神，更让许慕凡的气不打一处来。

许慕凡叉着腰，气喘吁吁地看着面前这个不省人事的"不速之客"。他实在有点反应不过来，短短两个小时，怎么就将他的"完美计划"搞成了这般地步。而按照他的计划，他现在应该和姗姗一起共度"平安夜"。他伸手摸摸还在裤兜里准备送给姗姗的礼物莫比乌斯环，许慕凡委屈而无奈地叹了一口气。

两小时前。12 月 24 日晚 20 点。

那场冰球比赛在不和谐的气氛中提前结束了。吴永豪收拾东西时看到阿喵的来电，他一直不敢面对阿喵，但也着实不忍心看着自己心爱的人郁郁寡欢，况且她肚子里的骨肉还是自己亲生的。他为了让阿喵开心，也为了能给自己的"死党"有机会与艾姗制造机会，更为了八卦精神至高无上万万岁，他一定要弄清楚刚刚杀出来的这位到底为何方"神圣"，所以吴永豪特意带众人到阿喵的艺吧参加圣诞节 party。

殷音也被阿喵邀请一同前往，一见到挺着肚子初具规模的阿喵，殷音惊呆地张大了嘴，必须多人合力才能把她的嘴合上。而让殷音再吃一惊的是，许慕凡和 FTL 的财务总监吴永豪是几十年的死党，好到在台湾时就无话不说，如胶似漆，经常以伪装 Gay 而成功甩掉不喜欢的女孩子。而阿喵肚子里的孩儿他爹，阿喵的神秘男友，也正是吴永豪本尊。如果说这样的信息量已经足够殷音惊叹、消化半天时间，那么还有一惊也在等待着她，那就是姗姗原来也与他们早就在美国结识。更让她觉得应接不暇的是，那位"不速之客"的出现，貌似认识艾姗和许慕凡，而且不由得又让她想起了不好的往事与沉痛的记忆。殷音突然感到由内及外的寒冷。她发现原来自己才是"局外人"，才是一幅看似完美画作的多余之笔，才是一切看似与一切美好的无关之人。殷音来不及感叹这世界太小、太残忍，更加嫉妒艾姗与许慕凡拥有如此之多的共同的朋友和记忆。

　　然而没有多余的时间给予殷音反应和感慨，相互熟悉的人已经开始熟络地寒暄，进入融洽的交流环节了。这情景迫使殷音迅速结束了自己的各种与面前聚会不相符合的情绪，强颜欢笑迎接着眼前的一片美好和谐。她为了显示与众人的"焦点"艾姗也特别熟络，也为了显得自己与其中之主角有着渊源的故事，她提议与艾姗联手上演无伴奏合唱。

　　"姗姗，让我们再合作一曲，阿喵你也可以一起伴唱。"

　　艾姗对殷音突如其来的热情显得略有吃惊。看着殷音伸出来的那只手，她回想起了中学时代的合唱排练情景，感受到了殷音真诚的眼神让人无法拒绝。她笑着拉起殷音的手，灵巧地转到殷音的侧身，并肩而立。看到对面一直注视她的许慕凡，宛然一笑。

　　当身着合唱演出服对着镜子检查妆容的那一刻，当在队列中款款迈向舞台的那一刻，当踏上合唱梯调整最佳状态准备就绪的那一刻，当幕布拉启、灯光洒在脸庞点亮微笑的那一刻，当琴音配上指挥棒荡漾礼堂的那一刻，当开口和声悠扬婉转的那一刻，当最后一个音节曲毕全场雷鸣掌声响起的那一刻，当激动地感恩观众回礼致意的那一刻……殷音和艾姗就像昨天才参加完演出一样记忆犹新，那是一段多么奇妙而完美的时光。而姗姗的笑容是许慕凡久违了的表情，他开怀极了，他觉得她也在潜移默化地改变，似乎那久久关闭的大门透出了越来越多的光亮。那希望之光直射在了他的脸上，暖而温柔，望而明亮。许慕凡深情地望着姗姗，姗姗没有躲闪地对望着许慕凡的双眼……殷音目睹着她们四目相接，揭开当年完美回忆中的疑点瑕疵……当年在合唱团排练厅，殷音深深暗恋很久的男生，也是用这样专注而柔情的目光看着台上站在她身旁的姗姗……此时此刻，殷音的心中五味杂陈，痛苦难耐。

柔软温馨的灯光，配上悠扬婉转的歌声，加以娇柔多姿的二人，将这特色情调韵味十足的艺吧衬托得空灵幽幽。

一抹金色的光晕罩在一双深情款款、含情脉脉的眼睛中，倒映着姗姗动情的面容。一大束马蹄莲慵懒地靠在他的肩头，静静地等待着最爱她们的主人唱完那曲。

曲毕。

白色马蹄莲簇着颜值高到爆表有着醉心笑容的男人走来，在众人惊讶的神情中，艾姗微蹙眉头、闭着双眼，嘴角却挂着"我就知道"的看似无奈、实为开心的神情，等着他来到她的面前。

"还不快接着！"好似随意，其实熟悉的自信的声音。

艾姗有点羞涩地甜笑但释然地接起，自然相拥，仅仅表达"感谢聆听"坦荡谢谢粉丝的意味。心理学解释，人们总是理解并记住那些心中早有定论的所见，而选择性忽略那些真实的自然的一面。此刻的殷音和许慕凡读到的便是自己心中的定论，而没有时间去关心事实如是。也许是这个男人太帅气、太年轻、太英姿了，连自信满满的许慕凡也不得不有些不淡定与醋意。吴永豪偷偷观察着在场所有人的细微变化，看得出来，实在是隐藏了不少细微的故事。而殷音此刻却突然将表情从羡慕、嫉妒、恨转变为了愤愤的神情。全场的"焦点"又都被这个男人占据了。阿喵毫不掩饰对新人的喜爱与对帅哥的无免疫好色。她吞着口水，轻摇着头，直接无视还杵在旁边的自诩为"世界第一大帅哥"的吴永豪。

"嗨，我的救命恩人，我要向你做个正式的自我介绍。"还没等许慕凡回转过神儿，一只精致的，看起来就是衣来伸手、饭来张口，好像钢琴家的手已经伸到他的面前。貌似知道许慕凡的一切一样，他身上有一种让人有点局促、有点生厌的淡定。"你好 Leo 许先生。"有点压迫式的问好，不得不承认，这种感觉很糟。

许慕凡毕竟是经过些世面的成熟稳重男，优雅而有力地握住了那压迫到有点挑衅的手。"你好。"就权当应付一个棘手的客户了，静观其变，这么想想心里也就没什么感觉了。然而客户貌似还要纠缠，紧紧地攥住许慕凡的手，不松开，英俊的嘴角一边还挤出了富有深意的、特别欠揍的笑。

旁边的人都石化了，看着他们俩在故作平静，暗中较劲。吴永豪赶紧护着阿喵的腹部，往后撤了好几步。

"啊？你是，美国那个华裔天才钢琴家——立伟伦？！"阿喵终于合上嘴大喊出来，然后即刻捂着嘴激动不已。吴永豪不耐烦地拿餐巾纸擦了擦阿喵下巴上那即将呈自由落体坠落的哈喇子，拯救了她淑女的形象和他高傲的自尊心。

许慕凡虽然不知道他如何在被救了之后就变得好像对自己如此熟悉，在心里冒出来很多问号之后，他也没有因为对方的挑衅而不淡定。然而就冲他知道姗姗的喜好——那一簇马蹄莲，就冲他可以那么随意地跟姗姗讲话，就冲他还可以那么自然地拥抱姗姗，还就冲姗姗也是一副很习惯我愿意的自然劲儿……许慕凡平静的心中激起了层层涟漪。不对，是水花！不对，是无数块大石头"咚咚咚"地砸入水中。哪里来的张狂小子？

毕竟许慕凡是服过役的军人，那手劲、那腕力，真的不要轻易向他挑战，那绝对是自讨苦吃。立伟伦的脸上执拗地维持着那股挑衅劲儿，然而额头的汗水已经将他出卖了。不能认输，就不认输，空气里都弥漫着"宁可战死不可吓死"的豪情壮志！

"好啦！你们俩的问好太深刻了！"艾姗实在看不下去，硬是拉了半天没拉开。要知道按照以前的许慕凡肯定对姗姗言听计从，而这次他偏不。在他没搞明白此人与姗姗毫无非朋友关系之前，他不想放松。

"殷音，你快来帮帮忙啊。他是我们的学长，你忘了？"艾姗一边掰着他们俩好像抹了502一般如胶似漆的双手，一边面露难色地向殷音求救。

殷音当然在第一时间见到他的时候就想起来他是立伟伦，他就是那个让她心动不已的情窦，更是那个噩梦的导火索。这是什么样的孽缘，让殷音再度目睹了以前和现在的他们俩眼里有且仅有唯一的她——艾姗。还要假装没事人一样帮助唯一女主角去劝解两大痴情情敌。

殷音选择用手使劲抠立伟伦的手，这其实是在帮助许慕凡。殷音当然不傻，许慕凡是她的大老板，帮着大老板始终没有错。许慕凡同时又是她的伯乐，感恩的机会本来就不多，时不再来。还有就是，嫉妒之心让她生气。她从中学暗恋立伟伦，到眼睁睁地看着他天天来看艾姗排练，再到他为了艾姗与外校男生打架，直打到满脖子血印，校服被撕，形象全无，全校通报批评之后，他带着伤还准时出现在排练厅的一角，之后是导致自己失去一切苦苦挣扎的元凶，再到现如今，多年未见，真是换个场景、换个对手再来一次，让她恨立伟伦的专情与执念。而许慕凡，是她的希望。她还有进一步的计划和筹码，她还有不少胜算的可能与自信，所以她不能放松。

"好——啦——！"艾姗使出浑身力气，撕扯了一下许慕凡的衣袖，可能有点用力过猛，一下将专心致志的许慕凡惊到了，双方终于松开了彼此的手。那惨不忍睹的手指红印在各自的手上扩散开来。

艾姗赶紧心疼地拉起立伟伦的手问："你没事吧？干什么呢？这么久了，还跟小孩一样？手坏了看你还弹什么琴！"艾姗当然知道许慕凡出身于海军陆战队，所以特别关心立伟伦的情况。

许慕凡的手在抖，一是被握得太紧的身体应激反应，二是看着艾姗似乎完全没有什么心思放在他的"伤势"上。刚刚从生日礼物上取得的进展，不会因为眼前这个小子而成了"无用功"吧？许慕凡恨得有点咬牙，"难道这应该是给救命恩人的回报吗？"

殷音环着许慕凡的胳膊，一角余光扫着艾姗和立伟伦，同时观察着许慕凡，"您没事吧？"殷音真的有些心疼，许慕凡的手上居然还有立伟伦的指甲印儿……

"见面就是缘，这位立伟伦，看起来你跟艾姗也很熟悉，是学长是吗？"吴永豪观察着许慕凡的神情，有点过于严肃了，赶紧过来打圆场。"我们许大帅哥还曾是你的救命恩人，这个怎么解释？看来你俩也有'奸情'？不过好啦，今天是Christmas嘛，什么都要先放下，必须喝一杯。"吴永豪用手指夹着两只红酒杯，给二人满满地各倒了一杯，艾姗皱着眉头看着吴永豪，好像在责怪他安得什么心。

艾姗和吴永豪都知道许慕凡是个天生的千杯不醉，甭管红酒、啤酒、洋酒，还是茅台、五粮液、二锅头，各种混合，这家伙就像喝水一样，随便招呼，不服不行。吴永豪曾开玩笑说："许慕凡这家伙的细胞液可都是带度数的。"记得在许慕凡还需要亲自陪客户的时代，他喝了3瓶750ml的红酒，又喝了1瓶黄酒，1瓶洋酒，外加将近两打嘉士伯，在别人吐得叮叮咣咣左右乱晃的时候，他居然还可以送完客户，回公司写方案。他的身体里肯定是含有什么抗酒精基因之类，那不是正常人所有的。

许慕凡接过酒杯，两眼直勾勾地盯着姗姗的脸，这可是唯有罕见的不淡定的神情。他自顾自猛地撞了一下另一个酒杯，一仰头，眼睛都不眨一下，好看的喉结踏着节奏地律动，10秒钟都不到，满满一酒杯的红酒一饮而尽，抿着嘴咽下最后一口，紧闭的双唇两侧露出淡淡的酒窝。真的好有魅力，好迷人！之后许慕凡望向姗姗，随即转向立伟伦，换做他挑衅了。这真的是两个成年男人吗？

死党吴永豪心领神会，或者说是配合默契，坏笑着递给立伟伦，"你看人家都干了，不过我们可不会强人所难。你随意，点到就好，不要勉强，开心就好啊！"

这添油加醋的攻势，明显是要立伟伦好看。只见立伟伦拿起红酒杯，毫不犹豫地往自己的嗓子眼儿猛灌，大有一副"牛什么？这年头 who 怕 who？"的架势。由于他灌得太快了，以至于连姗姗还没来得及阻拦，就已经全部将酒倒进嘴里了。好像还比许慕凡快了点，但腮帮子顿时鼓了起来，像只在怄气的小青蛙，咕咚咕咚仅用了两大口，看着一大团从他的嗓子眼儿费劲地往下运行。就这样，立伟伦吞下了满口的红酒。之后，他继续保持着"宁可战死不可吓死"的英雄气概，空中的尘埃好像都在为立伟伦的壮举而喝彩。

"你……还好吗？"艾姗紧张地、声音弱弱地问了一句，伸手刚要扶立伟伦。

但谁想到，"咣啷"一声巨响，立伟伦秒倒。

全场石化。

艾姗赶紧俯下身，扶他起来，剧烈地晃着他的身体。他像一个毫无知觉的玩偶一样任人摆布。"醒醒醒醒！叫你逞能！不能喝酒还喝，你醒醒！你别想再赖在我那！你给我醒醒！！！"

听到这儿，许慕凡后悔了。什么意思，貌似以前这小子就这么干过？这岂不是帮了他？没想到还是魔高一丈！他向吴永豪投递出 SOS 的神情——那神情好像一个无可奈何的小孩子，让每个女人看了都想当他的妈妈去保护他、安慰他、帮助他。

"没关系、没关系。艾姗，不要紧张。"吴永豪不愧是"死党"，"我惹出来的祸，一定要我来解决。"吴永豪边说边挤到艾姗旁蹲下。

阿喵赶紧把殷音往后拽，偷笑着与她耳语。殷音皱着的眉头突然舒展开了，忍不住地偷笑。

"艾姗你别担心，你知道我啦，我也算是半个专业人士啦。他喝得太急了，我真的很怕他酒精中毒啊。"

"是啊，吴永豪。说实话，伟伦根本不会喝酒，他闻到酒味儿都会晕倒的。你看他现在，踹都踹不醒！"艾姗都略带哭腔了，这让许慕凡更加不爽！还伟伦？这么亲？！

"为了你，我的小姗姗，我今天豁出去了！"吴永豪撸起袖子，神情严肃，"一定要帮他醒酒，而且把他送回住处。你放心！"

"谢谢你，吴永豪。"艾姗从小就特别相信人，直到现在还是如此。即便看起来再不靠谱，她都会先认真地选择信任对方。

吴永豪抱起立伟伦的头，故意放大声音说："现在，我要牺牲我自己，为你做人——工——呼——吸——，这是为了酒精中毒而进行的紧急救援行动。"

立伟伦毫无反应……

"我要开始了！数到三，我就会重重地吸进一口气，然后吹进你的嘴里！"吴永豪故意强调"你的嘴里"这几个字。

立伟伦仍然毫无反应……

吴永豪看着演得很专注的立伟伦，咽了口口水，说："刚才不算，我的嘴唇太干了，我要用我灵活的舌头润一润我的嘴唇，以免一会儿做人工呼吸的时候划伤你的嘴唇。那么，一，二，三！"吴永豪看着入戏极深的最佳男主角，心一横，非要逼他现出原形。他一闭眼，皱着眉头，鼓着腮帮子，重重地亲了下去，用力将嘴里的气儿吹进了立伟伦的嘴里……

……

全场人继续石化……

吴永豪继续，继续……但立伟伦仍然毫无反应……

身经百战的吴永豪真的是遇到对手了。他睁开眼睛，看着男主依然一动不动、一言不发、紧闭双眼、毫无反应地吸引着全场人的注目。他无奈地撇着嘴，双手诚心地、故意地放开立伟伦的头，只听"咚"的一声，重得就像一个50斤的大西瓜击地的声音。声音一响，吴永豪就吓了一跳，吐着舌头跳起来，他喊着："艾姗，他在我放手的时候还活着！我发誓！"接着，吴永豪赶紧跳到许慕凡和阿喵身后，探出头来，小心翼翼地观察着。

艾姗心疼地抓起立伟伦，大喊："立伟伦！你醒醒！你再不起来，我就跟你绝交！"终于忍不住，带着哭腔的艾姗显得特别无助，特别楚楚可怜。

许慕凡赶紧蹲下身，扶着姗姗的肩头，安慰道："没事，姗姗，我们打999，赶紧带他去洗胃。"

许慕凡话音未落，一只手瞬间精准地抓住了他的手。"谁让你碰她的？"终于，最佳男主角说了一句台词，却依然闭着眼。

艾姗赶紧摆脱了许慕凡的双手，抓住立伟伦，问："你怎么样？能站起来吗？"

最佳男主角赶紧顺势抓住姗姗的手，说："我晕倒了？别担心，老婆大人！"

许慕凡气得都要变形了，心想哪来的臭小子，太会演了！

"我知道，你是真的酒精过敏，要不要去医院？"艾姗止住了眼泪。

……这位最佳男主角真的是靠身体语言获奖的，又没音了。

"吴永豪，你要帮我，帮我扶他上我的车。我要带他回我家。"艾姗带着哭腔说。

"为什么？他不是醒了吗？刚才他还……"许慕凡急了。

"他是真的不能喝酒，我带他回我家好照顾他。"艾姗打断了许慕凡。

看着艾姗坚决的态度，许慕凡急眼了，这不是又为这小子布了一步棋？他望向吴永豪，心想：好兄弟，你都为了我"献吻"了，就再救救我吧！许慕凡那央求的小眼神儿好销魂。

吴永豪太懂许慕凡了，他央求艾姗说："艾姗，你别着急。你看这样好不好，我搞出来的事情，怎么能让你一个女孩子来承担？虽然他是你朋友吧，但毕竟是个男人，作为你的朋友和同事，我们还是有责任、有义务帮助你的。而且慕凡也是'祸首'之一，就让他来替你照顾你的朋友。再说，慕凡是如何细致的人，你是最清楚的了。"

吴永豪这一席话，让艾姗有点敏感，又有点难以说"不"。虽然她很想照顾立伟伦，但心里还是在意许慕凡的感受的，吴永豪的确给了她一个解决方案。

"是啊，姗姗，让我来吧，我……刚才也没想到……"许慕凡有点难为情，不知道是在为了自己面前突然出现的"伪情敌"的醋意，还是为了刚刚自己略带幼稚的行为。

"放心啦！艾姗，我向你保证，慕凡帅哥看起来绝对不是 Gay 啦！"阿喵也开始帮腔。

殷音看着眼前这些人为了艾姗的各种努力，心里酸楚，但又能如何呢？虽然很嫉妒，但又能怎样呢？还是应该庆幸，幸好晕厥的不是艾姗，要不眼前这两位痴情男不知道要上演什么作呕的剧目。于是乎，她成人之美地帮腔道："姗姗，老板你还信不过吗？"她故意强调"老板"两个字。

"老板"这两个字真的好刺耳，但是管用。艾姗没什么理由说不，于是说："好的，那就麻烦您了，谢谢老板。"

许慕凡听到艾姗说出"老板"，有点无奈，只能心里苦笑，不过至少不用担心受怕一晚睡不着觉了。

5D. 挑战绅士极限的男人

圣诞的气氛浓烈而温暖，天空开始恰如其分地飘起雪花，配上 Jingle Bell 那熟悉而流畅的旋律，让这个夜也透着舒心。画面本该继续呈现一对对情侣相拥许愿彼此照拂的情景，然而却是三个女人一起目送着两个男人费劲地将第三个男人扔进车后座。许慕凡关上车后门坐到了副驾驶上，歪头看着依然毫不避讳、满脸担心地注视着立伟伦的艾姗，只得无奈地将车钥匙递给代驾。车子发动，许慕凡依依不舍地看着后视镜中姗姗的身形变得越来越小……

殷音心有不甘却不敢表现出来，应付着跟阿喵她们告别，回到住处楼下。刚下出租车，就看到了在楼下等待她许久的隋海洋。

一遇到殷音就像化学反应顿时变单纯的隋海洋看见殷音归来，忧郁的眼睛一扫平时的神情，取而代之的是开心，他向着殷音跑过来。

"你怎么来了？"殷音先发制人。那口气不像是期待见到一个人的状态。

"殷音，你去哪儿了？我一直在等你。这么冷的天，你怎么穿得这么少？"

"你先别管我，这大冷天你在外面傻站着干什么呢？"殷音拉起隋海洋往角落里走。她确实也有些关心这个一直拒绝前进、倔强地停在原地等她回来的男人。但是她此时更多的是担心被维一和妮娜看到，传到公司里就不可收拾了。

"我想跟你一起过圣诞节啊，我想你了。想给你个惊喜，然后就来了。我看你的房间一直黑着灯，就想着在楼下等你回来。我一点儿都不冷。"温暖的隋海洋像是一个发散着明媚阳光的"小太阳"。

"我跟你说过多少次，不要来找我。我们不可能回到以前了，我们结束了。让我自己飞吧，我再也不用你的保护，也不需要你的关心，我想做我想做的自己。"

殷音一口气说完，字字都像刻刀一样有力地刻在隋海洋的心里。他实在不能理解眼前这个女人。之前借钱时候的柔弱和无助，怎么如此就消逝殆尽、荡然无存了？难道这仅仅是他一个人的一厢情愿？他不理解，他也不愿理解。

殷音说完，随即甩开隋海洋抓着自己的手，皱着眉头严肃地再次用冷酷的话语刺伤他的心："我们只有工作关系，除此之外，没有也永远不会有任何关系了。请你尊重我的决定，面对现实。"她顿了顿，时间短到没给他任何思考喘息的机会，"钱，我会尽快还给你的。我先走了，你不要再来了。"说完，殷音就冲进楼门里，没有任何的停顿和迟疑。

隋海洋没有回头，只是眉头越锁越紧。刚才眼眸中闪烁的光彩都被殷音的无情浇灭，换回了那忧郁而深沉的神情，好习惯的神情。

可怜的隋海洋回到车里——殷音学生时代最爱说："等以后我们有钱了，一定要买一辆白色的mini-cooper，自由灵巧，高昂激进。"有心的隋海洋记住了，现在那个曾经的理想实现了，却丢掉了副驾驶的那个她。他不明白，不明白她的若即若离代表什么，不明白自己的坚定与坚持又意味着什么。他抬头看看已经亮灯的那扇窗户，眼神落寞地飘到安静地躺在副驾驶座位上的礼物和玫瑰花，咽着无奈与苦涩。

楼上的殷音在窗前目送着隋海洋。她描述不清对于他的感情，错综复杂让她无法辨识。但这里面肯定有过爱，而今这爱已经被紧张和害怕替代得无影无踪……

满是雾气的洗手间，一只手抹开镜子上的雾气，用双手支撑在盥洗琉璃台上。镜子中湿漉漉的头发贴在棱角分明的脸上，分外透露着成熟的性感。一滴水滴顺着脸颊的轮廓往下流，经过了隐约有些胡子渣的下颌，经由喉结，顺着脖子流到坚实挺拔，伴着呼吸起伏的胸肌上，继续翻越整齐精致的腹肌，直至落入紧紧裹在腰间的那白色浴巾。

刚淋浴完的许慕凡来不及回想今天或幼稚或滑稽或离谱的行为，满脑子里全是现在四仰八叉倒在他床上的立伟伦和姗姗的举动。以他对姗姗的了解，这个人对于姗姗的熟悉程度和随意程度绝不是一般级别的，他是一个得到姗姗深深信任且依赖的人。他越想越不痛快，抬眼看着镜子中的自己，心里默默地说："许慕凡啊许慕凡，你现在是自顾不暇，貌似又来了个竞争对手。看这架势，只是暂时让对方占了优势。"他低头摇头苦笑，一抬头，情不自禁地"啊"地大叫了出来。

原来旁边的马桶前正站着已经解开裤子准备小解的立伟伦，他的眼睛都没有睁开，晃晃悠悠、颤颤巍巍地小便尿在了洗手间的地上。

处女座 AB 型血，有着极尽挑剔的完美主义精神和变态苛刻的强迫症的许慕凡，眼珠子都要崩裂了。他实在难以相信眼前的一切，再也无法忍受面前的一切。真的庆幸没有把他交给姗姗。他甚至不敢想，如果没有把这个家伙强行架回他的公寓，而是真的由姗姗带回家照顾，那后果将会怎样？

"你在——干什么？"许慕凡的声音有点激动，他扬起了严肃的眉毛，继续不敢相信眼前的恐怖。

立伟伦毫无反应……眼睛都没有睁开，居然当着许慕凡的面开始抖他的下体，然后很自然地提上裤子，"啊——"拉着大长音、打着巨大声响的哈欠，你根本看不出他到底是醒了还是睡着。他懒懒地伸个懒腰，转身回卧室，把自己重重地甩在许慕凡柔软宽敞的、铺着淡灰色床品的 King Size 的大床上。

可怜的许慕凡被吓坏了，他踮着脚尖儿，生怕他白色的拖鞋碰到什么他想想就要吐的东西，费劲巴拉地走进卧室看着眼前可怕的一切。他甚至在怀疑自己是不是喝多了，无法正常完成真实可视反应，从而导致了幻觉，或者是做了噩梦，天，真希望是噩梦！

"噗，噗，噗噗噗……"

许慕凡的耳朵像刚看过惊悚片受了惊吓一般地颤抖了一下，随即下意识地鼓起腮帮子、双手捂住鼻子，像被点了穴一般僵硬到动弹不得，完全被雷得外焦里嫩、体无完肤。他实在不能相信眼前的这个空有一副帅气皮囊，实为让人瞠目结舌的男人，能与姗姗是什么关系。

他赤裸着上身，不顾寒冬的低温和飘雪，屏住呼吸，直接用移魂大法跳到阳台上，呼吸着新鲜的空气。

"呼——"

许慕凡长舒一口气，顿时感觉整个世界都美好了。平安夜的星空繁星点点，好像整个北京也因为是圣诞平安夜而悄悄赶走了雾霾，让美丽的星空呈现如宝石蓝的缎面，闪耀着钻石光彩。

"如果身边有你该多好。"许慕凡的手碰到阳台上摆着的铁艺桌子，现在的公寓是按照他在美国的公寓一模一样地布置的，当然这是出自当年姗姗之手。

"啊，宝贝……"一个慵懒而夸张的声音，让许慕凡还来不及做出被惊吓的应激反应，就被一双沉甸甸的手环住了腰间。紧紧地，随即一个大头耷拉在他的右肩上，嘴里还在嘟囔着："宝贝老婆，你怎么还不进来……"

——是酒醉梦游的立伟伦。

许慕凡奋力地想甩开他的大手，没成想对方却抱得更紧了。

"放开！你清醒点儿！"

两位帅哥还真的像是一对情侣。

"啪"，隔壁阳台上传来了杯子碎裂的声音。许慕凡抬眼看见了姗姗对着他吃惊地看着眼前这一幕。他刚想叫住姗姗，只见姗姗富有深意地对他点点头，立刻转身走了进去。

他赶紧蹭着地拖着立伟伦，把他扔回了卧室的床上。除了无奈，还有一股杀气在他的脸上盘旋。

"宝贝？老婆？"许慕凡咬牙切齿地反复念着这几个字，直挺的鼻翼被气得直抖，鼻孔也变成平时两个大。他喘着粗气，心里的酸水儿翻江倒海，让他觉得哪儿哪儿都不舒服，而面前的这个人哪儿哪儿都那么欠扁，他重重地关上门！气哼哼地走到隔壁书房，心里开始无数版本地演绎着立伟伦和姗姗在一起的画面。无法忍受的他越想越气，拿起一瓶洋酒猛灌着自己……

第二天清晨，东面的书房被洒满了阳光，还有一点底儿的酒瓶半倒在地毯上。许慕凡的眼睛被暖暖地照着，赤裸的上身上盖了一条白色的澳毛羊绒毯。他缓缓地睁开双眼，眼前不到5厘米处隐约有一张人脸。他下意识地睁大双眼，模糊的影像变得如此清晰——立伟伦微笑地正看着他，谦谦有礼，暖暖醉心。

"醒啦？睡得好吗？抱歉，霸占了你的床。"立伟伦双手插着兜，直起身，调皮地一笑。

还没等许慕凡出声，他又猛地俯下身，鼻尖对着鼻尖，打破安全距离地看着许慕凡，"嗯……有点眼部……分泌物。"说完，立伟伦还嘲笑般地尴尬一笑。

真是一大早就添堵，许慕凡赶紧坐起身来，用双手清理了一下眼睑部位，又尴尬、又烦躁、又不爽地瞪了一眼立伟伦。

"你住哪儿？我现在送你走！"许慕凡的话明显是想让立伟伦迅速消失，但是他又担心他去找姗姗，所以并不是真心想亲自送他走，而是想为自己争取时间，他要去找姗姗问个究竟。

"哦，我已经给你做好了早餐，你快去吃吧！"立伟伦很自然地翻起书柜上摆放的那本《哈佛商业评论》英文版。"哦，对了，冰箱里的好多东西都快过期了，我都给你扔了。"

好烦躁的声音没完没了地钻进许慕凡的耳朵，他皱着眉头快速离开书房，还略微心有余悸地走进卧室的盥洗室，他还记得昨晚的恐怖画面。一推门，里面干净整齐地摆放着毛巾，洗漱用的瓶瓶罐罐严丝合缝地摆在一条直线上，连上面的 LOGO 的朝向都是一致的。卫生纸整整齐齐的，没有多余的垂下来。马桶也是清爽干净，光感亮白。他简直不敢相信自己的眼睛，难道清扫阿姨来过了？

"你用的牌子这个系列是减龄祛皱的，不适合我哦，所以……我没用，放心吧！"一个讨厌得不能再讨厌的声音提醒着他和立伟伦的年龄差异。许慕凡恶狠狠地看着镜子里斜靠在卫生间门口正拿着杂志翻看的立伟伦。

"你是用飘来移动身体吗？还有，你不懂得尊重个人隐私的吗？现在是我的私人时间和私人空间！"这个逐客令好牵强，明明是被气得无力还击……

立伟伦坏笑着转身离开。许慕凡随即翻了个白眼，这个人已经快把他一贯的绅士举止风度逼得荡然无存。

许慕凡收拾好自己后准备换衣服，他发现自己的衣帽间也被收拾了。那件姗姗送他的手工杰尼亚衬衫找不到了，他随意套了件紧身白T，抓起一件休闲T径直走到正在喝咖啡的立伟伦面前。

"脱下来！看你是姗姗的朋友，我用最后的雅量请你把这件衬衫脱下来，立刻！马上！"话音未落，许慕凡就将手里的那件T扔向立伟伦的头部，声音明显是在极力控制着随时可能爆发的情绪。

立伟伦并没有抬头，单手顺势往空中一抬，就潇洒地接住了那件很不友好的T。"哦？我还说你的品味怎么跟我一样？这也是我喜欢的牌子，我也有一件，好的，还给你。"说完，他就解开衬衣扣子，露出健壮结实排列紧致的胸肌，笑着递给醋意十足的许慕凡。

"来吃早餐吧，姗姗在美国每天最爱吃我做的早午餐。"

许慕凡没好气地瞪了一眼诚心在炫耀的立伟伦，他又生气、又嫉妒、又好奇，"你……和姗姗是好……朋友？"他心虚地试探着。

"我们是男女——朋友。"好刺耳的两个字，还被他故意拖长了强调。

许慕凡顺了口气，闭了下眼，他决定赶紧把这个"瘟神"送走，否则他不知道自己会做出什么让他自己都无法预测的事情。因为自从再次见到这个名叫"立伟伦"的男人以后，他居然有了多次想要犯刑事案的冲动。

"好了，谢谢你昨日的照顾，我现在要去找我的老婆大人了。她肯定担心了，拜！不用送了。"真是没有最气人，只有更气人！

"等一下，我送你！"许慕凡不甘心，他急于想要进一步确认，然而立伟伦却像没有听见他的话一样，头都没回地离开了。留下许慕凡一个人站在大大空空的公寓中央，就像这里从来就没有人来过一样。

他赶紧将身体贴在门上，静静地听着门外的动静，难道他也知道艾姗的住处？而门外却静得出奇。

自从圣诞节的奇葩重逢之后，"立伟伦"这个名字就像是个阴魂，天天盘踞在许慕凡的脑海。他根据所见所闻，在推论着各种假设，看着穿梭于工作间和会议室的姗姗，他想一定要找机会问个究竟。

"啊，好漂亮啊，天啊！"

"我看看，我看看，哇……"

外面的一阵骚动引起许慕凡的关注，他抬起头，看到维一、陈妮娜、殷音都围着姗姗，隐约看见她捧着一大束洁白精美的马蹄莲。

"艾姗，是你的神秘爱慕者吗？好幸福呀！"殷音明知这肯定是立伟伦所为，却故意带有酸意地祝贺，并转向许慕凡的办公室方向。

艾姗不好意思，示意大家不要说了，还下意识地看了一眼许慕凡的办公室，与正在看着外面一切的他撞目。

沸沸扬扬的办公室弄得许慕凡没什么心思工作，他拿起吴永豪平安夜那晚揣给他的半盒清香烟，来到顶层天台。可能就是久久没有吸烟了，打火机已经不听使唤，好几次都没有点燃香烟。他烦闷地将打火机揣进裤兜，唇间叼着未点燃的香烟，皱着眉头凝望远方，心里乱乱地推断着姗姗和立伟伦的关系。

一支点燃的打火机凑到他的面前，火苗被风吹得呈45度，转脸一看，是吴永豪。不知怎的，他突然不想抽烟了，因为他想起来，姗姗曾经跟他说过的话——"如果可以，能不吸烟吗？烟对于我，有着痛苦的回忆。"他冲着吴永豪摇摇头，示意不必了，并把那半盒烟还给了吴永豪。

"还没复吸？"吴永豪抽回许慕凡面前的打火机给自己点上。

"瞧你说的，好像我是个吸毒的。"许慕凡强颜欢笑，打趣道。

吴永豪深吸一口，吐出烟晕。"阿喵想跟我结婚。"冒出好突然的一句。

许慕凡没有说话。

俩人各自怀着心事，看着车水马龙、拥堵不堪的大北京建国路，好像心里也被堵得满满的。

第六章

6A. 谁在乎你的在乎

今年 FTL 秉承全球总部传达的节俭精神，年会定于澳门的威尼斯人酒店召开。虽说是节俭，但还是很大手笔地将威尼斯人酒店全部包下。OMG，真的好节俭……

威尼斯人酒店建筑哥特式，是依照美国拉斯维加斯的威尼斯人度假村酒店而建造，以意大利威尼斯水乡为主题，充满了威尼斯特色拱桥、小运河及石板路。它被称为拉斯维加斯、威尼斯人度假村酒店的复刻版。

年会上，许慕凡精彩的生意汇报演讲，赢得了台下众多掌声。看着风采卓绝的许慕凡，艾姗心里也非常感慨，想着以前的他若有所思。

"以上卓越的生意达成成绩，离不开最重要的核心策略，那就是新品持续不断地成功上市。在此，我要代表市场部由衷地感谢艾姗所领导的所有在中国上市的全球级别的新品牌。"艾姗被吓了一跳，她听到了自己的名字被扩音器响彻整个会场，紧接着就是全场热烈的掌声，以及众人投来的艳羡的目光。艾姗被这来自四面八方的目光的力量压得有点猝不及防，喘不过气。她定了定神，微笑而自信地站起身，向台上带头鼓掌的许慕凡走去。"让我们用掌声感谢艾姗为公司所做的一切！"

　　艾姗站在台上，走近许慕凡。许慕凡给了艾姗一个美式的感激的拥抱，这让艾姗多少有些局促、有些紧张，已经足有四年多没有跟许慕凡有过身体接触了，即使是一个礼节性的感谢的拥抱，浑身的不自然也会充斥在她的全身的每个细胞。许慕凡授予艾姗一个特别定制的奖杯，是一个"女飞人"的奖杯，感谢年度最快速增长新品牌。艾姗接过奖杯，和许慕凡一起略有些不自然地并肩合影。她的心情非常复杂，看得出她在极度地调整自己的状态，最大极限地保持自己专业的职场形象。但其实，她的眼睛好湿润，眼泪随时都会夺眶而出。

　　坐在台下的殷音，心情也非常复杂。复杂地鼓着掌，复杂地注视着台上的艾姗与许慕凡，她的眼睛也好湿润，眼泪好像也随时要夺眶而出。她想不久的将来，我也会站在那里，接受慕凡的感谢，感受慕凡的拥抱，体会慕凡的温暖……殷音使劲地鼓着掌，好像在给自己鼓掌一样。她在暗暗地、狠狠地下决心。她一定要让许慕凡认可她的能力，她不会轻易输给艾姗的。

　　奢侈豪华的威尼斯人，正好与复古主题相衬，好像让人置身于十三世纪末意大利"文艺复兴"时期。男士们一个个衣着绅士，燕尾礼服配上高礼帽，在Gala Dinner（晚宴）主会场等待着各路女主们登场。

　　艾姗主动来拉殷音的手，"殷音我们一起走吧！"

　　殷音看着艾姗一身D&G精致绣片礼服将她的身材包裹得凸凹有致，镂空的透明装又若隐若现她那美妙的事业线，鱼尾的设计将艾姗的腰和臀部衬托出完美曲线，还有那朵红唇。殷音摇摇头，对艾姗说："你先走红毯吧，我去下洗手间。"

　　殷音看着艾姗的背影和远处惊呆的人们，她深呼了一口气，努力让自己平静，给自己打气。她转过身用双手用力托了托自己的双峰，希望银色小晚礼的胸部曲线的弧度再大些。刚整理好自己的身体，殷音抬眼就遇到一双深情的眼睛。那是隋海洋淡淡地注视着殷音，像跟她说"你好美"一样的眼神。殷音低头深呼吸，握好手包，好看的锁骨随着她的呼气放松了下来，稳健地向前。亮相、叉腰、转身，在年会主视觉前摆姿势，照相……"非常好，殷音。"她暗暗给自己鼓劲。

身着美丽的抹胸银色小晚礼的殷音像一个灵动的精灵，在其中尽情地跳舞。众多美女争奇斗艳，绝对是一场视觉盛宴。

最后出场的是总裁 Ed 以及她的助理。殷音的嘴巴张得大大的，她简直不敢相信自己的眼睛，这个世界在耍我吗？眼前这个美艳的女人，是佟菲！佟菲那件晚礼服，堪比范冰冰国外颁奖礼红毯秀，真不愧是大手笔。

当许慕凡转身看到自己的老板和她的助理时，也惊呆了。他没想到，原来他的房东居然是总裁的新任助理佟菲。

而佟菲却主动走过来与艾姗耳语着，消息灵通的她自然知道艾姗的后台。殷音以为佟菲查到自己与艾姗是姐妹的背景，她拿着香槟的手情不自禁地抖动起来。远处的佟菲八面玲珑，左右相敬，还时不时地不忘向远处注视着她的殷音高举酒杯示意，好像在说："殷音，有我才精彩哦。"

佟菲的眼睛注视着殷音，她慢慢优雅地走到许慕凡身边。"好久不见，住得还好吗？"说着，她举着手中的酒杯碰了碰许慕凡的酒杯。

许慕凡笑了笑说："谢谢，住得很好。再次见到，您真是让我吃了一惊。"

殷音很明白佟菲的用意，只是她不知道这用意深刻到什么地步，佟菲应该读不明白自己对许慕凡的情谊吧？她一直偷偷留意着许慕凡，他正忙着跟很多前来与他敬酒的人干杯致谢，没有过多的时间关注到她，然而他的余光却总关注着艾姗的一举一动。

艾姗走过来真心夸赞殷音的美丽："殷音你今天的装扮好别致。"

"别致？"殷音明显带有很强的自卫情绪。就像是有人夸一个本身长得不好看的女孩子"有气质"和"可爱"一样，殷音明显觉得姗姗有些看不上她的礼服。艾姗有点没搞懂，目光赶紧移至别处，尴尬地抿了一口香槟。

殷音又偷撇了几眼艾姗的礼服，心里羡慕得不行。这时，佟菲走近殷音跟她小声嘀咕了句艾姗礼服的品牌、设计师和不菲的价值。殷音看都没看她，径直愤愤地走开了。

　　殷音太期待上前跟许慕凡说几句话，可是无奈他一直没能注意自己，而是时不时深情地望着，在一旁一会与人寒暄交流，一会独自安静的姗姗。

　　"咳咳"佟菲突然拿起话筒，坏坏地笑了笑，故作神秘地微微歪着头，感到年会即将被推向高潮。只见她左手提着拖地的长礼服裙，示意灯光跟着她，款款而至酒店外的游泳池旁。

　　"好啦！今晚的重头戏，相信你们都期待已久，是我们的慈善拍卖环节。"她故意顿了顿，得意洋洋地看着对面不解的人们。

　　"请女士们查看自己手花的丝带颜色，是白色的请站到我的左侧；男士们的别针是黑色的请来到我的右侧站好。快快快，你们的颜色我都心里有数哦，请快点上来！"场上很配合地响起了火辣 Sexy 的音乐烘托着"不祥"的气氛。

　　殷音低头看到自己的手腕上系着一条白色的丝带，她下意识地看了下艾姗，也是一样的白色，就像安排好了一样。而许慕凡的黑色别针也十分突兀，他略微有点紧张地低着头抬着眼看艾姗，心里盘算着什么节目难道是要跳集体舞不成？

　　"好了！有请男士先上来！"不等各位的不安忐忑、兴奋异常、娇羞怯弱，佟菲已经开始发号施令。"排成一排，好！我现在来宣布规则，在场的女士，每人都可以举手拍卖，每举一次代表人民币 500 元，可以邀请男士做任何你们想让他们做，他们也同意做的事情，比如，一起吃饭，看电影，跳舞。当然，一会轮到女士们，男士也要踊跃举手，每举一次也是 500 元，可以加给心仪的她哦，为她们鼓励的同时献出爱心。欢迎大家打开脑洞，好好想哦！"佟菲越来越兴奋，对着台下不停地抛着媚眼，补充道："这些善款将捐献给 FTL 慈善基金共同捐给瓷娃娃罕见病公益组织。好了，各位帅哥、美女们，展示你们的爱心吧！看看各位会给自己的善心标价多少？"

　　"一定要来个重磅选手开场！FTL 号称'最帅的总监'，关键还是个'钻石王老五'——吴永豪整理了下衣服，煞有介事地迈开腿向前一步，刚摆好

pose，就被站在前面的佟菲挡了个全。"许慕凡总监，有请！"许慕凡有点害羞地在一片女人的狂野尖叫声中向前迈了一步，他转头看看吴永豪满脸的黑线，摇了摇头。殷音看着台下荷尔蒙激喷的疯狂女人，瞥向艾姗，只见她冷静地微笑，好似自己完全置身事外。最终，许慕凡被咬牙切齿的人力资源部的 Maggie 以3000 块拍走。满头金发一派浓妆艳抹还在嘴边点了颗痣，一看就是在效仿玛丽莲·梦露的 Maggie 示威地上台靠在许慕凡的身上，让人觉得好不相配。

艾姗站在台上偷笑，马上她就被有点局促、有点紧张的感觉包围。实在不知道新来的这位总裁助理唱的哪出，搞出来这个"慈善拍卖"。这回轮到拍女士了，殷音和旁边的几个人为了拍出高价，又唱又跳很是卖力，很快就被"拍走了"。殷音下台的时候还看了看远处阴郁注视着她的隋海洋的表情，也许那天那句话说得太过了。

几槌落定，干净利落，到艾姗了！

"第 5 号拍品，来自 FTL 市场部最年轻有为的品牌经理，艾姗。请各位男士们踊跃出价！"佟菲嗨得不行，对着殷音挤挤眼，似乎在期待着什么早已料到的戏码。

"好！有人出价了！500！"

陆续有人此起彼伏继续出价，艾姗的价码很快攀升。"5000！！"佟菲得意地高喊："还有人出价吗？"

站在台下的殷音一直怔怔地注视着许慕凡，看得出来他还在犹豫，有点矜持，有点纠结，有点尴尬，所以一直微低着头，用手摩挲着酒杯。

"5000 第一次！"佟菲开始高举起拍卖槌。

"5000 第二次！"

"10000 块。只因你是万里挑一！"所有人的目光都被吸引了，是吴永豪！他的左手高高举起，嘴角微微露出志在必得的自信，右手轻轻按在抬起了在空中的许慕凡的左手上。

艾姗在台上松了口气，轻摇下头。这些细节都被殷音捕捉到了，她心里很是疑惑这些人千丝万缕的联系，看似熟悉而又生分，看似都懂而又装不懂。

"10000块！好极了！本场拍出了最高价，感谢吴总监的慷慨，还有出价的吗？"

所有人都注视着吴永豪绅士礼貌地走上台，刚要将艾姗牵下舞台，他轻轻地凑近她的耳畔说："我替他说出了一直没有说的心声。"艾姗低头沉默，她感知得到不远处的许慕凡一直静静地注视着她。许慕凡心里感谢吴永豪这个"死党"，他读得懂他，懂他的顾虑，懂他的心疼。

"10000块第一次！"

"10000块第二次！"

"等等！ 15000块！"台下突然窜出来的不和谐的声音打破了一切的志在必得，志在必赢，志在必诚。许慕凡、吴永豪、艾姗、殷音、佟菲，几乎同时看向后排声音传来的方向。

一只手、两只手……十几只手慢慢地举了起来，"我们销售团队的二十名兄弟集体拍下艾姗经理！"一个声音洪亮而坚决。

吴永豪差点晕厥过去，他没想到还能这么玩，刚要回头跟佟菲辩驳，只听一锤定音，重重地落下。"早就闻名艾姗人缘好得爆棚，魅力席卷全国，没想到果然不同凡响。非常感谢所有的销售兄弟们，就为了你们的一片真诚，我决定不再续拍，以此落锤！"佟菲歪头看看吴永豪，示意他把牵着艾姗的手放下，"吴总监，看来你的爱心要用在他处了。"

艾姗尴尬地笑笑，被一群跑上来的销售簇拥走下去，独领秒杀所有风骚。

吴永豪垂头丧气地走到许慕凡的身边，"还想敲你一笔手续费呢，哎！"许慕凡摇摇头轻轻拍拍他的背，本来应该更沮丧的他反而安慰着还不忘贫嘴的吴永豪，同时又不忘回头看看艾姗开心地笑着与销售团队拍照留影。

殷音冷冷地注视着许慕凡对艾姗满眼的眷恋，尤其听到虽然是吴永豪口中说出的那句："你就是我心里的万里挑一"，但明明像是许慕凡的心声。她咬了咬嘴唇。

七宗罪中之嫉妒，真是一切万恶之源。它就像一束罂粟花，妖艳地散发着无法介怀的恐怖的魔力，让你葬送在无尽头的堕落里。它又像是一个无底的黑洞，悠悠地飘出让人无法推诿的黏人的笑声，让你明知是条不归路却依然奋不顾身闭眼跳下崖。它还像一块极可怕的磁石，不论你是正极还是负极，都没有丝毫商量余地地将你牢牢吸附。是的，殷音，她疯了！为了许慕凡，更为了她自己，就这样开始万劫不复的循环了。

一个邪恶的想法窜到了殷音的脑袋里，她猛地灌下杯中酒，一饮而尽。她将杯子重重地放在手旁的桌子上，向许慕凡的方向走过去。在离他很近的时候，她动作虽小却力量十足地猛烈地扯了扯自己胸前的那片低胸礼服，本就呼之欲出、若隐若现、白皙如雪的双乳立刻以最大弹性系数灵巧地弹了出来。

"啊！"殷音双手十字交叉握紧拳头娇羞地掩着赤裸的姣点，侧跪在地上，抬头求救般地望着许慕凡。许慕凡离她只有不到两米的距离。只见他立刻扔下酒杯，脱掉西装上衣，一步跨过来，一展西装在空中划出优美的弧线，从正前方盖住了娇小的楚楚可怜地跪在地上的殷音。蹲下身扶着她的肩膀，低低地柔柔地说："没事，没事，我带你离开。"绅士许慕凡微蹙着慢慢扶起扮演着惊慌的小鸟，双手环着殷音的肩头，扶她站起身。没想到殷音却顺势歪倒在了他的怀里，许慕凡毫不犹豫地一把将殷音公主抱起来，快速大步地护送她走出宴会场外。

留下了晚一步赶过来却目睹了这一切的隋海洋，还有来不及想因果就已经不知所措的艾姗，以及在一旁满脸坏意回味刚才春光闪现的任子健，和远处看着热闹深谙殷音之意，一脸坏笑的佟菲。

而此刻偎依在许慕凡怀中的殷音，却什么也来不及想，她太希望此刻可以久一点再久一点，久到她足以可以抓住他的心，久到她足以可以感受到他的炙热、他的胸膛、他的关爱。她此刻无暇去担心自己是不是已经站在风口浪尖上，只想尽情沉醉于心爱的男人的怀中。她真的好开心，此刻她是他的女主角，他是她的男主角，她无心去想这男女主角前是否大大地存在着"绯闻"两个字。即使真的是绯闻男女主角，这个新身份也让她感到希望，感到变化，感到欣慰。

6B. 我在乎你的在乎

任子健一只手拿着酒杯，而另一只手却摩挲着自己的下嘴唇，色眯眯地回味着刚才殷音走光的情景。看来没有看错她，殷音的确是个潇洒的主儿，想着想着，他还点点头笑了笑。林琅观察到了任子健如以往一样嗅到腥味，她不满地瞪了一眼任子健，向着刚才好像从殷音身上掉下来一个礼服的标签走过去，并捡了起来。看到上面是 V2 高端私人定制馆，还印着一串号码，她拿起手机查到了 V2 的电话，拨了过去。

"您好，V2 高端私人定制。"对方接起了电话。

"你好，我想查一下我的衣服做好了没有？"林琅淡定极了。

"请问您的 VIP 编号，或者您的订单号？"

"V16920091012C。"

"请稍等。哦，您好，陆女士，系统里面显示，您的晚礼服已经定制完毕，您随时可以来取。"

"哦？没有人替我取走吗？我今天看见有人穿着我之前试过，后来留下给你们继续改的礼服，所以才打电话给你们查询！"林琅继续编，不过对方显然被她唬住了。

"嗯？我马上去成品间查询一下，抱歉，请您稍等。"

过了好久，对方颤颤巍巍地拿起电话，换了一个声音"您好，陆女士，我……您的礼服我们没有找到，我们明天再给您……"还没等对方说完，林琅冷笑地挂了电话，从向下撇的嘴角中挤出了满意的笑声。

V2 的那个小助理，放下电话，愣了几秒钟，赶紧拨通了殷音的电话。

没人接。

当然没人接。

殷音正依偎在许慕凡的怀里走向回房间的电梯间。许慕凡将殷音放了下来，让她坐在电梯间的单人沙发上，拨通了电话。殷音反盖着许慕凡的礼服，抬眼注视着他。他拿着电话的手指修长，指甲整洁饱满，手指好看地弯曲着，殷音的眼睛里充满了对他的爱慕。

"维一，你来电梯间一下，照顾殷音休息吧。"

殷音略微有点失望，可是，还要怎样呢？殷音啊，你已经成功地让他注意到了你，且已经被他怀抱住，走了那么远。这是多么美丽的一段经历，够回忆好久了。

"我……明天还给您衣服。还有，谢谢您帮我解围，谢谢您保护我。"她特意强调了"保护"这两个字，想拉近些距离。

"没有什么，不必客气，好好休息。"看着从远处跑来的维一，许慕凡转身离开，向会场走去。

殷音望着那背影，与最初的一样，有点失落、有点满足、有点眷恋。

维一扶着她，回到了房间。"殷音，你刚才怎么回事，吓了我们一跳呀！看咱大老板多绅士风度，第一时间就反应过来，真是三步并作两步直接冲向你啊，简直就像一个黑骑士一般，太帅了！"

殷音在洗手间还没有缓过神来，听着维一的描述，抱着那件礼服对着镜子里的自己笑着。

"你知道刚才还有谁也向你那里冲吗？你猜！"

"不知道。"殷音完全没有心思回答维一的问题。

"咱们公司另一个'钻石王老五级'的帅哥！销售副总监隋海洋 Jeff！"

殷音听到"隋海洋"三个字，立刻从意淫的虚无世界中清醒了，她微微皱起眉，听着维一在外面夸着隋海洋的种种才华。

"咚咚咚……"

"谁呀？"维一打开门。外面沉默了。

"怎么了维一？谁来了？"

"你出去，我要跟殷音单独聊聊。"是林琅，难怪维一不吭声了，不是害怕，而是反感，是厌恶。

"殷音我先回会场了。你自己照顾自己。"维一皱着眉头离开了。

殷音赶紧放下许慕凡的礼服，裹上一件酒店提供的白色浴衣，从洗手间出来。

"林琅，你怎么来了？"殷音的确不解。

林琅径直走进来，没有理会殷音。她背对着殷音，"这件礼服，你哪里弄来的？"单刀直入，直击要害。

殷音一听有点愣，"什么？"她下意识地脱口而出。

"这件礼服是我朋友的，是我陪她去定制的，在V2。怎么会穿在你身上？"林琅冷冷地、得意地极具攻击性地发问。

人在被揭穿的时候，瞳孔会突然放大，紧张的情绪会左右她的反应。殷音用右手摩挲着自己的右眉，眼神在左右飘忽，脑子高速飞快地旋转着，寻找着开脱的办法和答案。

"是不是你偷的？"林琅加强攻势。

"当然不是！"

"哦？"林琅意味深长哼了一声。她转过身来，挑高右侧眉毛，冷笑着等待着殷音的解释。

"林琅，你听我解释。"殷音有点慌了，顿了顿说："这套小晚礼服是我，是我，是我租的！"殷音说完闭上了眼，好像一切就要凄美地结束一般。

林琅像得到了满意的答案一样，阴冷地笑着，"你有多自卑，至于吗？一个年会而已。你太急功近利了！你以为靠打扮就可以升职加薪？还是你以为勾引了老板就可以平步青云？还是你以为走个光、露个肉就可以博出位？这里是职场，拼的是能力、是经验、是关系，你有什么？空有一副皮囊只会让别人更加忽略你的内在，老实熬着吧！别再让我看见你动这些小心思，否则……"

林琅故弄玄虚地停顿，看着殷音狠狠咬着自己的下嘴唇，嘴唇已经被她咬得发白。听着林琅对自己的羞辱，虚荣的殷音就像被扒光般赤裸裸地站在烈日下，身上挂满了四面八方投来的臭鸡蛋、烂西红柿。

"否则什么？"殷音从齿缝和嘴唇中间挤出几个字，眼睛直勾勾地盯着林琅的高跟鞋。她不敢看林琅的脸，她怕看到林琅嘲讽、羞辱的嘴脸，更怕看到她后自己无法控制自己，让事情愈演愈烈。殷音此时此刻被气得发抖，她强忍着自己的愤怒，强忍着自己的痛苦，用最后一点理智支撑着自己的尊严。她明白，她什么也做不了，什么也反抗不了，什么也改变不了。"否则什么？"殷音抬起头来，微笑的眼中充满乞怜的柔弱。她深知，只有示弱，只有示弱才可以险象环生，才可以慢慢躲过这一劫，才可以悄悄让眼前这个人放松对她的威胁。

"殷音，你在吗？"门外传来敲门声和艾姗的呼唤。

林琅坏笑着看着殷音，满意地从她的身边擦过。她打开门，对艾姗故作深意地一笑，随即离开了殷音的房间。

殷音使劲缓了缓神儿，吞了几口口水，整理了下表情，定格在了那标准的微笑的弧度，转身，看着艾姗。

"我有点担心你，楼下也没什么意思，所以来看看你。还好吗？林琅干嘛来了？"

"没事，我刚才掉了东西。她捡到送给我，顺便安慰我。"

"是啊，没事的，很快大家都会忘了的。"

"嗯，谢谢你。"看着艾姗的华服，想着刚才许慕凡望着她的眼神，耳畔回响起了林琅的冷嘲热讽，殷音的心像被揉烂的废纸一样感受着复杂的痛。"嗯……艾姗，我想洗洗澡，先休息了，你也早点休息。"她背过手放在自己有烧伤的腰部位置。

艾姗拉了拉殷音的手，善意地点点头，转身离开。

房间里就剩下殷音一个人，她从手包里掏出手机，有 N 多未接来电来自 010 的同一个号码，还有一条短信："礼服客人问了！你赶紧送回来！"

殷音回到洗手间，脱下白色浴衣和礼服。赤裸着身体，摸着这件被她扯坏了的礼服，她绝望地、悲伤地笑着。她抬眼与镜子中的自己对视，镜子里的裸体美女的表情开始狰狞，开始痛哭地抽搐，双手紧紧地攥着这件银色小晚礼，就像被全世界抛弃一样伤心、痛彻心扉。

这时手机再次响起，殷音拿起一看是隋海洋，她又放下了，连哭都不能安静地哭，她觉得自己好可怜。

"叮"一条短信来自隋海洋："开门，我在你门外。"殷音还没放下手机，就听到了迫不及待的门铃和急促的砸门声音。

殷音赶紧赤裸着裹上浴衣，迅速出去开门。她不是想见隋海洋，等待他安慰，而是她实在害怕再被林琅或是什么人看见这一幕。

殷音紧张地探出身左右望望，浴衣没有来得及系上衣带，紧张的心跳伴着时隐时现的起伏的胸口，还没请隋海洋进来就已经下了逐客令，"你来干什么？快走，别让别人看……"可话还没说完，隋海洋已经冲了进来。他一把把殷音拉入怀中，一只手紧紧地揽着她的腰身，一只手托着她的头，重重地吻了下去，深深地允着殷音的双唇。

门慢慢地、乖乖地、识趣地自己关上。

远处，林琅阴笑着转身离开。

殷音被这突如其来的一切惊到来不及反应，到不停地用力拍打、推开隋海洋的肩膀，然而几年的思念幻化成疯狂的力量，几年的折磨蜕变成猛烈的占有。刚刚经历了之前的种种紧张、害怕、担心、嫉妒、耻辱、绝望后的殷音，已经失去了最后去反击的力量。她的手从使劲想推开隋海洋的肩膀，滑到他英俊流线的颈部，在向上到他的脸，湿润的脸颊，她的手湿了。殷音被疯狂地索吻，她看着闭着眼、微皱着眉，认真地亲吻她的男人，多么熟悉又多么陌生的脸。他在流泪，他第一次在她面前流泪，复杂的泪。他心疼、怜惜、深爱着她。她也流泪了，尝到那与几年前一模一样的吻。苦闷的殷音，苦念的隋海洋，需要被安慰的殷音，需要被安抚的隋海洋。就这样，她回到了以前的记忆，狠狠地放纵着早已疲惫不堪的肉体，狠狠地释放着早已支离破碎的心灵。

深夜，任子健在房间里回想着殷音刚才在 Gala Dinner 走光的样子，越发难以平静自己的好色之心。他抓起手机拨通了殷音的号码。

隋海洋在床上侧着赤裸的上身拿起殷音的手机，看到是任子健，他回想起之前在公司楼下的雪茄吧对殷音动手动脚的任子健的嘴脸，气愤地挂断了电话。他转过身，小心翼翼地看看殷音有没有被吵醒。还好，她睡得沉沉的，紧紧地倚在隋海洋的旁边，很安静。

"叮"，一条不知趣的短信随即蹦了出来，来自任子健："现在到我房间开会！1109！"

隋海洋愤怒地运着气，呼吸声越来越大。他忍无可忍，强压着怒气，轻轻起身，穿上衣服，走出房间。

来到1109。咚咚咚，重重地砸门声响在静静的走廊显得特别突兀。

任子健当然知道这不会是殷音，只是没想到又是隋海洋。

门打开。任子健的心口就迎来了重重的一脚，他连连后退几步跌坐在地上，还没反应站起来，紧接着又吃了隋海洋几拳。

"你让我再发现你打殷音的主意，我绝不饶你！"隋海洋揪着任子健的衣领，扬着拳头，咬牙切齿地警告他。说完，又给了他一记重拳。

任子健冷笑着，往空中吐了口带着血的唾沫。看着隋海洋的背影，他明白了隋海洋对殷音的感情非比寻常，但他似乎并没有要接受隋海洋的警告，这反而更加挑起了他征服和斗争的欲望。"越来越有意思了！"他狠狠地说。

6C. 乐极

年会会场的尾声，一般都是充斥在各种杯盏相碰，灯红酒绿，搂搂抱抱，哭哭啼啼中走向高潮，然后嘎然结束，各自散去。

许慕凡狠狠地灌下满满一杯红酒，他好想奋力将一切嘈杂全都抽走。他眯起眼睛用升格的慢镜头扫视着眼前的一切——职场中人，就像一张张脸谱，刚刚还在推心置腹、感同身受，转身又在捶胸顿足、同仇敌忾，低头又在嚎啕大哭、泪流满面，让人看不懂、摸不透、猜不穿、理不顺。其实，大可不必懂，这就是简单的宣泄，粗暴的释放而已。

　　一只手重重地耷拉在许慕凡的肩上，把他从呆滞中砸清醒，是吴永豪。显然，他沉沉的脑袋 plus（加上）红涨的面庞告诉许慕凡，他已经醉不成形。

　　"陪我再喝一杯！"

　　"陪你喝杯茶吧！"许慕凡用两只手指抬着他的下巴，嫌弃地生怕什么在此时从他的嘴里涌出来。

　　"不要！喝酒！我告诉你，我高兴，我要庆祝！因为，我要当爸爸了！"

　　"我知道，你要当爸爸了，你们俩好好的，赶紧结婚吧！"

　　"哈哈哈，结婚？"吴永豪开始哼笑，"我不能娶她，我不能娶她！"

　　"你说什么？别幼稚了！当爸爸了还不娶人家！你自己讲的。"

　　"不是我不想，是我不能！我，我已经有一个老婆了！我……我……已经结婚了！"吴永豪略有些激动，声音大了点。

　　许慕凡以为他喝多了，赶紧夺下他的酒杯，架着他踉踉跄跄地走出会场，来到地下一层的咖啡厅一隅。

　　"吴永豪，buddy，你清醒点。你看着我，你讲清楚！什么叫你已经有老婆了，什么叫你已经结婚了？你这玩大了你！"许慕凡好像在明知故问。

　　"我结过婚了，几年前和江心秘密结婚了，就是说，我不可能、也无法对阿喵负责。"吴永豪的声音有些颤抖，有些平静，好像他心意已决般镇定地宣告结论。

　　许慕凡没有再问，只是看着趴在他面前的吴永豪淌着泪，正如他一样。许慕凡的心里又何尝不曾委屈，不曾苦涩，不曾迷乱，不知所措。一个小时前，他勇敢地举起手机，拨通了姗姗的手机，而姗姗的手机却传来了："您好，您拨打的电话已关机。"许慕凡好像习惯了一般，轻拿下手机，径直向还在与销售团队微笑喝酒的姗姗走去。他知道他必须直接面对她，才可以更进一步。

　　"姗姗，方便吗？我想跟你讨论下马来西亚的项目。"他似乎只敢借着工作的机会与姗姗说话。也许不仅是她，他也需要时间……适应。

　　"好的老板，我马上回房间拿笔记本电脑。"没有多一句的废话。艾姗的脸认真严肃，还有如按下暂停键一般的冷静。

"不用，那个，你先跟我来。"许慕凡有点小紧张，尽量掩饰自己的不正常。

艾姗对他的闪躲，那道界限好像用了极其粗旷深色且厚重的马克笔，姗姗在疯狂不止没完没了地、重重地、一次次地反复描摹，力道大得足以可以划穿那道界限，然后气喘嘘嘘抬起头透过凌乱的头发和滴落的汗水，直勾勾地盯着许慕凡。他们之间，不仅仅像是隔阂（河），而像是隔着宽阔的太平洋，将他俩置在远得看不清，远得无边际的两端。这种遥远如稀薄的空气，憋得许慕凡心寒到窒息。

"要一杯摩卡，一杯拿铁。谢谢。"许慕凡脱口点了姗姗爱喝的咖啡，很单纯的咖啡。

"不必了，一杯柠檬汁，谢谢。"姗姗转向服务生，纠正了点单。

"怎么？不喝摩卡了？"许慕凡有点黯伤。

"口味变了而已。谢谢老板。"太平洋表面平静至极。

也许真的是时间太久了。许慕凡感慨几年前，姗姗最爱喝他亲自研磨的摩卡，配上调皮的拉花，一起在阳光的午后享受各自的悠闲慢时光。一个看书，一个画画儿，怡然自得，无限惬意。她时而微蹙、时而甜笑、时而专注、时而心急的神情，晕染在他的脑海。他沉浸在回忆中，瑟瑟地淡笑。如果，可是世上没有如果，一万种假设也敌不过现实的残酷走向。我们离得如此之近，却怎么又离得如此之远。许慕凡没有办法像对待普通人一样，如此平静而专业地对待面前的姗姗。他想过千万次，要如何面对她的怨忿、她的伤心、她的忧郁、她的歇斯底里、她的哭闹打骂，可万万没有想到的是，她的麻木、她的淡漠、她的冷静、她的高寒疏远、她的心灰意冷。也许这就是命运的安排，但是他不认命。

"老板，"艾姗忍不住先开口，打断了他的回忆，"您抓紧说说项目吧。"

"嗯。"许慕凡回了回神儿。"哦，马来西亚的项目是为了引进新品而寻找的外包材供应商，因为国内都没有足够可以达成 global 标准的候选供应商，所以我们甄选了马来西亚这家供应商。年后就要出差，你把项目的背景、消费者调研、品牌定位、概念阐述、ROI（投资回报率）、IRR（内部回报率）准备一下，过两周我们 review（回顾）一下。"

　　"好的，老板。"恒定的平静。

　　许慕凡有点失落，有点心灰，但他不想放弃。"姗姗，"他停住了，"对不起……这些年，你都在哪儿？你……结婚了吗？"他终于说出来了，这半年来他每每看到姗姗，都想问她过得好不好。这句也许看起来那么生份，那么寒暄，那么无意义的话，却积聚在他心里，他想着前几天如晴天霹雳般出现的立伟伦，今天终于问出来了。他紧张地、小心翼翼地喘息，静静地等待着姗姗的回复，像是等待着法官宣判的嫌疑人，有点希冀、有点侥幸，但更多的是知道答案般的早已准备好的害怕与忧伤。

　　姗姗低垂着眼睛，一动不动，她尽量掩饰自己跳动极为猛烈的心，她终于听到了她多年前好想好想好想听到，而今但又不想不想不想听到的话。那像是废话，就是废话就是废话就是废话一样的话。在她最美的名叫青春的缎带上，与一个她最深爱的男人。她以为也是最深爱她的男人共同绘制下了最绚丽的画作——他们的爱情的结晶。姗姗还清晰地记得，她穿上自己亲手设计的婚纱，头顶白纱，手捧马蹄莲，想飞奔向他却又担心腹中宝宝而快步走向他。她深深地被这幸福包围着，眼前的男人就是她的一切。他们两人就像是精美绝伦层层高的婚礼蛋糕顶层的举办婚礼的幸福男女一般般配。当她亲口吐出"慕凡，娶我吧"的时刻，简单可爱又柔情似水，青涩纯洁又楚楚动人。正当一切美得要让人窒息的时刻，那句"对不起"着实沉重地砸在了姗姗的头上。三个似乎与幸福的他们毫无瓜葛的字，重重地以加速度为正的速度将她砸得猝不及防，砸得粉身碎骨，砸得透彻心寒。想到这儿，姗姗哼笑了一下："对不起，老板，如果您没有别的事情，我先回房间了。"说毕，姗姗起身就走，留下了孤独、凄凉的许慕凡。

　　带着年会的疲惫、忧伤、压力、阴郁、复杂的种种心情，各位市场部的俊男美女踏上了回京的征程。生意不会等待他们收拾好心情，竞争对手不会理会他们情绪如何，时间不会停下来让他们整理好状态，永远都有无形的力量在推动着所有人向着短期、中期、长期目标发奋向前跑。也许会有人不理解，生意再大，又不是自己的，关他们什么事；品牌再牛，换个人照样转，跟他们有什么关系。但再疲惫、再忧伤、再压力山大、再阴郁、再复杂，都无法阻挡他们前行的脚步。因为他们没时间去思考这里的得与失，没时间去琢磨这里的好与坏，只想尽快投入各种项目中，开启多任务同时处理的最快运转模式，将每个项目都尽快达到或超越那令人振奋的里程碑。不得不说，这就是市场部的魅力，也是许慕凡的魅力，静静地、淡定地就可以让你可以永不停摆、永不言弃、永不示弱。在这里看不到沮丧、看不到失落、看不到慌乱，只看到振奋、只看到能量、只看到拼搏！这就是市场部中的男女，他们的血液流淌着斗志，眼眸闪烁着热忱，心中充斥着激情。他们独特的气质就是宝贵的财富。

虽然整个冬季还没有迎来最冷的温度，但在澳门与殷音热烈的重聚，让隋海洋如沐春风，心情大好的他对待下属也温和了许多。这说明两点：殷音在他心中的位置真的很重要，这种幸福是流露于举手投足的不经意间；他还算是个年轻而单纯的人，没有那么多心思藏着、掖着，没有那么多城府佯装没事，挺难得。

"殷音，现在有空吗？能来一下茶水间吗？"隋海洋盼了好久终于临近中午，他面带微笑地在 lync（office 2010 公司内部通信软件）欢快地敲击着键盘，好像柔软清香的微风在轻轻地抚摸着他的脸颊，挑逗着他上扬的嘴角。

殷音看着屏幕，隐约感觉自己在身旁亲手种下了一颗定时炸弹，动也动不得，拆又太复杂，踢开也会因为距离太近就全面爆炸而来不及躲闪，无奈只有无奈。糊涂呀，殷音。怎么这么糊涂，一时痛快，让日后怎么甩开这么大的麻烦。她咬了咬嘴唇，右手摸了摸右眉，锁上电脑屏幕，这是个很专业的习惯。她拿起咖啡杯，揣上手机，起身看看四周。还好，大多数人已经去吃饭了。她低头谨慎地往茶水间走，没有人，她迟疑地停了一下，径直走向咖啡机。她盯着咖啡机愣神儿，但满脑子都是各种要处理的麻烦事情。

这时两只手慢慢地伸过来，突然加速从后面猛地抱住了殷音的腰，"啊！"

殷音惨叫一声，她的左手被碰洒的滚烫的咖啡烫了，晕开的咖啡露出了烫红的一片印记。殷音还没来得及低头看看手，一双大手就抓住了她的左手，心疼地吹个不停，随即抬起那疼惜又懊恼的双眼。看得出，确实很疼惜、很懊恼，都要流出眼泪了——是隋海洋。

殷音下意识地弹开自己的身体，甩开左手，脑袋像波浪鼓一样左右摇摆，恨不得180度地侦察是否有人看到这一幕。她皱着眉头，厌弃地低声说："这是公司，你干什么？你大总监高高在上，可不要连累我这个小萝卜！"

隋海洋哪里顾及这些，伸手还要抓起殷音的手。他脑子里可装不下什么男女有别、职场绯闻、唾沫星子淹死人、八卦人肉你全家这些有的没的。他只关心他的女人受伤是否严重，特别还是自己的过失造成的，虽然是无心之过，但那也是不可饶恕的。

"殷音给我看看，疼不疼……对不起。"声音小得不行，让人听着哪里有想要怪罪他的念头。此时，他只是想赶紧拥抱住、安慰这个不小心惹祸的小可怜。

殷音接连向后退了几步，保持了至少3米以上的安全距离。"你要说什么？快点吧！"殷音的声音听起来有点烦躁伴着紧张，还时不时地左顾右盼。这是有多担心哪里藏着一双眼睛在窥探这里的一切。

"给你这个，我记得你很爱吃这个牌子的巧克力。"隋海洋拿起刚才放在旁边桌上的一盒GODIVA，"还有，我定了北海道的行程，我们去日本度假吧。"充满期待的声音。

殷音接过巧克力，随手又放在了刚才的位置。"海洋"，殷音的小脑子里考虑了好久，到底要不要继续这般称呼他，答案还是需要的，至少要稳住他，至少现在要稳住他。"谢谢你，你还记得我之前的愿望。但是你知道品牌组一直是很忙的，我又是刚来不久，需要多些时间在工作上。还有，你挣钱也不容易，多省点钱吧，你还有家人要照顾……"

"谢谢你这么体谅我。"隋海洋眼眸中飘逸着会错意的温柔，"就几天而已，我已经定好了，我……我真的好想你。"隋海洋祈求得有点让人无法拒绝。

"好了，我不想去，我已经说的很清楚了，你看我现在忙得……"殷音明显不想恋战。

这时，殷音的手机还不合时宜地响了起来，但她却像是抓住了救命稻草一般，赶紧抓起来，以至于都没来得及看是谁打来的。

"喂。你好。"

"你怎么回事？给你发短信、打电话都不理！"对方很冲地埋怨起来，不太好对付的语气。

"你是谁呀？"殷音也气儿不打一处来，有点尴尬地抬眼看了下隋海洋，"能客气点吗？"

"我是V2！"对方更怒了。对啊，应该怒，的确对方有可以怒的理由。

殷音有点慌了，澳门年会刚刚结束，她都没来得及反应这件棘手的事情。她吞了吞口水，迟缓地表达了如下意思：对不起，给对方带来了麻烦；衣服的吊牌没有了；衣服有些问题……她的声音越来越可怜，不仅仅是给V2听得，因为她知道，即使她变成全世界最可怜的人，V2也不会可怜她，她这副可怜显然是做给她面前的痴心男人隋海洋看的。如果敲敲殷音的心门，问她觉得自己如此行为是否过分？她也会点头承认自己如此对待可怜的隋海洋是太过分了，但是她没有办法，或者说她太过自私，太过了解隋海洋的"软肋"，那就是对她的爱，以及一切可以用钱解决的事情都不是事情。因为隋海洋在他自己第一段感情被动结束的时候，就曾暗自发誓，不要为了钱让自己心爱的女人受委屈、受伤害，这似乎是他仅剩的维一的动力与追求了。

事情必然向着殷音的预判发展，她是集编剧、导演和演员于一身的全才，必须揽获所有颁奖礼之"最佳"的一切。

下班之后，她和隋海洋相约在地下车库见面。殷音带着他到了V2，他痛快地为了她心爱的"女友"，为那件礼服买单，心甘情愿地、不假思索地、轻松愉快地买单。隋海洋不是想不到什么，而是不愿想什么。感情不就是如此吗？

爱谁多一点也许并不重要，在爱的过程中自己的感受才最重要。不是逃避，而是一种信任，信任的是自己的心，追着自己的心，真的很幸福。

"谢谢你海洋"，殷音如释重负的心也划过一丝不安，但她的头脑依然清晰，"不过日本之行还是先作罢吧，给我点时间，好吗？"

隋海洋柔情地伸出手抚摸着殷音的脸颊，轻轻点着头……她表面的礼貌难以掩饰内心的冷漠，这让隋海洋刚燃起的希望，仿佛又回到了那个纠结的时代。

6D. 生哀

下午 2 点准时召开新品牌 Swipe 上市的准备 Wargame 沟通会（内部各部门的沟通会议，假设各种困难和挑战，来帮助新品更好地适应市场，确保成功上市）。艾姗作为新品项目的负责人，在台前阐述新品概念、目标人群、品牌定位以及上市沟通策略。

殷音看着台前的艾姗，自卑的心理让她焦虑不堪，患得患失的心态让她担心与艾姗的距离越来越远，远到从量变到质变，那就真的赶不上了。她开始坐不住了，"我可以打断一下吗？"

艾姗停下，微笑地点头，看着殷音，示意请讲。

"看了之前的种种分析，我对品类规模、发展趋势、竞争态势都很清晰了，但是，我没有看到准确的生意来源分析，请问基于什么消费者洞察得来的生意增长点？"艾姗刚要回答，殷音接着说："这是第一个问题。第二个问题是，作为一个新品牌，特别是在竞争激烈的健康保健品类，如何做品牌定位的差异化至关重要，作为同质化产品，如何打动目标消费者呢？第三个问题，我看到尼尔森的 Volume Forecast（量化预测）媒体投放的三种组合，投放量第一年都要过亿，那么什么样的媒体策略组合，可以承载这么高的生意指标，来支持中国一线市场到三四线市场的销售团队呢？"说完，殷音将目光从艾姗身上移到坐在对面的隋海洋。

"是的，市场策略的正确与否将直接决定销售业绩的成败。"隋海洋顺势接过殷音的话，"我们要做懂得消费者、购物者的专家，把真正的利益卖给消费者，而不是什么花哨的产品概念。"

殷音还算满意地低头浅笑。

"谢谢殷音和海洋总监的提问，这些问题都可以为我做好新品上市理清思路。首先，我来回答殷音提出的第一个问题。我们经过多轮的市场走访和消费者定性定量调研，可以得知保健品市场非常之大，主要源于现今社会的高速发展节奏、社会人的亚健康趋势增强、猝死等危害愈发严重。因此，消费者越来越重视自身的健康，且目前处于亚健康的消费者有 86% 愿意从预防开始。我们将从以上着手开创防重于治的消费者教育理念，满足他们的需求。按照 86% 的消费者有 50% 的人知晓了我们的产品为基数来计算，只要有 30% 的人尝试第一次购买，且重复购买率达到 18% 即可完成第一年从 3 月左右计算上市的指标。好，我继续回答第二个问题——关于差异化竞争。目前在全球 Swipe 这类健康保健品非常受欢迎，我们有理由相信，未来几年的中国市场将会步与国际市场同，除了 Swipe 自身成分的优势之外，我们还会借鉴全球专业医疗保健人士的推荐，做好消费者教育。要知道，现今中国国内的同类保健品都主打功能以及促销，而我们洞察到了消费者更深层的需求，那就是心理需求，这是我们核心概念切入的基石；同时，我们还会凌驾于功能诉求之上，将情感诉求推到台前，让更多消费者可以信赖品牌，开拓情感诉求蓝海沟通策略。关于第三个问题，目前，我们的产品价格属于中高档，因此我们的渠道策略会为三线城市以上消费者，选择全国大型商超销售渠道，配合零售药店连锁总部，以及电商渠道，这"三驾马车"缺一不可。那么，我们的媒体策略也将与地面渠道策略保持一致，以城市 panel（类别）为主，高频率广覆盖重点市场，同时互联网媒体进行、更广更深的补强与互动，使得消费者可以在线上感受，线下实体店体验，最大化做到推拉结合，不浪费一分资源。"

许慕凡微笑地欣赏着他团队内的优秀的品牌经理，心里想着，等 Swipe 一上市，就该给姗姗升职了。她真的可以独当一面，她诠释了 Swipe 完美的市场策略。

殷音听着艾姗如行云流水般的回答，有理有据配合严谨的数据分析支持合理假设，心里觉得好像自己给艾姗做了嫁衣，让她更好地展示着自己品牌管理的天赋。她看着许慕凡对艾姗赞许的微笑，心里很失落、很无趣，只得低头拿着笔随意在本子上画着什么。

隋海洋的眼睛一直看着殷音，他看懂了殷音的心思。只是艾姗的回答非常全面且严谨，让人无法再继续向她发起挑战。

下班后，殷音很是无聊，她拨通了阿喵的电话。

"喂，在哪儿呢？"殷音问。

"哦，没在哪儿，歇着呢。"阿喵听起来有点疲劳。

"声音这么虚弱，你怎么了？是不是不舒服？你要注意休息，不为自己也为……"她看看远处正跟人谈笑风生的吴永豪继续说道："也该为孩子好好休息啊。"

"是，尊敬的客户大人，遵命！"阿喵又开始淘气。

这时旁边传来严厉的责怪声，"都躺病床上了，还打电话，赶紧好好卧床休息，胎儿也需要休息！"

"你在哪儿呢？"殷音听着感觉不对，有点着急。

"你是她朋友吗？那就别打扰她了。她现在在医院，需要休息。"毫不客气的声音……吓了殷音一跳。

阿喵自知瞒不过，匆匆挂了电话，发来了一条短信："我在和睦家妇产科病房 3-9。就你自己过来。"

殷音拿了包冲下楼去，上了一辆出租车直奔阿喵所在的医院奔去。

殷音到了医院才知道，阿喵昨天跟吴永豪谈结婚，想给自己的孩子一个完整的家，结果她的请求被吴永豪拒绝了。她回到家伤心欲绝，动了胎气。第二天倔强的她自己打了 999 住进了医院，愣是没叫吴永豪知道。殷音要给吴永豪打电话，叫他过来，阿喵却死活都不让。她告诉殷音，她现在自己就要适应一个人和宝宝生活，吴永豪太叫她失望了。殷音无奈地陪着阿喵待了一会，等她睡着了，才起身离开。

殷音从阿喵病房走出来，突然看到了一个熟悉的身影一闪而过，是佟菲。

"你怎么在妇产科病房？"殷音不解地反问。"我不知道你要做什么，你的钱我已经还给你了，所以你在公司不要张扬我们的关系。我们就当谁也不认识谁，让我踏实地生活、工作。"殷音严肃地说。

"我就是来找回你的，我们的生活怎么能没有彼此呢？"佟菲佯装伤感地摇摇头，用手整理下殷音的项链。佟菲嘱咐殷音一定要照顾好自己，好像随时都有可能被她偷袭一样。

"对了，还有，不要忘记去看她，如果你有时间还记得的话。"

殷音停下，冷冷地低头说了句："I am busy."（我很忙。）

"Ok, Just——make——time."（挤时间）佟菲得意地扬起声音，殷音听到停了停脚步，但头也没回，就离开了医院。

因为马来西亚的机密项目，艾姗不得不也需要较多地与许慕凡做直接沟通，出出进进他办公室的次数频繁了，这让本来就关注他们之间关系的殷音感到些不舒服。备受冷落的感受不仅不是滋味，而是更加心急如焚。她怕，怕他们的感情更进一步，怕她与她的距离更远一尺。

"姗姗，最近看你挺忙的。"殷音看艾姗刚坐定，就凑过去小声问道："需不需要我帮你做点什么？哪怕一点点也可以，主要是看你太累了，都没时间吃午饭，注意休息啊。"

"谢谢你殷音，还是你关心我。最近是很累，强度很大，但是，"艾姗停下想了想，拉起殷音的手，"但是这个项目比较机密，老板有言不可以让项目组以外的人了解。"

"你……还介意年会的事？"殷音明显心虚。

"怎么会？你呀就是想太多了。这个公司要关注的事情太多了，你那点事情早就被遗忘了。不要担心了，殷音，那就是个小插曲，转瞬即逝。"

只是个小插曲吗？殷音心里有点怪异，谈不上开心，谈不上释然，谈不上踏实，反而感觉有些失落、有些没趣、有些孤独，不知道许慕凡心里会留下什么样的印象和感受。

殷音在 Lync 上侧面提醒维一这是一个很好的机会，应该多多在她的新老板艾姗面前展现自己的能力，维一很受用地感谢殷音的好意提醒。

晚上，维一在房间里正开足马力、埋头苦干。她在完成下午艾姗交给她的一份项目概念本地化翻译的工作。殷音端着一盘水果踮着脚尖走进维一的房间。

"辛苦了维一，不要太累着自己啊。工作是永远做不完的，而且挣多少钱担多少责，自己的身体永远是最重要的。"

"谢谢你，殷音。你对我真好。"维一转身接过殷音递给她的水果，笑眯眯地吃了起来。谈起殷音对维一的感情，殷音自己也说不清。她有点怜惜这个倔强的东北五线城市的小姑娘。她在北京独自闯荡了大学时代，异地恋终究逃不过分道扬镳的结局，她以优异的成绩加入了 FTL 管理培训生计划，轮转留在了最严苛的市场部。她那种不服输的精气神儿和类似的职场启幕跟殷音很像，殷音也许是在她的身上找到了自己的那份回忆。

"殷音，你知道吗？"维一吃着橙子，鼓着腮帮子说："艾姗真的特别招咱大老板喜欢，每次我们组的项目大老板都会回复，特别及时，全靠艾姗面子大。我跟着她真是幸福多了，比以前跟着林琅不知道强了多少，而且艾姗是个特别照顾下属的老板。"维一说得很是投入，眼睛闪着光，空气里都洋溢着崇拜的气氛。

殷音勉强地笑着，她自己也不知道为什么会有这种异样的感觉。她不想承认这是嫉妒，在她的心里，她觉得自己和高中时代的艾姗是一样的，她没有比自己的实力强多少，仅仅只是比自己幸运点而已。而现在，她的这种感觉被各种不明所以的外界因素左右着，动摇着，似乎在拉大她与艾姗的距离，故作镇定似乎已经无法表面忽略这个距离了。殷音有点焦虑，有点着急，这让她太顾及别人对自己的感受。她不停地在肯定中否定自己，又在否定中肯定自己，这种感觉真的好差，让她无法专注，无法用心无旁骛的动力前行。

"殷音，你知道吗？像咱们这样的级别，一定要有个好老板啊，老板能为你说话的，这样才能有机会独立负责一个大项目，才能在大老板面前大放异彩，才能……"

"好了！你累不累啊？赶紧洗澡吧，要不等你翻译完了，再洗澡，头发干不了了！明早又变'鸡窝'了！"殷音实在听不下去了，决绝打断维一，或者说，她承受不了自己的自卑继续放大了。

"我还没说完呢。"维一一边鼓着腮帮子嚼着橙子，一边还不死心补充道："大老板说了要单独跟艾姗去马来西亚谈项目，明天就走啦！而且只带她一个人呢，说是项目保密。你看是不是对她特别好，我还没出过国呢……"

殷音听到这里，皱着眉头腾地站起身，拉着维一走出卧室，一把将维一推进了卫生间，"赶紧洗澡吧你！还有我是助理经理级别。""砰"的一声带上门，留下维一隔着门的叨叨声。

"哎呀，你这嫉妒也忒明显了吧，收敛一点啊。"正在看时尚杂志的陈妮娜，头也没抬地说着风凉话。她慵懒地站起来，伸了个懒腰，说："这职场的化学反应可比谈恋爱还重要呢，它能带给你最直接、最立竿见影的回报。你可别以为跟老板吃顿饭就可以如何一飞冲天了，那就太高看自己、也太小看许先生了。"说完，就微微笑着回了自己的房间，留下了被噎得毫无还击之力、嘴唇发抖的殷音。

呆站在客厅里快要变身塑像的前一刻，殷音冲进了维一的房间。看着维一没有来得及锁上的电脑屏幕，光标正在翻译一半的项目概念上一下下闪现着。殷音的右手慢慢抬起，爬到了维一的鼠标上，屏幕倒映在她的眼眸中，脑子里都是艾姗和许慕凡在马拉西亚沙滩漫步的情景，就像是皇后目睹白雪公主和王子从此幸福地生活在一起一样……嫉妒……发狂。她的手指翘起，迅速地用鼠标选中了一大段内容，点击删除，一气呵成，她甚至都没有迟疑一下。就像学生时期，为了夺得英文考试的班级第一，她会毫不犹豫地狠狠地在考试前几天将艾姗满满的笔记和书撕掉、扔掉一样，然后又真心地想去给予姗姗她的书和笔记，算是一种救赎吗？她自己也分不清。现在的艾姗从学生时代转变到了职场中的竞争对手，但这时掺杂了更多与利益直接挂钩的感觉，混合了更多情场中的焦虑与怨念。

第二天。

鼠标一次次地点击着右键刷新着电脑，看似聊赖，实为紧张，这种状态已经持续了整整大半天。殷音瞟了一眼电脑屏幕右下角的时间，已经快15点了，她拖着下巴故作惬意，实为眼睛机警地关注维一和艾姗的动静。似乎没有什么特别的，托着下巴的手滑到颈后，松懈的紧张感被忧伤的失落感代替，她起身去了洗手间。

"姗姗，等等我。"殷音赶上在她前面几步的姗姗，手挽手微笑地看着她，"怎么样，最近马拉西亚的项目挺累的吧？看你都有黑眼圈了。"

"是啊，不能放松，就这最后一哆嗦了。我神经紧绷，每次都是完事了以后我才会生病，现在我的身体正在积累各种病痛，就等着项目告一段落那一声令下，立刻全体迸发呢。"姗姗痛苦地揉揉僵硬的脖子说道。

"你也别那么累自己啊，还有维一呢，这个小姑娘动作麻利、也认真。你给她点活儿，自己也轻松点啊。"殷音故意往维一身上引。

"是呢，她不错的，不是不想给她参与，实在是太机密了。我又怕打击她的积极性，只好给了她别的项目的概念翻译。她发给我了，我瞄了一眼，发现少了很多关键部分没有翻译，不像她平时的表现。不过我没时间问她了，今天天气不好，不知道飞机会不会delay（晚点）。去完洗手间，立刻就要出发去机场了。"

殷音听到这儿，明白了为什么刚才没有任何事情发生了。她不禁有点失望，也觉得有点小看了艾姗。

从洗手间出来，远远地看见许慕凡拿着中号黑色RIMOWA行李箱，站在艾姗的办公格子间外等着她。一丝羞涩的眼神难以掩饰他的心情，艾姗快走了几步，到座位上拿起行李和手袋。许慕凡谦谦有礼如绅士般地恭让艾姗走在前面。

"拜拜殷音，给你带礼物。"艾姗眯眯眼微笑着。

殷音往一旁侧身，低头示意再见。长长的走廊留下孤单无奈、落寞的殷音，远远目送着她和他消失在电梯间。

第七章

7A. 患难方知虐心

许慕凡和姗姗一起坐在总监的专车里前往机场，本是比较拥堵的北京交通，因为天气原因变得更加步履维艰。然而许慕凡却觉得时间过得如此之飞快，好像一脚油门就飞到了首都机场。跟自己心爱的人在一起，时间就会唰唰即逝，嗯，是这个道理。

刚刚许慕凡有点尴尬地邀请姗姗坐在后面，而姗姗却礼貌地打开副驾驶的门钻了进去。这让他站在后排车门外呈现一些窘态，向着司机师傅挤出一抹笑。一路上，他在车后排都安静得难受，实在不知道该如何打破这无言的僵局，更不知道会有什么更加窘迫的事情在等着他……

艾姗戴着巨大的黑超，看着窗外，脑海也在神游，想着在马来西亚有可能会发生的种种状况，以及与之相应的对策。艾姗的公关能力非常超群，最重要的就是风险管理的各种情况预测和预案的设计。感谢做 Marketing 给了她可以借鉴于生活中的严谨的分析原则和处事模型，她实在不想再让自己置于忐忑的边缘，似乎要时刻竖起汗毛警惕着脚下，一个疏忽就会再次跌入自己熟悉的黑洞，只剩孤独和悲伤。

到了机场，就剩下了许慕凡和艾姗，许慕凡再次鼓起勇气说："姗姗，你的行李要不要一起托运？"

"不必了，谢谢您老板，我可以单独托运。"

"哦，好，我还没有来得及请妮娜给我 Check-in（登记），一起吧。"

"哦，我以为妮娜给您值机完毕了。我的习惯是在公司就值机完毕，谢谢，不必了。我先去安检。"说完低头转身离开……

姗姗你是故意的吗？真的是职业习惯吗？如此缜密，完全不给许慕凡一点点机会。承认吧，姗姗你就是预谋已久的缜密。

许慕凡有点可怜地目送着姗姗的走远背影。没关系，没关系，他心里默默念着；不要急，不要急，他心里暗暗给自己鼓劲。给她时间也是给自己时间。

"叮"的一声，是短信。许慕凡回过神儿，掏出手机，"慕凡，您飞行一路平安。"一条短信息来自……殷音。

国际航班登机口。

飞机因为天气原因，晚点了将近一个小时。

许慕凡没有选择主动上前找姗姗，而是在离她不远处胆怯怯地注视着她。

好不容易通知可以登机了。本是乘座头等舱的许慕凡，不着急去不必排队的头等舱金卡会员通道，而是选择在姗姗起身后，排在了她后面几个人后，小心翼翼地观察着姗姗。姗姗站在队列中，向着左右望了望，像是在找人的样子。许慕凡在后面看着，是在找我吗？他心里有些开心。他自己也都没有意识到，开心与否原来来得如此之容易。

登机了，许慕凡没有理会空姐的引导，而是向着姗姗座位的方向走去。姗姗已经落定，坐在机翼附近的窗边，望着窗外的坏天气。许慕凡屏住呼吸轻轻地坐在了她的旁边，轻到姗姗没有转过头来。

"咦？先生，这……应该是我的座位。"一个不太标准的香港味普通话引起了姗姗的注意，她转过脸，看到旁边的许慕凡。

"啊，是是。"许慕凡早有准备地拿出自己的登机牌，"请问我们可以交换下座位吗？"带着点祈盼略有深意的眼神望着面前的香港人，指指不远处的头等舱。

"哦，好好，不打扰您了。"多么善解人意。

"等一下。"姗姗开了腔，"老板，我想您还是坐到头等舱好一些。"决绝且坚定，让人无法狡辩。

香港人愣了下。

"前面的乘客，请您迅速就坐，后面登机的乘客在等您。"空姐谦谦有礼地善意提醒。

"谢谢您，请您去头等舱吧。"这次许慕凡选择了回避姗姗，"我想在飞机上，再想一下项目的重点，有可能需要跟你沟通。"他转头，眼睛落在了姗姗的黑超上，黑超倒映着他无奈的、柔弱的神情，只好再次将工作搬了出来。这次姗姗没有理由再说什么。

飞机起飞了，二人没有什么交流，姗姗也没有再问关于项目的情况。她心里明白他所想，他心里也明白她都懂。他就是想这样静静地坐在姗姗身边，感受一下她的气息，体会一下她的情绪。他脑子在想着几年前的她和他，她脑子里也在想着几年前的他和她。

俩人终于在各自的回忆中相聚了。

持续的气流颠簸配上空姐的提示广播，打乱了他们的思绪。红色的安全带指示灯一直没有熄灭，坏天气到了上升过程中尤为显得恐怖，强烈的气流加上巨大的闪电，让整个飞机的乘客都紧张到窒息。

夕阳余晖早已被黑暗吞灭，清晰的闪电像八爪鱼一样一次次不规则地划破夜空。姗姗的眼睛直勾勾地盯着机翅膀旁边的巨大的无声的闪电，其实应该距离飞机很远，但是感觉好近好近，好像一不走运就会被击中个七零八落、四分五裂。她的心脏以每分钟140次的激烈速度跳动着，紧张感让她全身的肌肉都紧紧地绷着。

像许慕凡这样每年飞无数里程的飞机常客，其实各种天气都应该遇到过了，这次，连他都有些不安了。他一直用余光关注着姗姗的举动，看着她攥得紧紧的拳头不曾放松，他的手怜惜地伸向她，轻轻地放在她的手上。

没想到，姗姗条件反射般地弹开自己攥紧的手，皱着眉头转过脸，怔怔地看着许慕凡，就差"非礼啊！"这三个字脱口而出。其实，那是高度紧张害怕突然被打扰的应激反应，许慕凡却会错意了。

"我，我就是想让你放松点。没事的，别紧张。"许慕凡赶紧解释。

"哦，谢谢您。"姗姗强弩着微笑地回应。

此时，飞机一个猛烈的颠簸将座位上的乘客们都颠起来了，要是没有扎安全带，真的会被颠到行李架碰撞到头顶。机舱内的乘客再也无法保持窃窃私语的状态了，有人开始大喊乘务员，有人开始小声哭泣，有人开始念经，有人开始不停在胸口划着十字、嘴里还念着"阿门"，真的是各显神通。不管祈祷哪路神明，不管是上帝还是阿拉都来庇佑自己，相信此时此刻人们都前所未有的虔诚。

许慕凡不再理会姗姗挣扎的手，此时他紧紧地握住了她，那双手用力到可以看见泛白的手骨关节。此刻他想给姗姗强大的安全感——那个姗姗心心念念却从来没有感到过的感觉。

飞机又是一阵猛烈的连续的颠簸，不知道是机长误操作还是真的被颠出来的，黄色的氧气面罩从行李架底端弹了出来。那齐刷刷的氧气面罩醒目而神圣，整齐划一地、哆了哆嗦地吊在每人头顶斜上方，让人正好用45度角仰视着，真的很神圣——配合着机舱哇哇大叫和呜呜大哭，这时候所有人脑海里都在搜索着每次起飞前那让人厌烦的安全须知中关于氧气面罩的使用方法。

许慕凡没有丝毫停顿，立刻甚至说是熟练地拉下姗姗头顶上的氧气面罩，套在她的头上系紧，自己再戴上。完后，不忘继续握住姗姗的手，镇定而温柔地望着她。

姗姗眼睛里渗出些透明的液体，没有流出来，汪在眼眸中，好看极了。这泪水有感动，但更多的是害怕。她害怕自己真的遇到空难，害怕自己马上要看到那传说中的黑匣子，是橘黄色还是黑色，她脑子里还有空想这个。更害怕的是，自己还有好多话好多事没有时间分享给面前这个深爱的男人，就要带着他们的秘密统统一起去见上帝了。

"慕凡，"姗姗心里大喊着，"我好想你，我真的好想你！如果我们就这样死去，有你和我在一起，我也可以释怀了。"

就这样狂颠了一路，相信机航内的每一位乘客都不会忘记这次生命中要永铭的飞行记忆。

"各位乘客，大家好！这里是机长广播，我们刚刚已经穿越了极端天气云层，即将到达马来西亚国际机场……"飞机机舱顿时一片轻松释然的声音。

许慕凡微笑着，好像在感谢这场惊心动魄、有惊无险的意外，心里在对姗姗说："我回来了，姗姗，谢谢你。"姗姗的嘴在面罩后也轻轻地微笑着，她慢慢将已经被许慕凡握得紧紧的手抽了出来，许慕凡依依不舍又不好意思地松开，看着姗姗傻傻地笑着。

有人说，能一起经历生死的人都有前世深沉的渊源。这种力量无形地牵引着彼此，想斩断、想熬裂、想抽离，都无济于事。这似乎也在暗示着，没有什么可以将这两个人分开。许慕凡心里感到似乎又回到以前了，那个她眼里、心里只有他的时期，那个她喜怒哀乐都因他的时期。

许慕凡带着姗姗准备的材料开展谈判，就像是之前演练过一样地顺利。姗姗认真做并购前的 DD 尽职调查。都说专注的人最美，的确，专注的女人更美。是的，专注的美女美上加美。许慕凡不经意间就会被专注的姗姗吸引感染，让他忘情地温习对她的爱，超越对她的情。DD 尽职调查非常顺利，在于马来西亚方的沟通的顺畅，以及姗姗前期准备工作的严谨和全面。

姗姗终于舒了口气，整个紧绷的神经松动了些。

许慕凡很久之前就已经谋划好借助此次公事的由头安排一个跟姗姗单独相处的机会。他看着眼前的那款莫比乌斯环，微笑着畅想着在烛光晚餐上可以对姗姗倾诉真心，想再次跟姗姗表达自己的歉意与情意。他悉心预定了海边餐厅的座位，购买了姗姗最爱但却在马来西亚很难买到的马蹄莲，为姗姗选了适合她的小晚礼，期待着自己可以再次把莫比乌斯环戴在她的颈上的那一刻。一切就绪，只差女主角登场。

他满脸抑制不住的喜悦，但心里仍然有些忐忑和紧张，许慕凡小心翼翼地按下了姗姗房间的门铃。没有人应答。又是几声。难道在洗澡？他心想，看了看表，掏出手机拨通了电话，但无人接听。他又心急如焚地拨通了酒店房间的电话。他知道，即使在洗手间洗澡也是可以接听酒店设置在洗手间的电话的，但还是无人接听。

"砰砰砰……"他开始焦急地砸门，"姗姗！姗姗！"安静的酒店里回荡着他大声的呼喊。

旁边的清洁服务员赶过来询问，他连英文都懒得回答，一把拉下服务员的万能门卡，熟练而迅速地刷卡。他冲进房门，只见姗姗已瘫倒在床边，手里还紧握着手机，却已经不省人事。这些天疲劳和紧张压迫着她，在项目阶段性成功的一刻，正如她自己说的，犹如洪水猛兽般吞噬了自己，让她无法呼吸。许慕凡一把抱起姗姗，拔腿就往外跑，留下那精致伤感的小晚礼在地上。

姗姗沉睡了一晚，许慕凡则彻夜未眠。他握着她扎满输液针的手，心里充满了怜惜与自责。在他的心里，他把自己骂了上万遍。他明知姗姗是个极度追求完美，逼迫自己到极致的工作"狂人"，他还因为自己想多与姗姗接触而经常给她邮件和电话，他仅仅想和姗姗多接触，但却忘记了他是在用工作接近她。她是个多么让老板省心、放心，却一直给自己设立高标准的下属。这让许慕凡倍感自责，痛苦万分。

北京 office 已经打来很多催促他开会的电话，他清楚地记得会议时间，但是却没有接。看着熟睡的姗姗，他轻轻走出病房带上房门，找到较为安静的地方拨通了会议号码。会议一开就是将近三个小时。

他焦急地挂断电话，跑回到病房，已经是人去床空。他赶紧拨姗姗的手机，已经是关机的提示声音了。他飞奔地坐上回酒店的车。到了房间，已经变成了别的住客。他又追到前台，前台告诉他，姗姗已经 check-out 离开酒店去了机场，只留下了小晚礼服在前台。

许慕凡刚发疯般地准备赶往机场，突然收到来自姗姗的一条短信，说有急事，她已经在机场登机准备飞回北京。许慕凡看着短信，自己独自眺望酒店外远方的大海，与看起来也很孤单的没有寻到主人的莫比乌斯环吹着海风。

坐在飞机里的艾姗，双手握着刚在候机厅充了一会儿电刚刚可以开启的手机，她多么希望自己可以收到来自许慕凡的回信。艾姗离开之前看到了许慕凡在医院打着电话，她不忍不舍、也没时间打扰他。本想发个短信给他，但却无奈手机已经没有电关机了，自己只能默默地回到酒店前往机场。

许慕凡沉浸在独自的忧伤中，姗姗沉浸在不知是否该期盼他的回复中。

艾姗开机后，手机立刻传来了一条短信，艾姗以为是许慕凡，"姗姗，我会在机场等你，我们一起去。"原来艾姗突然赶回北京的原因，其实是她收到了立伟伦传来的关于孩子的消息。飞机落地后，火速和立伟伦立即驱车赶往一家孤儿院，见到了立伟伦追查很久联系到的线索。

从孤儿院出来，艾姗已经哭成了泪人晕了过去。立伟伦抱着她回到家，也落下了眼泪。

"这个孩子已经得病去世了一年多……"院长遗憾的声音一直回荡在立伟伦的脑海。看着怀里的艾姗，他无比痛苦，命运对这个可怜的女人竟是如此地残忍，剥夺了唯一给她留有希望的一切的快乐与笑容。醒来的艾姗蜷缩在床上默默流泪，但她不忘安慰立伟伦，还在他面前逞强坚称"自己没事"。房间里一遍一遍地放着一首歌——只属于那时他写给她的歌。艾姗缓缓地坐起身，关掉了音乐，冷漠地拿出了珍藏许久的照片，蹲在浴室的地上，将一张张她和许慕凡的笑脸点燃焚烧。照片在地上慢慢蜷缩、变黑，艾姗多么希望她的记忆也可以随着缕缕青烟飘袅而逝，永远停留在按下快门的那一瞬，那时的他们是多么相爱和幸福。

7B. 深渊

三里屯蓝蛙。幽兰的灯光照拂着俊男美女的脸庞，朦朦胧胧就是最美的时刻，慵懒的音乐让人想沉醉地放肆，昏昏沉沉地等待着美好的艳遇。

殷音和陈妮娜坐在一个角落里，显然陈妮娜对眼前的一切很是享受，熟悉地摆出了一副招蜂引蝶的合理状态。

自从上次陈妮娜无情地戳伤了殷音的自尊心之后，殷音决定要更加隐忍地对待她。更多的是要懂得利用她，利用这个知晓很多老板之间微妙关系，还有精通公司各路小道消息源泉的人。

因此，殷音每晚都跟陈妮娜耗在一起，聊聊八卦、看看美剧、翻翻时尚，真的信了她俩是"金兰姐妹花"。殷音也恰如其分地奉承着陈妮娜，如长得好有魅力，穿着如何有品位，身材怎么那么匀称……这让本身就特别受用这些的陈妮娜天天被捧在空中，飘飘然地别提多么地开心了。而殷音也会时不常地聊些许慕凡的点滴，想进一步了解他的动态甚至隐私。

陈妮娜也会在殷音面前显摆地告诉她："慕凡总监平时最喜欢早上在公司楼下的星巴克里用餐，而且都是 7 点半准时到公司，雷打不动。每次他都会点double expresso 加一个芝士包。他最喜欢住在 Hyatt 的大床房，他也不抽烟。还有哦，特别喜欢看画展……"

"你好厉害啦！怎么什么都知道，你是不是……"殷音坏笑地看着陈妮娜，看似在故意嘲弄她，实际上是为进一步知道许慕凡身边仰慕者们的故事。

"哼，能有我不知道的么？"陈妮娜翘起穿着恨天高的腿，挪挪屁股，换了个姿势，一副要开始八卦的架势。她翘起嘴唇嘬着鸡尾酒，扬起眉毛，凑近殷音小声说："你知道吗？老板为什么最爱吃鸡丝凉皮？"

殷音听到这里，有点不好意思，"妮娜，你怎么还记着这件事？因为这个现在林琅还在忌恨我呢！"

"哈哈哈，你活该！谁让你刚来就敢在各个老鬼们面前抖机灵？你知道他们么，都是人精，玩人的人！能被你一个小妞给整得那么尴尬，你的日子能好过么！"

"好了好了，别说这个了，快回到正题。"殷音想起来就浑身不舒服，想想林琅在澳门年会的那般不友好，想想任子健多次让她苦不堪言，真是魔鬼呀魔鬼。能少想起来一秒就能多活一秒，实在受不了这种无形的折磨。

"好吧，告诉你，因为老板最爱的女人，爱吃鸡丝凉皮！"陈妮娜说完得意地笑笑，"不过，听说那女的已经结婚了，咱老板没戏了！不过也好，正好给我机会。这么粉钻级别的"王老五"，我要是不拿下，真对不起他秘书这title了！"陈妮娜一副志在必得的样子。

殷音没接话，她心里很明白陈妮娜提到的"这个女人"就是艾姗，种种迹象都让她无法不做如此联想，她低头灌了一口酒。

"你知道吗？老板在Global可是很有后台的，他其实在国外的事业比在FTL做一任市场总监要好得太多，他是特意要求回来的。"说完，陈妮娜还故意发出一个深意的眼神。

"这你都知道？"殷音有点诧异了。眼前这个陈妮娜的八卦能力真是超群出众。

"当然了！你以为，我天天在公司装傻、装纯、装嗲，是干什么啊？公司的HR跟我关系好得不行，从上到下，没有我不知道的事儿。我告诉你……"陈妮娜凑过身子，倚着殷音的耳朵小声说："他所有的个人信息和隐私我都知道。他是被情所伤，才从美国回到中国的。"

殷音看着她满脸得意，心里也明白了很多之前找不到答案的问题。

"嘿！"陈妮娜摇晃着脑海神游的殷音，"想什么呢你？别打许慕凡的主意啊，他可是我的！还是想想你自己的事儿吧，全部门普天升职加薪，唯独你，没有你！"她翻着白眼说。

"什么？为什么？"殷音好像突然回到了人间，要面对自己似乎也束手无策的烦恼。

"为什么？你觉得你凭什么能升职呢？"陈妮娜反问她。

"我很努力工作，老板也很满意……"殷音看着面无表情的陈妮娜，有点委屈，有点着急，但依然保持着一副满不在乎的样子。

"所以说嘛，你还惦记什么大老板啊。你自己的 Line（直线汇报经理）都没搞定，连为什么升职没有你都不知道。人可以傻，但是不能蠢，自己的老板想什么都没摸透，你出来混个屁啊！"

殷音听着陈妮娜的各种奚落，心里没时间思考，只是在想，难道是任子健对我有所不满？可是我已经对他的需求言听计从。她再也没心思听陈妮娜在这里讲这些。

"等一下，你怎么知道的？公司 HR……不会这么不专业吧？"殷音冷静了些转问。

"老板电脑里的邮件啊，我趁他不注意看到的。"陈妮娜居然毫不避讳。"我啊，是让你有个心理准备，别到时候突然知道自己脸上过不去，然后再失态了。你要感谢我呢！"说完，陈妮娜举起自己的手指欣赏着刚做好的指甲。

"那原因呢？"殷音有点急躁。

"还不是你老板嫌你资历浅，还没到时候呗！"

"你的意思是普天升职，也就是说，艾姗已经是 SBM 了？"她心有不甘，一字一句地说出 S-B-M（高级品牌经理）。

"当然了！维一都跟你同级了，艾姗是维一的老板能不是 SBM 么！"

五雷轰顶！难以置信！殷音的头好像要被她自己的焦虑和疑惑撑得爆炸了一般。她双手插进头发，手肘支在吧台上，紧锁眉头，在脑海中迅速搜索到底是哪里招惹了任子健，难道是因为林琅的缘故？她越想越乱，她的神经太过脆弱。她深深地担心、害怕自己与艾姗的距离越来越远，远到她根本无法追赶上艾姗，她更怕许慕凡心中的她是一个没有能力、没有成绩的人。她不知所措，她只知道——这一切不可以就这么轻易发生。

经过一番心里思考和斗争之后，她依然心有不甘，决定一定要做到最大化的争取，绝不认输，她主动约了任子健。而任子健却像是料事如神一般地等待着她的电话。

"喂？"懒洋洋 plus 满身坏水儿往外滋，任子健得意地笑着。

"您好老板，我是殷音。我想请问您有时间吗？我……想约您聊一下。"殷音在心里盘算了很多种开场，但最终还是选择了直截了当。她很明白，任子健精明如狐狸，完全不必绕圈子，不如就单刀直入。

"可以啊，你现在就来辉盛庭找我吧，到了给我电话。"说完，任子健就挂断了电话，就像之前一样。

殷音眼神定了定，心一横，转身就上了一辆出租车。

有人说，千万不要把弱点暴露出来，那样将开启"孤独的自己"，迈入万劫不复的深渊。如果到了那个境地，不是不想回头，而是真的无法回头。就好像被人无情地倒推下去，眼睛中的泪水没有身体下降得快，飘在眼前的空中，眼睛绝望地望着那被推下的原点还有束光亮，但是却越来越小，越来越小，而"孤独的自己"正在被无情的可怕的黑暗一点点吞噬，大喊吧，谁来救救这个"孤独的自己"？可似乎什么也喊不出来，喉咙被层层封死，不能发出任何声音，直到重重地跌入深渊的谷底，粉身碎骨前的那一刻。看着那原点处站着一个跟自己长得一模一样的"孤独的自己"，随着远点的光亮疾快地消失，永远的黑暗伴着消亡，来不及感受疼痛，就已经永远地失去了苟活的机会和重生的可能。是"孤独的自己"自己迈开了那脚下的一步，变成了永生永世"孤独的自己"。

辉盛庭酒店式公寓，大堂精致简洁，透着温馨与舒适，为什么会有这样凄惨的故事发生在此？殷音想不通，痛苦气愤的她已经来不及用理智去思考得与失、成与败。她只想要一样的结果，只想要不再扩大的距离，她的自卑被扩大到无法收拾，致使自己根本不清楚自己在做些什么，自己想要什么。

"来了。"任子健赤裸着上身、歪着一侧嘴角走去开门。

当殷音看到面前的他时的确被吓倒了，但是心魔驱使她淡定地往前迈步，并没有迟疑。

　　"我想……"殷音刚开口，她整个人已经被任子健紧紧抱在怀里，她整个唇已经被任子健牢牢黏在他霸道的口中，用力地允吸着殷音毫无反应的嘴唇。她紧紧地闭着双眼，紧紧地闭着双唇。但殷音再紧的双唇也被他狠狠地撬开，殷音再紧的双眼也没能收回眼泪，仅仅为了那一份心有不甘，真的值得吗？

　　巨大的痛苦积聚在殷音的身心，她像一个木偶一样任凭魔鬼摆布……

　　这样真的不会离艾姗越来越远吗？这样真的不会离许慕凡越来越远吗？——她来不及想，她再也没机会想了。

　　殷音疲惫地拖着自己沉重的脚步走出辉盛庭大堂，她没有穿大衣，手里的大衣拖在地上。她仰望着夜空的朦胧的月亮，眼泪从眼角垂落下，滴在乌黑的头发上，她轻轻闭上眼睛，想让冷风把一切令她恶心的记忆带走。

　　"啪！"一记仇恨且清亮的耳光，重重地扇在了她的左脸上。

　　殷音睁开含着眼泪的双眼，还没看清对方是谁，"啪！"脸上又挨了一记重重的耳光。

　　殷音捂着一侧脸，还没来得及问清挨打的缘由，两只大手伸过来抓住了殷音的长发，一阵厮打，拖着她，将她按在地上，又是一顿拳打脚踢。

　　"你是谁？"殷音无力地从口中挤出几个字。

　　"我是谁？你个不要脸的东西！还有脸问我是谁！我今天就打死你！"

　　殷音歪在地上，没有还击的能力，就这样被那人一下一下重重地捶着。那人打着、骂着，她除了哭的力气，没有任何能力保护自己，只能任由对方教训。

　　"我是谁？我让你问！你还有脸问！我让你死个明白！我就是你老板的老婆！我打你个不要脸的东西！"这个力大无穷的女人像疯了一样对殷音毫不客气。

　　这时，从后面走出来的任子健看见了，赶紧拔步出来，大喊一声："你闹够了没有？停手！放开！"

　　当殷音和任子健的老婆被任子健用尽吃奶的力气强行分开的时候，殷音看见了任子健老婆手中那一大团头发，她毫无力气地坐在地上苦笑。任子健赶紧拉着他的老婆离开了现场，只留下了呆呆地瘫坐在地上的殷音，在默默地流着眼泪。下雪了。好像老天也在为了可怜的殷音而哭泣。

而这荒唐的一切，都被不远处坐在车里冷眼导演并兼任摄像这场好戏的林琅拍了下来。为了拍到这些，她一直等在酒店门外，坐在冷冷的车里，感受着冷冷的天，再配上冷冷的心，眼睛一眨不眨地冷冷地盯着酒店的大门，露出了可怕的脸。

林琅走下车，来到殷音的面前。

殷音抬头看见林琅惊讶得说不出话，但她深知一定要镇定，而心里却害怕极了。她怕，怕自己付出的一切付诸东流，怕自己付出的一切被许慕凡知道。

"这是我第一次警告你，也是最后一次警告你，你不要再与任子健来往。否则，我会让你连难过的机会都没有！"林琅说完将轻蔑和唾弃沉重地丢在了殷音的脸上。

殷音拿起来一看，原来是林琅将之前任子健与她在雪茄吧的一幕拍了下来，交给了任子健的妻子。殷音看着走远了的林琅，慌乱到眼中充满泪水不知该如何是好。她迅速收起照片，像个受惊的孩子，倒退了几步，转身可怜地逃跑了。

林琅转身也有一种说不出的疼，满满心事地回到家。一个小女孩从地垫上醒过来爬起来跑过来抱着她。林琅摸着小女孩的头，看着眼前老公的那张黑白照片正微笑地看着她们。她痛苦地流下了眼泪，她真的爱上了任子健，而殷音已经毫无选择地被当成了自己的情敌。

7C. 潘多拉的微笑

当艾姗还习惯性地写着 2009 年的时候，2010 年已经偷偷划走了一个多月，即将迎来了 2010 年的情人节。她轻轻摇头，用笔划去 2009 年，改成 2010 年。艾姗看着台历上 2 月 14 日这个已经远离她很久、与她无关的日子，心情有点异样的复杂。她下意识地抬眼看了一下许慕凡的办公室，使劲皱眉、猛地摇摇头，好像自己犯了禁忌过失一样，想赶紧把脑子里不应该想的都摇走，而立刻转向忙碌的工作。自从福利院的噩耗传来，立伟伦坚称这不是他们要找的孩子，这不是艾姗的孩子，因此他只陪了艾姗两晚，就离开不见了。心被抽空了的艾姗，没有出走，没有自暴，没有颓废，而是依旧默默地来上班，就好像什么也没有发生一样。

2月14日一大早，是情人们的节日。

许慕凡早就注意到了艾姗的低落。这天他早早起床，沐浴、洗漱、剃须，换上了那件手工衬衫，7点钟就到了公司，希望今天可以给她一个惊喜。

他小心翼翼地将礼物放在了艾姗的工位上的正中间，站在那里想了想，又把它换到了桌子的左上角。这个粉嫩的礼盒被缎带包得紧致而优雅，在静静地等待着属于它的主人。当主人满心期待地打开，里面的莫比乌斯环就会照亮她的脸，那一刻她一定会被幸福融化了。在礼盒下面还有一个秀气的信封，承载着许慕凡的心声，那上面还写着当晚见面的时间和地点。想到晚上，成熟稳重的许慕凡也有心脏不能承受之跳动的频率。他含蓄地、满意地、不舍地离开了姗姗的工位。

艾姗9点之前出现在办公室，许慕凡的感官神经伸出了无数雷达，一下就探测到了她的气息。他在玻璃办公室后面观察着姗姗。她正站在工位处接着电话，好像还没注意到桌子的礼物。她坐下了。远远看着她露出来的头发，许慕凡依然紧张，好期待得到她的回复，好期待看着她微笑地站起来，冲他点点头。

艾姗打量着饱含温情的礼盒，想着刚刚立伟伦来的电话，"老婆，我回来了，今天我给你准备了个惊喜！你肯定会喜欢的！"立伟伦得意而神秘的声音回荡在她耳畔。

艾姗提不起精神，以为这就是立伟伦提到的惊喜。她忙着看Email，没有及时打开，就这样像平常一样工作。而许慕凡在各种复杂的心情中度过了接下来不安稳的每一分钟。

"喂。"沉寂在一堆 Excel 表格里面的艾姗被座机打断了思路，她没精打采地接听了电话，瞟了一眼右下角的屏幕，已经 12 点了。

"艾姗么？你快下来，一层大堂。快点啊！"前台小妞的声音兴奋得恨不得从电话听筒把她抓到一层。

艾姗皱皱眉头，不明所以，担心怕是什么大事。她慌忙起身锁好电脑屏幕，经过许慕凡的办公间，疾步走到电梯间等候电梯。

华贸写字楼一层大堂。艾姗刚刚迈出电梯，就看见很多女同事羡慕地偷笑看着她，突然她听见了那熟悉的最爱的乐曲萦绕在空中回响。在离她不远处，安静地摆放着一个大大的足有一人多高的金色的礼盒，用红色的缎带打着胖墩墩的巨大的蝴蝶结垂在地上。

艾姗在众人的欢闹、笑声和推搡中，不解羞涩地轻轻拆开了蝴蝶结。礼物盒向着四周散开，立伟伦像一个王子一般闪着金熠熠的光彩站在礼物箱的正中间，手捧洁白的马蹄莲，淡淡地、温暖地笑着，在等待着他的公主向他走来。看得出来，姗姗此时此刻有些开心和惊喜，又有点无奈，有点娇羞，就这样看着立伟伦不好意思地甜笑着。"王子"走出来拉起"公主"的手，深情地说："姗姗，我想跟你一起度过今晚的节日，好吗？"艾姗抿着嘴笑着点点头，立伟伦立刻开心地拉起她的手向着大堂外的奔驰 G 跑去，他们像简单而快乐得享受初恋的高中生。

留下了在角落里注视着这一切，满脸黑线嫉妒地发狂，刚才还满心期待，现在却落得一人可怜凄凉的许慕凡。他就这样看着自己的最爱远离了视线，耳畔回荡着他为艾姗所写的情歌。

许慕凡低着头上了电梯，默默地走到艾姗的工位，看到还没有被打开的礼盒，他呆呆地有点让人心酸地拿走了那张卡片和精美的盒子。转身看到溜溜达达走过来的吴永豪一副嬉皮笑脸的样子说："今天我们的大帅哥打算怎么过啊？分几场啊？"

许慕凡不说话，的确没什么心思回复他。

"打算跟谁过啊？啊？"吴永豪完全不懂得看许慕凡的脸色，否则就是明知故问。另外，还有一副诚心捣乱，故意火上浇油的姿态。

"吴大色狼，难道你家会为了过清明节而找哪个家人来变主角嘛？没有！就不必过！"许慕凡看来是真的吃醋了，一向绅士的他把一向没心没肺的吴永豪噎得顿时语塞。

殷音已经三天没有来公司上班了，她从那晚之后就请了病假，任子健也心领神会地没有过问。可怜的她真的是病了，吓得发烧发抖，她害怕面对任子健、林琅、隋海洋、艾姗……他们所有人。当然，她最害怕的还是面对许慕凡。

而痴情的隋海洋并没有因为之前的失落而放弃，他精心准备了一个有意义的情人节礼物给殷音，希望可以打动她，回到自己的身边，然而却不见殷音出现。但他打给殷音的电话没人接听，发短信也没有人回。三天了，隋海洋在公司也没有看见殷音的身影。他有点心焦了。本来精心准备了很久的节日惊喜也派不上用场了。他无心开会，完全不在状态，整场会议对他来说都是一种严酷的煎熬。他提前离开公司，飞奔到地库，轻点油门，疾驰到殷音家，他大力地砸着门，大喊："殷音，你在吗？殷音！"

门慢慢地打开了。殷音从门后露出受惊吓又憔悴的双眼，就像一只被虐待的小猫一样，让人心疼不已。她猛地紧紧地抱着隋海洋的脖子，哇哇地大哭起来，泪水决堤满脸都是。

"海洋，带我离开这里吧。我想离开这里，永远都不要回来了！"

隋海洋抱起殷音走进房间，什么也没有问，只是轻抚着她瘦得只剩下巴掌大的小脸。他托起她的下巴，轻柔地吻着，就那么吻着，一直吻着，到她情绪慢慢平复。他轻轻说："好的。宝贝。"为了殷音的这一句恳求，他暗下决心，一定要让她得到真正的幸福。

立伟伦真的是天使，守护艾姗的天使。

情人节——他送给了艾姗期待了四年之久的礼物。他送给了艾姗时时刻刻都想拥有的礼物，他给了艾姗最最美好的寄托。他带着艾姗疾驰向艾姗的家。

"你这是带我去哪？"艾姗有点不明究竟。

"带你去感受幸福。"好感性的声音，听得艾姗有那么一刻都沉醉了。

"快点交代，别故弄玄虚。还有，你以后不许去我们公司找我了，我不想被人议论，还有你不许再给我送花了，还有你也不许再叫我老婆、Honey、宝贝、亲爱的等，所有不符合我们真实关系的称谓！还有……"

"还有什么，老婆大人？"立伟伦凑过那张俊俏的脸，眯眯眼笑着看艾姗。

"好好开车，看路！"艾姗一把把他推开，"你就不能正经一会儿，哪怕就一会！"艾姗无奈地、有点嫌弃地摇摇头。

"我可是个正人君子，正经都流进我的血液！比起某些表面看起来又假又端、又没礼貌、连责任都不敢担当的人要强不知道有多少倍！"他还没说完，艾姗就把左手直直地伸过来，将立伟伦的脸推开，她皱着眉、低着头，明显情绪 down 极了。她轻轻挤出几个字："你给我——闭嘴。"

明知自己说错了话，但是立伟伦满脸不在乎。

一个急刹车，艾姗的身体向前冲，脸差点贴在前面的车窗上，还没等她转身开口骂立伟伦，就听见了一个无比激动的声音。说真的，这口气还真是有点精神病复发、没人敢惹的感觉。

"谁也不许阻止你幸福，就算是你自己，也不行！"他突然怔怔地冒出这么一句话，吓了旁边惊魂未定的艾姗一跳。

"谁也不能欺负你，你妈你爸也不能欺负你，你自己也不许欺负你自己！更不许别人欺负你！我不允许！"立伟伦双手紧紧抓着方向盘，咬着牙说。他这次回国的目的很明确，就是要霸道地给姗姗幸福，扫清一切影响姗姗正常生活的障碍，特别是许慕凡。

"你抽什么风啊！谁欺负我了？谁敢欺负我啊，也就你天天气我！你一出现，我就鸡飞狗跳的，没消停过。我工作没感到什么紧张，全都天天紧张到你会给我什么惊吓了！"艾姗有点不开心了。

立伟伦屏住呼吸，一言不发，紧锁的眉头让车内的空气都紧张了起来。后面的各种车一直在鸣笛，有人绕开探出头大骂随意在高速上刹车停车的立伟伦。艾姗觉得很尴尬，赶紧缓和气氛，接着说："好了好了，快走吧，别在这里疯了！"

立伟伦依旧屏住呼吸一言不发，微微撇起嘴唇。

艾姗看他毫无发动汽车的意思，一股无名火腾腾升起。愈演愈烈，她开始解安全带要下车。立伟伦一只手重重地握住了她的手，另一只手握着方向盘，一脚油门继续疾驰向前，甩下各种指责、谩骂他们的人。

一路上，车内安静得可怕，沉默的气氛压抑着车内好似变薄的空气。

车开进了北京北边一个叫"御汤山"的别墅区，停稳了车。艾姗没有消气，她挣扎着想挣脱立伟伦的手。立伟伦的手太有力量了，她毫无办法。

"你到底要干——什——么？！这里是哪儿？放手！"

立伟伦突然紧紧抱着艾姗，低头、浅尝、深吻，激动而有力地释放着对她的心疼与爱慕。任凭她怎么推搡，都无法挣脱。

他的唇吮吸着，慢慢地停下来，"谁也不许阻止你幸福，就算是你自己，也不行。"他用目光柔情地包围着姗姗，又坚定而温柔地重复了那句话，立伟伦眼睛有点湿润，心疼地看着她。

"你又来了，别这么看着我啊！我很好，也没人欺负我。"艾姗也柔软了下来。

"好啊，我知道，我就是强调下，你就是我的责任与义务，因为你是我老婆，我的责任就是让你幸福！我的义务更是让你幸福！"立伟伦突然转换逗比模式，说完露出了一口皓齿，姗姗快速眨眼差点没反应过来。

"我给你准备了一份你最心爱的礼物，跟我来。"他不等姗姗说话，双手捧起她的脸庞，在上面重重地亲了一口，像是盖章一样，心花怒放、满怀欣喜地说。

艾姗被这一次次的惊吓雷得四分五裂，回不过神儿，被他强行拉下车，木讷地走进一幢别墅内。

"Angie，Angie！"立伟伦进屋就叫着。艾姗听着一个小女孩的声音，她不敢相信，赶紧跟着跑进了客厅，她愣住了。

客厅里，站着一个可爱的小女孩在迎接他们。那小女孩与立伟伦头顶着头，友爱地嬉笑。艾姗吞了吞口水，微微张着嘴，不敢相信这眼前的情景。这个小女孩虽然已经四五岁，但她一眼就认出，这是她的亲生骨肉，是她坚持怀胎十月诞下的宝宝！虽然她已经有将近四年没有见过她的孩子，但是血浓于水，亲情大过天，让她一眼就认出来了，不会错！

立伟伦走过来轻轻地揽着姗姗的肩说："过去吧，跟 Angie 打个招呼。"

艾姗的嘴唇不受控制地抖动着，眼睛里迅速溢满了泪水。她不敢相信眼前的一切，也许是她盼望了太久，她真的没有想到，在此时此刻，在她的面前，她久未谋面的孩子，就近在咫尺，触手可及。她跪在地毯上，激动得一句话也说不出。她的世界里现在只有这个孩子，也许是太久没有见过，她已经不知道该如何表达自己的感情。她颤抖地抓着孩子的胳膊，紧紧地抱她入怀，哭得酣畅淋漓，震天撼地。

"哇——"孩子失声痛哭，艾姗就像没听见一样，紧紧地抱着孩子一点不敢松开。她怕，怕自己的宝宝又一次消失在她的世界中，她的泪水流满面颊。

立伟伦不得不强行将吓坏了的 Angie 和艾姗分开，小女孩钻进他的怀里露出一只满是泪水的眼睛，小心翼翼地观察着有点歇斯底里、努力控制情绪的艾姗。

立伟伦一把抱着泣不成声的艾姗，安抚地摸着她的头发，也在默默地流泪。两个人夹着小 Angie，感受着来之不易的失而复得的幸福与快乐。

"好了，好了，都好了！Angie 我给你找回来了。放心吧，我们再也不会分开了。"立伟伦安慰着艾姗，律动着喉结哽咽着，他仰着头把马上要掉落的泪水控制在眼中，抱着抖动着肩膀肆意哭泣的姗姗，哭吧，憋了四年多的情绪顷刻喷发。泪水冲刷着分别许久的思念，空气中都弥漫着团聚的幸福的味道……艾姗哭得很伤心，很透彻，这是一种释放吧。四年了，这种不甘心、又无可奈何的思念一直蹂躏着她的心，折磨着她的精神。她的心里终于踏实了，不仅仅是作为妈妈对孩子愧疚，而似乎是对许慕凡的恨意，也许这是该画上句点、翻开新的人生一页的时候了。

7D. 宣战

部门晋升的公告发出了。最终，通过殷音的"努力"，普天同庆都升职了……

许慕凡决定举办一个庆祝晚宴，特别让陈妮娜安排在阿喵的艺吧举行。陈妮娜看到晋升邮件，心里十分不爽，她没想到殷音也可以升职。她咬着下嘴唇，眯着眼，决定好好问问她。

下班后，阿喵的艺吧。

许慕凡举起酒杯，跟每一位部门同事碰杯——祝贺，——感谢，"各位同事，非常感谢你们在上一年的辛苦工作和努力付出！你们是我见过的最棒的Marketer，我为你们做出的贡献而骄傲。各位的晋升不仅仅是职位的变化，更多的是责任的加重，需要各位更加努力地为品牌、为公司带来生意的持续增长，相信我们会一起见证FTL的新传奇！谢谢！为你们自豪！"

许慕凡在掌声中一饮而尽。他又拿起酒瓶倒满了酒，慢慢地向艾姗走来。他已经有一阵没有看见艾姗的车停在地库。他在楼下看楼上的窗户也一直是黑的，他来到艾姗家的门外徘徊，鼓足勇气敲了艾姗的家门，但无人应答。难道她还没回来？他心里极其不踏实地想要问问艾姗究竟去了哪里，虽然有点名不正、言不顺，但他依然执拗地希望得到艾姗的回复，依然希望自己是那个有且仅有权利过问艾姗行踪的人。他走到艾姗身旁，与她碰杯的时候，他的心情突然有点复杂，刚想开口说什么，又不合适宜地听见门口传来一阵骚动。

许慕凡的"眼中钉"立伟伦再一次出现在部门的庆祝晚宴上。他怀抱着一大束马蹄莲对姗姗表示恭喜，"恭喜你晋升！亲爱的老婆大人！"

许慕凡看见立伟伦的出现气得喝了一大口酒，当听到"亲爱的老婆大人"

这几个字的时候，差点呛着自己。他咳嗽了半天，好不容易倒过来一口气，咬牙切齿地低声问姗姗："他，怎么知道我们……在这里举办庆祝晚宴？"可能是声音太模糊了，姗姗没有听清，只是下意识地冲许慕凡笑了笑，尴尬地快步向立伟伦走去。不得不承认，自从 Angie 回到她的身边，立伟伦在姗姗心中的地位猛增，她笑眯眯地拍打着立伟伦的肩膀，留下孤独可怜、心有不爽却无法发泄的许慕凡。

"你还好吧，慕凡帅哥。"阿喵拿着一杯轻饮料护着肚子蹭了过来，把脸埋进杯子喝着东西只把两只眼睛露出来。她瞪得圆圆的滴溜乱转的大眼睛，小心翼翼地观察着许慕凡。

"我很好啊，怎么了？"许慕凡明显硬撑着。

"哦，那就好，我去看看殷音。"阿喵有点没趣，找个台阶远离需要独处的许慕凡。

陈妮娜正铁青着脸与殷音低声耳语着："你是怎么做到的？是用什么方法达到目的的？我可真没看出来，原来你这么有能量！"不客气的语气带着些醋劲儿，"难道你直接找了许慕凡？"

殷音完全不在状态，没心思多想，只希望赶紧应付完了陈妮娜好一个人独处。她还是不适应面对那些知道残酷事实真相的林琅和任子健，以及无法面对许慕凡时不时感谢和赞许的目光。她觉得那目光好闪耀，亮得会让她觉得刺眼到失明，之后只剩下属于她的黑暗。

依然憔悴而提不起精神的殷音，有气无力地回答陈妮娜："我找任子健老板表达我的期望和决心，他信任我，所以给我晋升。"此时，殷音乞求的眼神希望可以赶紧结束这话题，她甚至心虚到不敢直接拒绝陈妮娜的质问。

"但我不能理解为什么这么快你就妥协了呢？你到底做了什么？你们是达成了什么内部交易吗？"陈妮娜不肯罢休、咄咄逼人，且句句击中要害。这让殷音很不舒服，且无法回答。

阿喵在旁边静静地听着，没有上前，殷音的反常的确让她有些担心。

　　陈妮娜看得不到满意的答案，只得故意扬起声音，酸酸地说："大老板您真是偏心，殷音才来了不到一年，您也给她升职。"陈妮娜的话引来各种奇怪的眼神。陈妮娜说得没错，殷音在职场中真可谓幸运，像坐了火箭一般嗖嗖地向上窜。

　　气氛略微尴尬，林琅坏笑地看着眼前的殷音，好像一副要把她放在嘴里用后槽牙嚼碎了一样的表情。任子健则低头默默地喝着酒，好像什么也没听见一样地淡定。

　　殷音一时语塞，不知道该说些什么来化解眼前的一切。

　　"殷音是很有潜力的 Marketer，也很勤奋，这些老板们都是有目共睹的。我想告诉大家的是，只要你在努力，我就会看到，并且会给予及时且公正的评价与激励。这与任何人进入公司的年限无关，而只与工作态度和工作结果相关，所以各位，继续努力吧！你们都会得到应有的收获的。"许慕凡的一席话化解了殷音的不舒服。她感激地看着许慕凡，心乱如麻的她情绪似乎也平静了很多。眼前这个男人让她踏实。

　　陈妮娜轻轻地哼了两声，用眼神告诉殷音，原来你才是深藏不露、搞定老板的高手！殷音无力应付，她只想赶紧结束这一切，回到家里休息。许慕凡走过来象征性地拍拍殷音的肩膀，而他眼睛望着的方向完全出卖了他。随着他的眼神，可以读到千百遍的愤懑，好像要化作无数支利箭，刺向角落里正在纠缠姗姗的立伟伦。

　　面对立伟伦的多种攻势与耍赖，艾姗终于答应与他一起出席一场秀。因为是突然袭击，艾姗根本没有任何准备，没想到立伟伦却胸有成竹、不屈不挠为艾姗定制了一件小晚礼。艾姗在阿喵艺吧的洗手间换上这件小晚礼出来，立刻引来人们的赞美。许慕凡听着那边的动静，抿着香槟，用余光瞟着艾姗的方向。他没有抬头，但心里一直有些许不悦，特别是听立伟伦故意大声叫姗姗"老婆大人"，更可气的是姗姗居然没有当面严肃地制止他！

　　立伟伦和艾姗离开后，许慕凡一直没有心思庆祝，只身一人回到公司加班。

他烦躁地看着 outlook，想着立伟伦和姗姗在一起的样子，不冷静地抓起电话打给姗姗。艾姗正在跟人闲谈，没有接电话，许慕凡发疯一样地打了好几遍，终于接通了。

"喂。"一个不耐烦的男中音。是立伟伦，许慕凡一下就听了出来。

"我找艾姗……有点机密项目的事情要说。"许慕凡明显心虚但不示弱地补充了一句。

"要是别人找她呢，我还可以把电话给她。可是如果是她的老板的话，我不得不提醒你，作为艾姗的老公，现在是艾姗的私人时间，已经北京时间 21 点多了，任何与工作相关的事情都应该明天再讲了。"说完，立伟伦就礼貌地挂断了电话。

许慕凡气得不行。他问了维一艾姗新的住址，立刻飞车赶到艾姗家门口，就像西班牙斗牛场上怒气冲冲，低头乱顶，疯狂踹着地、刨着土的斗牛，就等着立伟伦的出现。这头牛就好似门开启冲出去找到那火红的斗牛布，狠狠地顶出去，飞到九霄云外，不！是飞到宇宙外太空！那是许慕凡最想送给立伟伦的礼物——通往外太空的单程票，送他即刻启程！

立伟伦随即把手机丢进自己的西装兜里，看着远处与有些微醺却依然彬彬有礼交谈的艾姗，眼睛里充满了爱怜的温柔……他走过去拉起艾姗，径直开心地向外走去。他头也不回，招呼也不打，任性地好像世界此刻只有他俩。

迷离的夜幕让立伟伦回到了他与艾姗的少年时代，那是一个没有许慕凡——这个顽固地难以拔除的障碍的时代，一个只属于他和艾姗的世界。

高傲的立伟伦，真的有他目空一切的道理，智商高达 140，同时又打破了头脑聪明和四肢发达不可同时存在的魔咒。他拥有健硕的身材，漂亮黝黑健康的肌肉线条，是女人一看就特别想要依偎、想要自动献身为其宽衣解带的那种令人想入非非的身材。似乎完美到爆的他，有且仅有唯一的弱点——五音不全。从小到大的音乐课，都是立伟伦的上刑课。他那般无所事事的楚楚可怜和抓耳挠腮的模样，实在让人看着好笑。于是乎，他的音乐课本全是各种游戏打斗的圆珠笔画。要说他在画画儿上练就的造诣，还要感谢音乐给他带来的迷茫。而现在，对于音乐的白痴，则成为了立伟伦最最感激上苍的地方，而以前他见到音乐老师则变色，看到钢琴就想砸的那种心情则荡然无存，取而代之的是自己对他们的感恩。那是因为第一次与艾姗的见面，就是他在音乐教室罚站的时候。

艾姗准时来到音乐教室，掀起琴盖，架上乐谱，修长的双手轻盈地触碰着钢琴黑白键盘。那一刻，音乐教室不是教室，而是一个晶莹剔透正在飞扬的梦想泡泡，向着高空越飞越高。立伟伦惊呆地看着正在高飞的梦想泡泡，微笑挂在脸上。他眯起眼睛感受着美妙的乐曲，突然发现自己并非不爱音乐，而是不爱那个长着一个包子脸的音乐老师教的音乐。在看到艾姗之后，他就疯狂地爱上了音乐，并且15岁才开始学习钢琴，后来却成为了一位知名的钢琴家，当然他也一发不可收拾地爱上了艾姗。为了能有资格给艾姗所在的合唱艺术团伴奏，进而随着艾姗到各处参加演出，立伟伦把自己的天才智商发挥到了极致。他只用了不到一年的时间就直接拿下专业钢琴8级的惊人成绩，这就是爱情的力量！爱情的魔力！估计贝多芬、莫扎特、肖邦闻之也要掩面哭泣了。

立伟伦带着微醺的艾姗驰骋在回别墅的高速公路上，美美的他单手握方向盘，右手轻轻地与艾姗的左手交叉而握，立伟伦浪漫地说："你手指间的缝隙就是要我的手指来填满。"艾姗靠在副驾驶位微微闭着眼睛，轻轻地睡着了。立伟伦陶醉地笑笑。

"嗡——"艾姗的手机在立伟伦的兜里锲而不舍地、没完没了地、毫不识趣地、执著地狂振着。第12个未接来电，立伟伦心里数着，不用掏出来确认，就知道没有别人打来，除了正在醋意大发、气得不行的许慕凡。立伟伦一点儿都没有被烦人的电话振动所打扰，好像那兜里的电话越吵越烦躁，他反而越高兴，脸上时而浮现幸福洋溢的表情，时而浮现得意坏坏的急死人、气死人不偿命的微笑。

车开到家门口，熄了火，立伟伦发现艾姗依然安静地睡着。也许是工作太累了，也许是看到久久未见、失而复得的女儿，几宿几宿激动又担心是梦一旦睡着就又失去女儿的复杂心情，让艾姗好久好久没睡觉了，终于在回来的路上带着微笑睡着了。立伟伦静静地看着她——从高中艾姗触碰的那第一个钢琴键起，他就一直喜欢这个妹子，没什么原因地使劲喜欢。而在许慕凡出现以后，她全身心地爱着许慕凡，也许是因为她的执著感染了立伟伦吧，他也想执著地爱一个人、保护一个人。他拉起艾姗的手，伸手抚摸着她的脸，轻柔的目光好像要融化眼前的她。

当立伟伦静静美美地享受着与姗姗独处的时刻，却不知道在一旁的一辆白色奔驰车里，坐着气得快要失去理智发狂般恶狠狠地盯着他的那只愤怒的斗牛——许慕凡。他的手紧紧地抓着车门把手，另一只手举着电话拨通给艾姗，眼睁睁地看着立伟伦迅速地掏出来即刻挂掉。他听着电话的忙音，他再也忍受不了被戏弄、被忽略的感受。他拉开车门，黑着脸走到艾姗坐的副驾驶车门旁，开门直接拉起姗姗的手，那速度快到立伟伦都没有反应过来。

姗姗被一下惊醒了，速度又快力量又大的拉扯，让她露出了惊慌的神情。立伟伦还算反应迅速，他立刻下车，一边从车前盖直接侧身越过，娴熟帅气得让人称奇，一边大吼道："嘿！拿开你的手！滚开！"还没等许慕凡反应，他落地就是一脚，正正地端在许慕凡的胸口。许慕凡海军陆战队的身手也不是假的，他立刻转身翻滚起身，两人顺势厮打在了一起。立伟伦面对专业军人出身的许慕凡，明显有点吃亏，但是他对姗姗的真爱似乎给了他无穷无尽的力量和勇气。两个情敌早就积怨已深，都急红了眼，毫不示弱地想把对方 KO 了！姗姗吓得不知所措，又突然反应过来，赶紧去拉架。俩人谁也不示弱，都忽视了焦急万分的姗姗。不知道是谁一推，正好将姗姗推得后退了几步跌坐在地。

"你们！都给我住手！都滚开！！！"姗姗大怒，坐在地上声嘶力竭地喊着。

但是，两个打红了眼的人，完全都没有理会，直到巡逻的保安跑来，才将扭成一团的二人强制拉开！

"您看要不要报警？"保安队长问气急败坏、浑身无力的姗姗。

立伟伦赶紧挣脱保安，一个箭步过来扶倒在地上的姗姗。姗姗狠狠地甩开他的手，冷冷地挤出几个字："别碰我！都走！"

"可是这里是我们的家啊，老婆……"立伟伦可怜巴巴地望着气急败坏的艾姗，然后乖乖地拖着有些疲惫的步子，向门口走去。艾姗跟在他身后，连看都没有看在站在旁边的可怜的许慕凡。

许慕凡伸手拉住姗姗，他的眼睛里有些湿润，好看的喉结律动了一下，像是有什么想要开口却什么都没有说出来。姗姗抬起许慕凡抓着的手臂，淡淡地说了句："让我静静，老板！请回吧！"当姗姗又一次无情地念出那两个可以推开许慕凡的字，好像一阵强有力的飓风将划着小船历尽千辛万苦好不容易划到名叫"姗姗"的岸边，就被刮得七零八落，凄凉地又回到大洋中央。他们之间仿佛隔着太平洋那样遥远。许慕凡慢慢放下手，目送着立伟伦和姗姗的背影进入了房门。

他望了望天，长叹了一口气，想让眼眸中的液体回流，想掩饰自己的痛苦，望向天空倾诉自己的悲伤。许慕凡转身留下一个孤单而狭长的影子，快速坐进驾驶位，一脚油门，疾驰地想把悲伤甩得远远的而去。

姗姗在窗帘后流下了眼泪，她感受得到许慕凡的心情。她很担心许慕凡的安全，但又不敢给他打电话，只好拨通了吴永豪的电话。

"喂，大小姐，有何吩咐？"吴永豪的声音伴着嘈杂，不知道他在哪里嗨着。

"嗯，吴永豪，许慕凡刚刚从我这边离开。他……的情绪不算很稳定，你……你联系他一下，陪陪他吧。"姗姗自己也不知道有没有表达清楚自己的意思，只听着吴永豪大声喊了几句，电话就挂断了。失了神又没了魂的姗姗瘫坐在沙发上，回想着刚才戏剧性的一幕，心里担心着许慕凡的安全。

"哎呦，好疼！"立伟伦看着发呆的姗姗，赶紧转移她的思绪，抬着发紫的下巴，凑到她的跟前，发起了嗲。

"这个混蛋踹死我了！不过我也没让他占什么便宜，对他绝对不能手软！"他一边屁颠屁颠地跟着姗姗，一边捂着后腰念叨个不停。

姗姗走到厨房打开冰箱，拿出来一些冰块，用一块毛巾包好，一只手敷在立伟伦的脸上，另一只手帮他揉着受伤的腰，"谁让你先动手的！还嫌我不累？"

"谁让他碰你的！我说了，谁也不许欺负你！谁也不行！他最不行！"立伟伦龇牙咧嘴的表情配着这严肃的语气，有点搞笑，姗姗禁不住笑了，说："你难道忘了？他可是海军陆战队服过役的！你还不知好歹地主动出击！活该！"

"他是全球顶尖杀手我也不怕！我就是不能让你受委屈！他不可以让你一再伤心之后又来骚扰你！"立伟伦抓住姗姗的手腕，目光坚定决绝地从后槽牙的牙缝里吐出几个字，"他——不配！"

姗姗默默地低着头，表情苦苦地若有所思。是啊，我怕，怕他又来招惹我，让我再次感受几年前的痛彻心扉，伤心欲绝，我不要！我再也不要了！姗姗的心里流出一个声音。

"妈咪！妈咪！"楼上传来了小女孩叫妈咪的声音，是 Angie 从睡梦中哭醒了。立伟伦立刻飞奔上楼，姗姗放下手里拿着的冰袋，跟着他飞跑上楼。进入 Angie 的房间，立伟伦一把抱起 Angie 哄起来。看得出，她们母女在立伟伦心中的排序，他太想给予她们所有的责任与爱护了。

此时殷音的电话打了进来，艾姗连忙接起来，原来殷音是担心许慕凡是否与艾姗在一起的试探性问候。姗姗没有多想，告诉她刚才见了一面，他现在应该跟吴永豪在一起。殷音挂了电话，印证了她的判断，但依然有点伤心失落，她开始给许慕凡一次次地打电话。

此时的许慕凡已经将自己喝得酣畅淋漓，没有接起殷音的电话就已经有些混沌地趴在吧台上了。这时，电话显示吴永豪拨入，但他依然没有接起吴永豪的电话。

吴永豪看着永远都是无人接听的电话，他开始按照许慕凡的习惯，在经常去的酒吧寻找他，终于费劲巴拉地找到已经酩酊大醉的许慕凡。此时的他趴在吧台上，脸躺在洒了一桌子的洋酒里。吴永豪在他旁边陪他坐下，他看到许慕凡的眼泪和酒精已经融合在一起。他见到吴永豪，委屈而又难过地一直叨叨一句话："我只是想给她我创造的更踏实的幸福，不是不爱她，不是不要她……"

吴永豪是懂他的老朋友，拍着他的后背，什么也没说。他懂得现在只需要他静静地坐着陪着他。

吴永豪的手机一直在振动，他没有理会。安静了之后，许慕凡的手机响了起来，吴永豪抓起来替木讷的许慕凡接听。"喂？"慢慢地他的眼睛瞪得极大，那种万劫不复的惊恐的占据了他的双眼。

"慕凡，起来快走！"吴永豪严肃的语气让许慕凡紧张，什么也没问就跟着他往酒吧外冲，多年的默契许慕凡感觉得出来，出事了！

许慕凡有点紧张地坐在副驾驶，"是……姗姗的电话嘛？"他还是忍不住问了出来。

吴永豪紧锁眉头，连闯了两个红灯，没有回复。"是姗姗出事了吗？谁给我打的电话？"许慕凡有点紧张地问。

"不是！你别紧张，是阿喵出事了。她刚才突然腹痛出血，现在医院急救。"吴永豪冷静地回答，汗顺着他的鬓角流下。"刚才是殷音来的电话。她说孩子要保不住了，让我立刻去医院。"

许慕凡把身子扭正，一言不发地、严肃地看着前方，紧张感驱走了醉意。

医院。吴永豪刚想下车，突然愣在了原地。这时许慕凡已经下车，他看见吴永豪停住了，奇怪地转身一看，是江心提着行李从出租车里下来，急匆匆地往医院门里跑。吴永豪放在车门上的手慢慢放了下来，许慕凡没有说话，一个人走进医院，悄悄到了手术室走廊，远远地看着江心和殷音焦急地等在那。

就这样待在远处观察着手术室的情况，直到两小时后手术结束。许慕凡听见医生出来跟江心说，孩子没有了，大人情况稳定。他眼睛里的光都黯淡了，垂着头慢慢地走出了医院，坐在了车里。吴永豪怔怔地看着许慕凡脸上的表情，紧张得一个字也问不出，直到许慕凡转过头轻轻地告诉吴永豪实情。

吴永豪狠狠地拍打着方向盘，咬着嘴唇，任凭眼泪心碎地坠落下来。车内溢满沉甸甸的自责与痛苦，黑暗压抑着两个可怜的男人。

第八章

8A. 复杂难自禁

又逢周一，公司市场部的一切继续，连咖啡因子都散发着忙碌而高效的味道，在 17 层迅速弥散开来。

许慕凡举着一杯星巴克走进办公区，他看着艾姗的座位前的名牌不觉有丝惆怅，又有丝尴尬。他深深地抿了一口手中的拿铁，立刻被烫到了，还弄了个满嘴的咖啡胡。滚烫的咖啡顺着他的下巴好看地、顺畅地往下流。他有点狼狈地弓着身子，左右找纸巾，没想到，艾姗却突然从座位上站了起来，递过来一张舒洁牌纸巾，眼睛却落在印满了萌嗒嗒的小熊的纸巾上——也许她太了解他，知道他会一直躲闪她的眼神，那索性就不必让他尴尬。善良如她。

许慕凡伸手想接过纸巾，一只手端着那杯拿铁，另一只手拿着 Prada 的电脑包，一时有点慌乱。正在左右为难不知所措的时候，纸巾轻轻沾在了他的嘴角。他抬眼紧张而悸动地盯着艾姗的眸子，她低垂的双眼加上浓密的睫毛，艾姗也不知道自己为什么会突然如此心疼地对待许慕凡，就这样稀了糊涂地发生了眼前的一切。她拒绝与他对视，转身丢掉纸巾，走向洗手间。丢下心潮澎湃又形单影只、显得有点可怜兮兮的许慕凡站在原地。

洗手间里的艾姗用手捧起水往脸上撩，双手撑着盥洗台，眼睛定定地对着镜子自语："我到底是怎么了？冷静点。他已经不是以前的那个慕凡了。"

　　坐在马桶上的殷音听到了艾姗的声音，一种卑微而低劣的嫉妒之情腾地点燃，听到艾姗嘴里的"慕凡"两个字，她觉得浑身不舒服。

　　艾姗回到座位，眼睛一直低垂着看着地面。她有点后悔那晚对许慕凡的态度太过生硬，于是她打开邮箱，新建了一封会议邀请函，主动邀请与许慕凡讨论并购项目进展。等了好久，她轻轻抬起头偷偷地看向许慕凡的透明办公间，却看见殷音站在他的办公间门口，冷静地盯着她。艾姗下意识地眨眨眼，殷音则露出了难懂的笑容，然后走进了许慕凡的办公间。艾姗有点尴尬地看着里面殷音和许慕凡的脸，只见许慕凡频频微蹙地点头，像是默许赞同着什么。殷音走出来刚刚坐在自己的位子上，艾姗的邮箱进来了一封回信——许慕凡邮件回复拒绝了会议邀请。艾姗一个上午都被莫名的低落情绪笼罩着。

　　"Meeting！Meeting！"刚过中午，陈妮娜边拍着手边召集大家，"许先生请各位到会议室，紧急开一个短会！"伴随着一阵急匆匆的高跟鞋声，会议室坐满了人。

　　"恰逢四年一度的世界杯战事即将打响。我们要抓住这个好时机与目标消费者在这一盛事下作紧密的沟通，提升品牌的知晓度以及广告投放的声量。所以需要品牌组抓住 2010 年世界杯的热点，进行品牌沟通传播创意的思考。请各品牌都去思考下自己品牌与世界杯的连结，希望大家可以把最棒的创意付诸实践。随后，我会 Email 大家。因为预算都已经在年初计划好，对于此类事件营销 Campaign（市场活动），我会向总部申请 Innovation Fund（创新基金），请各位将完整的方案连同 ROI 一起给到我。辛苦了！大家加油！"

　　随后，许慕凡发了封 email 给全部门。艾姗看到后，第一时间召集广告公司的策划一起来公司开始热烈的"头脑风暴"，因此错过了立伟伦的电话，原来是立伟伦特意为她安排的与 Angie 的亲子活动。

　　立伟伦挂了电话，蹲下来，双手扶住 Angie 的小肩膀，微笑地对着 Angie 说："Angie，妈妈在认真而幸福地工作，那就让爸爸带你去 Happy 吧！Let's go."说完，立伟伦把 Angie 高高举起，放在肩膀上，伴着 Angie 咯咯咯的笑声，冲进了游乐园。

看着艾姗与广告公司在会议室里激烈地讨论，许慕凡淡淡地像是一种欣赏地微笑着，直到殷音走过来说："慕凡，我们走吧。"许慕凡才反应过来，转身离开。会议室里的艾姗透过玻璃墙，目送着他们的背影，心里有种说不出来的酸涩。

"我一定要给慕凡一个惊喜，我要看到只属于我自己的慕凡的微笑。"殷音回头看着玻璃墙后面投入的艾姗，心里默默地发声。

医院里。

阿喵背对着站在病床前的吴永豪，蒙着头在面无表情地流泪。许慕凡和殷音呆呆地站在门口，不知该说些什么。

世界杯会议创意会议上。艾姗不负众望，找到了最核心的消费者兴趣点和品牌的利益点巧妙地结合，在会议中脱颖而出。许慕凡非常满意，当即决定让艾姗的品牌申请"创新基金"，在此次世界杯中着力投放。殷音有种不战而败的挫败感，像是一块磐石死死地压在了胸口。她不明白，为什么在艾姗面前，自己好像永远也无法逾越。"艾姗"这个名字像是她的魔咒一样，永远阴郁地盘旋在她头顶，挥之不去。

"艾姗将作为项目组长领导此次热点事件营销之 2010 年世界杯重要 campaign（市场活动）。辛苦了！期待你的好消息。"艾姗听着许慕凡的话轻轻点点头，抬眼观察出殷音神情的微妙变化。

会后，艾姗赶上最先走出会议室的殷音，发出主动邀约："殷音，中午有空吗？我们一起吃饭吧。"

殷音强挤出笑颜，点点头。

中午。日本料理餐厅。

"殷音，我知道这次你准备得特别积极，我看到你好多闪光的想法……"

"艾姗，怎么突然这么客气，你约我是为了夸我吗？呵呵，你的夸奖我还真的不需要。"殷音举起茶杯狠狠地灌下一口茶，然而把杯子重重地放在桌上。

艾姗赶紧拿起茶壶，为殷音斟茶，"不是的，你误会我了。我是想说，其实凭我和维一二人，做这个项目真的是很力不从心。要知道这次世界杯的热点营销非常重要，我很担心我们做不好，所以我是想真诚地邀请你一起来参与这个项目。所以想先问问你的意思和时间。"艾姗紧张地放下茶壶，喏喏地看着眼前既熟悉又陌生的脸庞。

听到这里，殷音没有立刻回答，而是拿起茶杯，举在空中，停顿了几秒，让艾姗像是在感受宣判一样地紧张。"姗姗，你言重了。谁不知道你是最年轻、最有能力的 Marketer 呢？你能邀请我一起参与，实在是看得起我。"

艾姗刚要开口解释，殷音接着说："我一定会努力让这个项目更加成功，毕竟我也是老板认可的品牌经理，而且这是中国的项目，是慕凡的职场。"说完，殷音摆出一副老板娘的姿态轻轻抿了口茶。

艾姗异样地点了点头，听着眼前在自卑与自信间无障碍穿梭的殷音的话，竟无言以对。

这么久的时间，艾姗再回避也能明白殷音对许慕凡的感情，好像是自己横在妹妹面前，阻止了本该属于妹妹的幸福一样，自己像是个坏女人。艾姗一直没有能说出来的话，闷闷地憋在胸口。她想告诉她，她对不起她，没有按照约定把她也带到美国去，没有回来找她，没有能够如约地照顾她。自己顿时有种纵使千刀万剐也无力偿还感情像妹妹一样的殷音那缺失的几年。而现在，许慕凡像是黑暗王国可以解决一切的解药，只要一饮而下，便可以万物复苏，恢复到当年那个微微一笑姐妹情深的年代。

但是，人生处处都充满了但是。但是不可能了，或者说，但是艾姗太天真了。

随着世界杯的临近，在没日没夜的加班期间，殷音对许慕凡的关心更加明显，而艾姗让自己更忙，默默地不去多想。

"老婆，我来了！"立伟伦用下巴夹着一个装满"秦记肉夹馍"的塑料袋，手上提着巨大号的星爸爸咖啡手提袋，胳膊上还挎着两大兜沉甸甸的 BHG 超市零食，蹑手蹑脚地挤进了会议室的玻璃门缝，大言不惭地叫着艾姗。

艾姗本来正在看着外面许慕凡的办公室出神儿，突然被这刺耳的不合时宜的声音给惊吓住了。她翻着她的大眼睛，站起身走到立伟伦身旁。

立伟伦笑嘻嘻地说："老婆，你别动手帮我拿了。太沉了，我来就行。"

"哎呦！"一声惨叫，伴着立伟伦单腿儿直蹦，扭曲的脸，O 型嘴张大，嘘着自己的委屈。他凄惨的小眼神儿充满了不解的心伤，脉脉地望着转身偷笑的艾姗。

"谁让你乱喊，这里是公司！"

"艾姗，你太过分了呢，看看人家是来慰问我们的。你不要吃，我们还吃呢，谢谢帅哥！"维一赶紧抓住即将掉落在地上的购物袋。

"那我回家再喊。"多么执著的小伙子。

"快给你们大老板拿去吧！还愣着干嘛。"立伟伦向后面努努嘴，"跟他说，这个肉夹馍混着我的喷嚏，这杯星爸爸伴着我咳嗽的飞沫，人间美味，营养丰富。祝他好胃口。"阴险的小样子简直坏到家了。

艾姗恶心地皱着眉头，转头看见许慕凡沉静的双眼正注视着这里。

立伟伦被无情地轰了出去，他一个人静静地坐在车里，仰头望着 17 层的灯光，好像那灯光飘来的都是幸福的光韵。

"咚咚咚……"

立伟伦被一阵敲玻璃的声音惊醒了，原来是自己已经等睡着了，"怎么是你？艾姗呢？"

只见殷音拉开副驾驶的门，钻了进来，"你开车送我和维一回家吧，艾姗自己开车走了。"

"许慕凡送的她？"立伟伦显然更关心许慕凡的去向。

"没有，他还在楼上加班。艾姗不放心维一和我，让你送我们。快开车吧。"

立伟伦等维一上来，无可奈何地发动了汽车。

路上。维一累得居然睡着了，后排传来了她呼呼的鼾声。

"你，还记得我吗？"殷音打破沉默，提高了声音想要压住车内的音乐声。

"你？我们认识？"目不斜视、漫不经心的回答有时候也挺可气的。

立伟伦完全忘记了当年的殷音，让殷音心情复杂。暗恋了这么久的男人居然都不记得自己，不过那也意味着他不记得那场火灾的事了。

"你，和艾姗在美国……很要好吗？"

立伟伦的眼睛直直地盯着前方，就像没听到一样。

"艾姗好像跟许慕凡总监之前在美国也是认识的。"

殷音明显感到狂踩油门疾驰加速。

"看你这么疼艾姗，真是羡慕……那，我好人做到底。你给我留个手机号，以后我能更好地照顾艾姗，艾姗有什么动态，也好随时告诉你。"殷音转换话题。

"好啊！139XXXXXXXX"立伟伦来了精神，催促殷音记下来。

殷音看着他冒着光的两眼，心里有种说不出来的憋屈。

当维一还没关上门的那一刻，立伟伦就已经迫不及待地重重踩下油门，疾驰奔向艾姗。殷音下车迅速跑进电梯间，看见电梯还在20几层，她等不及地拉开楼道的门，一口气跑回到房间，抛下显然已经超出理解范围的维一。

她喘着粗气，打开电脑看着许慕凡在Lync的状态还是绿色工作中。殷音突然感到一阵荷尔蒙激喷的兴奋，抓起手机钱包冲动地冲出房门，正好与坐上电梯刚进门的维一撞上。

"你去哪儿？"继续超出维一的理解范围。

殷音跑到大马路上着急地挥舞着手臂，打车火速回到公司。

她轻轻但快步向着还在认真工作的许慕凡走去，气喘嘘嘘走到他面前，狠狠地吞了一口口水，脸庞蒸腾着充满勇气的红晕，稳稳地迈步上前，弓下腰，紧紧地抱着呆若木鸡的许慕凡。他已不知所措地定格在那里。

"殷音你……"许慕凡举起手想要解救殷音紧紧地环抱中的自己。

一碗海鲜粥静静地摆在写字间的文件柜上，望着丢弃它的渐渐远去的艾姗的背影，幽怨地散发的热气，就像伤心划过脸颊的泪痕，骤然就凝固了。

世界杯活动的路演发布会现场，在三里屯 Villiage 露天广场举行。人潮攒动的三里屯，永远是俊男靓女的聚集地，也是时尚达人的竞技场。然而今天，这里还是艾姗和殷音的心跳之地。

艾姗和殷音紧张地审视着发布会的最后环节，穿梭于忙碌的现场中。此时，一位不速之客驾到，是的，Ed 的助理佟菲出现了。毫不夸张地讲，佟菲是一个即使下楼倒个垃圾都会认真画上三个小时妆的女人。当然，她应该也不会去倒垃圾。花枝招展的她婀娜地站在许慕凡旁边，不停地与许慕凡耳语。以许慕凡的阅历和风度，自然也不会博了这个女人的面子，他有礼有节地应和着。佟菲也时不时地冲着早就关注到她的举动的殷音眉眼挑衅。这一切不仅仅被殷音的眼睛注意到了，还有一双眼睛在惊恐地盯着远处笑得很夸张的佟菲。

有很多人驻足参与，活动盛况空前。许慕凡在台上风度翩翩地发言，吸引了殷音磁极一般的目光，她的双眼炙烈地盯着他。

佟菲独自离开去了洗手间，突然看到眼前一个女人充满恨意地、狠狠地盯着她。佟菲愣住了。她眯着眼睛，她的脑子在迅速地检索着这张脸，人脸超强识别的能力和强大的记忆力，让佟菲立刻想起来这正是当年为了她弄得家破人亡的前美国华人商界叱咤风云的人物——许知世的夫人。佟菲立刻摆出一副得意洋洋的样子，轻蔑地迎着她向前走。经过许夫人身边的时候，她突然被叫住。

"你！不要再纠缠我的儿子！"

佟菲倏地停住脚步，等一下，许知世、许慕凡，难道许慕凡是许知世的儿子？种种线索让她迅速将这些碎片联系起来，原来这个女人正是许慕凡的妈妈。她下意识地伸出左手摸了摸自己右手无名指上的那颗巨大无比的黄钻戒指，扭曲地笑出了声。

"真是缘分啊，没想到我又与许知世的儿子相遇了。这可不是我招惹的他，而是你儿子死气白咧地抱着我求我把房子租给他的。哼，他们父子俩的品味都如此一致，哈哈哈哈……"说完，佟菲冷眼嘲笑着许妈妈。许妈妈的脸上爬满痛苦回忆和伤感愁容。

"当年得不到的不仅是这枚黄钻，连真的都懒得给你买一枚，直接就用了最廉价的假的。之前，我都感觉到有些抱歉，现在发现那种感觉完全是多余的。因为得不到丈夫的爱，所以要想方设法把自己的儿子绑在自己的身边吗？你这么自私，不仅会失去丈夫，连儿子也会失去的！"

"咣"的一记响亮的耳光，重重地糊在了佟菲小如巴掌的锥子脸上。

佟菲狠狠地转过头，用手轻轻抚在脸上，紧锁着眉头，"艾姗！你撒什么疯？"说完，就扑向了艾姗。

艾姗轻巧地躲开，嫉恶如仇地说："佟菲，你不要欺人太甚，我不管你与许妈妈有什么过结，都不许你在我眼前如此对待她！你有什么资格在这里对许妈妈的人生说三道四，指手画脚？为了维系被你破坏的家庭，为了照料被你伤害的家庭，她经受了什么？你知道吗？"

"拜托你闭嘴！别说了！"许妈妈重重地闭上眼睛，眼泪从眼中垂落下来。

"哎呦，您这是上演的哪一出？许妈妈？哈哈哈……叫得这么亲切，不怕暴露了你和许大总监的旧情吗？你别以为你在公司有后台，就敢管我的闲事，还是管好你自己吧！"

佟菲冷笑着继续针对艾姗说："你那不愿意让人知晓的小秘密，赶紧捂着点吧！"

艾姗听后脚步不禁往后撤了一小步，心里迅速思考着"小秘密"三个字。难道她知道什么？莫非？不会吧，不可能！她要是知道了，那他呢？无数疑问在艾姗脑子里迅速地闪过，她的眼神飘忽着不淡定的紧张，没有想到迎来的将是什么。

"你敢打我？她跟你什么关系？不要觉得委屈与不公，别说是她这等年纪和姿色了，所有人都会是我的手下败将。包括你，管好你自己吧！"佟菲继续咄咄逼人地说。

许妈妈走过去想要拉开艾姗，远离不占优势的是非之地。

"看你本人在人前那么风光，实际过得心酸悲哀。每次也都是怕遇到我，只有避开我的份儿！"佟菲没完没了，很是得意忘形。

"因为嫌弃你脏才要避开的！"艾姗提高了嗓门，忍无可忍、不顾形象、激动地回击，"你见过有谁笑脸相迎对着粪车吗？那是因为怕溅到屎！"

"你说什么？！"艾姗话音未落，佟菲已经扑了上来，伸手抓住了迷离的艾姗的头发，露出真实的凶恶，重重地在艾姗的左脸上打了一记耳光。同时，艾姗的脸上立刻被佟菲的指甲划破了一长道。

艾姗定格，许妈妈惊呆了，佟菲用言语刺激着许妈妈，许妈妈一直忍让着，直到看到艾姗的脸渗出了血。

"姗姗……"许妈妈心疼地呼唤着她的名字。

艾姗抬起委屈的双眼，望着许妈妈。

"你！胆敢……胆敢动手打她？"许妈妈激动地颤抖着。

"她是我儿媳妇！你敢打她！"许妈妈大喊着举起手中的包向佟菲狠狠地砸去，还拽住她的头发使劲往下扯，并将佟菲按在地上，使劲挥舞着手打她。端庄如她，却上演着让人跌破眼镜的激情暴力戏码。那种感情集悲愤、委屈、哀伤、心痛于一身，在那一刻痛快地爆发了。

"许妈妈……"艾姗惊呆了，石化在那里，不敢相信眼前一直温文尔雅、落落大方的前金融大鳄的夫人突然变身如此嫉恶如仇的泼辣形象。

来不及艾姗作出更多的多反应，两人的战况已经进入白热化。只见佟菲的长发被薅得凌乱不堪，两只高跟鞋散落在一旁。而佟菲一看就是有过类似经验的，小三儿的经历让她对此类事件经验有加，闪躲联合回击那也是绝妙的一气呵成。艾姗不能忍！

"她是我许妈妈！"艾姗声嘶力竭，激动无比地加入混战，想要强行将她们分开，和佟菲厮打起来。只见许妈妈力大无穷地将艾姗推开，艾姗瘫坐在地上，看着许妈妈疯狂地发泄着多年的愤恨、嫉妒与痛苦，她赶紧反应过来，上去拉架。

"不要这样，许妈妈，不要。"

……

三里屯，潮人的聚集地，每天都在上演着许许多多的精彩新鲜事儿。见过世面的俊男靓女们，被眼前的精彩紧紧地吸引了。有很多人拍着百年难遇的视频，嬉笑耳语着。直到摸不着头脑满世界找艾姗的殷音发现这"壮观的奇景"，唤保安来劝架才阻止了更严重的事态发展。

"艾姗，该你上台了！你到底在干什么！"殷音看着狼狈不堪的艾姗责怪道，转脸瞪了一眼号称"是非集散地"的佟菲，大概也能猜出个故事雷同的所以然。只是她严重好奇眼前这位本该美丽温婉，而现在却乱七八糟的女士是谁。

"殷音，我的好妹妹，对不起，我，我，我现在这样子实在不能上台了。拜托你了，你上吧！你一定可以！"艾姗抓住殷音的肩膀，惭愧而抱歉地说。

殷音心里当然开心，等了很久的机会终于这么奇迹而轻松地落入自己的手中，这还要感谢天才佟菲的帮忙。

"艾姗，为了公司的利益和品牌的形象，我一定会帮你。但是，你对公司和你的工作这么不负责，实在太让我无语与失望。我先不跟你说了，我要赶紧准备下。你记住，上台为的是公司和品牌的形象，而不是为了你，更不是为了我！"殷音义正辞严。

佟菲在一旁撇着嘴角心想，殷音啊殷音，你这张巧舌如簧的嘴！

许慕凡看不到艾姗的身影，在会场不安地寻找着，直到看到殷音走上了台，演讲主持本是艾姗的部分。

星爸爸二楼的角落，蓬头垢面的艾姗和许妈妈并排而坐，两人的目光呆滞，正虚幻地望着眼前的某一焦点出神儿。艾姗微微侧着头，偷偷看看许妈妈，问："您没事吧，许妈妈……"

许妈妈一动不动，眼睛直勾勾的，像是没听见一样。

"对不起，是我的错，我应该忍住的。"艾姗低着头自责地喃喃，"就是因为太生气，觉得您太委屈了。我……以前听慕凡，啊不，许总监提过，但是不知道原来这人就是佟菲。"艾姗说完也歪歪头，有点后悔说出来，也觉得叫许慕凡什么称谓都奇怪和别扭。

许妈妈依然一动不动。突然"噗嗤"一声，许妈妈忍不住抿着嘴笑了。

"许妈妈？"艾姗不解，微蹙着眉头看着面前从没对她笑过的许妈妈反常的表现，"看来是受了太大的刺激了……许妈妈，我们要不要先去医院检查下？"

艾姗的声音越来越小，许妈妈的笑声却越来越大，直到哈哈大笑，对着姗姗长久地仰面大笑。最后，俩人一起哈哈大笑起来。

"我最不喜欢你这点——自以为是，是我在世上最厌恶的类型。"许妈妈突然止住笑声，冷不丁地脱口而出。

艾姗的笑容立刻僵住，"什么？"她有点委屈到不知所措。

"我一生最珍视的形象，一直在维护的尊严，都在刚才坍塌幻灭了。"

"对不起……"

"当年慕凡为了你天天神魂颠倒的，后来因为家变，有很长一段时间一蹶不振，我只能更加反感你。慕凡是多么优秀的孩子，居然因为你而忘记他的使命，丧失他的斗志！再痛苦的日子我都忍过来了，也早已因为知世的去世而释然了。"许妈妈哽咽着。

"而今天，却因为你……也许看到佟菲只是恨她作为第三者的嚣张和无德，但是你的话，又让我回忆起了所有的不幸与心伤，在我本来才痊愈不久的伤口上，再次被揭开，重重地翻腾着模糊的血肉，再次洒满酒精。那种疼，你不懂。"

"许妈妈，对不起。"艾姗留流下了泪水，没想到的泪水，悔恨的泪水，委屈的泪水。

许妈妈笑了笑，转脸看向艾姗说："让我们重新开始吧！重新认识，重新守护这次的秘密。"

"嗯。"艾姗流着泪下意识地点着头，突然反应过来，猛地抬起头，瞪大满是眼泪的眼睛，"什么？"这种起承转合简直超越了她的理解范畴和智商水平。

"对，我打算重新认识你，尝试重新接受你。慕凡这么多年……我的儿子我理解，他的心里在想什么，在等什么，在找什么，我都知道。"

"啊？"艾姗不敢相信自己的耳朵。

"你不要太过开心，我只是说尝试。要看你努力的结果，如果都不努力，那么到时候我会来拔光你的眼睫毛。"

艾姗吓得下意识双手捂住紧闭的眼睛，原来许妈妈也知道她最爱、最珍惜的是自己的眼睫毛。

许妈妈说完，微笑地整理着自己的头发，将头发拢到耳后，优雅地站起来掸掸肩膀上的土，"偶尔发泄一下，感觉也不错。"然后，她走下楼，离开了这里。

艾姗站在原地，看着许妈妈的背影，心里却万般纠结。许妈妈对我变成真心了，而我，还没有想好怎么重新面对如今的慕凡，我怕……

8B. 混乱

许慕凡直到发布会活动结束，也没有看见艾姗的踪影。他拨通一直无人接听的手机，心乱如麻。

"看到姗姗了吗？"他焦急地抓着殷音问。

殷音看着面部表情有些趋于夸张的许慕凡，平静地说："立伟伦把她接走了。所以，她才让我替代她上台。"

许慕凡有些失落地松开了抓着殷音的手。

殷音心里很不是滋味，因为许慕凡一直在台下像个拨浪鼓一样满场寻找着艾姗的踪影，而没有把一点点关注留给自己，所以她想刺激许慕凡，提醒许慕凡，让许慕凡知道现在他的位置与艾姗的关系非常简单，只是老板与下属的关系，连旧情人的关系都可以省去。

艾姗拖着疲惫的身心，脑子里一直回想着许妈妈最后留给她的话，走进了家门。

女儿Angie开心地跑来抱着自己的妈咪。立伟伦带着粉色的围裙，从西厨台抻着脖子大喊："老婆你可算回来了，也不让我去接你，那我就在家给你准备甜品啦！快来看看我的大作！"

安静得就像艾姗不在这个世界中。

立伟伦戴着大手套举着一盘纸杯蛋糕，笑意盈盈地走出厨房。当他看到艾姗失魂落魄，衣装不整，脸上挂彩的凄惨相，立刻扔掉装蛋糕的盘子，冷静严肃地抓着她的肩膀问："怎么回事？告诉我。"那声音稳定而带有磁性，让人有着无限的安全感与踏实感。

艾姗飘忽的眼神儿，什么都没说，只是轻轻摇摇头，拉着女儿Angie向自己的卧室走去。

立伟伦抓起手机，拨通了这个世界上他最烦的人的电话。没错，正是许慕凡。

对方刚接通，还没"喂"出来，立伟伦就开了腔："你找死啊！你他妈把姗姗怎么了？"

霸气的京骂让一直把绅士的品格视作生命的美籍台湾男人许慕凡以为是接错了电话，但是这熟悉的讨厌的声音加上"姗姗"的名字，让睿智如他的许慕凡立刻反应到，姗姗真的出了事！

"姗姗在哪儿？她怎么了？"许慕凡没理会立伟伦的质问，也高声急切地问道。

"你还敢问我？姗姗只要受苦，必定与你脱不了干系。你在哪？我忍你太久了！"立伟伦不依不饶。

许慕凡听到"姗姗受苦"，也坐不住了。他说："我现在就去御汤山别墅区，你照顾好姗姗，等着我！"说完不等对方说话，就挂了电话。许慕凡发动了爱车，立刻向右打满方向盘，踩着急刹车停下。

"抱歉，殷音。你自己回去吧，我有急事。"许慕凡不顾殷音幽怨的眼神，为了避免浪费时间，直接欠着身体，伸手将副驾驶的门打开，示意请殷音下车。

殷音嗅着许慕凡的气息，与他的脸近得只有 1 厘米的距离，但是心却相隔万水千山。她噙着泪水，转身下了车。关门之前，她不甘心地强挤出微笑说："下次要补上今天这顿。"

许慕凡点着头示意殷音快把车门关上。门还没关好，他就轻点油门，然后一把轮紧急掉头，直奔姗姗在北边的别墅急驰而去。

一定是出了什么事，不然姗姗不会这么不负责地中途消失。姗姗，等着我！

"嗡"的一声振动，许慕凡看到手机里滑进了一条短信，来自姗姗。他赶紧单手扶方向盘，看起短信："老板，我很好。请您不要过来，谢谢。"这几个字就让许慕凡感到了风吹刺骨的寒冷。他有点不知所措，脚上的油门松了松，眼睛飘忽地望望五环外远处的山绵延朦胧的景象，苦笑了笑。

手机急促地振动着，许慕凡以为是姗姗，下意识兴奋地接起来，"喂？"

"My Man，你快回家来，我顶不住了。"

许慕凡无奈地摇摇头，没精打采地低声说："知道了。"就匆匆挂了电话。许慕凡心想，吴永豪这个家伙又闯了什么祸，连白色奔驰疾驰在环路上都好像显现出了身心疲惫的叹气状态。

"你又怎么了？"没什么心力去控制自己的情绪了，许慕凡开门就大声似乎还伴有那么点儿想要找茬儿掐架发泄的意思，对着屋里的吴永豪喊。

"啊！妈——？"

要说许慕凡在这世界上，最怕的有三样：一是艾姗的不理不睬，二是吴永豪的撒泼耍赖，三就是许妈妈的我行我素。好吧，最近真是接二连三地精彩纷呈，连点喘息的机会都不给可怜巴巴的许慕凡。

许妈妈已经换好了衣服，重新梳洗妆容，淡然地坐在许慕凡的沙发上，气定神闲地举着一只精致的瓷杯。她品着茶，看着相册。看到许慕凡进来，微微一笑，很是倾城地问："回来了？永豪做好了饭，你快去吃吧。"

"他人呢？"许慕凡向餐厅张望。

"他没精打彩，身体也有点虚弱，好像受了什么委屈。不，不，他不会受委屈，可能是女人应付得累了点吧。我一给他打电话，他就立刻逃亡一般地过来了。这不，买来菜做完我最爱吃的几个菜就走了。"

许慕凡边掏出手机，边走向餐厅，好像他并没有要跟好久未见的母亲大人寒暄亲近的意思。

"你跑哪儿去了？怎么留我一个人在这里。"许慕凡发短信给吴永豪。

走到餐桌前，一看，哪里是几个菜，真是够春晚《报菜名》小品的段子了。许妈妈这严重的公主病，只有吴永豪可以应付得得心应手。

"凡凡，你坐下快点吃，妈咪有话跟你说。"这一嗓子"凡凡"虽然轻声细语，但着实给许慕凡吓了一个大跟头。虽然他还稳稳地站着，但是心里已经摔得站不起身了。许妈妈走过来，拉着许慕凡坐下。许慕凡的汗毛都竖起来了，感受着越发稀薄的空气弥散开来。

"凡凡，这次妈咪来的任务是要看着你相亲结婚的。然后呢，你们赶紧回美国，跟我一起生活啊。妈咪很想你的。"

许慕凡的喉结"咯噔"了一下，果不其然，心想这下又要热闹一阵了，吴永豪，你跑到哪儿去了？许慕凡低头看看手机，依然没有回复。

这个家伙自从阿喵的事情之后就变得异常安静了。

殷音绝对不会放弃任何一个机会，哪怕是需要自己使劲往上蹦才能勉强够得到的机会，更何况是已经被默许的机会。还没下班她就约许慕凡一起去看阿喵，当殷音在一层大堂等许慕凡的时候，她看见之前打她的女人坐在停在公司门口的一辆宝马X3的驾驶室里。任子健像一个小学生一般向着这辆车走去。早就听说任子健被老婆接送上下班，公司已经传得沸沸扬扬，原来是真的。殷音看到林琅在大堂的角落里看着任子健。自从那次事件之后，任子健就再也没有私下理睬过林琅，看得出来林琅非常痛苦。

殷音和许慕凡来到阿喵的艺吧。几周没见，阿喵瘦得不成人形，简直像是动画片"如意如意趁我心意"葫芦娃里面的蛇精娘娘。小产对她的伤害不仅是身体，还有心理。

许慕凡问阿喵有吴永豪的消息吗？这小子已经几天没上班了。阿喵低头提咖啡拉花，就像没有听到一样毫无表情，冷冷凄凄。殷音上前轻轻摩挲着阿喵的后背，安慰着她。阿喵再次泪水决堤，哭得肆无忌惮、痛彻心扉。

"我好生自己的气，没有保护好孩子。呜呜呜，孩子是无辜的。"

许慕凡和殷音都没有吭声，准确地说，是无话可说。

此时的吴永豪正在远处远远地张望着，心里却疼得厉害。他没胆量再去对阿喵说任何甚至是安慰的话。因为他有愧、有过，自己都无法面对自己，更无法原谅自己。

突然，手里紧攥着的手机响了起来，是许慕凡。吴永豪终于接听了电话。

"你，今晚方便吗？许夫人想吃你做的海鲜，你有时间吗？"许慕凡毫不掩饰自己想跟他在一起面对他妈咪的小心思。另外，这也是为了给他宽宽心转移转移痛苦的现实。

一个小时后。两个各自怀着小心事的好基友相约在了新光天地地下一层的BHG。

"你瘦了好多。"许慕凡看着走向他的吴永豪，心疼而温柔地说。

吴永豪配合地伸出手，微微抬起许慕凡的下巴，微笑着说："让你担心了。是我不对。"

"噗"的一声，许慕凡的脸上、胸前，吴永豪的右手、胳膊，全被准准地喷上了港式鸳鸯奶茶，配上旁边前仰后合、几近失控的笑声——是维一和陈妮娜。

"老板们好！现在是下班时间，我们什么也没看到。请您二位继续，记住，全世界只有你们俩，记得一定要继续幸福下去啊！"

本着疯癫逗比精神至上的吴永豪，见到神经一直紧张的许慕凡，刚真实地放松了一下，就被两个女同事看到，还是略微有些紧张的。特别是许大帅哥，本来就有人传说他是个同性恋，羡慕嫉妒恨这种人类最低劣的情感，就像说绝世美女都是人妖变性人一样，往往越是完美的男人，越会被人加之"同性恋"如此的帽子。有些人就是打死也不愿相信这世间真的还有如此完美的男人，还是个各方面特别是性取向也正常的事实。

两个人脱下衬衣，只穿着紧身的圆领短袖白色阿玛尼情侣内衣。好吧，所谓男士内衣就是个紧紧的短袖而已，花痴女们也无需遗憾了，拜托此处不要多想到女士内衣。

两人身穿一样的阿玛尼情侣内衣，比肩推着一辆购物车，游走穿行在整齐的货架旁。甭管家庭主妇，还是青葱少女，都被二人迷得神魂颠倒，像极了哆啦A梦看到小咪的眼神，充满粉色的桃心。只见许慕凡置若罔闻，认真选购着晚上要用的食材。而另一只，哎，吴永豪则开始360度放电，瞬间遗忘阿喵是谁。

"大哥，您什么都不懂，还往车里瞎抓，你是存心让我回去在许公主面前抓瞎是不是？你都不知道你妈咪的公主病有多么病入膏肓。哎，要挑这里颜色比较深的才是新鲜的嘞！"吴永豪鄙视地训着许慕凡，更有几分像极了小两口过日子的赶脚。

只见许慕凡毫无反应，定定地站在原地，眉头渐渐拧紧，凝视着不远处的一男一女的背影，停留在儿童食品的货架前。许慕凡的心怦怦跳着，像是在参加体育竞技比赛最后赶超竞争对手冲刺的感觉，肾上腺素疯狂喷出，让人无法控制地想冲出去，一把抓住正在认真选购儿童食品的艾姗和立伟伦。

立伟伦转身搂着艾姗，右手抬起来轻轻地拧着她的脸，温柔地说："少买点吧，我的老婆大人，不能一次买太多，她会有蛀牙的。"笑着歪头，看到了一直严肃地盯着他们的许慕凡。

"你没完了是吧，还敢尾随姗姗！"立伟伦大喊，他留下姗姗，三步两步地向着许慕凡走来，一把揪住许慕凡的紧身内衣，咬牙切齿地威吓着。

艾姗和吴永豪见状，赶紧跑来拉开双方，许慕凡看着艾姗脸上的伤痕，一把抓住她的手腕问道："怎么回事？这一天你都在躲着我，在会议室里不出来，就是因为脸上的伤？"

艾姗一把甩开许慕凡，转过头拉住立伟伦低声说："你——放手，这是我老板，我还要我的工作的！别给我惹事了！"

立伟伦松开许慕凡，气得咬牙切齿，恨不得把许慕凡给活嚼了！

"跟他一点儿关系都没有，你别多此一举，快点走。"艾姗对许慕凡说话的声音极低极低，说完就拉着立伟伦去结账通道。

许慕凡还想追过去，被吴永豪拉住了，"别去，你想知道什么，依然不会知道，别再执拗了。"

许慕凡看着眼前远去的二人，心中充满了疑惑。为什么他们在买儿童食品？为什么姗姗的脸会受伤？为什么她一直都不反对立伟伦叫她"老婆大人"？无数的疑问，让他的心情跌落谷底。

一路上，短短的路程，从大望路到泛海国际堵了个水泄不通，任凭吴永豪使出浑身解数，也无法撬开许慕凡的嘴。他之后一句话都没说，心情 Down 机的同时，感觉人生也像这停满车的马路，一片拥堵，停滞不前了。

回到家，许公主就开始了相亲、结婚、回美国的"三部曲"。许慕凡感觉眼前一阵模糊，耳畔呼呼作响不知何谓，头痛眩晕。他强行站起身，扶着沙发背，晃晃脑袋，走向在西厨忙碌的吴永豪。

"伯母，今天我给你准备了一顿丰富的大——餐。有你爱吃的豉汁带子、澳洲 T 骨小牛排、芝士焗阿根廷红虾、红酒青口配口蘑、恺撒盛宴沙拉……""哐当"一下，"哎呦！"吴永豪转头扭曲着脸，一看是一条好似千吨重的胳膊重重地耷拉在他的肩膀上。

"我妈的公主病加上'三部曲'，我实在吃不消。你快去应付，我来替你做饭。"

"就凭你？"

"我怎么了！"

"你会把我完美的厨房毁于一旦，还会把这些新鲜的食材变成百度外卖。你想干什么？出去！"吴永豪严肃且认真，发誓守住西厨的贞操。

但是，他奈何不了许慕凡海军陆战队员的体格，胳膊拧不过他，被活活地赶出了原属于他的主场。其实，吴永豪真的愿意为许公主做牛做马而非做人，他面对她也会毫无缘由地痛苦。

"永豪，你过来！"

吴永豪像个黄花大闺女新婚洞房之夜的样子，忸怩着、羞答着、腼腆着，却制造出了一副欲擒故纵的样子出来。

"来，坐下。你知道小凡呢，他太优秀，事业心重，就是不着急自己的大事。你们俩都差不多，不过我看你倒是不闲着，可是我们小凡，怎么也要赶紧谈谈恋爱，找找女友，赶紧结婚才好啊。"

"伯母，其实……您知道他心里……就只有姗姗的。"吴永豪低着头偷瞄许公主，立刻变身受气小媳妇的形象了。

"我知道，那么你帮我先安排给他的相亲吧。耳朵，过来。"许妈妈举着手，放在吴永豪的耳朵上，小声耳语着。

吴永豪忍着痒痒，连连点头，最后被痒得笑出了声。

"哈哈……"

当然，许慕凡不负众望地将西厨变成了战场，将美好食材变成了还不如百度外卖的残羹。

8C.3+2

为了让大家放轻松，许慕凡希望策划一次部门 Team Building Outing（团队建设）。大家你一言、我一语非常兴奋，特别是陈妮娜和维一。

"要不然去海边吧，我还可以带上新买的比基尼。"

"不如去原汁原味一点儿的地方。"

陈妮娜跟维一互相讨论着。

最后，经过大家投票决定去遥远但静谧的香格里拉。许慕凡其实一则为了感谢大家连日的辛苦，二是躲着许妈妈的种种威逼，三是马上到了艾姗的生日，许慕凡希望可以摆脱立伟伦，好好找机会跟艾姗相处。

殷音正在策划着"云南之行"给许慕凡的小惊喜，而为新品上市全国到处马不停蹄谈经销合同的隋海洋回来了。他连行李箱都没顾上拿，把它们丢给下属，第一时间直接就把车开到了殷音家楼下。

当然，这必须是一段不太愉快的对话。

"我不是不要你来找我吗？"殷音对隋海洋说。

"我听说你们去香格里拉搞团队建设？准备去多久？音音，我担心任子健那老混蛋欺负你！"

"不会的，你放心吧！我自己很有分寸，而且那么多人一起，他不敢了。"

"怎么不敢他？你忘了上次……"

"什么上次？有什么上次？"殷音的眼睛瞪得很大，直直地盯着隋海洋，那种脆弱到一触即碎的悲伤，好像在做最后的残喘——你敢说出来！你怎么可以说出来？你不是答应我忘记吗？你不是要保护我吗？急速地喘息声好像是在呢喃"放过我吧，求你"。

知殷音者莫过于隋海洋，他的眼睛充满着悔意、泛滥着心疼、流露着悲伤。他沉默了。

"你走吧，刚下飞机好好休息吧。以后，"殷音顿了顿，"别再来这里找我了。"

"任子健"三个字就像是冰凿一般让人锥心刺骨地生疼，插入心尖，与血液混为一体，她从决定自己跳入黑洞深渊的那一刻起，就永久地背负了可怕沉重的这三个字。

盛夏又如何？殷音下车的时候，沉痛的泪砸落在地，瞬间蒸腾了。近50度的地表温度，反衬着隋海洋冷到极点的心寒。

美丽的香格里拉，好似掩饰着各自怀揣着的心事，与纯洁干净的自然景色有些格格不入。

许慕凡让团队围坐在一起，先是为艾姗和殷音两人庆祝了生日，在海拔3500 米的香格里拉客栈，这让两人惊喜非凡。

姗姗主动拉起殷音的手，回忆着多年前二人初次见面的时光。那时，姐姐姗姗也是微笑着伸出手，去拉起妹妹殷音的手，甜甜地说："生日快乐，妹妹。"

殷音的反应好像是被暗器击中一般，身体不知何故地颤抖着，嘴唇发白，眼睛透着悔、恨、惊、吓各种复杂的负向情绪，就像是千年风干的伤口，被一刀挑破刺痛，鲜血溅满那恨红的双眼。

"生日快乐，殷音。"许慕凡带头围上来，示意她吹蜡烛吧，他温暖的微笑让人想热烈地抱着他。

殷音克制了一下，收了收情绪，转身挂上那标准的微笑弧度，对着艾姗说："生日快乐，姐姐！"姗姗很欣慰地激动点点头，俩人一同弓着腰，嘟起嘴一起吹蜡烛，拥抱。她们一同双手交叉在胸前许着生日心愿，就像在小时候过生日一样。

"姐姐妹妹好亲切啊！"陈妮娜歪着头颇有深意地挑挑眉。

殷音看着陈妮娜说："我们小时候就情同姐妹。"

"亲爱的同事们——"许慕凡早就洞察到二人的情感，善意的他赶紧调皮地解围。"我们一起围成圆圈坐好，情绪，情绪，就像艺术人生一样的情绪，嗯。我想请大家感受一下你们自己的初心。也许你已经通过自己的努力得到了你应得的，也许多年后你依然有些迷茫，也许你获得了巨大的成功然而却依然不快乐，也许还有许多也许。此时此刻，请大家闭上双眼，感受一下、回忆一下，你的初心是什么？现在的你是否还依照着你的初心在前行。"

"那片笑声让我想起我的那些花儿，在我生命每个角落静静为我开着，我曾以为我会永远守在她身旁，今天我们已经离去在人海茫茫……"

空中飘起朴树的《那些花儿》，每个人都轻轻闭上眼睛，静静用心倾听这一刻纯粹的光阴。

音乐声音渐渐减小成为背景音。许慕凡用轻柔的声音请大家睁开双眼。前方画面上出现了团队里每一个人从小到大的照片，让大家除了安静就是安静地盯着自己和他人的一点点变化，从小到大，唤醒了很多的记忆与情感。小时候的眼睛永远是那么的清澈、单纯、善良、稚真。

殷音看着有些紧张，她突然明白为什么前几天陈妮娜在收集大家的照片。当时，她没有交小时候的照片，只交了几张自己在美国的照片。她最想忘记的就是小时候的自己，她最害怕的就是小时候的自己。

眼前画面上出现了一张黑白照片，是一个周岁的女孩。殷音一眼认出来这是艾姗小时候的样子，大大的眼睛像一个大灯泡一样明亮。她的心跳有些加速，她紧张地看着接下来的一张张照片。接下来的照片是一对姐妹背着书包上学的样子，紧接着是两人的学生时代……殷音的心砰砰砰地猛烈跳动着，她没有发现悄悄移到她身旁的姗姗。姗姗慢慢地伸出手，轻轻地握住了她的手。

殷音下意识地想要抽开手，扭头看着姗姗不解的双眼，抖动着嘴角微微上翘以掩饰着自己的紧张她低着头、向后退，突然肩膀好像被什么力量支撑住。她歪头看到了许慕凡的脸，而他并没有看她，只是静静地看着艾姗长大后在美国的照片。是啊，那是属于他的那个她，那是属于他们俩的共同记忆。

视频结束。

"现在我请每个人都讲述一下自己在一年中最想感谢的团队伙伴，以及第一次见到他们的印象。从殷音开始吧，你是团队中最新的人。"许慕凡轻轻拍拍殷音的肩头。

加入 FTL 已经一年了，回想着之前与许慕凡的第一次见面，再到现在每天与许慕凡一起朝夕相伴，殷音觉得自己很幸福。她抽离了被姗姗握着的双手，调整了下情绪，换上自己一贯擅长的微笑。

"谢谢您，我最要感谢的是您——我毫不掩饰这一点。您就像是我人生低谷时的一块大馅饼，从天而降，幸运地砸在了我的头上。我经常还患得患失，甚至有不真实感。我一定会努力的，回报您的知遇之恩。我现在还清晰地记得第一次见到您的时刻，是在金宝街楼下的星巴克咖啡厅。"殷音回忆着，发自内心地甜笑着注视着许慕凡。

"哦？是吗？你记错了呢！"许慕凡透着神秘的笑容，"馅饼与你的第一次见面，是在机场。咱们乘同一架飞机回来，我被你铿锵有力的高跟鞋声响吸引了。还有，我是什么馅儿的？"说完他爽朗地笑了起来。

啊？殷音看着他肆意地大笑，也被他逗笑了，惊讶于原来是这么早相见。她觉得自己好像又回到一年前的昨天，真的吗？他记得如此清晰？他说那时就注意到我了，乘坐同一架飞机的缘分，我和他的缘分！嗯，一定是的，谢谢你，慕凡。

艾姗看着许慕凡的笑，读着殷音的心，她分明感受到一种强烈的执著的爱正包围着许慕凡。她垂着眼睛，用微微的笑藏起点点的泪，转身走了出去。

夜晚的香格里拉，宁静而神秘。艾姗感慨这一年来，自己是如何用拼命工作来克制对许慕凡的情感，这一年她和他过得都不轻松。

"姗姗，在看星空吗？"

艾姗无须回头就知道那是许慕凡，因为她对他温柔的声音非常熟悉，她微微低头，轻轻地"嗯"了一声。

"大家在等你进行最后一个环节，进来吧。"他轻揽她的肩。

她像一只惊慌的小鹿后退着弹开了，低头示意，快步走进去。

最后的环节是大家在信封里留下了自己最初的初心，封好留存，约定过一年再打开。每个人都认真写着。许慕凡也很感动地讲述着自己对团队所有人的感激。

讲到动情处，突然，门不合时宜地"哐啷"一下被打开了！

没想到的是，更不合时宜的人出现了——隋海洋站在门口看着房间里所有的人——心爱的人、反感的人和想抽的人。屋里所有的人用各种莫名其妙的眼神望着他——殷音也紧张得眼神四处乱闪，任子健立刻黑了脸，其他人也都怪异地看着隋海洋，只有许慕凡走上前加以形式上的欢迎。

"海洋，欢迎你！我们不期而遇。"

隋海洋像没看见许慕凡一样，安静地走到殷音的面前，拉起她的手，就往外走。留下陈妮娜、维一羡慕地喃喃："好霸气呀！"，还有人们各种奇奇怪怪充满疑问的目光。

殷音被隋海洋死死抓住带到星空下，殷音用右手抠着隋海洋一个指头又一个指头，但抓得太紧了，死活挣脱不开。无奈，她狠狠地踹了他一脚，疼得隋海洋跪在地上满脸褶皱，怏怏地抬眼瞪着殷音。

"你来干什么？我想要片刻的安宁也得不到吗？"殷音喘着粗气，"为什么当着所有人的面把我拉出来？你是大总监，高高在上，而我只是一个小小小萝卜，低微做事等待机会。你能不能不要再成为我职场的障碍！"

"我，只是来给你过生日的。在我与你重逢的时刻，我就发誓，今后你每次的生日，我都要跟你共度。"隋海洋委屈但严肃地说，"而且我一直担心任子健……"

"不要再说了，我不想听到这三个字。你不是答应我不再提了吗？不要再提了！"殷音有点激动。

隋海洋拿出了准备好的礼物，想转移一下自己刚才的失误。

"音音……"

殷音看都没看隋海洋给她准备的礼物，转身走了。

海洋一直不明白，为什么殷音会对自己几近反感和厌恶的边界，他从来不会怀疑自己这么多年的不能忘记和等待是否值得。而今天，他有点落寞，有点动摇了。

可怜的姗姗有些高原反应，她把自己摆成一个"大"字躺在床上，呆萌地望着天花板，没缘由地回忆着刚才殷音看着许慕凡的眼神和对她的反应。

"也许我和慕凡的缘分早就在当时他决绝的时候完结了。"她小声喃喃自语着。

"是的，要不然老天不会安排段音爱上他的。我没有找到妹妹，她过得一定很辛苦，也许这就是回报，再见慕凡不是告诉我可以继续，而是真正地坦然地面对，而段音也应得到她的最爱。"

她说着说着不曾发现，自己的眼泪就从瞪得大大的眸子中淌了出来，流进了耳朵里。

这时许慕凡的短信蹦出来："姗姗，没睡着的话，我有话想跟你说，我在客栈外等你。"

虽然难受犹豫，但她还是忍不住出来见了许慕凡。

许慕凡单手插兜，静静地站定看着眼前伸手可及的星空与绵延的青山的影子在月光下交织在一起。

他深深地吸了一口气说："姗姗，我……鼓足勇气，想再一次认真地面对你……"他摇摇头，不满意自己这样的开场。

"姗姗，忘掉以前的不快，我们重新……"继续摇头，依然不满意。

他把手从兜里拿出来，手里攥着一个精致的小盒子，小心翼翼、珍视地打开，里面静静地躺着莫比乌斯环的珍珠吊坠。他回想着几年前，姗姗刚刚设计这款项链坠的时候，兴奋而幸福地对他说："慕凡，你看，这是我设计的。好看吗？"

"这是什么？一个……圈儿？环？"他仔细端详着姗姗手里的画稿。

"这不是普通的环，她有个美丽的名字叫——莫比乌斯环，是一个数学符号。我很爱这个符号，你知道为什么吗？"

许慕凡静静地注视着她神采奕奕的眼睛，等着她的答案。

"因为这个符号代表着我对你的爱，一旦开始，永无停歇。这上面的珍珠，则代表我对你的承诺，一蚌一珠，一生一世，予君唯爱。"姗姗说完，轻轻地环着许慕凡的脖子，闭上双眼，吻在了他的唇上。他被眼前的女孩洁白而纯粹的爱情感动着，也回给她相应的热烈的爱之吻。

"哐啷！"姗姗应声倒地，许慕凡的思绪被现实的声响拉了回来，他转身一看，是姗姗倒在了离他不远的地上，晕了过去。

　　许慕凡急忙并步抱起姗姗，带艾姗离开香格里拉，开着客栈的车，准备到低海拔的城里酒店休息。

　　汽车还未发动，殷音却钻了进来。她在楼上看到这一幕，实在担心许慕凡深夜独自驾车，也要一起跟着，美其名曰是担心姗姗，实则也不想给他们任何单独相处的机会。而隋海洋也不甘心地坐进了副驾驶，"许总监，多个人照应总归是好的！"完全不给人拒绝的机会。

　　许慕凡实在没时间跟他们过多闲扯，他发动汽车，匆忙离开。

　　车行驶至一半，汽车慢慢减速，直到停止，原来是没有了汽油，他只能静静地看着车里熟睡的艾姗又心痛又着急。四人同在的车内异常安静，谁也不知道该如何打破这尴尬的沉默。隋海洋叹了一口气，心里把许慕凡骂了千百遍，他下车点上一支烟，看着车内正在打电话的许慕凡无奈地摇头，忿忿地想着这世界怎么是个如此添乱的世界。

　　一阵急速的刹车声划破了尴尬的沉寂，一股巨大的力量将隋海洋推开，俩人重重地摔在了路边。

　　是一辆的越野车在黑夜里疾驰，突然转弯过来，看到眼前背对着车在路中间吸烟的隋海洋，车把一歪，一头撞在了公路旁的护栏上。隋海洋有些后怕地站起身，才发现在他身下躺着他龇牙咧嘴的许慕凡。旁边是吓得不轻、双手捂嘴瞪大双眼的殷音。

　　撞上公路旁护栏的车坏停在那里，隋海洋扶起了许慕凡显得有点尴尬，还好朦胧的月色帮助他很好地掩饰着。他转身气势汹汹地向着停在不远处的肇事车辆走去，一副要为兄弟报仇的愤慨。车门渐渐打开，一条腿迈出来，只见隋海洋小跑了两步，一把把半个身子还在驾驶座上的人拎了出来。

　　"你这么晚开这么快，想干嘛？"

　　说着就把他的领子拎了起来，对方双手抓住海洋的手，明显是惊魂未定却也不甘示弱，"你大半夜站路中间还背对着车来的方向，到底谁想干什么！"

　　"我一大活人，你差点撞上我，你还有理了！"

"我转过弯，以为遇到鬼，正常人谁跟你一样！"

双方剑拔弩张的架势在夜里伴随着互不相让的愤懑，两人的声音也从越来越大，相互叫嚣到较劲，明显都被对方吓着了。那种小委屈被两大男人演绎成一出既没高潮又没结尾的小闹剧，越来越大声的京骂飘扬在幽远的山路间。

"隋海洋！立伟伦！你们有完没完？"是殷音一边照顾着受伤的许慕凡，一边忍无可忍朝吵得热火朝天的两人的方向大喊。

流畅的京骂中突然听到自己的名字，着实让颇为投入的一人惊住了，"谁？谁叫我呢？"

他好奇地向殷音走过来，"殷音？你怎么知道是我？"

"你的声音我一下子就听出来了！你快去看看姗姗，她晕倒了，一直在昏睡着。"还没等殷音说完，立伟伦就用闪电的速度移动到了停在一旁的车。他拉开车门，看见已经苏醒了的姗姗靠在座椅靠背上，一脸到底要我拿你怎么办的无奈地微微笑着望着他。

"姗姗，你怎么了？"

"你怎么跟来了？这是香格里拉啊。"

"我担心你啊，乘最晚航班赶过来的，你这是怎么了？"

站在立伟伦身后的许慕凡，看着他撅着屁股，半个身子趴在车里跟艾姗说着话，气得他很想上去踹他一脚。不仅仅是因为立伟伦那殷勤的样子，还有为什么无论是公司还是家里，无论是北京还是云南，怎么就哪哪儿都有他！许慕凡深深地吸了一口气，他的喉结都在烦躁、无奈地抖动着。

立伟伦伸手将姗姗公主抱出车，向他的车方向走去，许慕凡气得追着大吼："你放下她！"

两人接着开始了无休止的争论，他们都想坐在后排照顾姗姗，让对方开车。

"我车技不好，差点撞人，还是你去开车，我来照顾姗姗。"

"为了救差点被你撞的人，我都已经受伤了，自然应该你这个肇事的人去开车，我来照顾姗姗。"

"你自己都受伤了，怎么照顾别人，还是当着别人的面照顾别人的老婆，这个别人还要给你当司机，你想什么呢？这里是云南，不是公司。现在是凌晨，不是工作时间，凭什么谁都要听你的？"

"谁也别废话了，我来开车，你们快点上车坐好！"隋海洋实在看不下去了，从言语和表现来观察，他也能感受到现在这里的气场已经迅猛地从火药味转换到酸爽味了。

"说得对！你们快上车吧！你自己也受伤了，还是我和伟伦在后面照顾姗姗，赶紧去找酒店住下来，找家医院处理一下吧。"殷音也许刚才只是有点担心许慕凡的外伤，现在着实只剩下无法忍受他们俩醋劲儿十足和没完没了的辩驳。

立伟伦冲着殷音做了一个鬼脸，并且露出"Thank you"的嘴型。这句"Thank you"不仅仅是为了感谢会意的殷音为之解围，更是为了感谢殷音用短信通知他有关姗姗所在的地点和进展情况。

姗姗挣脱立伟伦的怀抱，拉起殷音的手说："让殷音和海洋跟我一起坐在后排吧，伟伦你去开车。"她看了一眼许慕凡，什么也没说就拉着殷音坐在了后排。

立伟伦一副垂头丧气的样子，但是很听话地钻进了驾驶室，还不忘监督许慕凡，"你等什么呢，上车啊！"

路上许慕凡从副驾驶看着靠在殷音肩头还有些痛苦的姗姗，依然心疼不已，同时也在感慨，为什么原来好好的计划却会变成现在这步田地。愣着神儿的他直直地盯着后视镜里的姗姗。

突然，一只没有眼力价儿还是诚心捣乱的手出现了，将后视镜掰到另一侧，紧接着又掰到另一侧。来回几个回合，整个车里没有声音，但却似爆发前的寂静。

姗姗在后面看着后视镜里一会儿换成立伟伦的眼睛，一会儿换成许慕凡的眼睛，闹心地闭上眼睛。

"车里五个人，司机你要负责任好好开车，为大家的安全着想。"实在忍不住了，殷音发了声。

这话貌似是在说立伟伦，实则也醋意映射许慕凡：你一个堂堂大老板，居然也这么幼稚。殷音不爽得不由自主地制止二人。

许慕凡嗓子紧了紧，端正了坐姿，直视前方。立伟伦则坏笑地瞟了一眼后视镜里无奈的姗姗，摆出一副胜利者的样子。隋海洋盯着殷音别扭的眼神，心里明镜一般地伤感。

立伟伦开心地唱着阿黛尔的歌，手指在方向盘上敲着节奏，脖子一探一探地着实招人烦。许慕凡把车载音响打开，扭向窗外吹着清风，夜里的山路也有些凉意。

"怎么样？有房吗？"殷音对着从远处走来的隋海洋问道。到了丽江，也许是旅游旺季的缘故，三个大男人走了一个多小时都没有找到空房间。

他摇摇头，"那两只呢？"

"你干嘛，那毕竟是我老板，你怎么说话呢？"殷音嗔怪道。

"这里有房！老婆快来！"立伟伦在远处双手扣在嘴上朝远处的姗姗喊着。

许慕凡从半路杀出来，看着立伟伦拉着姗姗往前走，不爽又尴尬地看了眼殷音和隋海洋，跟上前去。

春夏秋冬客栈，是丽江很有名的一家客栈，房间极其难定。走到门口，看见一对青年男女正拿着箱子往外走，"你还挺走运的。"姗姗看着立伟伦笑。

"No No No，老婆才是我的幸运天使。"立伟伦一脸傻笑，心里想着刚才的画面。

半小时前。

"老板娘，有房吗？"是焦急地喘着粗气的立伟伦。

老板娘吃着宵夜米线，努努嘴，示意一块大牌子上面写着"全部满房"。"小伙子，现在是旺季。我们的客栈都要提前 2 个月预订，才有可能有房啊。"

"别，别这样嘛，我都找了一个小时了。老板娘，哦不，好姐姐，您再帮我看看呗。"小伙子开启耍赖黏人模式。

　　"就算你今晚倒贴我陪睡，也没房了，姐姐我自己的房间有地方，你来吗？"老板娘浑然不吃这一套啊。

　　"姐姐，您看我给您加钱，3倍，不不，5倍？……行！10倍！能刷卡吗？"立伟伦没了底气，把身上的现金都抓了出来，只有两千多块而已。

　　老板娘继续低头呼噜呼噜地吃着米线，愤懑地言语着："在丽江开店的，有几个没钱的？有几个见钱眼开，就为你这两千多块放弃多年的原则和信用的？你看错人了，小伙子！老娘我不吃你这套，钱我有的是，信用不可无！"

　　满脸黑线的立伟伦觉得自己撞上南墙，还溅了自己一脸血，呆若木鸡的他眨着眼睛吞着口水，突然背后有人撞了他一下。他回头一看，是许慕凡。

　　"别耽误时间了，我都听见了，赶紧找下一家吧，姗姗需要休息。"说完就嫌弃地离开了呆在原地的立伟伦。

　　"哎呦喂，我就不信了！"立伟伦浑身气得颤抖，都要把自己气爆了。

　　他一咬牙，转身上了二楼，"砰砰砰"——开启深夜扰民模式。

　　一个赤裸着全身但没忘记穿一条内裤，眯着眼睛打着哈欠、有点烦躁的男青年开了房门，说："这么晚了，你想干吗？"

　　"哎呦，哥们儿，一听您是北京来的吧。我跟你说啊，是这么回事……"

　　立伟伦有如周星驰《九品芝麻官》附体一般，开启了喋喋不休、死不停嘴的模式，而且越说越动人，越说越煽情，在自己持续着没完没了旷日持久的意淫中，今天终于派上用场了。

　　后来看着他坐在沙发上，对着两个赤裸着的男女在没完没了地抹着眼泪，流着伤感，在自己自编、自导、自演的爱情伤心剧中扮演着痴情男一号的角色，将两位观众的情感骗个体无完肤，对他言听计从。就这样，他用两千块钱换了一间豪华蜜月大床房，两位男女真诚地拥抱了他，并且祝福他和他心爱的老婆姗姗白头偕老，永不分离。立伟伦受用地点着头，跑出去找他心爱的老婆姗姗。

　　姗姗走进客栈，门口无奈的老板娘的神情，以及青年女子无限羡慕与感伤的眼神，让她有些摸不着头脑。她跟着立伟伦，来到房间里。

"就一间房吗？那你们三个睡哪？"

"谁们？我们？还三个？"立伟伦有点晕。"咱俩就够了。老婆。"他抱住姗姗耍赖。

姗姗嫌弃地用手指将他的头杵开，"你又来了。我和殷音睡，你们自行想办法。"

许慕凡跟着进了客栈，进来之前他还特意看了一眼招牌。没错儿啊，刚才这家不是满房吗？老板娘还在吃着米线，他诧异地看着。

"这位帅哥，就一间大床房，你不要介意，来我的房间吧。"老板娘露出了跟刚才对着立伟伦截然相反的热情，对许慕凡含情脉脉地发出邀请。

出于绅士礼节的许慕凡，点头致意，赶紧跑上楼，和后面的殷音、隋海洋尴尬地站在门口。

"哦，这家伙就找到一间房，人家刚好退房吧。"姗姗挣脱了立伟伦耍赖般的熊抱，尴尬地解释："殷音，咱们俩住吧。"

"真的没房间了呢！来我房间吧。"老板娘不知道何时靠在门口，看着许慕凡的背影花痴着眨眼。

许慕凡吓了一跳，真的有点受宠若惊的架势，连连后退，突然感到一股邪恶的力量使劲地将他推向情意绵绵的老板娘的怀抱。

再绅士的人也突变花容失色，都尖叫出来了。

"老板娘，谢谢你了。不过他是我男朋友，你挑别人吧。"当这句惊天地泣鬼神、死不惊人语不休的话语从姗姗的脑子里飘过的时候，她就听到了一模一样的语句从殷音的嘴里冒了出来。

姗姗眼睁睁地看着殷音自然地走过去，挎着许慕凡的左臂，示威一般地让老板娘知难而退。而这一举动，却侵犯了另外两个人——艾姗和隋海洋。

许慕凡的右臂也有了一股叫飞醋的力量，"我也是他女朋友。"姗姗也不知道那股力量让她做出如此的举动。话一出口，她就后悔了，赶紧找补："EX（前男友）。"不过这句话让许慕凡可是开心不已，微笑地看着右侧的姗姗羞红的脸。

殷音的肩头也立刻被重重地挂上一条胳膊，"不过她现在是我老婆。"隋海洋也来凑热闹。

"啊——"

所有人转身看着已经不能用凌乱来形容的立伟伦发疯地大喊着。

"好好好！你别发疯，一会儿把我的客人都吵醒了。你和他，她和你，你和他，还有他和你。好的好的，我走我走。"老板娘用手指着面前的几人，几近晕厥，转身离开。她刚关上门，突然又转头回来，指了指房间一角挂着的小小小得不能再小的牌子——"禁止聚众淫乱"，然后重重地关上了门。留下了十只看着小小小得不能再小的牌子的发呆的眼睛。

过了十几秒，大家都尴尬地放开手，各自保持安全距离地石化在原地。

"啊，姗姗我们去洗澡吧。"幸好，这句话是殷音说出口的。

三个大男人，在不到30平方米的房间目送着两个女人拉着手走进浴室里。

许慕凡最先化解自己的尴尬，走到窗前靠着窗，静静地看着满眼闪着星星之光，静静而唯美的丽江之城。他脑子里回响着刚才姗姗的举动，偷偷地、满意地笑着，记忆又把他带回了几年前美国的那段快乐时光。

而立伟伦和隋海洋，本来没有什么过节的二人，却很心有灵犀一般地结成了同盟。立伟伦对着隋海洋微微笑着。隋海洋也回以同样的微笑。二人的微笑好像在密谋着什么似的。

浴室里。殷音为了掩饰自己背后的伤痕，主动帮姗姗脱下衣服，在姗姗后面拉着她的手踏进浴缸。把自己的身体埋在泡泡里，膝盖对着膝盖，静静地笑对对方。

"姗姗，我没想到我们还可以这样面对面。"殷音先开口。

"好妹妹，我也没想到还可以跟你像姐妹一样坐在这里分享悄悄话。"

"很多事情你不明白。"殷音低着头抬着眼，望着姗姗的眸子，"我大概知道你和慕凡的事情，我看得出来。你，还爱他吗？"

"妹妹，即使爱，那也是以前的爱了。我们不会回到从前了，我们就像是两条交叉的线，交点过后，注定要分开的，而且是越来越远的。但是我们俩是姐妹，不会变的，是永远距离很近的平行线。"姗姗真诚得让人心疼。

"姐姐，谢谢你！我们再也不要分开了。我想跟你在一起。永远。而我也想跟慕凡在一起。我能感到他对我的纠结，是源于你。"

姗姗会意地点点头，示意会帮助殷音，然后把脸埋在膝盖里，一滴泪流进水中。

有人曾问：鱼为什么不会哭泣？那是因为她们在哭的时候是在水里，看不到泪滴而已，但是她们都在哭泣着。

浴室外安静得出奇。

殷音和艾姗穿好衣服走出来一看，惊呆了。

三个大男人横在地板上铺的薄薄的被单上，相对没心没肺的立伟伦和隋海洋已经进入梦乡状，许慕凡还在望着天花板神游。

殷音走到许慕凡跟前，轻轻地蹲下，"我帮您处理下伤口吧。"她们居然忘记了许慕凡救隋海洋时受的外伤。姗姗看着殷音，微笑着独自爬上了床。

这时，一只手抓住了殷音，是隋海洋。他闭着的眼睛慢慢睁开，"今天这组合多么有意思啊！是吗？我们来玩点什么吧。"

"好啊！我赞同！"立伟伦突然蹦起来，跪在地上闪着双眼扮可爱。

"我们就玩真心话大冒险吧！"隋海洋死死抓住殷音的手，严肃地建议着听起来像是命令的决定。毫不介意殷音的不爽随时爆发。

于是乎，五人盘坐在地板上，围成圈。立伟伦拿出冰箱里的一瓶啤酒，咕咚咕咚喝了起来，喝到一半喘着气，被早就按捺不住的隋海洋抢走一口气儿吹尽了剩下的酒。

"好了，现在开始吧！"他抹一抹嘴角的啤酒沫。

"好！开始！"立伟伦转起了地上的啤酒瓶。

所有人都盯着那只瓶子紧张而期待地看着。

第一个幸运儿随着酒瓶旋转的速度逐渐减慢而产生了。这就是命，不认不行。

立伟伦和隋海洋不屑一顾地盯着他好看沉静的脸，好像一种对你来说，我们丝毫不感兴趣的样子。

"你和姗姗谈恋爱的时候，进展到哪一步了？"也不知道是哪里得到的勇气，殷音今天真是拼了！

此问题一出，反应最大的不是艾姗，不是许慕凡，而是立伟伦。还没等当事人尴尬地开口回应，立伟伦已经翻着白眼，声音不大但足以被五个人听得清清楚楚，用后槽牙嚼着两个字："禽兽！"

许慕凡很不客气地瞪了一眼立伟伦，要不是看在姗姗的面子上，他早就又跟立伟伦厮打起来了。实际上，他很想没有风度地跟他肉搏一次。吴永豪曾经建议许慕凡戴上他常戴的情趣用品面罩，以防止被人拍到脸，许慕凡没好气儿地锤了他一下。他就想不用负责地，跟立伟伦来一仗，没分胜负。不打得他满地找牙，绝不停手，要知道他对自己的身手还是很有信心的。

"好了，这个问题不利于安定团结，我们还是换一个人吧。本来对这个人也没什么想知道的！"立伟伦终于注意到了对他十分不满的拧着眉头的姗姗，"这不是真心话大冒险吗？我是个严格遵守游戏准则的人。只说实话，我是大实社的。"开始有点意识到自己的言语有些不妥，佯装无辜地、不停地偷看姗姗的脸色找补着。

这里面最开心的人，当属隋海洋。这位早已看许慕凡不爽到极点的人，暗爽地笑着。

为了化解干涸的气氛，艾姗拿起酒瓶在地上旋转，"下一个会是谁呢？"

五个人盯着旋转的酒瓶，慢慢地停在了隋海洋的面前。

"他呢，我是没什么想知道的。"立伟伦又开口了，眼神斜视着可怜的许慕凡，"你呢，我是不知道要问什么。"又转脸看看隋海洋。

"那就闭嘴好了。"许慕凡低着头发了声，"你为什么来到这？跟殷音是何关系？"也许早已看隋海洋不爽到极致，终于逮到机会好好发泄一下。但是这次轮到殷音紧张了，她万万没想到许慕凡发出这个问题给隋海洋，更没想到的是，居然还涉及自己。

　　没想到隋海洋毫不紧张，甚至是有些感谢地看着许慕凡，微笑、淡定、有点挑衅地回答："我来这是为了给我的女人殷音过生日。"

　　说完，艾姗、许慕凡、立伟伦齐刷刷地看向殷音。

　　"真是劲爆，我爱这游戏！"立伟伦唯恐天下不乱一般地拍着大腿兴奋地笑着，"哈哈哈，只要你不是来找我老婆姗姗的，就是我朋友。来哥们儿，走一个！"说着还拿起酒瓶两人干了一瓶。毫无顾忌已经气到内伤的殷音。

　　"这个玩笑开得太大了，海洋总监。这不是真心话的游戏嘛？那就一定要诚实啊！"她站起来，心怦怦跳着，看着许慕凡的眼睛。她蹲下把酒瓶口摆向自己，又腾地站起身，"我必须来澄清一下真正的事实，我和隋海洋是学生时代认识的朋友，仅此——而已！"说完还用手在身前划着界限。

　　"真是此地无银三百两的感觉，真相只有一个！"立伟伦没完没了地拆台，还摆出了名侦探柯南的经典手势，说着经典台词。

　　"你给我安静点，我谢谢你！"艾姗忍不住伸手打了立伟伦一下。实在不知道该如何收拾眼前的局面。

　　"要不……你们三个先出去一下吧，等我们睡着了你们再进来睡。"艾姗好心解围。

　　隋海洋站起来拉殷音的手，"你的生日礼物还没给你，我们去走走吧。就当晒晒月光浴。"

　　殷音气愤地甩开他的手，"海洋总监，请你放手！"

　　"我要和殷音休息了，你们仨的身体是爱晒、还是爱煎、还是爱炸，随你们的便，把门关好！"

　　许慕凡看出姗姗真的生气了，拍了拍立伟伦和隋海洋示意他们出去。

　　三个人在春夏秋冬客栈的平台，点起了烟，看着满城丽江的美景，各有所思。此时的立伟伦也安静得像个沉睡的婴儿。三只烟的火星此起彼伏地闪烁着，好像在幽幽地诉说着三个大男人各自的心思。

8D. 热闹的烦恼

第二天一大早。许慕凡微微睁开眼，模模糊糊看到眼前有一张大大的肉肉的脸，突破安全距离地对着他满脸堆笑。

"啊——"他惊醒了。看着眼前的老板娘，花枝招展地看着他。房间里的另外四人却不知所踪。

"他们在哪？"许慕凡的屁股不断后退着。

"他们？走啦！"老板娘向前一点，"这里是丽江。一个来自台湾的美国华侨，和一个土生土长的丽江美女，会上演什么爱情的剧目呢？来吧！我的男主角！"说着她撅起了嘴。

终于。许慕凡为保贞操，也为了赶紧找到他们去报仇，他使用了杀手锏，迅猛地抓住老板娘肉肉的肩头，将她拎起，抛向那无比舒适柔软的 king size 的大床上，老板娘骚爽地沉吟着。然后，许慕凡就像是在陆战队服役时比打仗还要亢奋地奔跑——生命可贵、贞操无价，而，自由万岁。

跑到一层，冲出大门，听到隐约后面有人在叫他，颇有芥蒂地回头，是殷音。原来这四个人在客栈院落里一起用早餐。

许慕凡铁青着脸坐在了隋海洋和立伟伦之间，看着不解的殷音和艾姗。感受着另外两人胜利的喜悦，狠狠地咬了一口面包。嗯，他的心里荡漾着台湾腔的京骂，别有一番风味。

"我们一会去竹筏游吧？"殷音意犹未尽地兴奋发问。

"姗姗你好些了吗？"许慕凡关心起艾姗。

"好啊，就听殷音的。"隋海洋附和着。

"姗姗还难受吗？要不要赶紧回北京。我让妮娜定了今天回北京的机票。"许慕凡不理会隋海洋。

"好啊，难得来一次丽江。我们玩一玩吧。"姗姗善解殷音意地说，"我很好，谢谢您。"她转身低头回应了他的关心。

就这样，立伟伦拉着艾姗，许慕凡走在他们后面，殷音走在许慕凡身旁，隋海洋在殷音旁边，远处看起来像是一个款款而至的扇面。俊男靓女的绝妙组合让丽江古城充满了美丽与玄妙，一切都恰到好处，所有都恰如其分。

几个人先后到达竹筏岸边，立伟伦交了钱，还不忘坏坏地瞄着许慕凡与隋海洋耳语一番，不知道他们俩怎么会勾搭在一起。一副狼狈为奸的模样，让许慕凡有不好的预感。是不是有句话叫"敌人的敌人就是朋友"？可怜的许慕凡。

立伟伦第一个跳上竹筏，竹筏在水里晃动着。他绅士地、小心翼翼、全神贯注地牵着姗姗的手，把她保护得好好的，把她让进竹筏里。紧接着隋海洋也跳上去，来牵殷音的手，殷音回头看看许慕凡，先走上去，许慕凡跟着刚要上来，立伟伦淘气地用竹竿猛杵了一下岸边的石头，竹筏往水中央漂去，殷音着急地大喊："立伟伦！"

"他不是身手不错嘛？这点距离没问题，跳上来吧！"隋海洋说着风凉话。

"你们这样太过分了！他毕竟是我和姗姗的老板。"殷音此时聪明地加上姗姗。很明显，一则制止立伟伦捣蛋，二则让这两个醋坛子不要总是针对许慕凡，关心照顾是应该的，毕竟是那么大的老板。

"没事，我可以。"说着许慕凡弓起腰，跑了两三步，起身跳到竹筏上，稳稳地落下。

结果竹筏平衡失控，让还没反应过来的殷音，胳膊在空中抡了好几圈，还是无法挽救地掉了下去。落水的殷音，惊慌地扑腾着。隋海洋立刻跳下去救她，一把抄起她，双手夹在她的腋下，往竹筏处移动。

到了竹筏，没想到他不但没有着急爬上去，而是一把用手抓住好心伸出手拉他的许慕凡的腿，一下把许慕凡拽了下来。许慕凡连被偷袭，都保持着优雅唯美的身姿入水。殷音很生气，一边挣脱，一边跺脚，一边喊着。没想到她的脚稳稳地踩在了江底，原来水就刚到她的胸部，隋海洋注视着荡漾的水纹轻轻地吻着她湿漉漉的突起的胸部，惹人遐想。

许慕凡站在水里双手叉着腰，无奈而可笑地看着幼稚的隋海洋。他突然冲过去，一只手抓住隋海洋的肩膀，另一只手狂撩起水，开始打起水仗。殷音的表情破涕为笑，简直不敢相信眼前和谐欢乐的一切。两个平日里素来没什么交集，有交集也互看不顺眼的男人，居然像哥们儿一样打起了水仗。湿湿的头发滴着水顺着脸颊和脖子流到紧紧粘连衬衫的健硕的胸部，好看的曲线让人简直欲罢不能地想把脸靠在上面，埋进怀里，听听他强有力的心跳，贴在上面跟着一起起起伏伏，她笑了，笑得好开心。

隋海洋看到殷音在水里笑，移动过去，一把将殷音公主抱起来，在水里跳来跳去。

姗姗在竹筏上看着眼前的一切，惊呆了。她不知道这是什么情况在眼前发生着。而此时，一把蛮力将她抱起，大喊着："我们来啦！"然后兴高采烈地跳了下去——是啊，怎能少了他。

五人在丽江里玩得不亦乐乎，构成了一道美丽的风景线。此时此刻，他们的笑是真的，没有利益，没有情感纠葛的，让人羡慕的，好像五个兄弟姐妹一样，快乐而自由，畅快而热烈。嬉闹的场面引得旁人驻足观看，不禁拍下他们热闹地戏水时刻。

五人就这样放肆地撒着疯，暂时失忆相忘于爱恨情愁，尽情享受沉醉于欢声笑语……

刚下飞机，艾姗就跟各位告别，跟着立伟伦走进停车场。

许慕凡依依不舍地被死党吴永豪接走。

殷音只能一步三回头地跟着隋海洋。

路上，后视镜里艾姗的长发飘逸，她像突然想到了什么一样，微微笑着沉寂在自己的回忆世界里。

老天将女儿还给了自己，她需要感恩。也许是对许慕凡的害怕，害怕太爱他以至于无限地担忧再一次的失去、失望，也许是对妹妹的亏欠，所以她决定忘记许慕凡，成全妹妹殷音。

"伟伦，带我去 TONY&GUY（美发工作室）。"艾姗突然温柔地看着立伟伦，这让他有点紧张，"咕——"，立伟伦的肚子不合时宜地发出了声响。

"你饿了？"艾姗体贴地微蹙着问。

听着姗姗这么关心自己，立伟伦幸福地点点头，眼泪都要下来了。

"我们就去你最爱吃的那家吧，叫……"

"去吃你爱吃的那家吧，我跟你一起吃什么都行！吃完我陪你去美发工作室。"立伟伦的声音都有点激动地颤抖了，就像被抛弃已久的可怜的孩子重新得到亲生母亲的关爱一样地激动。

一条美丽的转弯弧线，映射着立伟伦兴奋的内心。他伸出右手紧紧地抓着姗姗的手，激动地渗着汗。姗姗也没有抽出手，而是很听话地、顺从地看着窗外匆匆而过的车辆。

许慕凡听着吴永豪喋喋不休地絮叨，内容大多是这两天许妈妈又想出了那些新花样儿来折磨他了，他又如何为许慕凡着想而倾情奉献，默默付出了。比如这个即将到来的相亲锦标赛，就着实让许慕凡心烦了。

"明天晚上，你可千万别忘了，在蒋府公馆的漫咖啡。我特意给你选了一个不会撞上熟人的地方，我体贴吧。不用哭着感谢我了啊！ My Man。"

男主角无心听着死党精心给做的安排，木讷地呆望着窗外疾驰而过的车辆，手里轻握着那条想对姗姗说出心声的莫比乌斯环，轻叹了一口气。

一双修长的腿，配上性感的红底高跟鞋，一上一下踏着楼梯。向上看是圆润恰到好处的紧致美臀，与盈盈纤腰的完美组合，款款而至。大长腿自信而淡定地站定在漫咖啡二层窗边一个男人的面前。

身上的香气让男人的脸从咖啡杯里美式的咖啡香中抬起头，舒缓地嘴角渐渐向上扬，微笑地从脚看到脸，绅士地起身。

"你好，请问是许慕凡先生吗？"女人的眼睛落在了桌上那束白色马蹄莲上。

"正是，您请坐。"

两人不时传来阵阵欢笑，看来气氛非常融洽。

没过多久，相亲剧情应该是按照以下桥段展开了。果不其然。

手机开始不合时宜地、催命般地振动。"喂？""许慕凡"故作不耐烦而不好意思地接起。

"我有没有打扰您的节奏？我看你还演得挺开心。下一个要来了。"一个男人在楼下的车里观察着窗户的情形。

"嗯，什么？明天的 Meeting 提前到今天吗？不能等？可是拜托，今天是我的休息时间，我在跟重要的人谈论我人生重要的事情。"说完，还放电般地瞟一瞟对面的女人。

"好了，电话我也打完了，你自己演去吧。"

"嘟——"一阵忙音。

"好的，我全身心，包括我的灵魂都理解。没问题，我尽快赶过去。"说完就挂了电话。"实在不好意思，我公司的事情，让我们今天的见面不能尽兴了。面对你这么美的人，我有点不忍开口。"话落还微微垂下了遗憾的双眼。

"完全理解，我也是看重男人的事业心的，没关系的。"说完起身，看看桌上的马蹄莲，就转身先走了。

目送着美女的背影，"许慕凡"抓起电话，"喂，这个美美是投行的律师，也是美国回来的，年轻美丽又这么聪明，我都要动心了！人家那么冰雪聪明，一下就看出来了！丢你的名字的脸，丢我的人的脸。考虑下我这个情圣这么对待美女的心情！"

"我就是要她们看出来，最好也让安排这一切的人看出来我的事情不要插手。"淡定地回答透着诚心若架的意思。

"不是我说你，这就是你的不对了。你怎么可以这样让你'许慕凡'风度翩翩的新好钻石王老五的形象一落千丈呢？亏你还是做品牌市场的，自己也是个品牌，还有你个抠门儿，居然花也不多买几束。买就买吧，还买什么马蹄莲，你以为所有美女都跟你们家姗姗一样品味啊，女人就是要买玫瑰，火红的玫瑰！幼稚啊你！什么发誓这辈子只买马蹄莲送唯爱女人，我呸啊！我都不想再忍你了。"有点不爽地挂了电话，举起已经凉了的咖啡喝了一口，无奈地起身走到一层去买新的咖啡。

一双秀丽而高贵的 YSL 墨绿丝绒高跟鞋出现在摆放马蹄莲的桌前，静静地、出神地看着。

"您好，请问您是……" "许慕凡"在身后满脸堆笑。

"吴永豪？"听到熟悉的声音，美女下意识地第一时间转过身，瞪大双眼看着眼前同样吃惊不已举着咖啡的男人——吴永豪。

"艾姗，你的头发？你怎么会在这里？"

"哦，我，我变了变发型，想有个新面貌。好看嘛？"艾姗有点不知说什么，不自然地可爱地摸摸头发。"你怎么在这里，你坐这个位置吗？"她伸手指了指马蹄莲的桌子。

"是啊，我坐这里。你，不会是来找马蹄莲的吧？"吴永豪难以置信地吞着口水发问。

"是，是许伯母给我安排的相亲。我不好意思推辞，就来了。"艾姗有点不好意思地低头笑了。"难道你就是许伯母给我安排的相亲对象？"姗姗哈哈笑了起来。

吴永豪的小脑袋里飞速地运转着，难道是许公主给艾姗安排了和许慕凡的相亲？这是演的哪一出？按照信息的传递来讲，的确是许公主安排的一切，甚至连慕凡都不清楚要来见面的人的联系方式和姓名。接头儿暗号是花，这也是许公主定的，花的品种马蹄莲是慕凡选的，然后告诉了许公主。所以说，知道所有信息的只有许公主。难道她想安排艾姗与许慕凡相亲？吴永豪的智商还是够用的，就是信息量大得冲击着脑洞，以致有点不敢相信。

他探探身子往窗外楼下的停车场瞄瞄，许慕凡安静地坐在车里。

"姗姗，你快坐。想喝什么？我去给你买。"吴永豪殷勤地搂着艾姗的肩，绅士风度地帮她拉开座椅，让她坐下。

作为许慕凡的死党，他深深地知道他心属有且仅有一个人，那就是艾姗。他为了好兄弟的幸福着急，很希望他们可以忘记不快，重修旧好。今天正好是个机会，而且也许许妈妈也正是这个意思，才苦心创造了这样一个机会。

"姗姗，其实有些话我不知道该不该说。"吴永豪有点撒娇似的面露难色，有股子欲擒故纵的调调儿。

"我们也不是第一天才认识，而且这很显然，我们今天虽然以相亲之名面对面坐着，但是我们见到彼此的时候就应该明白，今天我们将是个戏剧的聊天与对话。你想说什么就直说吧。"姗姗不愧是个痛快的北京大妞，从来不喜欢藏着掖着。

"嗯，那我就抓紧时间，直接说重点。"说着还不忘抿一口咖啡润润嘴唇，"姗姗，你应该知道的，我和慕凡是死党，要是女的我就是他爱人了，我们的关系你懂的。我最看不了他受委屈或者独自痛苦。今天也许是个缘分，是你们俩的未完的缘分，在牵引着我来完成这个伟大的使命。"

"慕凡，他心里一直有你，只有你。我相信你们之间一定有什么误会，他也是个闷骚货，扭扭捏捏没有我这么Man。你呢，也是个执拗的女人，何必呢，姗姗，你说呢，你也心里有他，他心里更是没别人，你们俩这来回浪费生命，难道不是一种罪吗？"吴永豪声色并茂地慷慨激昂着，完全没有理会姗姗的表情变化。

艾姗一直在偷笑，不是因为他讲得有趣可笑，而是他的表情和肢体语言。看得出来，他是真心为了许慕凡好。

"你笑了，笑了，那就是说，你也……？"吴永豪开心地伸手轻拍艾姗的肩膀，笑得那么鬼魅烂漫。

突然——

"啊！"艾姗大叫了一声，吴永豪猛地抬眼，刚要炸毛儿，吓呆了。

再看艾姗从头顶到胸上被一杯饮料淋了个透，衣服湿踏踏地粘在胸前。她不明所以地站起来，愤怒地转身。

此时的艾姗也石化了。

眼前的阿喵拿着一个还留着汤儿的空杯，气势汹汹地站在他们面前，喘着粗气的胸部上下浮动着，眼睛冒着熊熊妒火。而让吴永豪不寒而栗的，则是后面不远处的座位旁站着露出同样惊悚诡异表情的江心和殷音。

"艾姗？"阿喵不敢确认自己的眼神是否出现问题，眨眨眼，定睛细看，没错！正是艾姗本人。

"唉呀，你怎么换发型了，我，我，我没看出来。"说着阿喵赶紧拿起桌上的纸巾，为艾姗擦拭着。殷音也走过来帮忙。

看到妹妹也帮自己，姗姗心里还挺暖的，"没事没事，回去洗洗就好。"

"你个死人，跟艾姗在一起谈什么呢？这么多天，也不去找我，陪陪我！你心里还有我吗？"阿喵带着哭腔儿地责怪着吴永豪，的确自打她痛失宝宝之后，就没怎么见过吴永豪，气不打一处来地埋怨着。"我看见你笑呵呵地在这，还与美女暧昧地喝咖啡，照顾她，还有花！你真是气死我了！到底怎么回事？你说话啊你！"

吴永豪苦不堪言地望着不远处满脸问号的江心，又看看面前咫尺的阿喵，有一种几近崩溃的感觉从脚底冲到头顶。他颤抖着呆在原地，无论是口若悬河的职场大咖，又或者百战百胜的情场高手，这两个他最擅长的形象都瞬间荡然无存。他像是一个作弊被发现的学生，赤裸裸地站在操场中间，被五花大绑在旗杆儿上，任凭教导主任指指点点、以儆效尤，任凭无数愤青般的学霸们向他投掷臭鸡蛋，都老老实实地站在原地。因为毫无办法，因为害怕至极，所以任人宰割。

他偷偷瞄了瞄江心的脸。那张无辜的脸已经布满忧伤而痛心的阴云，聪明的江心一眼即明。沉静地令人害怕那即将到来的狂风大作，雷电骤雨。

江心向吴永豪慢慢走来，手里从路过的餐桌上随意拿起一杯咖啡，绝望而悲悯地走到他面前，瞪着眼睛强忍住泪水没有滑落出眼眶，重重地泼向了吴永豪。

江心忍痛从牙缝里挤出几个字——"我们离婚吧！"然后把杯子重重地放在桌上，愤然离去。

留下了云里雾里的阿喵、殷音和艾姗，看着亲切端庄的江心如此反应，实在来不及反应，直到听到了"离婚"两个字。

阿喵感到自己头重脚轻，眼前的世界好像都化作满眼都是见不得人少儿不宜的马赛克在快速地滚动，"哐啷"——阿喵应声晕倒了。

殷音和艾姗赶紧将阿喵扶起坐下。

"吴大总监，你倒是解释下是何情况？"殷音心疼阿喵，大声呵斥着。

而吴永豪站在原地不能自已地颤抖着。

坐在车里的许慕凡看着漫咖啡的大门愣神儿，看见江心魂不守舍又伤心欲绝地走出漫咖啡，刚要下车去探究竟，他突然想到了什么，下意识地快速打开车门，疯跑到二层，目睹了乱无可乱的一切——失魂落魄的吴永豪，狼狈不堪的艾姗，昏迷不醒的阿喵，不明真相的殷音。

重色轻友的许慕凡瞬间眼睛里过滤掉了所有人，艾姗的出现，狼狈的出现，狼狈的楚楚可人的出现，使他全部注意力都集中在了她的身上。他跨过晕倒在地半靠在殷音肩头的阿喵，双手扶着艾姗的肩，柔软地问："姗姗，你怎么在这里？你还好吧，这是怎么了……"他赶紧掏出自己的手绢，小心地擦着姗姗湿漉漉的头发，"剪了头发？"

艾姗边躲边牵强地笑笑，低头正好碰上殷音抬头看着这一幕的双眼。

"谢谢您，我没事，快看看阿喵。"艾姗当然记得在云南答应了殷音什么。

"你可真是阴魂不散！起开！"一听这熟悉刺耳的声音，许慕凡就气不打一处来，此声必须出自立伟伦。艾姗为了化解尴尬，主动抓起赶过来刚要来劲的立伟伦，拉着就往外走。

阿喵皱皱眉，醒了过来，咬破了嘴唇，眼泪愣是没有留下来。她看着吴永豪紧张抽搐的脸，决绝地拉着殷音夺门而出。而吴永豪面对着江心与阿喵真是连当场崩溃的勇气都没有了！喏喏地耷拉着脑袋，像一只受惊的小鹿，在警觉地感知着四周随时可能再袭来的危机。江心和阿喵两人分别离去，他甚至动弹不得，不知该追哪一边。许慕凡只好扶着难兄难弟吴永豪一起离开。

第二天阿喵坐上了飞往日本北海道的飞机。江心收拾了自己的东西回新加坡。

看似平静的 FTL 的几位主人公都是人在公司心却不在的混乱状态。而此时，许慕凡收到了美国总部的 email，中国业务的强势增长，越发引起美国总部的关注与投资，总部即将来华访问。

许慕凡盯着屏幕深吸一口气，缓缓地吐出来，走出去招呼团队紧急召开部门会议，准备迎接美国总部来访事宜。

众卿接驾，各显神通。陈妮娜负责老外们的娱乐活动，她在寻找所有跟中国元素相关的行程，给老外们安排一场地道的中国之行。任子健和林琅开始准备整体生意的回顾亮点。而为了让许慕凡上任后呈现第一次完美的亮相，殷音和艾姗共同在视频后期制作公司为许慕凡准备汇报视频。

许慕凡为二人的努力，深深感谢。加班凌晨，送来了宵夜，当许慕凡想送俩人回家时，又被立伟伦搅乱了。这次是艾姗和殷音都给立伟伦发来了地址，艾姗也在试图接受立伟伦。虽然吴永豪的话让她心里很纠结、很痛苦，但她不想让殷音难过。

"嗨，老婆，我来接你了。"可恶的立伟伦的脸出现在许慕凡的眼前。

"哪有你老婆？"经过丽江的亲密接触后，他只要见到立伟伦，就会下意识地暂时患了失忆症，忘记自己在工作环境中。同时他又患了不治之症嫉妒狂躁症晚期，不爽到想把他的脸揍扁成包子脸。

"嗯，老板，是我叫他来接我的。现在太晚了点，您要是方便就拜托您送殷音回去吧。"姗姗拿起包，单手挎着得意洋洋的立伟伦。

许慕凡只好酸爽地送殷音回家，一路上一言不发。

到了楼下，殷音佯装睡着了。许慕凡并没有打扰她，而是静静地看着前方，耐心等着她醒来，心里褶皱地在想着艾姗刚才的举动。

　　而副驾驶假寐的殷音心里却无比温暖。她慢慢向许慕凡肩头倒去，碰到他的肩头的时候他犹豫了一下，然而并没有动。第一次靠在许慕凡的肩头的殷音，幸福地甜笑。而这一切，都让坐在对面车里的隋海洋看到了……通过之前特别是后来丽江殷音的种种表现，隋海洋越发害怕自己会失去殷音。

　　美国总部大老板们来到中国，从 CEO Ed 到每个部门总监，都非常重视。这可以说双重的含义，一则是十分重视中国市场的生意发展，二则是审视整个中国区业务的模式与中国管理层的能力。

　　Townhall meeting（员工大会）的 MC（主持人）由英文流利的艾姗担任，老板们对中国充满了兴趣与信心，这将说明中国将会得到更多的投资与关注。殷音羡慕地看着台上的艾姗，虽然近在咫尺，而她却感到距离艾姗好远。

　　许慕凡汇报的视频非常震撼，这都源于艾姗和殷音一帧一帧地精雕细琢和反复推敲。许慕凡微笑地注视着光彩夺目的艾姗。看着艾姗与吴永豪、林琅及国外大老板流利且熟络地聊着新品上市项目的投资回报比与中国市场的潜力和发展策略计划，许慕凡走过去轻抚姗姗的肩头，自豪地告诉老板们这是中国最优秀、是他最得意也是最年轻的高级品牌经理。殷音看着这一切，突然好想痛哭。

　　送走了老外们，吴永豪又回归了行尸走肉的 down 机状态。许慕凡很是担心，他开始约他相对更了解和熟悉的江心。电话中的江心受到的打击是前所未有的，因为她还在阿喵痛失孩子的时候大力谴责过她的男朋友，没想到就是自己在诅咒深信与深爱的丈夫吴永豪不得好死。她觉得自己需要时间来冷静地思考和疗伤。许慕凡尊重她的决定，理解她的痛苦。

　　许慕凡又去找阿喵，而阿喵已经不知所踪，连殷音也不知道。看着终日以酒做水、以泪洗面的吴永豪，许慕凡也心乱如麻。

第九章

9A. 三剑客合体

"嗡——"

殷音的手机再次响起了那个她最不愿看到的号码。她一面忙碌，一面快速地按下了拒绝接听，并设置了静音模式。

两个小时后，殷音手中的工作告一段落。她拿起手机，看到上面有无数个佟菲的未接来电，以及隋海洋的未接电话。殷音看着佟菲发来的短信，瞪大眼睛，强忍着的眼泪，还是夺眶而出。

她疯跑着冲出公司，一把将一个已经半拉身子进出租车的人拽了出来，钻进去大喊着目的地——监狱医院。还没入秋的医院，长廊尽头是手术室，显得特别萧条、阴冷且遥远。殷音铆足了劲地向前跑，看到隋海洋一直静静地坐在门口，眯着眼睛呆呆地注视着手术室的灯。看到殷音喘着粗气，他默默地低下头，不愿讲话。

过了一会。灯灭了。

很久。

医生出来什么也没说，隋海洋站了起来，刚想上前，医生停了几秒转身走了。殷音甚至没有胆量开口问问结果如何。注视着慢慢从手术室推出来被从头到脚盖满了白色的压抑与凄冷，她没有像想象中的那样扑上去，而是恐慌地后退着，逃亡着。

殷音在监狱服役的妈妈因长期的抑郁加之冠心病，情况危急。监狱拨不通殷音的电话，情急无奈只得拨通了佟菲的电话。恰巧佟菲随 Ed 出差不在北京，联系不上殷音，只好打给了隋海洋。隋海洋一直从学生时代就默默关照着殷音的母亲。而自从那悲剧以后，殷音再也没有见过她的母亲，只有佟菲和隋海洋时常去看看殷音的母亲。最终还是离开了，她没能见到母亲最后一面。狱警给她最后的信，她不知道该怎么面对，内心极度复杂地默默地流出了泪。隋海洋心里也很低落，但他懂得殷音的骄傲和自尊，这是一个殷音心里最深最重的伤疤，是多么难以接受的事情，好像永远无法愈合的疼痛。

此时，飞机的起落架刚刚着陆到地面，还在快速滑行，空姐就在劝告急得快哭出来的佟菲："这位小姐，现在飞机还在滑行，请您不要打开手机。"

佟菲的右眼贴了一小块白纸来阻止那狂跳不已的眼皮，她嘴角时不时有些抽动，无法控制的面部神经给她极大的担忧与紧张。她理都没理空姐，刚落地继续拨着电话，"怎么样了？脱离危险了没有？"

殷音拿着电话一片沉默。

"到底怎么样？殷音！你倒是说话啊！"

"她，离开了。"

佟菲怔住了，浑身就像是被击中一般动弹不得。

"她说了……什么？"

"她说她爱你，想你。让你，让你，让你好好照顾我，爱护我。"殷音看着远处处理后事手续的隋海洋，居然趁机伪造了妈妈的遗言。她太懂得佟菲的软肋，想趁此机会将这个定时炸弹解除。

佟菲在电话那端泣不成声，整个飞机都在安静地听她哭泣。

艾姗在开电话会议的时候收到了殷音的短信："我妈妈去世了。"

下班后，她心绪复杂地来到了父亲的病床前，呆坐在那里独自伤心。这些年他们的家庭就这样四个人四个地方地生活着，看似没有交集，却交集重重。压在心里的那股错乱与迷惑，让她不知道该用什么样的心境去面对。她总觉得这一切发生得太过突然，又太过不合理，她不懂。

此时，门外一双眼睛正在柔软地注视着她的背影，男人的手放在门把手上，攥出了汗，也没有进去。直到一名路过的护士说："您来了？怎么不进去？"

"哦,不急,不急。"男人摆摆手，又赶紧转身看看是否被里面的姗姗听到了。果不其然，注定如此，这就是命。姗姗正站在原地静静地看着他，没像他想得那么激烈，反而像是我什么都知道了似地慢慢眨眨眼，低头，笑了。

一直默默捐助救治她父亲的神秘男人终于露面了，没错，必须是许慕凡。

"姗姗。"许慕凡唤了她的名字，也笑了。

看着许慕凡的双眼，似乎都没有变过，那眼神深深地表达着希望姗姗再给自己一次机会的意愿，聪明如她。她读得懂，只是在此时此地，又陷入了患得患失而无法割舍的轮回。

许慕凡送姗姗回到家，依依不舍却不敢越雷池，目送着她走进了有着立伟伦的房子。对，他从心里不承认那是姗姗的家，撑死算个房子。刚刚要发动汽车，一个巨大的麻烦站在了他的车前，沉稳的许慕凡受惊吓了——艾姗的妈妈像是魂魄一样面无表情地出现了。

许慕凡跟艾妈妈面对面坐下，他感到对面袭来一阵无形但又有力的压迫感。

"多年不见，你还是那个样子。看来生活得不错，而我的女儿却已经过了最好的年月。你为什么又来纠缠她？你不记得当年的承诺了吗？"看来艾妈妈连寒暄都省了，直接质问许慕凡是否还记得几年前对自己的承诺。

许慕凡深吸一口气，低头不语。他直到现在也实在不理解为什么自己不能跟艾姗在一起，难道就因为自己父辈破产？

艾姗的妈妈是一个完美到不允许自己有一丝瑕疵的人，对自己的现状不满意，对自己的丈夫不满意，所以她抛夫弃女也要去美国，寻找自己的那份满意。但她更不允许她女儿的人生有瑕疵，不能忍受女儿有孤儿院院长那样的后母，古怪、忧郁、毫无血缘的继妹，这些都是她要从艾姗的生命中抹去的。好不容易当她站稳了脚，把女儿接走，即将许诺给她一个无暇的人生的时刻，不合时宜的许慕凡出现了。而许慕凡就是造成艾姗人生最大瑕疵——那个孩子的始作俑者。

　　她回忆着自己将艾姗发给许慕凡"我们结婚吧"的求婚短信删除，又替代许慕凡回复了决绝而残忍的短信给艾姗——"我们不可能在一起，分手吧"；再用最恶意的语言去攻击一个失去父亲和财产的可怜的许慕凡——"你就是艾姗人生的污点，你岂能配得上她？"让他尊严扫尽的同时，又失去最心爱的女人。她一手策划了女儿与许慕凡分别的戏码，然后将刚出生的孩子无情地送走，想永远掩藏那个瑕疵。她以为自己成功了、胜利了，殊不知她永远失去了自己唯一的女儿艾姗，就像是珍珠在最光泽饱满的地方被打错了孔，失去了永远的完美无暇。

　　"伯母，如果没有什么事情要讲，我先回去了。最近公司繁忙，还请您体谅。"许慕凡打破沉默，想要全身而退。

　　艾妈妈可不是省油的灯，"这是怎么说的，想躲我可不行。"

　　"我不想躲您，我想跟您和睦相处。我对姗姗的感情，您不是不知道，这是不可控制的，不是说停止，就能像开关一样立刻断电的。我相信，她也是。我感觉得到。"

　　"你的家世、你的财力，是配不上姗姗的，不要再固执了。"

　　许慕凡举起一只手，停在空中，眼睛盯着面前桌上的咖啡杯，淡淡地说："几年时间可以有很多变化，我已经将我父亲的债务全部处理完毕，且有自己的上市公司。有些时候，不是您看到的就是全部的事实，因为这取决于看的人的眼界与角度。"有些被激怒的他，稳重地把持着自己的尊严。说完，微微低头，以示告辞，决绝地离开了愣在那里的艾妈妈。

也许每个人心底都有一块禁区，碰不得，更觊觎不得。因为那好似坚硬而瓷实的壁垒，捍卫着珍贵的尊严与执着。

"砰砰砰"连续而急躁的砸门声，夹着毫无耐心的催促声，"Hey, My man。起来开门！"是许慕凡在砸吴永豪的门。

这个家伙不知道是不是已经很久没有出过门了，以前的他可不会如此，心情不好一定会烂在哪家夜店的美眉的怀里腻歪着。这次看来真的大有不同，所以更让人担忧。

许慕凡没有办法，他只好报警。"喂，公安同志您好，我的朋友已经很久没有露面，我想请您们来他家里看看，可以吗？对，地址是东三环内光华路的新城国际 G 座 602，谢谢，谢谢。"来大陆不久，许慕凡就盼着可以见到传说中的公安。"公安"这两个字在他的心中无比神圣，以至于当民警到达的时候，他居然给民警敬了礼。

"哎呦，稍息，不用行此大礼。"警察还搞笑地配合了一下。

三下五除二，门打开了。一股恶臭飘了过来。

"啊！这不会是尸体的腐臭吧？"许慕凡有点慌了。

警察无语地摇摇头。"您想多了，这明明是酒臭的味道，尸体味道不这样。您想闻闻吗？我可以满足您。"

"啊，不必不必，我可以进去找他吗？这里要有什么勘察现场的流程吗？"许慕凡认真地问。

"您又想多了。进去吧！"警察有点不耐烦，心里嘀咕着，哪来的假洋鬼子，大惊小怪，没完了还，就会浪费警力，耽误工夫。

许慕凡点点头，蹑手蹑脚地走进去。还没到卧室，他就看到横在卫生间门口的吴永豪四仰八叉地躺在那里，手里还抱着一个洋酒瓶子。他回头看看警察，大胆地走过去，嫌弃地用脚踹了踹吴永豪，"喂！醒醒！你可真是让人操心！"一面回头向警察敬礼。

警察走进来，看看睡死过去的吴永豪，蹲下来，捂着鼻子，摸了摸脖子的大动脉，吓了许慕凡一跳，后仰着身体，十分惊恐地满脸嫌弃，"检查尸体不是才摸这个地方？"

"哦，职业病，理解下。他没事啊！以后这种事，别打110，浪费警力不说，还把自己吓个半死。"警察嫌弃许慕凡正如许慕凡嫌弃躺在地上的吴永豪一样。

许慕凡点点头，恭敬地目送着人民公安离开现场。

他走进浴室，想用喷头浇醒吴永豪，可是喷头太短了。他只好拿起一个吴永豪泡脚的桶，接了一大桶水，费劲巴拉地挪出来，用尽力气，举得高高的，一下倒在了吴永豪的头上。

吴永豪腾地一下面目狰狞地坐了起来。好像一个做着美梦被突然从梦里拽出来一样的神情。

许慕凡可爱地蹲在他的惊恐的脸旁边，萌萌的眼神从牙缝里狠狠地挤出几个字："你醒了？陪我去 Touch 马术俱乐部，NOW！"

吴永豪歪歪斜斜地跟着许慕凡一起到艾姗喜欢的 Touch 马术俱乐部骑马，许慕凡骑着一匹英国纯血马，高大威猛的深黑色，在健硕的臀部有两颗星星的纹路，亮亮的皮毛，让骑在他背上的骑手都显得精神起来。而二人各自心里都揣着无数官司需要散心，他们人在马上，心在神游。马这种通灵性的动物一下就可以感知到骑在它们背上的人的情绪与状态，善良的马也配合地一点点信步在场内。

此时，许慕凡的马却突然兴奋了起来，向着不远处一个人骑着的马小跑了起来，给没有心理准备和身体准备的许慕凡惊着了，一路狼狈地颠了过去，一路上嘴里叨叨着"Stop！Stop！"貌似身为英国纯血的马儿也没有听他的话。

"嗨，流星，是你！"熟悉的声音传来，许慕凡勒紧缰绳定睛一看，是英姿飒爽的艾姗。两人刚刚对视，许慕凡露出了好看的皓齿，突然一个煞风景的脸钻了出来，是立伟伦骑着马挤进他俩之间。

"哦，我和伟伦在小骑。你一个人吗？"艾姗先打破了沉默，把聚焦在立伟伦脸上的许慕凡拉了回来。

"好巧。"许慕凡笑笑。

"Oh, kidding me? How old are you?（字面意思：天，逗我呢？你多大年纪了？）"

听到这问话，许慕凡和艾姗都有点懵。

"你问他年龄干嘛？又抽疯？"

听到姗姗为自己训立伟伦，许慕凡心里美滋滋的。

"不！我是在问，真的假的？为什么'老是'你？"（此处 old 译为"老"）

许慕凡爽朗的笑声传遍整个马场，"哈哈哈哈哈哈！"

立伟伦一见他如此开怀地大笑，气儿就不打一处来，"哎哎哎！说你呢，阴魂不散的，你以为夸你啊！"艾姗也加入了大笑的阵容，立伟伦也跟着得意地"嘿嘿嘿"起来。

待昏昏沉沉的吴永豪嘎嘎悠悠地骑过来，刚想搭话，艾姗心情复杂、面露难色地接起了手机。

在整个接电话的过程中，姗姗只发出了几个字，"喂""哼""好""嗯"。然后她挂了电话，都没有理会吴永豪和许慕凡，只是跟立伟伦拿了车钥匙。艾姗匆匆告别让他自己想办法回去，然后骑着马到了停车区，连骑马装都没来得及换，神情慌张地开车走了，留下追到车边没来得及拉开车门的担心的立伟伦在扬起的尘土中咳嗽。

立伟伦骑上马就要追，被及时赶到的工作人员慌张地拦下，要知道他骑的这匹马可是价值连城。这要是出点事，马术俱乐部是要赔翻天的。

立伟伦跑到外面拦车，没有人停下，看着姗姗开的越来越远，他心急如焚。

突然一辆白奔驰发出了急刹车的声音，抓地力极强地停在了立伟伦的旁边，窗户降下，"快！上车！"是许慕凡和后座的吴永豪。三人就这样，穿着骑马装，开着白奔驰，疾驰在追寻姗姗的路上。

　　姗姗到了诺金酒店，车都没停好就直奔一层的咖啡厅。气喘吁吁地走到一个坐在窗边的年轻男人面前，他的后面站着两个戴墨镜，穿黑西服的，一看就是贴身保镖的人。

　　"来了？这不是也挺快的吗！"年轻男人优雅地拿起咖啡，抿了一口。

　　"我妈呢？她在哪？"

　　"姐姐，你急什么，我能怎么样她呢？毕竟也当了我这么多年的妈，伺候了我爸这么多年。"不紧不慢地继续喝咖啡。

　　"废话少说，你想怎么样？"

　　"哎呦，姐姐，我们也有好几年没见了，怎么对我这个弟弟这个态度。再怎么说，我也是最爱你的父亲的唯一的亲生儿子啊。"他放下咖啡杯，挑了挑眉。

　　"小宁，你别这样阴阳怪气的，我们直奔主题吧。"

　　"我的名字不是给你喊的，你最好还是叫我'邓少爷'比较顺耳。之前看在老爷子的面上，我不想跟你计较，现在还是分得清楚点好。"

　　"你……什么意思？把话说清楚。"

　　"看来老爷子是白疼你了，连临死之前为了不打扰你的生活，都忍住不见你了。"

　　"你是说，父亲，他……"姗姗的瞳孔在放大着，疼爱她的继父去世了？她心里不能接受这个事实。

　　"别装了，你能不知道老爷子死了？你作为最大的遗产继承人，你别在这里演戏了，心里乐开了花儿了吧你？"年轻男人露出凶光，恶狠狠地瞪着眼说，"你别以为我不知道，你和你妈心机那么重，抢了我爸的人，还要抢他的钱！你们做梦！只要我在一天，就别想得逞。"

　　艾姗皱着眉头沉浸在伤心中，无暇理会对面正在叫嚣的人。

　　"他临走前说了些什么……"眼泪从眸子里垂落下来。

　　"别装圣女婊了！你们娘俩够了，演够了！老爷子也死了，没人再看你们的戏码，没人再给你们喝彩了！省省吧！你别以为我不知道，你和你妈，你们俩轮流伺候老爷子，把他迷得团团转，就你们这种下三滥的行为，还以为能瞒得住我？"

"你！"艾姗紧咬着嘴唇，眼泪在眼眶中打转，晶莹剔透。

"我怎么？我冤枉你了？这年头出来卖不丢人，按劳所得嘛，但是你们这样贪心的，我可是闻所未闻！80%的遗产都给你？凭什么？"年轻男人站起身，瞪得眼珠子好像马上就要掉下来，伸手指指点点艾姗的肩膀，一下下地戳着她的心窝。

她的眼泪流下来了，不仅因为委屈，不仅因为痛苦，更多的是为了她的继父对她深沉的爱与照顾。

"啪！"一沓文件砸在艾姗的脸上，她的头发被砸乱了，脸上被锋利的文件纸划破了一道，血渗到她白白的脸上。

她站起身。

"你别走！赶紧把放弃遗产的协议签了，把我们家的都还给我！"

"你等下，我去整理下自己，我会签的。你等着。"姗姗沉寂在继父去世的噩耗中，绝望而坚定的眼神有点可怕，在旁人八卦议论的眼神中，转身走向拐角处的卫生间。

"哐！"

"哎呦！"艾姗所谓的"弟弟"惨叫了一声，一杯咖啡生猛地撞在了他的心口，咖啡顺势洒了一身。刚才耀武扬威的他瞬间双手捂着皱成一团的胸口痛得发不出声音。

保镖上前凶神恶煞地刚要出手，却被三下五除二地废了回来。

"就凭这水平？你以为戴个墨镜穿个黑衣服就是保镖了？自不量力，活该找抽！"立伟伦整理着衣服，掸着身上的灰尘，一面不屑一顾地呵斥着同样面部扭曲狰狞的两个中看不中用的保镖。

"原来你也身手不凡啊，看来之前没有亮出真本事！"许慕凡看着立伟伦吃惊地感叹。

　　立伟伦瞥了他一眼，转身对"弟弟"不客气地说："小混蛋，你敢欺负艾姗，胆儿够肥的啊！"

　　"你们到底是什么人？跟艾姗那贱人什么关系！你们管得着么？"

　　"让你还嘴硬……"立伟伦还没说完，只见"弟弟"又被右勾拳一记击中左脸，鼻涕口水一大把喷射出来，狼狈极了，可见那一拳的威力有多狠！许慕凡抖抖拳头，恶狠狠地看着他说："你不记得我了吗？才过几年，你小子毛儿还没长硬呢！嘴巴放干净点！"

　　"弟弟"扭头揉着脸，呲着牙一看，"哥，怎么是你……"

　　"记得我就好，我之前怎么跟你说的，那时候你没满18岁，我不会教训你，多次警告你和姗姗和睦相处。现在你20岁了吧，依然死性不改，我可以揍你了！"

　　"那你们俩跟艾姗什么关系？"他指了指立伟伦和悠哉翘着二郎腿坐在一旁看着热闹诡笑的吴永豪。

　　许慕凡拉开一把椅子面对他坐下来，"你左边这位是姗姗多金而率性的好友哥哥，无论我们如何对你，都有足够财力收拾残局的人。"

　　"听清楚了！我叫立伟伦，你家不是在美国么？那更好，那我更方便收拾你！我可以把我的信托基金换成硬币，用每秒钟连发三枚的速度攻击你，那，那，那，全身上下。就这样，我的钱，够砸你这个混蛋10年的时间！"立伟伦一口气不喘，最后又补充道："我是艾姗的老公！"

　　"待定的。"许慕凡瞪了一眼立伟伦，不顾对方的不屑继续说："你右边这位是姗姗足智多谋、无所不能的哥哥，他会用各种让你痛苦不堪的手段回敬你。做好充足害怕的准备。这几个保镖，不行。"他伸出手指在空中摆摆。

　　"我全都明白了，就你这个小屁孩儿脑子那点小九九，都是我几十年前玩剩下的了。在我面前，你就是一丝不挂地暴露着你那也不怎样的小身板儿。"吴永豪说着还用下巴示意了一下"弟弟"的裆部，"弟弟"委屈地、下意识地捂了捂。"懂了吗，别招惹姗姗，我可是看不得她受半点委屈的！"

"我就不用自我介绍了吧,我还是几年前的我,我对姗姗……你当时也是知道的,所以如果你还想吃拳头,我随时奉陪。当年你不是也想跟我一样去海军陆战队吗,看来是随口一说,去做点对你自己人生有意义的事情吧!不要虚度你的大好时光!"

"我就说她不是一般的贱,哥哥们,你们不要被她迷惑了!她也是这么对我爸的!现在老爷子把大部分钱都给她了!"

"够了!"立伟伦狠狠拿起桌上的马克杯,举起来就要砸,结果杯子里的咖啡全都倾倒在了自己的脸上,"你找死!我老婆有我,有的是钱。你爸那是公正英明,要是把钱给了你,你早晚会死在毒品和犯罪上!"

吓得"弟弟"连连抱头,求饶不断。

"有什么事情,你来找我,不要再骚扰姗姗。"许慕凡拦住立伟伦,递给纸巾,淡定平静地说。

吴永豪灵活狡诘的小眼神儿示意姗姗也许快回来了,他们站起来,立伟伦最后补充道:"再也不要来打扰姗姗。我警告你,我们会盯着你的!各种方式折磨回敬你,任你挑选,包你满意。"然后三人转身潇洒离开,像极了英雄本色里的桥段,要不说戏如人生呢。

姗姗整理好情绪,用水洗了洗脸,水顺着脸颊、下巴向下滴。她看着镜子里的自己,深吸一口气,从卫生间走出来,却看到远处刚才的座位空空如也,"弟弟"和保镖都离开了。只剩下狼藉一地。此时,一个服务生满脸怨气地径直走向她,"您看,刚才您的朋友们把这里弄成这样就都走了,我们也不敢上前阻拦。正发愁怎么结账和赔偿的事情,您回来了正好!"

"我的朋友——还们?"姗姗不理解她的意思。

"请您配合下吧,把账和赔偿付了吧。您要是实在不愿意赔,那只能我们按照监控录像设备里的视频去报警了。闹太大了,也不好。"服务生姑娘犯了难,委屈带有试探地给艾姗分析着。

对,监控,怎么回事,也只有录像可以回答自己的疑问了,艾姗想。

"好的，多少钱我都给您，实在抱歉，给您添麻烦了。不过，我能看看监控录像吗？"

姗姗若有所思地缓缓走出诺金酒店，她看到了立伟伦、吴永豪和他。她心里有点乱，因为监控录像只能远远看到他们发生的动作，听不到他们在说些什么。他们说了什么能让小宁突然都不纠缠财产的事情了，这些疑问让姗姗想到各种可能。

此时的立伟伦、吴永豪和许慕凡开心地坐在车里，即使北京的爆堵，也阻止不了他们的开心。立伟伦主动开车，播放着 Hipp Hop 音乐，脖子随着节拍一伸一伸，手指有力地敲着方向盘。吴永豪在副驾驶开着车窗，一只手臂耷拉在窗外，看着窗外，跟着音乐唱着饶舌歌曲。而许慕凡坐在后排用手拖着下巴，看着前面两个异常兴奋的人，不禁摇头笑着，突然发了声——

"立伟伦，我想提醒一下，你不要再跟别人面前提，你是艾姗的老公，这样对姗姗一个未出嫁的姑娘是很不好的影响。"他突然想起了刚才和之前立伟伦种种把"老婆老婆"挂在嘴上，终于忍不住发了声。

立伟伦从后视镜看了看他说："切，对她有不好影响的人怎么会是我？"说完还白了他一眼。

"什么意思？你明示！"

"哎哎哎，Stop！刚才多么有团队作战的胜利感觉，你们俩不要煞风景，你，接电话啦！"吴永豪厌弃地看着两个说翻就翻的大男人，赶紧制止，并提醒许慕凡接催命 Call。

"喂，姗姗——"他特意拉长了声音，故意诚心看着后视镜里气愤的立伟伦。

"你在哪？"艾姗着急地问，又补充了一个好有距离感的称谓，"老板。"

"哦，嗯，"许慕凡看看窗外，"在霄云路附近。"

"你们三个对我的好，我，特别感谢！但现在，老板，你们已经上了微博热搜的首页了！我担心一会你就会被人肉出来，我要赶紧启动危机公关预警。

你不要接任何记者电话。"说完姗姗就挂了电话。

许慕凡还没反应过来。

"怎么了？姗姗怎么了？"立伟伦大喊。

他眨眨眼，赶紧点击微博的APP。果不其然……他看着视频里的自己，突然，他好想笑，一点也不觉得紧张与担心。他觉得好轻松，觉得自己好帅气。看着视频下方的评论，他哈哈哈大笑起来，笑声爽朗而有魅力。那股吸引力让姑娘们听到看到都走不动道，满眼冒着粉色的小桃心。

热搜视频标题"三帅锅霸气力惩任性小无赖"，热评"太帅了，特别是中间的那个哥哥，我太爱他了！""谁是姗姗啊，这女人太幸福了吧，三个大帅哥帮她出头，要不要这么幸福！""OMG，我口水都要流出来了，偶吧，我爱你！"

同样读着这些热评，看着这段视频的人还有殷音，她面无表情地滚动着页面，心里那团烈焰在熊熊燃烧。

"喂，是Andrew吗？我是许慕凡。嗯，半公半私，哦？你都知道了？啊，哈哈……那就麻烦了，帮忙让团队加班删帖、沉帖，删掉视频源吧，谢谢，大恩不言谢。"许慕凡立刻致电媒体公关Agency，让他们立刻封锁消息，他很担心会给艾姗造成过多压力。其次，毕竟是堂堂FTL中国市场总监，多少也会给公司带来些影响。

而三人看到视频后，停止了较劲，破天荒地聚在一起，开心地对饮着，感受着独特奇妙的情谊。碰杯的时候，他们的心里没再想着艾姗、阿喵，好像回到了那个年少不必多想，只管大胆去做，一副爱谁谁的青春年代。

9B. 魔咒

一辆奔驰S600停在了艾姗和立伟伦居住的别墅前。一只精致的罗威高跟鞋站定，深灰色的小连衣裙，挂着小香重工外衣，YSL01号唇膏火红火红的，与手里提着的红色爱马仕铂金包交相辉映，衬得脸庞白白的。

"叮咚叮咚"有点不情愿的门铃声。

"来啦——"听着从里面远远传来的立伟伦的声音，伴随着小女孩咯咯的笑声。

门打开了。

立伟伦嬉笑的脸立刻沉了下来，小女孩骑在他的肩膀上依旧肆无忌惮地笑着。

而对方，也明显受了惊吓一般地迅速摘下墨镜，皱着眉头问："你在？这是谁？"她指着小女孩问。

立伟伦立刻把孩子从肩膀上放下来，抱在怀里，走出门，一只手带上门，然后摸着她的头，"您，怎么来了？哦，对，我早该想到。"他突然想起来前两天"弟弟"的风波，相信站在面前的这位也是为遗产而来的。

"伟伦，好久没见了，你父母都还好吧？"

"客套话，像是咱们这般关系，就没必要了吧。"立伟伦望望天嘀咕着，他向来直接的性情很有魅力。

"哈哈，阿姨我就喜欢你这孩子的性子，要不说我们家艾姗要是交给你，这辈子肯定错不了的。这，是谁家孩子啊？"她明显对孩子很紧张，又一次发问。

没想到，这次轮到立伟伦紧张了，支支吾吾、吞吞吐吐地说："哦，哦，您来得太突然了。稍等一下，我马上出来。"他赶紧闪回了房内，生怕慢一点就会被天际磁场那巨大的吸力吸入虫洞永不复生一般。关上门的那一刹那，他感到前所未有的不祥之感与势不可挡、阴阴凉意袭来。

他甚至都不知道是如何在电话里告诉正在为了新品上市讨论广告方案加班加点的艾姗这个消息的，只记得遥远的电话那头，良久，姗姗的一记冷笑，笑得他背后冰凉。

姗姗没有想象得那么快回来，而是在处理完所有事情之后，晚上不紧不慢地回到了家里。看着坐在那里抿笑着等她的妈妈，她觉得有一种说不出来的厌恶。她皱了皱眉，对旁边抱着孩子傻傻站着的立伟伦笑了笑。这笑虽然让立伟伦温暖极了，但他的后背一直在隐隐抽着寒战。

"姗姗，好久不见了，你过的……我看起来还不错嘛。跟伟伦在一起我最放心不过了。"艾妈妈放下手中的茶杯，满意地点点头。

见没人回应，她又自己圆场，"姗姗，妈妈此次回国，目的非常单纯，就是希望你能幸福，是真的获得幸福。我看到你和伟伦已经生活在一起，真的特别欣慰。你们也真是，都不告诉妈妈一声。伟伦啊，你看什么时候我和你父母见见面，把你们俩的婚事敲定吧。"

"妈，您觉得这么迂回地兜弯子有意思吗？这么多年，您第一次回来，不要以为我什么都不明白，我已经见过小宁了，他要我交出父亲给我的所有遗产。您不就是为了这个而来吗？"

"姗姗，我毕竟是你的妈妈，这么说话太过刻薄了。我所做的一切都是为了你的将来，为了你好。我知道，小宁没有得逞，视频我看到了，伟伦有你保护姗姗，我非常放心，谢谢你。所以我此次回来，希望你们可以真的有个幸福的结果，这样立家和我们就可以强强联手，地位更加稳固，而我也可以踏实回美国。"

"视频你看过了？"姗姗心想，那么她也知道许慕凡也出现在自己的生活中了，"您真的没必要说得这么直接、这么赤裸，也为自己一生追求的完美留点余地。我和伟伦只是好朋友，我想也没什么必要跟您多做解释，我的生活从那次之后，就由我来决定了，我会为我每一次的决定而负责。您不必担心了。请回吧。"

"姗姗，别，你妈大老远来的，怎么也要陪她吃顿饭，好好叙叙旧。"立伟伦在旁边终于开了腔。

艾姗不太理解，有点不客气地站起身，从立伟伦手中接过孩子，站在楼梯口，侧着对艾妈妈说："你以为是对我好，可是我心里好痛，每痛一次就强迫我自己忘记你一点。直到今天我已经不痛了，所以你也被彻底淡忘了。走吧，带着你仅存的面子，赶快回到你疯狂追求的生活中去吧，不要再来打扰我的生活。"

"姗姗，我的孩子，你坐下，妈妈要告诉你……"

"阿姨，您这大半天肯定累了，我替姗姗带您用餐。走吧，给姗姗点时间。"立伟伦着急地打断了艾妈妈的话，走到她身边，想要赶紧结束这段对话。艾姗没再回话，抱着孩子上楼关上了门。

九朝会是一家风格独特的餐厅。不过二人都无暇欣赏这里的别致。在餐厅的一角，立伟伦静静地坐在艾妈妈的对面。他脑子里回想着在姗姗到家之前，艾妈妈对他说的让他紧张害怕到不能动弹的那席话。

"伟伦，看来你是真的爱姗姗。"

"当然，爱她是我的使命，存在于每一次我的呼吸里。"

"哈哈，好，年轻啊真是好。我也喜欢你爱她，希望你们在一起。只有你和你的家世才能配得上我的女儿姗姗。不过我有一个条件。"

"您终于开口了。"

"哼，你们俩结婚，借助你们家的势力，帮我稳住我和姗姗应得的遗产，稳固我在美国圈子的地位。"

"我想跟她结婚，做梦都想，但是我和姗姗结婚是为了给她幸福、照顾她、爱她，并没有考虑过您的地位。您想多了。"

"伟伦，是你想少了。"艾妈妈颇有深意地问："这个孩子是谁？"

立伟伦最怕的问题终于被问出了口，他紧张地看看艾妈妈一副心中有数的样子，他慌了，"这个孩子是……姗姗的女儿。"面对看透他的心的高压般的眼神，他显然有点扛不住。

艾妈妈笑笑说："伟伦，这个孩子是谁，看你的样子，我就很清楚也很肯定了。姗姗的孩子早就被我送走了，不会有人知道的。我以为你神通广大，但我仔细看了看这个孩子。你胆子真的不小，竟敢找个女孩子就来冒充姗姗的亲骨肉。你这也是爱她的一种方式吗？"

立伟伦虽然坐在沙发上，也突然感到一阵眩晕。

他不记得后来自己说了什么，也不记得她又说了什么，只是满脑子想着各种姗姗知道真相的可能性，他怕，他怕失去姗姗，永远的。

这是他一生中吃过的最难下咽的一顿饭，他不记得怎么送走的艾妈妈，只是想赶紧回到姗姗的身边，看看她、抱抱她。

回到家，他轻轻推开 Angie 的房间，姗姗搂着孩子蜷缩着睡着了，旁边是打开的绘本和 Angie 最爱的小熊玩偶。他心里暗暗发誓，不能让姗姗再经受一次失去孩子的痛苦。她已经活得很累很累了。他轻轻带上门，走到楼下的吧台，从酒柜里拿出一瓶红酒，打开之后，举起来就咕咚咕咚喝了起来。红酒的劲儿不小，加上都没有醒酒，不一会他就趴在吧台上睡着了。

不知过了多久，被姗姗匆忙的脚步声吵醒，"这么晚了，你要去哪？"立伟伦站起来问正冲向大门的姗姗。见姗姗没有理会他，他突然害怕起来，难道是孩子的事？

"姗姗？"他追了出去，看见姗姗满脸是泪，在着急地、一次次地发动着汽车。

他打开驾驶室，让姗姗坐到副驾驶，什么也没问，只是静静地问了句"去哪？"姗姗颤抖着将还没有挂断的手机给了他，是许慕凡。

"喂？"立伟伦冷静且沉稳。

那头的许慕凡居然如释重负地说，"太好了！伟伦，你在就好。现在来安贞医院，维一她……去世了。"

挂了电话的立伟伦，醉意全无，看着发抖的艾姗，他顾不得自己刚喝了一瓶红酒，严肃而急迫地发动汽车，用最快的速度到了安贞医院。车还没停稳，姗姗就开门冲了下去，她踉踉跄跄地向手术室跑去，看见了在门外的殷音和许慕凡。

"啊——"姗姗哭着看着刚刚推向太平间的维一，被许慕凡揽在怀里，姗姗伤心欲绝地向着维一的方向一次次地冲去，她不敢相信几小时前还跟自己在一起开会的维一，现在怎么会冰冷地躺在一块白布下面。许慕凡用尽力气抱住她，任凭她哭得多么悲伤。

维一在加班之后回家的出租车里，最后一个电话是在车里回家路上，打给殷音调换第二天的会议室。然后她说累了，让司机师傅到地儿叫她，就这样，永远闭上了双眼长眠。

艾姗回忆着她与维一的最后时刻。她负责的新产品即将上市，正在紧锣密鼓地进行广告方案讨论与制作，但在此之前，已经经历了无数的昼夜加班，大家都有点熬不动了，进行了严谨的定性调研和定量调研分析。艾姗接到立伟伦电话，提前回去见不速之客自己的妈妈，走的时候让维一早点回家，没想到维一自己一个人一干就忘了时间。出租车陈师傅与维一是老熟人了，这位北京的哥非常钦佩这个东北小丫头的勤奋，经常在凌晨送她回家，没想到这竟成了最后一次。

许慕凡心疼地抱着几近崩溃的艾姗，安慰着她，他看到远处的立伟伦，点点头，转身看看殷音说："姗姗需要多休息，殷音你来加入姗姗的项目，帮她一起做新品上市。我会给予你们高度的支持和工作自由度，一定要多多休息，劳逸结合。"许慕凡哽咽了，"另外，殷音你记得处理一下维一的后事，以及媒体的事情。让姗姗多休息。"他不断重复着姗姗多休息，不同人听着不同的意思。

维一的离开，让整个秋天都显得那么短，让人来不及换上风衣，就已经感到刺骨的寒冷。

维一的葬礼前一晚就开始深秋的雨，整个天空都在为这么一个年轻努力的小姑娘而哭泣。

维一的父母眼眶深陷，自从听到这一噩耗就再难入眠。悲伤的母亲还在激动地哭嚎，依偎在默默流泪、呆若木鸡的父亲的肩膀上，还要时不时感谢维一的领导许慕凡为维一操办的后事，时不时拉住扑向维一遗体，到现在也无法相信眼前一切的维一的奶奶。市场部的成员静静地目睹着维一从老家赶来悲痛欲绝的亲人，心里都非常沉痛。

艾姗哭成了泪人，并且一直在心里自责。她伸手摸摸自己的心口，有一种要崩裂的剧痛。许慕凡和立伟伦一直在艾姗身旁照顾艾姗。

殷音也在流泪，看着艾姗的身旁站着她曾经和现在深深喜欢的两个男人，看着维一前几天还是鲜活的生命，现在就面无表情、冰冷地躺在那里，她觉得自己好可怜、好孤独，觉得生命好无常、好残酷。

从八宝山离开，回到家，陈妮娜环顾着之前三人的家，悠悠地说，"维一啊，谁能想到你前天还跟我一起去吃麻辣烫，加个班就再也没回来呢……哎。殷音，我决定搬家，离开这个我们三人一起住的房子，我继续住下去不舒服，太难受了。"

殷音看着维一照片上的笑脸，点点头。她想起来自己之前利用维一的一系列事情，心里也很难过，看着陈妮娜快速地收拾着东西，面对维一空空如也的房间，她的心开始恐慌。

外企市场部，不论里面的人是生病抑或死亡，是伤心抑或绝望，绝不会提供停滞的机会，哪怕一下下。因为生意的指标就在那里，一点不减，每天都会开启倒计时模式，继续催促着所有人向前疾驰。

一年一度的全球品牌管理营销大奖即将拉开帷幕，全球一共有5个奖项。之前艾姗领导的世界杯的品牌活动的结果非常成功，被全球列为最有创意最大化投资回报的案例，给中国授予嘉奖。许慕凡开心极了，他走出办公室宣布这一好消息，同时感谢了艾姗和殷音的努力。艾姗应付地笑笑，舒了口气，用手摸着维一座位的名牌，在怀念同样功不可没的维一。

许慕凡在全球管理层面前代表中国大放异彩，总部邀请中国CEO、市场总监、销售总监，以及世界杯活动的市场经理等前去领奖及分享。许慕凡为了艾姗不要太自责维一的离开，特意发邮件给总部告知艾姗是代理市场经理并且领导该项目获得了奖项，总部回信欢迎艾姗一起来，发出了最终版的邀请函。

　　善良的艾姗得知，也提议带着殷音一起前往。许慕凡知道艾姗和殷音的姐妹情，他为了让艾姗开心，又再度多次积极协调总部，终于把殷音在临行前的邀请函和手续办好。

　　隋海洋认为许慕凡也对殷音有意，心里非常愤怒。而任子健却很诡异，好像心里在谋划着什么，林琅也嫉妒地认为许慕凡与殷音关系颇深。而殷音，也好似深深陷入莫须有的飘然感觉中，她感到许慕凡对她的情谊，她给自己鼓劲，希望可以再往前走一步……

　　临行前，殷音接到了佟菲的来电。"你方便吗？下班来一下我的公寓吧。"

　　"你什么事？"殷音谨慎地问。

　　"哼，我能怎么你？你现在有什么值得我怎样的？来吧，好事儿！"说完佟菲便挂断了电话。

　　殷音按照地址，来到了佟菲的位于东三环内的千禧公寓。她惊讶于佟菲居然住在如此豪华的公寓。

　　佟菲穿着丝绸睡衣开了房门，头一歪示意她跟着自己进来，并带着她来到了她位于主卧旁的衣帽间。这衣帽间中间有一个圆形的下沉沙发区，就像电影《小时代》顾里的衣帽间一样，有几套晚礼服静静地躺在更衣凳上。"随便试，喜欢的拿走穿。这次去总部，你就别去费劲租了。"

　　殷音心里无比惊讶佟菲有着无数的名品包和晚礼服。佟菲悠悠地点上一支细细的烟，靠在窗边的美人靠上，眯起眼欣赏地注视着殷音。

　　"这件不错，你再配个晚礼包。喏，在那边，你自己配。"

　　自从殷音的妈妈去世以后，佟菲心底十分自责自己没能见到最后一面，逐渐开始对殷音越来越好。殷音慢慢感到自己身旁的一颗定时炸弹正在自动解除。

9C. 其果

　　全球首届市场精英颁奖盛典在美国好莱坞的海边举办，全球顶尖的市场精英都汇集于此，盛世空前。

中国团队提前抵达，为了可以让大家放松一下。艾姗一大早想去海边散步，路过一间房间的时候，房门突然打开她看到任子健和林琅一大早亲昵地从同一个房间出来，无意间目睹了林琅和任子健的奸情。任子健咳嗽了一下低头先行离开，林琅慢慢走过来警告艾姗："不要说出去，否则对谁都没好处。"而殷音在酒店走廊的另一头也看到这一幕。

欢迎晚宴舞会，来自世界各地的市场精英们欢聚一堂。艾姗被 FTL 高管邀请共舞，殷音失落地看着舞池中的焦点艾姗流畅的舞步。原来，姗姗的继父正是 FTL 最大的股东，殷音感慨艾姗的幸运和上天的不公。她想起了一句话，没有谁可以随便成功。

艾姗在这里有很多熟悉的人，总在不停地与各路前来恭喜她的人说话。许慕凡默默靠在角落里注视着艾姗，等舞毕走过去与她碰杯。艾姗迎着他主动举杯，感谢有点落寞的许慕凡，"许先生，谢谢你对我的肯定。"说完她一饮而尽。

"姗姗，你别喝太多。"

"我还挺喜欢大家给你起的这称呼'许先生'，温文尔雅、亲切有礼。谢谢你对我的信任以及所做的一切。"姗姗闪着眸子看着他，心里默默感谢他对自己的付出。

两人慢慢漫步在会场外夜幕星空下，此时天空绽放了美丽的烟花，就像一直在等待他们出场一样。

殷音在一旁冷眼看着二人，一杯杯狠狠地喝下杯中的红酒。隋海洋也在旁边静静地观察着殷音的一举一动。

异国他乡，浪漫夜色，殷音忐忑地走向许慕凡。"慕凡，可以与你单独说话吗？我们去海边吧。我，有事要谈。"许慕凡犹豫了一下还是点头同意了，他实在不好意思直接拒绝女士。两人走在沙滩上，殷音脱下高跟鞋，借着酒劲大胆地站到许慕凡的面前，拉起他的手，深吸一口气，向许慕凡表白！"慕凡，我爱你。我无法停止地爱着你，从第一次我们见面开始，我觉得我太幸运了，相信我们的缘分，我们一直在彼此牵引着，你感觉得到吗？把心打开，尝试接受我吧。让我走到你的心里，我会认真地去好好爱你。"

许慕凡被这没头没脑、突如其来的告白惊到了。他下意识抽回手，尴尬地笑笑，看着眼前在热切盼望他可以点头的眼睛。不善于拒绝的他犯了难，但现在事态已经升级，不可以再如此不明不白、不清不楚，必须要决绝而坚定。

"殷音，你是个好姑娘，在我心里是个努力且聪明的好下属。你让我非常放心踏实，可以把很多工作交给你。你明白吗？我们……只能是工作关系，朋友关系，而已。"他的婉拒很实在，"不要让我为难，不要因为我而让你错过真正爱你的人。"他又补充了一句，因为想到了总是吃飞醋的隋海洋的脸。

"可是我……"

"感情中不是所有的'可是'都有结果，不做执著的坚持，只做最适合的选择。"许慕凡必须当机立断。

殷音还想开口说什么，却想保留自己最后的那点自尊，欲言又止。她痛苦不已，觉得自己的行为丢人至极，她发疯般地奔跑，想要逃离眼前的尴尬与婉拒。

许慕凡看着跑远的殷音，本想跟着她，追了两步却停住了脚步。他看见，在不远处坐在沙滩上的艾姗。艾姗吹着海风，凝望着深邃的大海，思绪中整理着与许慕凡的感情。美国，有多久没有回来了？这是一个隐秘的伤心之地。

许慕凡脱下西装，勇敢地大步走上前去，单膝跪下给艾姗披上了他的西装。艾姗被突然而来的关怀吓了一跳，紧张地笑笑，"谢谢许先生。"

许慕凡什么也没说，并排坐在艾姗的旁边，就这样一起默默地望着大海。

此时手机响了起来，许慕凡无奈地笑着看着躺在沙滩上的手机，"伟伦"来电。这个家伙好像有心灵感应一样，每次只要是他想单独与姗姗相处一会儿，就肯定会打来。许慕凡拿起电话，在某一刻，他真的想扔进面前无垠的汪洋大海，但他还是绅士地递给了姗姗，"伟伦的电话，他，真的是很关心你。"

姗姗不好意思地笑笑，接了起来。

"姗姗，怎么这么半天才接起来，我真的很担心你呢，是不是又忘了跟我的约定？你看现在都已经美国时间晚九点了，我们约好视频的，你怎么忘了，是不是又有许禽兽缠着你？"姗姗连一句"喂"都没有来得及说出口，就被立伟伦劈头盖脸地问了一番。听到"许禽兽"这个称谓，真是让人哭笑不得，她下意识地看看许慕凡，生怕电话那头声音太大了，被他听到。

"我在忙啊，你别担心，也别瞎讲，你不是也在忙演奏会的事情吗？"

"对啊，我在选曲，我想跟你一起四手联弹呢，你有喜欢的曲目吗？要不就还是那首你的最爱吧。"

姗姗眨眨眼，笑了笑，头发被海风吹拂着飘起来。她歪头看看佯装看着远处出神又欲言又止，不愿离开又使劲竖着耳朵想听到点什么的许慕凡。"嗯，好。"她笑着收了线，一起默契地看着大海。

跑累的殷音躺在海滩上，任凭精致美丽的裙角被海风吹起来。在这一晚，殷音接收到了太多信息，嫉妒得发狂。她觉得艾姗拥有了一切，她又飞奔到海里，双脚踩在有些凉意的海水中，大声对着大海哭泣地呼喊："为什么？又是这样对待我！凭什么？！"她心里的妒火慢慢滋生成了报复之心，肆意燃烧着。

一只手提着一双高跟鞋，轻轻地放在殷音的背后，脚步有些犹豫地向前，最后又后退离开。是隋海洋。他一直暗中跟着殷音，看着呼喊流泪的心爱之人，心疼的同时，更加愤恨许慕凡对她的若即若离。

第二天颁奖晚宴还没结束，急救车的车灯闪耀会场，整个现场显得混乱紧急。急救床被几个救护人员急匆匆地推出来，上面躺着一个戴着氧气面罩的中国女人。许慕凡跟在后面扶着脑袋不敢相信眼前的一切。隋海洋狂奔着跟进了急救车，救护人员将车抬起，昏迷患者的脸露了出来，是殷音。此时，姗姗瘫坐在地上肆意地哭着。

三个小时前。

颁奖晚宴盛世空前，完全按照好莱坞奥斯卡颁奖礼的形式打造，Ed、许慕凡携中国管理团队首先闪亮登场，然后是殷音和艾姗二人携手登场。走在红毯上，一对姐妹花像是在高中时代一起联手登上舞台般地自信飘逸。殷音穿着佟菲送给她的价格不菲的晚礼服，笑颜如花地看着艾姗，看着走在远处的佟菲的背影，看着回头注视她的隋海洋，最后眼睛落在了许慕凡的身上。而许慕凡一直毫无变数地注视着艾姗，久久久久……

在发表中国分享感言的时候，许慕凡在台上深情地注视着台下的艾姗，讲着感谢的话："我为我的团队自豪。有他们，中国才可以有全新的突破与绽放。为了全新的高峰，中国团队已经做好了全面准备，我们将为持续的陡峭的 CAGR（复合增长率）而喝彩！"许慕凡赢得了全球同仁的雷鸣掌声。对于其他高管来说，中国市场无疑是个最好的跳板。这里会做出很大的成绩，成就自己事业的新高度而对于许慕凡来说，中国市场太有魅力了，让人欲罢不能，让人魂牵梦萦。中国是一切希望的收获地，也是他最重要的梦想的收获地。

到颁奖环节，主持人在台上念出了"获奖代表，殷音，来自中国。"许慕凡鼓掌的同时看看在身旁的姗姗，姗姗微微笑着点了点头示意。而殷音却非常为难，好像有苦衷一样畏惧地不敢上台领奖。主持人再次念出了殷音的名字，全场响起了雷鸣的掌声，并大声喊着殷音的名字，她无可奈何地站起来，看了看低头掩饰紧张的林琅，硬着头皮微笑地走了上去。原本颁奖典礼环节，许慕凡特意安排艾姗上台代表他领奖，而善良的艾姗却暗自让给了殷音。当殷音还未款款上到台上颁奖点位，突然台上的射灯灯架掉了下来，殷音一直时不时抬头看，看到第一时间往旁边倒，但还是没有躲过沉重的射灯钢架重重地砸在了她的下体。她当场流了很多血，晕了过去。

现场乱作一团，隋海洋第一个冲了上去，费劲地将殷音从架子下移出来，大声呼喊着她的名字。

时间再倒回到昨天晚上。

在殷音面对大海发泄完之后，她眼神可怕地敲响了林琅房间的门。殷音跑去告诉林琅，艾姗将她和任子健的事情告诉了她，而且很多人也都知道了。林琅气得简直失去思考的能力，狠狠地说："绝不能饶了她！"在海边的小酒吧，她们一起买通了负责今晚颁奖礼设备的工作人员，预计在艾姗上台领奖的时刻，上演可怕的一幕。而计划却改变不了本来命运的轨迹，黑暗的恶意永远不能战胜光明的善良，一切报应都落在了计划制定的俑者身上。

医院里。殷音昏迷了两天两夜，刚刚苏醒，看到了一直陪着她的隋海洋。她费劲地摘下氧气面罩说："你，快走，别在这里。"她在受伤的时候还在担心自己是否会被许慕凡误会。

而她心心念念想见到的许慕凡，却因为重要的并购会议先行回国。

艾姗趴在床边睡着了，医生进来告知了殷音诊断结果，她被诊断为卵巢破裂。这意味着殷音再也无法成为一个完整的女人，永远不能生育了。

她没有流泪，冷冷地看着趴在床边。两天两夜没合眼的艾姗，她狠狠地咬着嘴唇，慢慢渗出了血。她知道，艾姗已经有了一个四岁多的女儿，有着两个深爱她的男人，有着良好的家世，有着她想不到的金钱。她绝望地苦笑着，对艾姗恨之入骨。

一周后。殷音和艾姗坐上了同一班回国的航班。

殷音在美国的这些天，一直良久地看着与许慕凡刚认识时给她发的短信。在极度苦闷的时候，回忆往往是最好的疗伤药，但也是最恐怖的彼岸花，它的魔力会唤起最心底的罪恶。

隋海洋一直给她打电话，都没有接听。一出接机口，隋海洋就在远处朝她招手，艾姗笑着感慨："海洋真是个细心的人。"殷音面无表情地向前走，黑超下藏着令人毛骨悚然的死寂。

"姗姗，你自己可以吗？我来送殷音回家。"隋海洋真的像海洋一样飘逸着清新的海风的味道。

"好的，你来我最放心。殷音，给我打电话。"姗姗做打电话状跟音音告别。

　　隋海洋开车带她行驶到一片美丽别致的别墅区，上风上水，位置极好。殷音有点惊讶，隋海洋跑去给她开车门，然后伸出手拉着她，带着她走进了别墅。一进门，地上撒满了红色的玫瑰花，客厅的墙上全是殷音学生时代和隋海洋的照片。隋海洋带殷音来到餐桌前，点上暖暖的烛光，配上柔柔的音乐，开始亲手精心烹制大餐。殷音会心地流泪，苦苦地微笑，放下疲惫的身躯，主动环抱着隋海洋。

　　隋海洋发自内心高兴极了，深情半跪在地上，捧起殷音的脸说："殷音，今天是我 35 岁生日。在这天里，我深深地感激老天让我认识了你。你给我一切奋斗的能量，我期望可以跟你一起度过今后的每一天。即使你用痛吻我，我也要用爱回你。"他掏出早已准备好的求婚戒指，一枚蒂芙尼的经典六爪钻戒，深情地说："嫁给我吧。殷音。"

　　殷音早已泪流满面，也许是被此时的情绪冲昏了头脑，也许是被这刻的海洋的深情打动，也许是她的心想要的太多太累了，她扑进海洋的怀里放肆地哭泣着、颤抖着，泣不成声、断断续续地说出了心底的痛："海洋，我，我，我，我再也不能生育了。我伤得很重，我再也不能做妈妈了。呜呜呜——"

　　对于隋海洋这样一枚典型凤凰男的传统家庭观念，殷音知道这将是致命的打击。她想着，让一切痛苦都接二连三一起来过吧，她静静地闭上眼等待着隋海洋的拒绝。

　　而等到的却是海洋如潮水般激情的亲吻，隋海洋小心翼翼地捧起她的左手，轻轻地戴在她的无名指上。轻吻着她的手指，抬起头说："殷音，我爱你，爱你的人，爱你的心，爱你的一切的一切，爱你所有的所有。不论你变成什么样，无论你做出什么事，我都爱你，义无反顾。就像海水会无数次地亲吻沙滩，我也会只爱你。"

　　听了这席话，殷音什么也没有说，她想暂时忘记一切，只是忘情地、深深地回吻着隋海洋……就像他们遇见的第一晚一样。隋海洋单纯地沉浸在幸福中。

　　而幸福的时限总是短暂的，隋海洋的幸福在五分钟之后无情地戛然终止了。

许慕凡给殷音打来电话，简单关心了殷音的病情，让使得她激动不已，完全不顾及面前隋海洋的感受。

"海洋，正如你无法自拔地爱着我一样，我也无法控制自己，疯狂地爱着许慕凡。不要怪他，也不要怪我。对不起，海洋，原谅我。"海洋难过地、木讷地站起身径直去了洗手间，打开淋浴任凭冰凉的水冲刷着自己的全身。

那枚蒂芙尼钻戒静静地躺在铺满玫瑰的桌子上，陪着可怜至极的隋海洋独自在偌大的别墅中。

9D. 心碎的分裂

艾姗从机场没有直接回家，对女儿的思念仅仅化作在车上打的一通电话。她的新品上市的电视广告即将甄选代言人，没有了维一的帮助，这些天铺天盖地的电子邮件已经让她有一种要窒息的压力感。她工作这么久从来没有过如此的压力感，来自体能精力与心理，希望尽快将落下的工作全部杀掉。想到这，她深深呼出一口气，振作了精神。

她看到邮箱里面还有一封有点摸不到头脑的信件。"Hi 姗，听说你的品牌正在招募代言人拍摄新广告，不妨找我试试看，不会叫你失望的。爱你，菲。"Ed助理佟菲欲当代言人，给艾姗发了一封如此自荐信。艾姗读着总觉得前晚的食物没有消化，十分不舒服的同时又吐不出来。甄选流程先放一边不谈，单说前阵还在三里屯互撕互掐，难道这么健忘？佟菲也许想得太过简单了，她认为冰雪聪明洞察力十足的艾姗，应该非常清楚她的能量和背景以及与总裁Ed的关系，所以就直白地发了这封让人哭笑不得的邮件。

艾姗拿着黑莓撇了撇嘴，双手快速敲击全键盘开始回复："Hi Tong, This is the very important launch campaign for Swipe great launch in China, we need to follow the consumer insights research result to do next step, well received your thoughts, will think serious over then make the best decision. Best, Winnie."（"你

好佟菲，这是一个对于 Swipe 品牌全国上市的重要品牌推广活动，我们要严格地遵照消费者洞察调研的结论来做下一步行动。我已经收到你的想法，将会认真考虑，之后会做出最佳的决定。祝好，艾姗"）

冰雪聪明如艾姗，她当然知道佟菲的后台背景，也知道殷音似乎也跟她有什么渊源，还知道她也是破坏许妈妈家庭幸福的罪魁祸首，更知道她是许慕凡的房东。种种种种，是个普通的毫无瓜葛的女人都会受不了，何况还跟她大打出手。她真的佩服佟菲的强大的内心可以做到如此恬不知耻。

佟菲看到邮件后，哼了一声。她举起手机，拨通了号码。对方刚接起来，"喂，你回来了吧，我有事！"然后就把自己的天真想法激动地陈述了一遍。

殷音挂断电话，明知道无果，还是无奈地回到公司恳求艾姗。艾姗非常吃惊，但为新品生意负责，她依然表示要慎重考虑，并没有松口。

佟菲又愤愤地告知总裁 Ed。Ed 在新品上市里程碑回顾会议中上演了一出与艾姗的精彩对弈，许慕凡不会让言辞正义的艾姗与 Ed 发生正面冲突。此时正是数据为王，有理走天下的时代，外企毕竟不是私企，Ed 最终落败于消费者调研数据之下，代言人事件得以平息。

而看似平息的表面，实为隐藏着堪比黑天鹅一般的事件，你不知道的事远比你知道的事情来得更加可怕与猛烈，此次事件衍生出不可逆的连锁反应。佟菲一看施压 Ed 失败，她可不懂自己是输给了大局，而是输给了艾姗。她疯狂发脾气，逼婚于 Ed。而在国外有家室的 Ed 无奈打了佟菲，佟菲终与 Ed 闹翻，从公寓搬了出来。

不久之后，一首匿名中英文双语版的打油诗发给了全中国以及合规部、法律部，并且群发给到了 FTL 全球管理层。诗中明确地指明了 Ed 多年在中国担任总裁的期间，各项商业贿赂，以及个人受贿事件，数额高达上千万美金。事件立刻火速升级，被外界知道，FTL 中国迎来了前所未有的危机公关。公司公关部忙得炸翻了锅，各种"勒令禁止随意向外透露公司信息的公告"满天飞，紧急召开员工大会和新闻发布会。

　　而当天，佟菲居然突破了重重严守，到台前抢过麦克大肆宣讲 Ed 的种种"罪行"。见过世面的市场部的各位都傻了眼，事件中涉及的所有人员一下成了媒体社会的焦点，她还扬言还会继续有人下马。FTL 爆出根深蒂固的后宫文化，整个公司被一袭阴风笼罩。

　　在这风口浪尖上，许慕凡安排市场部一起外出团队建设，大家玩起了杀人游戏。"天黑请闭眼"，闭眼之后一片寂静。任子健惊恐地睁开眼睛，发现他突然置身一个漆黑的舞台，只有一束强光从上到下照在他的头顶，所有的人都消失了。突然合规部和法律部的人出现，在他们身后的是已经被杀死的 Ed 躺在血泊之中，旁边是站在黑暗里冷笑的佟菲。林琅的脸也在远处面无表情地看着他。任子健猛然惊醒了！原来只是他心里所忧的一场梦。他喘着长气坐起身，看看身边的妻子，轻轻下床，走到另一个房间的门外。他轻轻旋动门把手，打开门探进身，看了看自己熟睡甜笑的儿子，又关上门。他走到阳台点了一支烟，若有所思地吸着烟嘴儿，火星一闪一闪地陪伴着在黑影里的他。

　　日有所思，夜有所梦，果然合规部和法律部紧接着开始逐一部门开展培训，同时邀请各部门手握重要资源的人员到小黑屋例行谈话。掌控着 FTL 最大品牌的任子健自然在名单榜首之位，他佯装镇定却实为紧张的神情，说明了一切，丝毫逃不过两个部门学法出身的人的双眼，洞悉一切的可能性。这一天不在审讯室胜似审讯室的问讯，让他如坐针毡，脱发心慌。显然他已经成为了合规部门眼前一亮的重点关注对象，嫌疑人已有，只差搜罗证据了。要知道，业务部门有业务指标来考核绩效，合规部门这类支持部门自然只有依靠每年查处的不合规员工以及涉案金额来完成自己的考核指标了，为了奖金，也要拼了。

　　Ed 的罢免公告堪称外企历史上最麻利的公告，公告正式在总裁前面加了个"前"字，也没有像一般高管无论是何原因离任都有一番歌功颂德的表彰，更多的是基于现实的冷酷评价与如何平息社会不良影响的行动方案。相信在 FTL 的历史将不会出现 Ed 的名字了，这就是古时所谓的后宫文化在现今的真实映照吧。

而最重要的公告无疑是，在无总裁的真空阶段期间，将由总部临时派人来代管中国区域的业务。总部明确指出，要在通过合规审查的中国区总监中委任最新的大中华区的总裁。自然各个总监跃跃欲试，争夺总裁位置，主要以年轻有为的销售总监隋海洋和资深沉稳的市场总监许慕凡组成对决阵势。

艾姗将许慕凡任期中的生意增长情况、新品上市情况一一列举，为了助许慕凡一臂之力，同时联络总部继父的一些熟人了解情况。殷音看在眼里，也想帮助许慕凡，但她发现自己除了做好自己的工作以外，没有其他方法可以帮忙，心里很沮丧。隋海洋在他生日被殷音无情地拒绝之后，没有轻易认输，而是更加踌躇满志、斗志昂扬地准备在事业上迎战许慕凡。

唯有许慕凡看起来依然那么超然、淡定、按部就班地继续每天的工作，好像这些功名利禄对于他来说是最没有必要去争取的身外之物，而他只想得到人生真正的幸福。

"殷音，听说你们马上准备去香港拍广告了，可以暂时离开乱糟糟的公司。换个心情真的不错，别忘给我带化妆品啊。"陈妮娜拿着一杯咖啡倚在殷音的工位。

"什么都瞒不过你。"殷音笑笑，其实她根本不知道要去拍广告的事，心有不爽以为艾姗不想通知她，而她自然不会忘记第一时间告诉立伟伦。

两大品牌加上广告公司一行人等去香港拍广告，稀稀拉拉能有七八个人，拖着一水儿的ROMOWA戴着黑超过安检。这要说是明星团队出行，也有人信；说是集体打狼，也没人怀疑。

艾姗在机场出发层在警察催促送行停车快离开的情况，费尽力气终于甩掉了小尾巴立伟伦。他依依不舍觍着脸向姗姗索要Goodbye Kiss，姗姗指了指警察叔叔。

"那怎么了？交规明明写着开车不可吃东西。第一，我停着车呢；第二，亲吻不算吃东西。所以他管不了咱，么么——"他的脸被强大的力量推了回来，贴在车玻璃上变了形。

"你就是天生想被虐，有时候我必须洞察到你愿意受虐的心理，成全你！好了，我走了！照顾好 Angie，躲着点我妈。"最后两句还挺押韵。

姗姗几句话断了立伟伦的念想，他一直担心姗姗，也想随她一起去，而姗姗毫不妥协地严词拒绝了。她交给他更重要的任务，照顾好保护好 Angie，她实在是担心她妈妈再故伎重演。她的生命水晶脆弱到好像自己随时都可以崩碎，实在经受不住任何巨大的刺激了。立伟伦听到 Angie 的名字心有不安地低下了头，看着方向盘，双手使劲地攥出了痕迹。

看着姗姗远去的背影，立伟伦长叹一口气。他踩了油门，正好趁这个机会问个清楚。

下午。立伟伦趁 Angie 幼儿园放学前，约了艾妈妈摊牌。

"我这人说话直，您别介意。"立伟伦一向对自己不喜欢的人，面无表情，言辞直接，恨不得用最短的时间结束谈话，转身就走。"虽然您是姗姗的妈妈，但却是我恨的人，所以我们这关系、这感情，也就不必寒暄了，累得慌。"

艾妈妈放下茶杯，正了正身子，刚想开口，就被立伟伦抬起来举在空中示意 STOP 的右手噎了回去。

"我就开门见山了，Angie 不是姗姗的亲生女儿，我知道你早就看出来了。"

艾妈妈得意地笑了笑，没有说话。

"我派人、我自己找了姗姗的女儿好多年，你到底把她送到哪里去了？你要是还有点人性，就把孩子的下落说出来。"立伟伦低着头、抬着眼、皱着眉，狠狠的眼神让人背后掠过丝丝凉意的同时，想起了愤怒的斗牛即将冲破牢笼的情景。

接下来的话，立伟伦是强忍着听完的，他不敢想象如果姗姗听到会做出如何反应。

"伟伦啊，我是一个极端的完美主义者，这也许你是知道的，所以我所做的一切都是为了姗姗的将来。为了大局，我不允许她有不完美的爸爸，不允许她有不完美的继妹，不允许她有不完美的配不上她的丈夫，不允许她有在不该有的时候的孩子。这些对她的人生都是污点，她应该拥有完美无暇的洁白光明的人生。这些我从生出她的那一刻，就在尽我最大的努力去帮她回到本该完美无瑕的人生轨迹中。"

"你错了！姗姗要的是简单而踏实的人生，是她自由自在的人生。你用你完美无瑕的想象让姗姗在本该最幸福、快乐、美丽的年华背负沉重的痛苦而度过。一个女人能有几年少女心？我爱姗姗！但是我更爱的是她本真的那颗快乐幸福的心！你快把孩子的下落告诉我，我要把孩子寻回来，否则姗姗一旦知道，那后果是不堪设想的！停止你的残忍吧！即使你是她的母亲，你也没有资格决定她的人生。她本可以很幸福地和许慕凡在一起，那家伙到现在还爱着姗姗，虽然我不想承认，但是姗姗心里也只有他！我，我深深地感受得到……"让人如此心疼的立伟伦有些激动地说完了以上的一席话，能说得出口这些话的人，一定是深深地爱着姗姗胜过爱自己的人啊。

"伟伦，我希望你可以和姗姗在一起。你那么爱她，我都看在眼里，姗姗也知道，现在正好你们可以在一起了。你们立家和我们家门当户对，强强联手，才是你们二人的真正人生。而且，你怎么舍得将她拱手于人？还是给了她巨大伤害的许慕凡？你能舍得姗姗再受伤害吗？"

"不要再用财富地位来绑架姗姗了！你够了！我会全情地爱姗姗，不会改变，但是我要的是姗姗幸福。她在我眼睛里，在我的脑子里，在我的心里，时时刻刻，我要她幸福，而不是让她在我身边。我会一直努力着，直到她的意志也属于我。所以我会保护姗姗，无论是许慕凡那厮敢欺负姗姗，还是你再度做伤害姗姗的事，我都零容忍，绝不同意！"立伟伦攥紧了拳头，"你回去吧，不会出现你担心的遗产问题，姗姗和我都已经解决好了，她还是爱妈妈的，希望你也可以为你的女儿的幸福，放了她。"说完就站起身，头也没回地走了，他真的担心自己会控制不了自己的下意识，他太他妈想抽艾姗的妈妈了。

如果对面的不是姗姗的亲妈，即使是个老女人，他也真的可能会下手，什么"大丈夫不打女人"，什么"在我心里已经打了你了"，在立伟伦这里都是屁话。为了心爱之人，他什么都愿意做，更何况一个莫须有的骂名。他真的曾经找人查过面前这个女人到底是不是姗姗的亲妈，结果是意料之中的，但却是更让人愤恨无奈的。

他开着车，一直向北开，开过了四环、五环、六环，疾驰的速度让他想冷静的心更加巨浪滚滚。他踩足油门，想把刚才的不忿甩到脑后。回到家，已经很晚了。他跑到二楼，Angie 已经睡着了。不顾熟睡的孩子，他重重地将孩子抱起来，紧紧地搂在怀里。他深深地害怕，怕姗姗知道真相那一刻的崩溃，她承受不了，他更承受不了。姗姗的女儿，你到底在哪？他在心里大声地呼喊着。直到 Angie 微微哭起来。

"叔叔，我想妈妈，我还想爸爸。我的爸爸在哪？"说着拿出了一张在幼儿园的画画作业，上面是一男一女和一个小女孩。

"这是谁？"立伟伦文弱得像一只刚出生不久的小猫。

"是妈妈，Angie 和叔叔。因为我不知道爸爸长的样子，所以我画不出爸爸。"Angie 说着说着要哭了。

"叔叔就是你的爸爸，好吗？让叔叔真的来做你的爸爸好吗？"立伟伦有些激动。拥有单纯的爱的男人拥有单纯的眼神，单纯的情感和单纯的泪滴。

"太好了！我有爸爸了！爸爸！爸爸！"

立伟伦哽咽地看着 Angie，这个孩子的爸爸你在哪，现在让我来做她的爸爸吧！他心里承诺着与 Angie 的约定。

"爸爸，我想妈妈，我想找妈妈。"

"好的，作为你的爸爸，我要送给你第一份礼物，那就是明天我们就去找妈妈，我们一家三口团聚在一起！带 Angie 玩，好吗？"

就这么愉快地同意了，立伟伦抱着 Angie 睡着了，幸福地、挂着微笑地睡着了。

"要想人不知"真的是一句咒语，"除非己莫为"这后半段不用说出来，只要事实来验证，来被发现就好了。

香港拍广告期间，无意间，艾姗撞见了任子健骚扰殷音。正义的姗姗上前阻止任子健要告诉许慕凡，殷音却害怕被许慕凡知道她之前与任子健的丑事，苦苦哭诉着哀求艾姗。艾姗不解，但抱着可怜殷音的想法，答应了为她严守秘密，殷音才松了口气。

艾姗思念Angie，给家里电话一直没有人接，给立伟伦打电话也是关机状态，急得她在片场来回打转，坐立不安，无心工作。

细心的许慕凡观察到走过去关心艾姗，她只是笑笑，闭口不谈，强装工作。

不一会艾姗的手机响起来了，是立伟伦来电。许慕凡瞟到了屏幕，心里瞪了一眼立伟伦。

"喂？你怎么关机了？也没在家？Angie呢？"姗姗赶紧走到角落，生怕别人听见。殷音在姗姗背后阴阴地看着她，不用偷听，她就知道肯定是立伟伦关于孩子的事情的电话。

"妈妈——"手机里传来了Angie清脆的声音。

"宝贝，你好吗？"姗姗捂着手机轻声回应着。许慕凡隐隐听到了姗姗在叫"宝贝"，他鼻子有点酸楚，莫名感突然袭来。

"啊？"姗姗赶紧捂住嘴，她都要窒息了，可恶的立伟伦带着Angie到了香港，正在机场去酒店的路上。艾姗真是有心将立伟伦从手机那头拽过来锤上几下。

艾姗挂了手机，一直焦急地看着表。过了一会儿，她趁大家专注工作的时候，消失了。当然，专注工作的同时，也有人可以同时关注到她的举动。许慕凡和殷音都知道她溜走了，这对于热爱工作的姗姗来说，的确是太反常了。许慕凡心有担心，交代了一下任子健，跟着姗姗。

看到他们，艾姗的心才放了下来，开心地抱起Angie猛亲。立伟伦也凑上脸来，等着打赏几个亲吻，却被姗姗无情地推开。她责怪立伟伦为什么不打招呼就带孩子一起到香港。

立伟伦只好装作很无奈，实为心里乐开了花地说："Angie 想念妈妈，她想找妈妈爸爸带她一起玩，而北京只有爸爸，没有妈妈。"

话音未落，又是一记重拳，这就是姗姗与立伟伦特殊的交流方式吧。看着孩子，艾姗心一横，说："走，宝贝，妈妈带你去海洋公园。"

"还有爸爸！"Angie 指指立伟伦，姗姗无奈却开心地撇撇嘴。

目睹着"一家三口"就这样上了车，像是被无数记重拳击倒毫无反击之力，也毫无反击之意识的许慕凡，木木地跟在后面。他的脑袋像被抽空了，眼前这其乐融融的三个人到底是什么关系？到了海洋公园，他依然想不通，紧紧地跟在他们后面，面无表情。一向挂着浅笑绅士的许慕凡，沉寂的脸让人有点害怕，像是有着无法沉冤的仇一样盯着立伟伦。

"哈哈哈，爸爸！爸爸！哈哈哈！妈妈，妈妈！"Angie 大声喊着正在抱着她疯跑的立伟伦。

许慕凡就像被雷击中了，脚沉沉地一下也动弹不了。他眼前有点模糊，感到自己置身于一团漆黑中，像是在没有尽头的隧道的中央，无比的黑暗让他恐惧地快要窒息，他拼命地伸手想要抓住远远的亮点，却被无能为力的绝望而代替。紧接着，周围的黑暗一圈圈地开始疯狂地旋转。他就像被滚筒洗衣机的吸力吸走，随着漩涡，越卷越深，越卷越快。许慕凡腿发软，一下跪在了地上。他看着背影模糊远去的一家三口，心痛地无法形容。他在心里无数次地问自己，那是姗姗吗？听清了吗？——爸爸、妈妈。

许慕凡头一阵眩晕，他不记得自己是以怎么样的心情离开了那里。他依然不敢相信艾姗和立伟伦已经有了女儿，整天笼罩在阴郁中，对人不理不睬。

广告拍摄因为许慕凡和艾姗的一直缺席，又无法联系上，不得不暂停一天。殷音正在疑虑两人是不是一起去了哪里，突然看到了失魂落魄、酒醉成疯的许慕凡回到酒店大堂。殷音担心地、小心翼翼地跟着许慕凡走到了房门。离他还有好几米就闻到了好大的酒气，不知道他到底大白天喝了多少酒，号称那千杯不醉的倜傥许慕凡，现在居然变成了这副模样。

　　许慕凡颤抖得几乎无法自己打开酒店房间的门。殷音赶紧上前扶着烂醉的许慕凡进房间，两人一下瘫倒在床上。许慕凡看着殷音的脸，笑笑。他抚摸着她的脸庞，以为是艾姗，疯狂地抱着殷音，叫着艾姗的名字。殷音心疼地流着泪却没有阻止许慕凡，放任许慕凡对她所做的一切。许慕凡珍藏着对艾姗的那份爱，保管着对她的初心，好多年没有亲近过女人。他流着泪疯狂地呼喊姗姗的名字，他想把自己全部的身心给艾姗，让她明白自己对她的爱，唯一，不渝。

　　第二天，许慕凡醒来，他皱着眉头使劲晃晃脑袋，模糊看着身穿浴袍头发湿漉的殷音背对着他坐在那里。他嘴里柔柔地叫着："姗姗，姗姗。"殷音的左脸颊在抽搐，她抬手抹掉了泪水，整理下自己的表情，转身甜甜地笑着看着许慕凡。

　　许慕凡大惊。他无法接受眼前的现实，这也许是这个稳重、沉着、自信的男人第一次面露连他自己都不敢相信的表情。

　　"慕凡，我，你别这样。"殷音高频地眨着眼睛，她紧张极了，跪在床边，看着许慕凡惊恐万分的窘样，"我，我对你是真心的爱慕，我愿意为你做任何事，只求获得你的关注与爱。接受我好吗？哪怕暂时是把我当做她。让我在你身边好吗？"殷音此生都应该没说过这么谦卑的话，她充满期待地注视着许慕凡，全情投入地在心里祈祷着可以得到许慕凡的点头，哪怕是犹豫地、无奈地，她热切地期盼着。

　　而换来的是，许慕凡长久地低头不语。他沉浸在难以相信的回忆里，可是却什么也记不得。殷音含泪离开。

　　过了很久，三人陆续出现在广告片场，一个心神不宁、一个伤心落寞、一个心不在焉，各怀心思地工作着。也许唯一的共同点，就是期待赶紧拍完收工消失吧，所以一天的拍摄进展得非常顺利，这让广告公司和导演团队都不敢相信这是在跟艾姗和许慕凡工作。

第十章

10A. 逃避

　　殷音回北京的飞机刚一落地，开机就滑进来 40 多个未接来电，都来自吴永豪。马上又来电话了，还是他。吴永豪打来电话约殷音见面，这段时间，财务总监吴大总监除了非要出席的会议以外，其他时间都在外面找阿喵和江心。已经快两个月联系不上她了，再游戏人生、嬉皮笑脸的吴永豪也沉不住气了，希望殷音帮他联系她们俩。毕竟他还欠她们解释，欠她们歉意，欠她们好多……

　　而殷音却提出了交换条件，她要吴永豪告诉她关于许慕凡和艾姗的一切。

　　"殷音，你的心思我都明白，不过可能要让你失望甚至难过。"着急找阿喵和江心的吴永豪也无暇顾及自己的形象，胡子拉碴地出来见殷音。

　　"慕凡的父亲许知世是台湾非常有名的企业家，很早去了美国发展。慕凡大学全家才移民去了美国，但他是很有个性的人，读书工作不靠家里，自己顺风顺水发展得如日中天的时候，毅然服役了两年海军陆战队。退役后的第一天，他就遇到了当年刚到美国的艾姗，那会她还没上大学吧。之后慕凡对她念念不忘，很久都没有谈恋爱，家里安排的相亲也一次不去。那可是美国，一个这么帅气优秀的男人，不泡妞、不恋爱、不做爱，简直让人无法理解！之后，他加入了 FTL 总部，全情投入工作，当时是最年轻的未来领袖接班人。一次在他老板之一— FTL 大股东 Alan 邓的家宴聚会上与艾姗重逢。没错儿，艾姗的父亲正是 Alan。然后两人就自然而然地在一起了。艾姗大学时，两人感情一直特别好，慕凡也在 FTL 总部发展得如日中天。但是次贷危机那次，慕凡的爸爸没能挺住，他家破产了，欠了巨额的债务。他父亲一病再也没有好转，去世了。慕凡很自责，为了自己的人生没有为家里担当一点，所以他辞职了。后来艾姗向慕凡求婚，慕凡不知道为什么拒绝了，也许是因为破产的事情闹得他心神不宁，无心想结婚的事了。"

听到这，吴永豪顿了顿，"但是，我虽然不知道他们之间具体是怎么了，唯一我可以打包票的是，慕凡从始至终爱着的女人，有且仅有艾姗一个人。他从遇到她，心里就再也没有别人的位置。我的死党在专情届著称第二的话，世上绝无人敢称第一！"他说完看着殷音，等她反应。

殷音强忍着眼泪在眼眶里打转，坚强地阻止它们流出来。

"所以，殷音，你又何必呢？这么多年了，什么样的女人慕凡没见过，比你漂亮的，比你性感的，比你身材好的，比你有才华的，比你职场上强的，比你，甚至比艾姗家世还好的，慕凡连正眼都没看过她们。他从不曾忘记艾姗，一直为她守身如玉。男人啊，一个这么优秀的男人，为一个当时都不知道在哪的女人守身如玉！这是什么年代啊，那时他的世界只有回忆，他靠回忆活着的！当我加入 FTL 中国的时候，告诉他艾姗在中国。他就用最快的时间将美国自己白手起家创立的公司甩给别人，自己重新加入 FTL，就是为了找她啊！"他看看一直一动不动好似蜡像的殷音，继续说："殷音，想开点吧，有些事情你再努力也是无果。何况他们俩彼此深深相爱，只是艾姗肯定还是有什么顾虑，所以暂时没在一起而已。但是我相信，他们终究会在一起的。放手吧。"

想想在慕凡和艾姗爱得死去活来的那几年里，她自己在国内过着什么样的悲伤的生活，殷音的泪在心里流下了。一种极大的自卑和复杂的悲苦笼罩着殷音。

回到北京心情大好的立伟伦，简直可以用春风得意来形容。他之前举办的演奏会，因为艾姗在美国照顾受伤的殷音，没能让艾姗看到，甚是遗憾。因此他想借母校校庆的机会，策划一场慈善演出，希望邀请所有人一起参加母校60周年校庆暨慈善音乐会。学校积极组织了历年毕业的合唱团团员来参加青年合唱团，与母校现届艺术团联合慈善义演。

周末，母校音乐礼堂训练现场，殷音走进了带给她无限感伤的校园，正在和老师、同学们叙旧。这时，艾姗的出现成为了老师们的焦点，留下形单影只的殷音在那呆站着。在刚开始排练的过程中，殷音和艾姗有多处配合，都因为殷音的心不在焉而需要重新排练。艾姗关心殷音是否需要休息，殷音只是摇头。

突然，伴随着女同学们惊讶的叫声，可以亮瞎人眼、潇洒飘逸、自由无畏的男人出现了——没错，立伟伦。立伟伦就像高中时代一样，不顾形象地、花痴地注视着艾姗，脸上柔柔地、暖暖地浅笑着。殷音回忆着学生时代，心绞做一团。

此时，另一个像从成功商界画报封面走出来的，好似雕刻名家的完美作品般的男人也出现了——没错，许慕凡。许慕凡就像平时一样，注视着艾姗，散发着想要紧紧抱着她的眼神，缓缓安静地坐下。

殷音看着这两人的眼睛都紧紧地贴在艾姗的脸上，用手使劲地揪着乐谱的一角。

立伟伦没有对许慕凡表现恶意，而是慢慢挪到许慕凡旁边，两人并排坐着看着台上的艾姗。

"看看姗姗，美吧？幸福都融入她的歌声里了。我比你幸运，我认识她早过你。她在高中的时候，我就一直这么看着她排练，你羡慕吗？"立伟伦跟许慕凡低语着艾姗中学时代的种种灿烂的时光，略带贱招儿地挑衅。"她是我见过的最可爱、最仗义、最善良的姑娘，她一直是快乐的。直到去了美国，直到遇见你，这种快乐的神采再也没有了，眼睛里的光泽再也没有了。她那好似绸缎般最美好的青春年华中，一直口口声声说爱她的你都做了什么？谁让她痛苦的？艾姗在度过了痛苦的那些年，你又在哪？"立伟伦的指责让许慕凡心里自责又心疼得难受。他看着台上专注唱歌的艾姗，心中哭得一塌糊涂，想着在香港的"一家三口"其乐融融的样子，他默默地把泪水往心里咽，默默地站起身，离开了。

排练结束，殷音和艾姗环顾了下礼堂，没有看见许慕凡。

演出当天。无论立伟伦的独奏还是和合唱团的配合，都完美无缺。当他与艾姗四手联弹的琴声响起，许慕凡惊讶于这正是他当年写给艾姗的歌《想我》，是艾姗这些年最爱的歌。

当最后一个音符止于指肚的时候，他站起身单膝跪地，当着全场观众的面，在艾姗面前打开了那个世界上最美丽、最有爱、充满魔力的小方盒子，艾姗的脸都被点亮了。

"嫁给我吧，姗姗！爱你是我唯一想做的事情，我爱你。"立伟伦深情地求婚，他怕等到那声犹豫，他主动给艾姗戴上了戒指，可怜巴巴地看着她。此时，大屏幕上放着艾姗学生时代的各种偷拍照。艾姗很感动，他从立伟伦的眼神中看到了几年前的自己，也是这般充满期待地看着许慕凡，幻想着他微微的点头，柔柔的笑容，那将会是多么的幸福。如果故事不这样发展，那么他将是多么悲伤，永远也忘不了自己当时的感受。而今，伟伦与她当时一模一样。姗姗狠狠地点着头答应了。立伟伦开心得像是一个孩子，一把抱起艾姗在台上飞转。

可怜的许慕凡凌乱又崩溃地当场离席，他听到自己的心碎成渣声音，还有立伟伦抱着姗姗在上面旋转着碾压。他感觉整个世界都把他抛弃了……

半年的代管期，虽然各个总监都各显神通，但最终人选还是会在许慕凡和隋海洋之间角逐。今天是 BIG DAY（重要的大日子），最后重要的决战时刻。此次会议结束，总部将作出最终的决定——谁是 FTL 中国新任总裁。

隋海洋很早到公司顶层，看着太阳从远处的高楼的间隙缓缓升起，像是在吸取能量一般。看着太阳的光芒洒满川流的建国路，他深深吸了一口气，感到由衷地释放着自己紧绷的情绪，"就此一役吧，许慕凡。"

"海洋，我旧病复发，现在人在医院。我怕，你快来我身边。"殷音的短信一定要在此刻传来，才方显戏剧的冲突性。不说处心积虑，也算没安好心，它将彻底击碎隋海洋对她的一片矢志不渝的赤诚之心。

隋海洋看到短信，想都没想，边向地下车库跑，边用手松了松领带，在早高峰的时段用最快的速度赶到了医院，却不见殷音的身影。

"殷音啊殷音，是我太傻，你用这么久终于让我明白了，我在你心中的位置。怪我，给你机会一次次地践踏我，是我的错。"隋海洋转身将悲伤留在了伤心地。

此时殷音准时出现在了会议室一角，注视着许慕凡毫无悬念地赢得了最终的胜利。当然即使没有这次的会议，许慕凡也因为之前的业绩，以及和艾姗带领的马来西亚项目组成功兼并了另一家竞争对手觊觎已久的公司，为 FTL 中国的增长打了一针强心剂，而无悬念地赢得他的所得——FTL 大中华区新任总裁。

被殷音耍了的隋海洋，彻底心碎绝望，再没有回到 FTL 办公室，而是直接辞职离开了。他接受不了许慕凡成为自己的老板，但更加接受不了自己心爱的女人一直如此薄情地伤害自己。

在庆祝许慕凡升职的同时，许慕凡宣布任子健将荣升市场总监。众人特别是殷音简直不敢相信自己的耳朵。慕凡啊慕凡，我潜心祈祷你可以更上一层，但却没有想过你要将我置于更加不堪的位置。殷音感觉自己的未来很缥缈，感觉随时走在悬崖边，随时被人重重地推下悬崖一样不安。

艾姗为许慕凡开心不已，在庆祝 Party 上恭喜许慕凡："许先生，恭喜你！"却得到许慕凡反常的冷淡礼遇。

"谢谢。"许慕凡简单地与艾姗碰了杯，转身走向死党吴永豪。也许只有他可以化解他的心伤，让他暂时走出痛苦。许慕凡无法忘记当时立伟伦求婚的场面，他甚至忘记了后面的新闻媒体采访环节，直接踉跄地跌撞回车里。艾姗只得对许慕凡欲言又止，这一切都让殷音看在眼里，记在心里。而许慕凡第二要躲避的就是殷音。看起来庆祝晚宴的主角变成了任子健，其他人都各怀心思地应付着眼前的一切，真希望快点结束，回到自己的襁褓里永远安静地躲起来。

任子健上任市场总监的第一件事情，让所有人都跌破眼镜，那就是流氓般地裁掉了深爱他的林琅。离职公告是这么写的，深意且滑稽，看得懂的人自然看得懂，看不懂的人也不必看懂。

"各位亲爱的同仁，我们遗憾地告知各位，资深市场经理林琅女士，由于个人家庭和个人发展问题，将于本周离开 FTL。我们怀着对她的敬意，感谢林女士对FTL贡献的一切，并且祝福林女士在未来的生活与职场获得更大的成功！FTL 中国市场总监：任子健。"职场真是没有朋友和情人，只有利益纠葛。任凭你是血浓于水的亲人，还是睡在一起的情人，都过不了利益两个字的冰冷残酷。

可能是合规、法律部门没有再找任子健谈话，加之又升了职，他以为自己又再度平安度过了一劫，继续犯坏，把艾姗叫到办公室。

"姗姗啊，"他一开口的语气就把艾姗恶心到了，"你对 FTL 的贡献我们都有目共睹，特别是许老板如此地器重你，自然我也不会亏待了你。现在我正式通知你，我决定你做市场经理，让殷音做你助手，更好地为品牌成长做新的贡献！"

"什么？这太夸张了，我现在的能力无法胜任，您还是再考虑一下。"艾姗连连推脱。她既不想让人觉得自己和许慕凡有什么深交，又不想让殷音承受如此安排，她太了解她。

"已经决定了，你担子太重了，自从维一的事以后，你也没有新的下属。我看你们合作得不错，你就别谦虚了，好好带殷音啊！哦，公告应该已经发了。"任子健说着瞥了眼邮箱，"这不，公告还冒着热气儿呢。姗姗，要继续努力啊，可别许总监在位时勤勤恳恳，换做任总监就随随意意啦。"说着还站起来拍拍艾姗的肩膀，一副小人得志，鸡犬升天的架势。

艾姗浑身抖着激灵走出以前是许慕凡现在是任子健的办公室，突然看见殷音迎着她气势汹汹地走来，撞了她的肩膀，连门也没敲，就进了任总监的办公室，重重地关上门。艾姗想起来在香港的事情，有点不解，但她真的也没想多问，以殷音的个性只能越问越糟。

"任子健，你什么意思？"

"请叫我任总监，我什么意思还用向你汇报吗？"

"你升姗姗我可以理解，但你让我汇报给她是否应该先跟我谈一下？"

"你独立负责过新品上市吗？你为公司背过十几亿的生意吗？你独立写过一次品牌计划吗？职场不是你家，你觉得怎么样，老板们就要怎么样。职场是认业绩的，你觉得我凭什么坐这个位子？你记住，这里是职场，我比你级别高，姗姗也比你级别高，她的确比你资深。我站的高度远比你的想法要大义深远，我也犯不上为了让你不舒服而影响了我对整个公司生意该负的责任。我无须考虑你的想法，如果你不满，辞职吧！"任子健不耐烦地打发殷音出去。

殷音狠狠地盯着他，他说的没有错，虽然让她无法接受，但是句句在理。她只有绝望地摔门而去。

"殷音，我可以跟你聊聊吗？"艾姗站在殷音的工位旁，一直想找她聊聊。殷音却心里一直抗拒，两人处在难受的彼此折磨中。

"姗姗，你别多想，我很高兴可以跟你一起工作，让我能多向你学学，提升我的能力。"

"对不起，殷音。"

"你做了什么对不起我的事吗？"殷音突然问出一句，让姗姗无法回答的问题。"这三个字，不要轻易说出来，不要对一个很爱你的姐妹说出来，我们之间没有这三个字。我听着太刺耳了。"殷音握握姗姗的手，姗姗感动得无法名状。

晚上，任子健正在春风得意地跟家人聚会。他的儿子非常出色，任子健把全部的心血都放在他儿子身上。为了儿子的未来，甭管对的错的黑的白的，他都愿意付出。他希望可以送儿子出国留学，彻底摆脱他极力掩饰那不敢提及的老家的家境。他走出大山的那一刻，就发誓自己要永远将身后皱纹如沟壑的年迈父母，眼神如清泉的姐姐们完全忘记。他有野心要飞得远远的高高的，他要追求最好的人生，要给儿子最好的未来。此次逃脱合规和法务的审计，加之后面的升职更加加强了他的决心，强大了他的野心。而被他狠狠抛弃的林琅只能远远看着满脸喜悦的任子健，使劲地咬着自己的嘴唇。

许慕凡结束了一天的工作，对于一个新任总裁，那就是 Head of Directors 所有总监的总监，白天各个事业部和支持部门的会议让他没有一丁点时间去想艾姗。他觉得这暂时有助于他的恢复，但是只要停下来片刻，哪怕喝口水，去个洗手间的空隙，他都会想起她。他已经搬到总裁办公室。在准备离开之前，他的脚像是设定了固定程序一样，下意识地走到市场部的工位区，没有看到姗姗的身影，而是看到殷音还在座位。她一直在联系阿喵，已经很久没有联系上她了，殷音非常焦急。

许慕凡什么也没有说，默默离开，转身留下一个孤独心酸的殷音继续在座位上。

许慕凡刚刚走进地库停车场，就听到一个车轮摩擦地面急停的刺耳声音，他吓了一跳。原来是隋海洋，坐在驾驶室里直直地盯着许慕凡，然后向后倒了一下开走了。许慕凡实在不能理解这好似杀人未遂的疯狂举动背后到底是什么样的愤恨哀怨。听说隋海洋加入了竞争对手公司担任销售副总裁，看着远去的隋海洋，手机响起来，还是隋海洋。

"明天中午，丽兹卡尔顿见，我有话要说。"说完即挂，毫无废话。电话那头冷冷的声音真的有那么一刻，让许慕凡担心自己明天中午会不会有生命危险。还好是公司旁边人多又熟悉的酒店。

第二天中午，许慕凡如约而至。隋海洋早早坐在那里，从远处看，就像静默淡然的一幅让人舒心的画作。看到许慕凡站定在那里，他点了点头。

"许先生，您这边请，隋先生在等您。"大堂经理面如春风地迎接着熟悉的大客户。

还没等许慕凡坐定，"我不喜欢你，无论你与我是工作关系还是其他关系，所以今天我长话短说，你不要插嘴。"许慕凡咽了口唾沫，连绅士的问好都被对方给省了。也好，就听听吧。

"我和殷音相识于学生时代，她是个很酷的女生。我从没见过经历了那么大家庭变故的女孩子还可以依然坚持自己的目标，一步一步向前。"他顿了顿，"而今，她变了。她的世界没有自己的坚定和坚持，她的价值观每天就是你微笑了几次，有几个 PPT 做得让你满意了，有几次可以跟你面对面一起谈话交流的机会，有哪些可以让你注意到她。"饱受心伤的隋海洋想着那些让他历历在目的往事，哽咽了。

"而你对她，都看得出来，你的心里只有艾姗。这个不怪你，但是你不要再继续给殷音无谓的希望了，这样太残忍了。她是艾姗的妹妹，你这样不决绝的态度只会让更多人受到更深的伤害，包括你自己！"隋海洋的眼睛里充满了激动的恨意。

"我曾问过殷音，为什么会如此无法自拔于你？她的回答我至今无法忘记，她说因为你是她人生的泥潭，越挣扎越会陷得深。她丝毫不想离开，想跟你纠缠在一起生生世世！"隋海洋激动地闪着泪，拿起水杯向许慕凡的脸泼去。

"你何德何能凭什么把一个坚强而自由的女孩变成这样！你放了殷音吧，把她还给我！"他的眼睛闪着泪光。

许慕凡闭着眼任凭水在他的脸上流淌。他深刻地感到面前的男人对殷音的爱是多么得认真专注，他斩钉截铁的责骂让许慕凡倍感自责。香港事件之后他深感对不起殷音，他决定今晚约殷音好好聊聊。不记得最后是怎么湿漉漉地离开了丽兹卡尔顿，看到熟悉的大堂经理表情奇怪、担忧地看着他们，以前经常出入酒店进行商务宴请和各种发布会的两人一前一后沉重地离开。

"殷音，不知今晚有时间吗？有话想说。6 点见。许慕凡"殷音接到许慕凡短信非常兴奋，还没到下班时间就打扮好如期赴约。

　　许慕凡在赶去的路上看到了艾姗带着 Angie 走进华贸三层的一家婚纱店试婚纱。艾姗抚着裙纱左右照着镜子，美丽极了。许慕凡微微笑着，欣赏着心中的挚爱，渐渐渗出了酸酸的液体。想着几年前艾姗在美国穿着婚纱向他求婚的一幕幕，心痛得像是被榨汁机高频地绞动，鲜血淋漓地四溅在榨汁机的透明四壁上，往下顺着流血。看着艾姗身旁的这个孩子，他有太多不甘的疑问，他的脚不听话地迈开想走进去问个究竟。突然，他被一个人使劲抓住，是立伟伦。

　　立伟伦拉着许慕凡到没人的角落，狠狠一脚。许慕凡捂着胸口没有心情还手，立伟伦再次出手，给了一记重拳，着实地击中他的左脸。"你找抽啊！？我警告你不要接近艾姗和孩子。否则我见一次打一次，滚！你根本不配出现在姗姗的生活里！"许慕凡心中一直误以为立伟伦正是艾姗孩子的父亲，心里自觉理亏，低着头没有做声。

　　从车库开车回到家疗伤，才想起来约了殷音，许慕凡匆匆赶到，殷音还在约定地点默默地等着他。他舒了口气。

　　许慕凡和殷音在车里坐着，许慕凡一言不发。良久，殷音打破了沉默："你的脸……"她侧头关心地看着许慕凡脸上的伤。关于脸，许慕凡此生也很难遇到中午和下午两次接连沉重的打击，连续丢了两次脸，真是快离不要脸也没多远了。他累得什么也没有说。殷音就静静地坐着，紧张得一动不动，也不知道过了多久，连四肢都发酸了。

　　"殷音……"

　　"嗯？"

　　"今天的话我不知道怎么说出口，但是我觉得有必要跟你讲出来。"他低下了头，殷音也低下了头，嘴角有些抽动，她预感得到在这样的气氛中会听到什么样的一席话。

　　"对不起！"这三个字应该是在最词穷的时候使用频率最高的三个字了。

　　殷音听到，笑了。"别，这三字太重了，我想也不是我们这种关系可以承受的三个字。"

"你是一个很棒的女孩，自信、勇敢、有魅力，我……很欣赏你，殷音。也许我对你的关心与照顾，让你误会了。抱歉殷音，是我没有注意尺度，让你误会了。在香港……"

"慕凡，嘘。"殷音把手放在自己的嘴唇上，轻轻示意许慕凡不要再说了。

"香港的事情对于你来说太难了，我来讲就好。"殷音此时对许慕凡的善解人意让人如此动容。

"一直以来，我对你的感情就像是小蜡烛，纵使你有万丈光芒，我也想在一旁的角落默默为你燃烧，给你即使小到我自己也看不清的光亮。这是我对你的感情，与你对我是什么类别的感情无关。我愿意为你奉献付出，就像你为了艾姗也会做出很多匪夷所思的事情一样，谁人的一生中没有个自己例外的人呢？艾姗是你的，你是我的。例外。"她用手捂住嘴，颤抖了几下。

"香港，我从没见过你如此状态，从没见你喝醉过一次，从没见你那么悲伤痛苦。你，一直叫着姗姗的名字，是我自己太自私，我想你，非常想你，我想跟你在一起，哪怕暂时地替代姗姗，让你平复、让你舒心，就那么一小会，也好。所以，不是你的错，你没有错，不要再说对不起。如果这段记忆让你不开心，答应我，就忘了吧。我爱你的自信的微笑，爱你的魅力的睿智，爱你的非凡的直觉，爱你的手指的温度。即使你是我人生的泥潭，会让我越陷越深无法自拔，我也愿意让你将我整个吞噬，心甘情愿。"殷音一口气激动地说完，深深地呼了一口气，抹去眼角的伤感，打开车门，迈出有点麻木的双腿，慢慢下车，好久好久离开了许慕凡模糊的视线。

共度。

殷音抱着吉他一边肆意地唱着，一边拿起酒瓶喝着酒，脑子里在回忆着刚才自己的洒脱。说实话，她有点后悔想去抱住许慕凡狂吻他，哪怕是最后一次也好。

手机突然响起来了，是隋海洋。殷音满脸辛苦不情愿地接了起来，当时吓得殷音瞳孔放大，脸色发白。隋海洋告诉她——佟菲要跳楼自杀……

　　殷音踉跄地赶到隋海洋说的地点，看着佟菲正站在酒店的顶楼危险的边缘。晚上刮起了风，楼顶的风显得格外大，好像在宣战，疯狂地刮着，感觉随时都会把她那瘦弱的身躯卷走一样。

　　殷音蓬乱着头发颤抖地走近她身后，轻轻地叫着她的名字："佟菲——"

　　佟菲头也没有回，眼泪随风飘着，"就在那站着陪陪我吧。"她不让殷音再向前了。

　　隋海洋悄悄走近殷音，"佟菲今晚约了我，她希望转交给你一样礼物，但一定要等明天后再给你。她的样子让我感觉很怪异，很担心，她失了魂地将包落在了座位上，所以我一直跟着她，在酒店的天台发现了她。"

　　说完，隋海洋将她包里的精神类药物递给殷音。原来外表看起来光鲜靓丽的佟菲一直患有严重的精神分裂。殷音在隋海洋的怀里瘫倒吓得抽泣，伸手指了指前方的佟菲。

　　佟菲举起双臂，轻轻地说："殷音照顾好自己。"然后身体向前倒下去。

　　隋海洋像是超人附体一样瞬间移动到佟菲的身后，一把抓住了她的一只脚腕儿，佟菲的身体重重地拍在了酒店大厦的外壁，一下晕了过去。

　　"殷——音——快来，帮我！"隋海洋双手紧紧攥着佟菲的一条腿，从牙齿缝里挤出几个字。

　　殷音吓得连滚带爬，大声哭着帮隋海洋将佟菲费劲地拉了回来，看似瘦弱的只有90斤的佟菲，此时像是千金灌注似的沉重。两人躺在酒店的天台，大声地伴着风声喘着粗气。隋海洋歪头看看晕厥的佟菲，再看看被吓得歇斯底里、大哭大叫的殷音，像是泄了千年的重负一样。他支起身，紧紧地将殷音搂在怀里，流着泪笑了。

　　三人进医院接受检查。隋海洋把礼物交给殷音，打开看到是一封信和银行保险柜的钥匙——这是佟菲的遗书和全部积蓄三千多万。她写道，这是自己从第一次出卖自己的灵魂，直到生命中最后一次沉重的报酬。她本想等着殷音的妈妈出狱后，把钱给她，但现在她视为亲生母亲般的最爱的院长也去世了。她觉得自己可怜到没有人可以托付，只剩殷音了。

殷音合上遗嘱，颤颤地抚摸佟菲沉睡的、惨白的小脸，从没感觉像是亲人一般地害怕她的离开，感叹着自己和佟菲的弱小与绝望。

10B. 魔盒

阿喵在日本北海道寄给自己一张明信片，上面写着："就这样在心里大声跟你说再见！"，寄回北京自己的艺吧。然后打开几个月没有打开的手机，看见几百个未接来电，她拨通快捷键1，她笑着看着手机界面上的两个字——"老公"。

很快，吴永豪接通了电话。

"阿喵！阿喵！你在哪？"

"我——还挺好的。"阿喵一时不知该怎么回答，居然感到尴尬，答非所问。

"我好担心你！你在哪？我去接你。"

"学长，你听我说，这个称谓有多久没叫你了？我自己也不记得了。"阿喵摩挲着自己的脖子，尽量让自己的情绪平静下来。"今天，我想对你说我终于想对你说出的话。我，阿喵，不后悔跟你在一起的每一天，我也会很好地保存那些珍贵的回忆。"阿喵哽咽地抽泣，捂住手机，大声哭喊着。过了很久，"今天，在这里，在我心里，我要大声对你说——再见！学长！再见！——"她举起手机，对着那头的吴永豪哭喊着告别。

电话那头的吴永豪早已泣不成声，泪水纵横。

而回到吴永豪身边的江心靠在门旁也哭了，阿喵一周前给江心写了长长的email讲明了一切，诚心诚意地乞求原谅自己和吴永豪。江心考虑再三，深深发问自己对吴永豪的感情，所以她决定从新加坡回来找他，再给自己与吴永豪一次机会，再给自己与阿喵一次机会。不为任何人，只为自己，放不下不想放的自己与他们，那就带着他们继续人生。

吴永豪笑着挂了阿喵的电话，久久地感谢这特别的告别仪式。江心慢慢走到他的身后，环住他，互相无声地陪伴三人度过最难的时刻。

艾姗请年假忙着准备自己的婚礼，殷音也来帮忙，心里觉得羡慕极了。艾姗邀请殷音做自己的伴娘，殷音愉快地答应了。艾姗亲手写着婚礼请柬，她决定也给许慕凡一张，当她写下淡然从容的"许慕凡"三个字的时候，看着这三个字好像听到了他们心碎的声音。她写好交给了殷音。

殷音拿着许慕凡的请柬给他送去，他拿着请柬看着窗外的天空，心里空落落地酸楚，他感到他的世界末日来了。

许慕凡毫无状态，提前回到家里看着以前的照片和录像，躺在冰凉的大理石地面上，循环听着自己为艾姗写的那首歌。他心里有个弱小的声音告诉他："许慕凡，你还有机会，你不要几年以后再像今时一样继续后悔。"

他思考了良久，决定约艾姗出来做最后一次努力。

"姗姗，我收到请柬了。我，最后有些话想对你说，你可以来我家吗？"艾姗犹豫了下，"求你，姗姗。"许慕凡可怜地发出让姗姗几近心碎的声音。

艾姗找了个理由跟立伟伦讲，去赴约许慕凡。

许慕凡激动地打开家门，请艾姗走进去，里面播着许慕凡写给艾姗的歌，播放着他们快乐的回忆。艾姗静静地站在客厅中央，不自主地伤心落泪。

"姗姗。"他轻唤着她的名字，握住她的手，慢慢地扶她坐下，自己也顺势跪在地上。"姗姗，我，许慕凡，自私自负、死要面子、龟毛洁癖、不会照顾你、不懂浪漫、不懂你的感受，我有好多缺点。但是，姗姗，迄今为止，我许慕凡只爱你一人，忠贞不渝。我愿意接受你的一切，只求你可以回到我的身边，让我弥补对你的亏欠，让我好好珍惜你、爱你。请再给我一次机会。"说完，他拿出早已准备好的"莫比乌斯环"。"你设计的莫比乌斯环，我已经把它制作完成，一直想给你戴上。答应我，让我帮你戴上，好吗？"许慕凡深深地吻了艾姗的手，乞求的眼神也许世上任何女人看到都无法拒绝，房间里只有那爱的音乐声徜徉在空气中。

姗姗早已泪流满面，泣不成声。许慕凡心疼地将她的泪水抹去。

"慕凡，谢谢你。我很感动，我终于收到了你的真心，谢谢你。"姗姗伸手放在许慕凡伤未愈的脸上。"但是，慕凡，我们不可能了，就像时间不可逆一样，相爱的我们已经在几年前的原地向现在的我们挥手告别了，而我们有了新的身份、关系，我们要继续人生路，彼此珍视着那份曾经，祝福彼此，好好过以后的日子。"

"姗姗，不要这样。我错了，请你再给我一次机会。"

艾姗站起身，拉许慕凡起来说："我们永远活在那个只属于我们的平行的世界里。"然后微笑含泪将"莫比乌斯环"放在他的手心里，放开了许慕凡的双手。

立伟伦默默地坐在车里跟着艾姗，看着她流泪从许慕凡家离开。

艾姗婚礼当天，许慕凡前一晚没睡，他孤独的背影显得有点可怜，只有还未熄灭的烟蒂与他做伴。冷峻的脸庞、深邃的眼神中写满凄凉，被叫做悲恸的强大力量笼罩，被冰凉的水淋遍身体，与世隔绝地沉默。

洗完澡的许慕凡开始收拾乱如垃圾场的房间。各种酒的瓶子横躺在地上，碎片、随处可见的烟蒂、沙发缝隙还藏有还没干透的呕吐物，发霉的食物与长毛的杯底，让人无法相信这是许慕凡的家，满地狼藉的残局，房间已经杂乱到没有人类居住的痕迹。

这真是一个失去爱人悲痛欲绝的男子应该出现的画面。

他的身体一直发出警报，而他却蔑视一切阻止他自暴自弃、胡乱发泄的信号，任性地残害着自己的身体，想去挽回失去的。现在除了他自己的身体，他一无所有了。

他赤裸着上身光脚站在垃圾上，默默转身开始收拾邋遢的自己。处理被破碎的酒瓶割伤的脚、剃须。走进衣帽间，拿出那件姗姗送他的生日礼物，手工白衬衫，开始小心地熨烫。一滴透明的液体掉落在白衬衫上，迅速就被炙热的熨斗蒸腾成了热气。

原来他在哭。

自从那天姗姗离开后，他一滴眼泪都没有流过，那不眠不休的深邃的双眼早已干涸，太需要眼泪来滋润。

哭吧，释放吧。

他努力整理好心情，早早就收拾好自己，穿上礼服，站在镜子前，笑笑，开车前往婚礼现场。

婚礼现场温馨圣洁。

立伟伦帅得不得了，在热络地招呼着来宾。脸上都是无法掩饰的、喜悦的神采。

艾姗坐在化妆室，看着镜中的自己，化妆师正在责怪新娘没有好好休息。新娘对化妆师笑笑说："我的伴娘殷音在哪？"

"一直没出现啊，她不会这么不靠谱吧？仪式可马上就要开始了！"

"再等等，她会来的。"艾姗淡定而平静。

入场仪式还有三分钟。"算了，快走吧！她来不了了，不要等了！"

无奈艾姗只有自己一个人上场了。音乐响起，大门缓缓开启。

新娘微微低着头浅笑着向前走着。前方的许慕凡穿着新郎礼服，静静地站在礼堂里，出神地等待着他的新娘向自己走来。走到许慕凡眼前的新娘身披白色蕾丝抹胸，十二层薄纱，长裙摆在身后散开，款款而至。珍珠头纱，巧妙地垂在新娘的面前，小小的脸庞时隐时现。

"慕凡，我来了。"

"姗姗……"许慕凡痴痴地唤着他的她的名字。

新娘慢慢掀起头纱，美丽的殷音含情脉脉地注视着面前的新郎许慕凡，新郎回过神儿，赶紧冲着殷音微笑。

而此时，站在马蹄莲拱门处不明所以，原地石化的姗姗穿着同样的婚纱吃惊地看着眼前的一切。艾姗简直不敢相信自己的眼睛，以为是出现了幻视，她停住了，使劲地眨眨眼，的的确确是许慕凡和殷音，身着婚礼礼服和婚纱站在前面。她像是受到刺激一样错愕地连连后退，抓起裙摆转身就跑，去找自己的婚礼，自己的新郎。

许慕凡等不及殷音反应，抓起殷音的手就去追姗姗，他知道这是他唯一的机会了。三人前后跑到了立伟伦和艾姗的婚礼现场。

艾姗惊慌的出场让大家都目不转睛地看着她。她调整笑容，吞下奇怪的泪，努力扬起在抽动的嘴角，向着自己的新郎立伟伦走去。此时，许慕凡拉着殷音也出现在了婚礼现场。

"姗姗——"

艾姗像是什么也没听见一样继续向前走，她不管什么音乐节奏，加快速度向前走着，不想回头看许慕凡和殷音。

立伟伦强忍着，心揪到了嗓子眼。是啊，他没有十足的信心艾姗会走向他，他紧张到不敢呼吸，不敢眨眼。他伸出手，停在空中，等待他梦寐以求的新娘艾姗的到来。终于牵到了艾姗的手，立伟伦深舒了一口气，激动地笑着。

主持人开始主持宣誓环节，当问到如有人反对二位新人结合，请现在提出来时，一个刺耳的反对的声音响彻礼堂。

"我不同意！"

所有人回头，都在找声音的来源。殷音一下认出了这就是那次三里屯发布会美丽端庄但衣着不整的女人。

"我不同意！"声音站了起来，走向前。"她是我儿媳妇！"是许慕凡的妈妈。

全场乱作一团。

许妈妈走到艾姗面前，"姗姗，不要傻了。你以为你可以忘记，你骗过所有人又有何意义，你骗不过自己的眼泪。人生有太多需要放下，放下固执、放下怨恨、放下面子、放下所有，唯独放不下的是他。你心里永远都会想着他，这样的以后对你来说有什么幸福？"

Angie 撅着小嘴，跑过去抱住立伟伦的大腿，藏在腿后用一只眼睛看着大人们复杂纷繁的世界。立伟伦像是爸爸一样抚摸着 Angie 的头，轻轻说"不怕不怕。"

艾姗看着许妈妈诚恳期待的眼神，内心无比纠结，一边是自己深爱无法忘怀的许慕凡，一边是对自己无微不至、情深意切的立伟伦。

"妈妈——" Angie 小声叫了她。

艾姗猛回头看着 Angie 弱小乞求的样子，转身跑过去，蹲在地上抱着孩子流泪。立伟伦也蹲下来，抱着她们娘俩。

许慕凡犹豫了，他不忍心让艾姗背负沉痛的心理负担，他不忍心让可怜的无辜的孩子承受选择父母的伤害。他低头看着自己的双脚，不舍地转身。他气自己浪费时间的拖沓，气自己不顾艾姗的犹豫，气自己在最后一刻的冲动，如果当年自己可以少一点思考、多一点表达、少一点顾虑、多一点勇敢，那么也不会有那些失落的年华与无尽的伤愁。这是你自找的，许慕凡，你是个 Loser（失败者），承认了，离开吧。

"等一下，姗姗！"许妈妈从刚才走出来的座位带出一个看起来和 Angie 一般大的小女孩，双眼里透露着只有孩子才懂才拥有的纯净，一张婴儿肥的小脸粉嘟嘟的，笑起来眼睛弯成月牙一样可爱，惹人疼爱。她对着 Angie 调皮地吐着舌头，Angie 也吐吐，像是一种特殊的只有她们懂的回礼交流。

艾姗、许慕凡、殷音的眼睛都被眼前的孩子吸引住了。他们好奇而又紧张地看着许妈妈。此时的立伟伦身体不听使唤地向后倾斜，眼神里充满惧怕。他的手用力地抓着艾姗，一种他无法预测的风暴将要袭向他的意志。

"姗姗，看看她。"许妈妈期盼地看着姗姗的反应，满眼都是"你懂的"的意味。

"许妈妈，这是？"艾姗向前走了一步，被立伟伦紧紧拉住。她转身看看立伟伦和 Angie，她读懂了他的恐惧与紧张。她轻轻地摇着头，微微张着嘴，举起双手，用那发抖的手指插进头发，怔怔地瞪大双眼，大口地喘着粗气，好像处于氧气稀薄到无法呼吸的真空，咸咸的泪水顺着眼角滑落，滴在洁白无暇的婚纱上。

"伟伦，这是真的吗？"她的声音含混而低沉，小到自己都听不清。

立伟伦早已泪流满面，也许出于害怕，也许出于愧疚，热烈如火的性情像是被永远地熄灭了，"对不起，姗姗，我只是想你幸福。"

许慕凡看不懂，但他知道情感的真相远没有他想得那么简单。他走上前，轻轻叫了声"妈"，然后蹲下身，双手扶着小女孩的小肩膀。他从她的瞳孔里看到了自己，一种无法名状的亲切感让他不敢相信自己瞬间的联想，"妈，这到底是怎么回事？"

"伟伦！"姗姗喊着已经逃走的立伟伦，Angie 大哭起来，声嘶力竭，姗姗赶紧抱住 Angie，转身看向许慕凡。

许慕凡会意地点点头，朝着立伟伦出去的方向跑去。

本来就不多的宾客们都是善解人意的，看着这婚礼发展成这般程度，都慢慢起身告辞，留下了几个关键人物——艾姗、殷音、许妈妈、两个小女孩、吴永豪和江心。

"姗姗，阿姨想对你说，对不起。"许妈妈含着泪拉起艾姗的手，看着远处两个玩耍的孩子。"和和今年 5 岁多了，一直由我抚养在美国，她是你和慕凡的亲生女儿。"

艾姗听到这，身体开始不受控制地抖动着，泪水如泉眼一样不停地向外涌出。

"什么？"殷音突感五雷轰顶，不敢相信自己的耳朵。

"当年拆散你和慕凡，是我和你妈妈的主意，所以我想告诉你，不要怪慕凡。是我们错了，慕凡都不知情。当年你妈妈找到我，对我们当时的现状是雪上加霜。我的骄傲不允许我的儿子受到伤害与欺负，所以我主动提出不能接受你。我怕我的儿子会离我越来越远，我会失去他。是我的自私，让你们俩都受苦了。跟你分手后，慕凡就像变了一个人，他的世界只有拼搏努力，只有成功。那几年他的辛苦让我每每想到当时的决定，都后悔莫及。直到我跟着慕凡也回到中国，见到你，你的正义、你的善良、你的可爱，让我知道了为什么慕凡为了你可以放掉一切。你值得，孩子。和慕凡再在一起吧，不要再浪费时间，永远都不要分开。"许妈妈讲的恳切而真诚，艾姗哭得都已经变形，她抱住许妈妈毫不掩饰地号啕大哭起来，这么多年的怨、恨、累、念都在那一刻的号啕中化作灰尘，融到了爱里。

殷音的嘴唇在抽搐着，她没有想到事情会变成这般田地。

原来殷音只想说服许慕凡，与她在艾姗立伟伦的婚礼酒店同时也举行婚礼。美其名曰是想帮助可怜的许慕凡给艾姗最后的刺激，让她回心转意；另一方面她太想拥有此刻与许慕凡的珍贵的记忆。

当殷音看着许慕凡在那里等着的那一刻，即使他分不清走向他的是艾姗还是自己，即使她明知道他心里等的那个人不是她，自己也满足极了。而现在，好像这场计划被上帝选中，来了一场彻底的爱的高潮。而自己则是被这高潮淋得浑身湿透的穿着婚纱的小丑。

她看着眼前的两个小女孩，一个是艾姗与许慕凡的亲生骨肉，一个是立伟伦为了艾姗找来的女儿，两个男人对她的爱至深至极。她伸手摸摸自己的小腹，自从美国颁奖礼事件之后，她一直耿耿于怀，之前只是羡慕艾姗已经是妈妈，有自己和立伟伦的女儿。

而今，更糟糕的打击来得更加猛烈，让她回不过来神儿，自己永远不能生育，而艾姗却拥有了全世界。

"姗姗——"远处传来吴永豪的大叫声，风流倜傥的吴永豪，脸上从没有出现过这么紧张可怕的表情。"许慕凡在追立伟伦的路上出了车祸，正在送往医院抢救，伤势严重！"

艾姗惊闻后穿着婚纱毫无顾忌地拔腿就往外跑，狂奔上了吴永豪的车，留下晕倒的许妈妈和怔怔的穿着婚纱站在原地的殷音。殷音才反应过来，赶紧跑出去往医院赶。

医院手术室。

医生和护士轮番出入，神色紧张到让外面的人不敢喘息。

"病人家属呢？谁是 AB 型血？我们血库暂无这个血型，病人急需大量 AB 型血，必须立刻采血输血！"护士急迫的声音让人更加感知到危险。

两位新娘，艾姗满脸是泪，不知所措；跟着来的殷音肝肠寸断，瘫坐在地上。

"抽我的！我们是同一血型！"后面传来了一个声音，是立伟伦。许慕凡之前救了立伟伦，现在立伟伦来救许慕凡了。

由于输血及时，手术顺利地完成了。

艾姗、吴永豪、殷音、许妈妈守在许慕凡的床边，立伟伦站在门外静默地目睹着心爱的女人虽然就在几米外，但只有他自己知道，一切都离他远去了。几年来，他一直在私下为艾姗寻找当年和许慕凡的孩子，可是一直没有找到。他痛苦无奈地将 Angie 领养，送到了艾姗的生活里。本想着以后可以平静幸福地生活了，可现在才发现生活一直在耍他，他永远都是局外人。

浑身没一点力气的他为了不让艾姗分心，不顾护士劝阻，默默地离开了医院，自此消失了。

艾姗怕许慕凡手术之后太过激动，跟所有人约定好，暂时不把和和的事情告诉他，让他安心休养。

许慕凡苏醒，看见穿着婚纱哭成泪人的艾姗，非常开心。他抬起扎满输液针的手，紧紧地握着艾姗的手说："别哭，姗姗，我没事。那个小女孩呢？"他念念不忘和和瞳孔的倒影。姗姗轻轻地求他先好好休息。许慕凡像是受宠若惊一般，喜悦地点点头。

殷音呆滞地看着，觉得自己跟许慕凡又回到了原点，甚至更远了。她感觉自己脚尖踩在悬崖边，无路可走，只有放弃这唯一的选择。

许慕凡毫无疑问是个超人，用最快的速度将医院变成了办公室。每天可以听到各大总监的电话，甚至亲临到访病房。在医生强烈的阻止下，许慕凡听话地结束工作，但第二天，居然强迫医生让自己提前出院了。

艾姗和殷音无奈地来接他出院。

送他回到家里，殷音看见了艾姗和许慕凡的照片，心里千万种酸楚像过电一样涌遍她全身，吞噬着她的自尊，门"哐"的一声，殷音快速逃离了许慕凡家。

刚出院的许慕凡早早坐在办公室里开始忙碌，艾姗在这些日子给予许慕凡的照顾给了他无限的动力，像是装了金霸王的小粉兔获得重生一般充满能量。而艾姗的心却满是矛盾，她一方面放心不下许慕凡，一方面一直无法联系上立伟伦。她想先找到立伟伦，她发现她已经完全不适应没有立伟伦的日子了，特别是她独自带两个小女孩的时候。还好，Angie 与和和相处得很好。两个小女孩同年同月同日生，就像她和殷音一样，性情相仿，可见立伟伦选择 Angie 的时候下了多么大的功夫。她很担心立伟伦的身体，立伟伦为许慕凡输了很多血，她明白立伟伦所做的一切都是为了她。表面上，好像是立伟伦为了拥有艾姗而制造了 Angie 来欺骗她，但是只有她心里明白，是她再一次深深地伤害了立伟伦，深深地。

10C. 莫大的讽刺

新品电视广告的媒体投放的计划安排表，艾姗在自行做抽样审计的时候发现很多购买的广告播放点位与购买计划对应不上，有很多地方花了钱却没有按照计划投放广告。她与殷音沟通，殷音拿着购买排期表，对应的时段也没有看到广告播出，发现了媒体投放的缺失，殷音内心开始怀疑任子健。

任子健的办公室。

"任总监，看来你要给我升职了。"当殷音拿着证据摔到任子健的办公桌的时候，任子健却棋高一招，阴险而早有准备地拿出了之前跟殷音为升职而发生关系的录像给她看。

殷音惊慌失措。左右看看四周有没有人，还好，安静的 17 层。

"你想怎么样？"殷音咬着牙从嘴唇挤出几个字，手紧紧攥着手机。如果任子健在她手里握着，那估计也会被捏得粉身碎骨。

"我想怎么办？你这么冰雪聪明，又胆识过人，自然会很好地处理这个小事。"任子健要殷音自己想办法把艾姗搞定，处理好媒体投放的审计问题。

殷音沉重地走出任子健的办公室，一路走回了家。任凭街上行人匆匆，她好像没有能力接收外界的一切，沉寂在自己麻烦的世界里，心乱如麻。回到家，一个人孤零零的，她蜷缩在地板上，一宿没睡，一直翻来覆去地思考该如何收场，才能使得自己明哲保身。

第二天殷音单独约艾姗上了公司顶层的天台。

"殷音，你脸色怎么这么差？"艾姗很是关心她。

"姗姗，这件事我反复思考了一整晚。如果这件丑事曝光，以任子健的卑鄙丑态，他一定不会放过而且会死咬住慕凡，会让他的职业生涯蒙上无法洗脱的阴影。即使以后沉冤，但造成的不良影响，不是随便公关管理就能短时期解决的。你我都知道危机公关事件的生命周期，但再怎么样，伤害的人只有无辜的慕凡。而且，即使犯错的是任子健，作为他的上司，作为 CEO 的慕凡的大名也白纸黑字签在了排期表上，到时候跳进黄河也难辞其咎。"

单纯的艾姗也认为事态严重，连连皱着眉点头，"你说得对极了殷音，而且这种消息，一旦被竞争对手知道，会严重影响 FTL 的股价，到时候慕凡肯定被牵连其中。那时真是百口莫辩，太委屈了。"

殷音暗示此事一定要有个位置不低、有些权限的人来默默承担，否则难以完事。她瞪着大眼睛看着姗姗，显然这个人就是指的艾姗。腹黑的殷音想摆脱任子健的威胁，又想解决艾姗。而艾姗为了保护许慕凡，答应了由自己来承担，突然"引咎"辞职。

许慕凡得知很是惊讶，去找艾姗问个究竟，艾姗就像之前殷音跟她说好的一样，什么也没有讲。许慕凡不相信艾姗会做出这种事情，但他知道她这么做一定是有苦衷的，只得心疼地、紧紧地抱着艾姗，暗下决心要查个究竟。

办公室里殷音一直在座位上等着任子健走出去，她假借有个系统中的批复急需老板批准为由，找到依旧做市场总监助理的陈妮娜。"妮娜，刚才跟任老板说好的一个重要活动的批准，他又忘了估计，我这太着急开始项目，你受累进系统给批一下吧。"

"你真是，他刚走，你自己不盯紧他。好吧，好吧！"陈妮娜埋怨了几句，没有任何怀疑地进入老板批复的系统，熟练地敲击着键盘输入密码，殷音偷偷用手机在她身后录了下来。

"谢谢你，妮娜。幸好有你，幸好。哪天请你一起去做指甲！"

"行了，别那么客气了！"陈妮娜作为一个资深助理，虽然深知职业操守，但却想都没想地告诉了她信任的殷音。

在外企，员工都会配有黑莓或其他智能手机，与公司的系统和邮箱捆绑在一起。所谓的"移动办公"就是把员工和公司的邮箱 24 小时绑架在一起，而为了方便员工，系统密码都是统一同步的。殷音深谙其道，正是利用这点。

殷音拿到密码终于松了半口气，好像成功了一半。现在她要背水一战，彻底解决任子健。当晚她约了任子健来她家中，安排了很有情调的晚餐，予以庆祝搞定艾姗，万事大吉的状态。任子健得意地几杯红酒下肚，就飘飘欲仙地要攻占殷音。殷音一面应付一面等待任子健的迷药起效。

终于被撂倒了。殷音趁着任子健睡着，用他的公司电脑密码将他手机里的加密视频删除了。殷音长舒了口气，穿着佟菲的性感睡衣半靠在沙发上一边喝着酒，一边无聊地看着任子健手机里面的照片，全是他那值得骄傲的儿子。殷音心生邪恶，得意的抿笑，轻蔑地用眼皮夹着睡死过去的任子健。

殷音看到了艾姗的离职公告邮件，终于放下了心，她迫不及待地把任子健叫到货梯楼梯间。

"艾姗离开了，没人要揭发你了，你可以放心了！"

"殷音，Well Done！我就知道你不会让我失望，你的小脑袋里充满着无限的可能性！"说着伸手摸着她的下巴。

殷音把头一歪，厌恶地瞪着任子健，"而你现在，也没有什么可以威胁到我的！再也没有视频可以威胁到我！如果你知廉耻，还想继续混在这个圈子，我劝你早日辞职吧！否则我会将你的罪行公之于众！"

任子健冷笑道，"那我一定会拖着你和你心爱的许先生一起下水！"

殷音听了早有准备，扬起手机里面的一张十几岁男孩的照片威胁任子健，"如果你敢伤害许慕凡，这个孩子也会知道他父亲愚蠢肮脏的行为！"

任子健看到殷音拿着自己心爱儿子的照片，和冰冷的嘴脸，气急败坏地用手狠狠掐住殷音的脖子，"祸不殃及子女！你敢！"

这时许慕凡像是黑骑士一般出现了，原来细心如他，走到17层来找任子健，察觉到二人一前一后诡异地离开。殷音一看到许慕凡，立刻柔弱地流下了眼泪。挣脱任子健扑向许慕凡的怀里，委屈地告诉许慕凡："慕凡，任子健威胁我，且对我性骚扰。我怕。"许慕凡目露寒光，严肃地搂着殷音拉走了她。留下恐惧不知所措的任子健。

纸终究是包不住火的，林琅的离奇开除，艾姗的莫名离职，任子健对殷音的不轨骚扰，加之风风雨雨的风声，让许慕凡开始铲除在FTL市场部这么多年桎梏的毒瘤。而此时，被开除的林琅因为被任子健狠狠地抛弃，也决心将任子健之前的不法证据交给许慕凡。

许慕凡向总部提出中国媒体环境复杂，要求总部派遣专门的第三方机构进行媒体质量监测评估与内审。在任子健极力不情愿甚至反对下，内审进展得反而更快。没多久，埃森哲咨询内审团队进驻FTL中国。

艾姗打电话约殷音。

"殷音，听慕凡说了总部会来彻查媒体的事，而且也掌握了任子健的确凿证据。太好了！"

殷音可一点也不高兴，她好不容易请走的艾姗，大有要重新回来的架势。她觉察到自己的计划未能如愿，只有换办法要挟艾姗了。

"姗姗，我们做姐妹多少年了？"

"嗯？"艾姗不解何处此问，用手算着想要回答殷音的问题。

"从上学你就是最好的学生、最好的领唱、最好的女儿，之后你拥有了更好的继父和生活环境，更好的学习深造机会，更好的恋爱，更好的人生，以至于你拥有两个女儿，一个和许慕凡的亲生骨肉。而我呢？从小到大，一直活在你的阴影里，殷音不是我的名字，艾姗的妹妹才是我的名字。有你在，我就永远没有见到阳光的时刻，你知道我的阴郁来源于何？是你！你遮挡了我的太阳，遮挡了我的世界，让我永远活在你的阴影里！不要再美其名曰说你是为了我好，有你，没我！有我，没你！这就是现实！"

"殷音……"艾姗惊恐万分，她不解为什么眼前的殷音变得如此可怕而陌生，难道这么多年的姐妹感情都是乌有？难道她一直活在自己建造的姐妹和谐友爱的世界里？

"你走吧，离开了就不要再回来了。你差点将慕凡害死，你差点将我害死。如果没有你，他会少挨多少次打，会少流多少血。而我也不会失去女人最重要的能力。你走吧，这是最好的结局，如果你下不了决心，我来帮助你，谁让我是你的妹妹。如果你不彻底离开 FTL，离开许慕凡，我将把 FTL 中国总经理和 FTL 前最大股东的继女共有一个私生女的新闻公之于众。这会造成多少伤害，你自己心里清楚得很。许慕凡的一世英名会被业内推翻，他是靠后台上位，且 FTL 的股价将会呈现什么样的颓势，你我都心知肚明。你的女儿和你复杂混乱的年轻时的私生活也会成为更多人的谈资，你将红遍中美社交名媛圈。还有，你的女儿将曝光在阳光下，顶着私生女的 Title 一直'快乐'地生活下去，但愿是真的快乐。"殷音苦楚而得意地说完，欣赏着艾姗苦闷惊诧的表情。

"殷音，你变得好可怕，我没想到你对我的恨，原来到了如此恐怖的境地。"艾姗为了保护慕凡、保护女儿，含泪默默点头答应了殷音。但她心里那种翻滚的剧痛让她呼吸费劲。看着得到满意答复的殷音，只叹错看了她。

总部派来的媒体审计不到一周就将任子健的数项媒体受贿列明。任子健终因收受媒体贿赂数量巨大，而无法逃脱法律的制裁，锒铛入狱。任子健最后告诉自己的老婆不要告诉儿子，要让儿子尽量拥有最好的教育。

林琅早料到事情的结果会如此惨烈，任子健入狱的消息一出，她依然悲痛地流下眼泪，决定带着年幼的女儿回老家安顿，告别这座幻化欲望却让人疲惫的伤心之城。

而艾姗真的消失了，她切断了一切联系方式，连她的植物人父亲也被转移走了。许慕凡慌了，一直无法联系艾姗，他发疯一般地寻找艾姗，殷音嫉妒得心疼。

她告诉他："慕凡，艾姗不值得得到你的爱。"

"殷音，不要这样。在你变得更加可怕之前，停住吧，回到我们初次见面，那个充满才华和灵气的你吧！"许慕凡平静地告诉殷音，"我对你，是欣赏，不是爱，你的灵气和天赋用错了地方。我当年遇到姗姗，才是真的难以忘怀的钟情的爱。我已经对不起她了，我要找到她，弥补我对她的亏欠，弥补我对自己的亏欠。我要和她永远在一起，没人可以阻挡我们。"

许慕凡请了长假去寻找艾姗，之前还职业地请了江心来做市场总监，代理总裁，管理日常事务。吴永豪作为财务总监，深知公司高层不得是夫妻，需要避嫌的道理，他对江心说："你比我更加适合这里，你会做得很好！帮慕凡，也是帮我们自己。"随后他请辞 FTL，开始准备交接离开。

又逢 7 月 28 日，殷音与艾姗的生日。三年了，大家经历了太多太多。

殷音心力交瘁，她发现之前的世界所有的人都离她远去——隋海洋、许慕凡、艾姗、阿喵、维一，甚至任子健、林琅……她感到好累好累，无心工作。

江心看到如此忧伤的殷音，慢慢走到她身边轻抚她的头发，就像当年的她安慰不知所措的殷音的场景一样。江心让殷音细细回忆自己最初的梦想是什么。殷音靠在江心的肩膀细细回味着。

当晚，殷音度过了一个人的生日。她难过得不行，拨弄着电话簿里的联系方式。以前的她，只觉得自己是孤单但不孤独的，脆弱但不软弱的，麻醉但不麻木的，悲伤但不悲哀的，自信但不自负的，果断但不武断的；而今的她，褪掉了身上所有的睿气、冲劲，完全沉溺于莫须有的情感世界里无法自拔。许慕凡有一句话，让她永远也不曾忘记："殷音，你曾说我是你生命中的泥潭，其实我是你生命中一摊淤泥，你踩在我身上，在你可以脱离的时候，你不选择挣扎离开，任性地沉溺。我吞噬了你，我依然是那滩烂泥，而你却失去了珍贵的鲜活。"

殷音苦笑着胆战地拨通了隋海洋的电话，冷冷的那句"您拨打的电话已停机"从听筒中传出来。殷音重重地闭上眼睛，痛快地任眼泪在她的脸上肆虐。她翻开自己的日记，一页页追溯着自己过去的记忆。她从自己的笔下，认识到自己的可怕与愚蠢。殷音决定用努力工作来救赎自己岌岌可危的人生。

许慕凡在美国到了艾姗的家，他不相信艾妈妈说艾姗不在的话，抱着最后一线希望冲了进去。失望而归的他被艾姗的管家叫住，趁艾姗妈妈不注意偷偷给了许慕凡一张他们的女儿小时候的照片。

"你怎么才来，姗姗当时怀了你的孩子，生下就被送走了。这是当时留下的唯一的照片。"许慕凡大惊，突然想到当时婚礼现场的小女孩，他曾亲手扶着孩子的小肩膀。与她的瞳孔对眸，从小女孩的眼睛里，他读到了自己的血浓于水的亲切感受。他痛苦地摸着照片中的孩子，深深感到自己的自尊心就这样无情地吞噬了一个少女最纯洁的、最深刻的情谊，后悔莫及。

　　许慕凡在美国苦苦找寻艾姗未果，回到国内。他漫无目的地游走在之前姗姗曾经出现的地方，一次又一次地拨着电话，一次又一次地被无情的"您所拨打的电话已停机"刺痛着。他觉得整个世界都坍塌了，黑暗、寒冷、朦胧笼罩着他的身心。他好想念姗姗的笑容，就好想阳光一样的明媚带给他光和热。他突然发现了一个熟悉的身影闪过，透过人群，他仔细看是立伟伦。是的，立伟伦也切断了与所有人的联系，他一定和艾姗在一起。他发狂地追进玩具店里，一把死死地抓住正在买乐高玩具的立伟伦，渴求地望着他。

　　立伟伦就像是看到杀父仇人一般狠狠地甩开他，挥着的拳头却停在了空中。许慕凡非常憔悴的眼睛毫无光彩死寂一片，让立伟伦出于可怜他而安静了下来，只是淡淡地说了句，"Let her go（放手吧）！"便扬长而去。许慕凡怔在原地，不知所措，可怜得像一个被妈妈遗弃的孩子。

　　立伟伦回到他为艾姗和两个女孩新置办的公寓中，只字未提遇到许慕凡的事情。艾姗在静静地画着画，看得出眼角挂着风干的泪痕。看到立伟伦，艾姗收拾表情，挤出笑容。立伟伦深情地半跪在艾姗身旁，轻柔地握着艾姗的手。

　　自从将许慕凡从她的生活中彻底抽离，艾姗便变得忧伤落寞。她送走许妈妈，默默地收拾房子，带着孩子住到酒店，却碰上了同样在酒店的立伟伦。自从他们的婚礼和许慕凡的车祸事件，立伟伦给他输完血之后，他们是第一次见面。

　　立伟伦疾步走上前，一把抱住眼神涣散的艾姗，可爱的 Angie 拽着立伟伦的衣角叫着"爸爸，爸爸"……立伟伦告诉自己，绝不能再放开艾姗的手，永远……于是，他买了套奢华的公寓，像是一家四口一样安顿了进来。

　　艾姗心若止水般每天画着画，各种画——油画、淡彩、版画。立伟伦要给艾姗筹备一个 solo（个人画展），他希望唤醒艾姗那快乐的神采，重新点燃她眼中希望的星辰。

　　当晚，许慕凡就回到了办公室，在黑暗里看了一宿灯火通明的建国路川流不息，在黑暗里念了千万次姗姗的名字。怎样才能再见到姗姗，他心底期盼着几近熄灭的烛光可以指明他奔跑的方向。

第二天，他强挺着精神，尽力表现完美的状态，但是任何超人都难以掩饰那种由内到外的精疲力竭、心灰意冷。今天是吴永豪在 FTL 中国的最后一个工作日，因江心的加盟，由于行规和职业操守，高层夫妻不可以在同一家公司，他跳槽去了另外的公司继续担任财务总监。许慕凡在跟他告别的时候突感自己好孤单。

"Hey, My Man, Come on, 打起精神。I'll be with you.（嘿, 哥们, 加油, 打起精神, 我一直与你在一起。）"吴永豪伸出右手, 等待许慕凡默契地回应, 却久久没能等到。他只好自己握起他的手, 在空中挥动, 安慰地拍拍他的肩头。

深秋的北京, 地上早已满是落叶。看着窗外秋风大作, 空中飘着凌乱的树叶, 许慕凡孤独的背影显得格外凄凉。殷音每天除了工作, 只是默默地、远远地看着那背影渐渐淡去, 什么都没有做, 什么都没有说。

殷音很享受现在的状态, 在江心手下, 似乎找回了几年前的冲劲儿, 接替艾姗在运作全线新品上市, 表现非常成功。她把对许慕凡的执着的爱, 对姗姗的逐步的愧, 对隋海洋的潜移默化的念, 都寄情在了工作上。她投入了太多的精力, 在 2013 年的品牌计划完成之后, 终于得到了她心心念念、期盼久久的认可——来自老板江心的, 来自公司的认可。终于, 她迎来了 SBM（资深品牌经理）的 title。

晚上, 殷音在工位上, 一遍又一遍地诵读着自己的提升公告, 回想着自己这几年工作生活的点滴状态, 她笑了, 笑得那么畅快; 她哭了, 哭得那么通透。之前, 她为了晋升, 出卖自己; 为了男人, 疯狂自己。虽然这些已经向远处飘去, 但是彻骨的痛依然凿在她的心尖, 那烙印、那痕迹无法遮挡, 无法刮去, 就那么静静地在那待着, 偶尔跳出记忆, 再次刺痛一下那已经疲惫不堪、风雨飘摇的脆弱神经。

她想, 就算世界上所有的人都离我而去, 至少我还有我自己。

10D. 珍惜你，一直，永远

冬天来了，那年的雪来得特别早，白雪皑皑地盖在了华贸楼下刚刚搭起来的美丽的圣诞装饰物上。圣诞节不会因为忧伤的心情而晚至不前，也不会因为孤独的背影而停止喧闹。

艾姗的 solo 展也在小巧精致、别有洞天的树美术馆如期开幕。没有开幕酒会，没有众人捧场，甚至没有花篮，只有艾姗、和和、Angie 和立伟伦，以及立伟伦特意空运回来摆满美术馆的清澈纯洁的白色马蹄莲。这就像个为了纪念美好回忆的画展，更像是个为了开启全新时代的画展。

门口的"Cherish the Present"海报设计得简洁而不简单，一语双关。画展译为"珍惜礼物"，又深意为"珍惜脚下的每一步"。孩子们在艺术馆里跑着闹着，自由而蓬勃，就像十几年前的艾姗与殷音，那般地无忧无虑，那般地清新可人。而如今的女主人公一个人静静地站在艺术馆中央，感受着生机的能量，体会着深情的磁场，抒发着稚真的初心。姗姗笑了，笑得那么自如开怀，无拘无束。

许慕凡慢慢地踩在雪里。看着面前嬉笑跳跃的欢快情侣们在雪中打打闹闹，欢声笑语，他不禁回忆着之前圣诞节与姗姗在一起的情景。看着一对对情侣亲昵地挤在一起，互相温暖彼此，他觉得更冷了。

他快走了几步，想找个咖啡厅小坐，却慢慢停下了脚步，被不远处拐角的一张海报"Cherish the Present"吸引了。他静静地驻足在原地，出神地看着那张海报，这三个单词好熟悉好亲切，对于他和艾姗都意义非凡。在他们相识相爱的第一年，许慕凡的生日——艾姗送给许慕凡的第一幅肖像画作为礼物，肖像画的名字就叫"Cherish the Present"。那是热恋中的他们，艾姗说希望许慕凡可以永远像画中一样飘逸快乐，而她也像画着飘逸快乐的他一样地幸福温暖。

许慕凡久久没有眨眼，他感到眼前模糊了，原来是他的眼睛湿润了。他摘下海报，小心地护在怀里，慢慢地走进美术馆他轻轻推开门，小心翼翼地擦着鞋上的雪，走进了画廊。他吃惊地看到一个纤瘦的背影正半蹲着搂着两个小女孩在讲述着一幅画……是艾姗和两个小女孩 Angie、和和。

许慕凡简直不敢相信自己所看到的一切，他激动极了。他眼前的不再只是立伟伦和艾姗的女儿，而是许慕凡自己与艾姗的亲生骨肉，他伸手往前走着。背后强大的力量拼了命地将他拉了出去，还没等许慕凡反应，他的心口再次被狠狠踹上熟悉的一脚。他后退了好几步，重重地摔坐在地上。

"我记得我之前说过，以后你再敢接近姗姗，我见你一次打你一次。你以为只有你出身于海军陆战队吗？不打你，那是为了姗姗的感受，不是怕你！不打你，那是为了姗姗少担心些，不是饶你！你一次次地伤害她，也一次次地触及我的底线，我再也不要忍受你的自私与残忍！你给我滚！不要再出现在姗姗的面前！"立伟伦声嘶力竭地喊完，殊不知他自己已经心痛得泪流满面。

他恐怖的脸狰狞而可怕地警告着许慕凡，而许慕凡却也心疼起面前这个痴情专一的男子，但这无法阻止他的脚步。他没有罢休，而是爬起来，执意要冲进去，好似斗牛场被刺激的公牛等待冲出牢笼一般地激动。

立伟伦抓着许慕凡的领子，扬起手，继续下重拳打他。许慕凡没有还手，是的，立伟伦毕竟是他的救命恩人，他至今都欠立伟伦一句谢意，许慕凡深深记得这点。但是今时今日，艾姗再次出现在他的眼前，他打死也不会再让艾姗消失。

立伟伦一边暴打许慕凡，一边流着泪嘴里和着每一拳念叨着——"放过她！放过她！放过她！"神情迷茫地讲着艾姗的种种不易与他对艾姗的感情，他不能再次忍受许慕凡带给艾姗任何不幸。可以感受到立伟伦对艾姗的爱绝不在许慕凡之下，不，绝对比许慕凡更加深爱着艾姗。

"爸爸"——个小女孩的声音打破了立伟伦与许慕凡的僵局。是Angie，身后站着艾姗与和和。立伟伦赶紧收起拳头，跑过去抱住 Angie，把头埋在 Angie 的小小的肩头，大声地哭泣。他像个孩子回应着 Angie 的叫声——"爸爸在，不怕，不怕，爸爸在！"

艾姗站在原地激动得说不出话来，满眼的泪水止不住地流淌，滴在雪地上，留下无奈心伤的痕迹。

许慕凡发疯般地冲过来抱着艾姗，嘴里一直在讲着："对不起，对不起。"和和拽拽艾姗的围巾，吓得直抖。许慕凡赶紧抱起和和，这就是他和最爱的她的亲生骨肉！此时此刻，三人像是时间凝固了一般定格在此。

立伟伦僵硬地笑着站起来，好像自己一直精心掩饰的惊天秘密终被撞破一般地绝望而踏实。他拉着 Angie 的手，慢慢走远，任凭 Angie 在后面叫着"爸爸，爸爸，妈妈在后面……"

艾姗流泪望着立伟伦远去的背影，大声喊着："伟伦！ Angie！ 回来！"

立伟伦轻轻地放开 Angie 的手，Angie 朝着妈妈的方向狂奔回来，抱住姗姗大哭起来。留下立伟伦一个人走出那个没有结局的情感终点。

许慕凡回头看着他，心里默默地诉说着对立伟伦所有的感谢与敬意。

殷音迎来了她的晋升之后，更加拼命三娘一般地全心投入工作。她觉得这种感觉好爽，就像是地球没有她就再也不会运转了似的。江心多次提醒她要注意休息，才好更加长远地前进。

终于——这个不受欢迎的带有不好暗示的连词还是出现了。

殷音在连轴转的高强度工作中，在公司的洗手间晕倒了……

医院里，殷音直接从急诊转到了病房，随后而来的则是被诊断出来的直肠癌 4 期报告……晋升公告还在徐徐冒着热气儿，绝症晚期诊断书就这样沉痛地砸在了她的头上。人生极大的讽刺。

孤独但平静的殷音一个人躺在病床上，暖气和空调开得足足的，但她却感到——冷，很冷，从没有过的刺骨的冷。此时的殷音非常想念爱微笑示人的许慕凡，想念一直对她忍让照顾的艾姗，想念在一起快乐工作的阿喵，想念对她悉心指导的江心，还想念对她百依百顺，从未停止爱她的隋海洋。你们，在哪？

我好想你们。

机场。天空中划过一架 333 飞机。载着多少人重聚团圆。

阿喵没顾得上拿行李，飞机还没停稳不顾空姐的阻拦就跑到第一个排队，等着下飞机。一路狂奔下了飞机就径直跑到出租车的位置，不顾后面各种谩骂，她挤进了排队的最前排的一辆出租车，带着哭腔，几乎是喊出了医院的名字。

阿喵闻得殷音的病情，第一时间从北海道飞回来照顾殷音。

到了医院门口，看到同样从停车场慌张奔跑连外衣都没有穿的隋海洋。冲进病房，看见佟菲正坐在床边，静静地守候着熟睡的、眼角挂着泪痕的殷音。

过了一会，许慕凡和艾姗、江心与吴永豪陆续来到病房，一起来看殷音。几个月没见面的阿喵和吴永豪，在这种情况下重见，只有寥寥一个点头而已。

过了好久，殷音慢慢地苏醒，眼前出现了许慕凡、艾姗、阿喵、佟菲、江心、吴永豪和隋海洋。她很激动、很惭愧、很懊恼，各种情绪掺杂在一起，汇做低声的抽泣。艾姗和阿喵也哭了，抓着殷音满是滞留输液针的手心疼地哭着。

"别难过，你们知道吗？大夫问我便血两周多，为什么不来医院就诊，我的回答让他哭笑不得。我说我以为是大姨妈来了，而且我，足足带了两个多星期的卫生巾。哈哈哈，你们说好不好笑？"殷音强忍着悲哀，声音柔弱地、极力地逗着前来看望她的亲人。

"你傻啦？为什么这么作践自己？"阿喵心疼地责骂着殷音。

"很好笑，你就是这样把自己封为女超人，但现在要乖乖休息，赶紧好起来。地球没有你，是不会自转的！"艾姗含着泪顺着宽慰殷音。

"她一向爱逞强，以为自己牛得不行，其实是傻得不行！"佟菲对着艾姗，痛骂殷音。

所有人都笼罩在无法自持的悲伤中，特别是隋海洋。他一滴泪都没有流，只是默默地留在殷音身旁，白天、黑夜，照顾她，陪伴她。

殷音想向海洋说些什么，又惭愧地无法言语，几度张口又咽了回去。

隋海洋洞察到了殷音的情绪,他面无表情地坐在她的身旁,双手扣在她的脸上,缓缓地眨着眼睛,与殷音平静地对眸, "傻丫头,你什么都不用说。" 他慢慢吐出几个字, "我来了,就是证明对你永远不变的最深的爱。我说过,你变成什么样,我都要你,你会好起来的。我要和你结婚,我要我们在一起,永远,永远。不要哭。" 他深深地吻在殷音干涸的双唇上,闭上眼睛,他们的泪水融合在一起。

殷音的病很严重,恶化得很快,癌细胞迅速扩散开来,到她的肺、脑,乃至淋巴。医生们无法给殷音进行造篓手术,因为直肠多处已经坏死,癌细胞已经遍布全身。殷音经历了放疗、化疗、靶向各种痛苦不堪的治疗手段,也依然不见任何控制住的征兆。

艾姗着急地在全球疑难重病的平台上成立了一个殷音祈福的沟通板块,上传了殷音的治疗病例、化验单等种种资料,向各国各界的专业医疗人士求助殷音的病情。同时,她为殷音成立了一个青年女子无伴奏合唱团和基金会,起名为 "珍惜" ——这是殷音在高中时候的愿望,这支合唱团举办各种慈善演出,募集的基金可以更多地救助因疾病被困在病榻上的年轻白领,并且鼓励仍然怀揣梦想的莘莘学子继续大步前行,勇往直前地追逐梦想。

殷音在治疗期间也积极关注很多基金会组织的活动,鼓励一拨又一拨年轻的生命重拾对抗病魔的勇气,但却无法阻止她的病情持续恶化……殷音一直在隋海洋的照顾下,度过余下生命的每一天。每天除了化疗、治疗,其余时间虚弱的殷音在整理着自己的日记,书写着自己和艾姗,以及大家的故事……

艾姗不接受殷音病情的事实,依然每天不眠不休,在全球收集直肠癌的研究理论、新药报告,尽全力帮助着殷音。有许多社会上的人发来安慰和祝福,艾姗时不时就会整理出来念给殷音听。殷音也会不那么顾及形象地笑着拍下自己的照片,发到网上,与关心她的朋友们分享。她觉得自己很温暖。

殷音在鼓励中,完成了属于她们的故事。取名为《珍惜脚下每一步 Cherish the Present》。

在殷音最后的弥留时光里，她最不放心的就是佟菲，艾姗和隋海洋主动告诉殷音会照顾好她。殷音更加惭愧难过，并十分感恩。

瘦成 70 斤的她虚弱地望着许慕凡，微微笑着。许慕凡握住殷音的手，"殷音，你是我见过的最有灵性、最勇敢、最出色的 Marketer（市场专业人士）！你很棒！谢谢你！"殷音发自内心地笑笑，她知道这是许慕凡的客气话，但还是感激地点点头。

殷音与大家一一话别。

轮到佟菲，"我没给你写遗嘱耶，在我人生中收到的唯一的遗嘱，是你给我的。谢谢，菲菲，在我人生中最灰暗的时刻，是你陪伴着我度过的，我对你除了羡慕还有心疼，振作起来，好好过，你会迎来你的幸福。"面部表情从来只有冷笑、不屑的佟菲，被殷音的一席话，感动得痛不欲生，"你敢死在我前面，我做鬼也不会放过你的！"

殷音向阿喵和江心伸出手，她们跪在床边，抓着殷音。她很虚弱了，声音很低："你们是我唯一的朋友，要像以前一样快乐地在一起，不要做让自己后悔的事。我在天上也会想念我们在一起的时光。"

轮到艾姗，"姐姐，别哭。在我的葬礼上，一定要摆满你最爱的马蹄莲，念我的初心给大家听。还有，原谅我。"艾姗使劲地哭成泪人地点着头，"好好，你不会有事的！"

最后，她把时间都留给了一直默默照顾陪伴她的隋海洋。在生命最后的日子里，她感受着隋海洋对她没有丝毫减少的爱。隋海洋抚着已经消瘦成另一个人的殷音，轻吻着她所剩不多的头发、额头。她用尽全力抱着隋海洋的脖子，努力地说："谢谢，海洋，我爱你。"

终于，殷音带着疲惫不堪的身躯，静静地、永远地安息在了睡梦中。

三月的初春，本应对照着阳春三月来形容，而殷音葬礼的当天，却飘着雨夹雪，天空阴沉得好像随时可以砸向地面。

殷音的葬礼礼堂，满满地摆满了马蹄莲，一层层环绕着殷音的遗体。许慕凡拿着封存已久的写着殷音"初心"的信封，递给艾姗。艾姗潜然泪下地读着——

"生活中有太多的不如意，试着去忘记吧，殷音。想想刚刚与姗姗拉手的那一刻，我的世界多了一个和我一模一样的我。姗姗是我的姐姐，是我的榜样，是我的梦想，我想成为最棒的姗姗，成为姗姗最棒的殷音。请赐回我最初的我吧！"

艾姗断断续续地读完殷音的初心，代表亲友表达对殷音的缅怀。

"灵魂深处，

藏着我自己都不能知晓的秘密。

有些时候，不能言喻的感受从心底涌起。

它们圣洁而又私密，全都在诉说，

你我之间美妙的姐妹情缘。

因为，你是我生命中的至爱。

我的妹妹，殷音。

今天你选择用永远与我心灵相连，

我尊重你，与你分享我的思念。

我们彼此支持，不离不弃。

我们彼此谅解，再度启程。

我们之间的默契永不过时，不随光阴而转移。

因为我们一直相伴一生，

你一直在寻找我，

我一直在寻找你，

一个跟我一样的你，

一个跟你一样的我。"

在艾姗的内心是如此地崇拜和心疼殷音，相信殷音在天上也可以听到她的永远。

殷音的离开，让大家都在反思自己的生活与工作，欲望与本真，爱与被爱，人生信仰和初心。

　　隋海洋将殷音的书出版了。每每看到书店里静静地躺着这本《珍惜脚下每一步》，他都忍不住走进去抚摸着这本书，就像初遇殷音的那灵性双眸一样感动着他。

　　四个月后，依然忙碌的市场部，来了很多充满干劲的新人。市场总监江心出于专业，以及对阿喵的了解和信任，将阿喵纳入 FTL 旗下，成为新品的市场经理。她带着艾姗和殷音留下的痕迹与成绩，将新品推广得更加成功。

　　幸福的阳光透过办公室的窗，洒在许慕凡身上，暖融融的。

　　"咚咚咚"高效的江心在透明玻璃外，指一指手表，赶紧提醒刚刚与她一起结束了一大早美国电话会议的许慕凡，该出发了。

　　许慕凡站起身，拿起挂在旁边的礼服到洗手间对着镜子换好，打好精美的领结。

　　开车一起赶往婚礼现场——许慕凡和艾姗喜庆的结婚照大大地落在门口，欢迎着前来参加婚礼的亲朋好友们。

　　艾姗坐在新娘更衣室，门外是两个小女儿在嬉戏。她看着手中她亲笔写着"立伟伦"的请柬，不知多少次了，再一次地拨通了电话——"您呼叫的用户已停机。"

　　她缓缓放下手机，有点惆怅、有点哀伤，看看镜子里高贵静和的自己的笑，眼睛的余光落在了静静地幸福地躺在化妆台上的莫比乌斯环，慢慢打开自己一直珍藏的初心——"与我此生的挚爱——许慕凡一起，珍惜脚下的每一步，一直，永远……"

——END——